在夏沫的身上,他找到了妈妈的身影

他心底的坚冰开始一点点融化

时隔三年十一个月二十七天,钟医生,他回来啦!

麦苏 著

生命之巅

咪咕阅读

海燕出版社
·郑州·

图书在版编目（CIP）数据

生命之巅 / 麦苏著．—郑州：海燕出版社，2023.2
ISBN 978-7-5350-8935-9

Ⅰ.①生… Ⅱ.①麦… Ⅲ.①纪实文学–作品集–中国–当代 Ⅳ.①I247.5

中国版本图书馆CIP数据核字（2022）第153593号

生命之巅
SHENGMING ZHI DIAN

出 版 人：董中山	责任校对：李培勇　王　达　郝　欣
选题策划：朱立东	责任印制：邢宏洲
责任编辑：朱立东	责任发行：贾伍民
美术编辑：刘　瑾	封面绘图：冯　杰
装帧设计：高　瓦	内页插图：朱　固　李嘉琪

出版发行：海燕出版社
　　　　　地址：郑州市郑东新区祥盛街 27 号　邮编：450016
　　　　　网址：www.haiyan.com
　　　　　发行部：0371-65734522　总编室：0371-63932972
经　　销：全国新华书店
印　　刷：中华商务联合印刷（广东）有限公司
开　　本：700毫米×1000毫米　1/16
印　　张：25
字　　数：400千字
版　　次：2023 年 2 月第 1 版
印　　次：2023 年 2 月第 1 次印刷
定　　价：49.00 元

如发现印装质量问题，影响阅读，请与我社发行部联系调换。

生命

得以呵护

便如夏荷般　美丽绽放

生命

不被呵护

就会　暗淡无光

序 言

◎ 王婉波

近几年,麦苏从"大流量"走向"正能量",主动深入现实生活,从日常生活中挖掘平凡英雄的传奇故事,通过人民群众的真实生活展现时代脉络、社会发展与历史变革,彰显了作家应有的责任担当与历史使命。

在网络文学现实题材的创作路上,麦苏不仅收获满满,而且不断推出新品。继《刺猬小姐向前冲》《归时舒云化春雪》《荣耀之上》《我的黄河我的城》之后,2022年9月,麦苏又推出了一部精品力作——《生命之巅》。这部小说以一个个惊心动魄的医疗救援故事为线索,通过少年溺水救援、马路碰瓷事件、车祸受伤救援、老人重病救援、孕妇早产救援、雪灾被困群众救援等多个医疗救援故事,刻画了年轻一代医务工作者爱岗敬业、敢于担当、乐于奉献的群体形象,展现了他们在应对突发事故、紧急救援时所表现出的高效的工作效率、高超的医疗水平和专业的救援手段,讴歌了他们高尚的职业道德、高贵的思想品格和一心为病患着想的奉献精神。

《生命之巅》不仅是一部精彩的现实题材小说,还是一部弘扬社会主义主旋律、歌颂青年一代投身祖国最需要的岗位、充满正能量的文学作品。在疫情背景下，麦苏聚焦战"疫"主力军、"最美逆行者"，书写广大医护工作者的行业生活，展现出他们在工作岗位上的敬业精神和牺牲精神，无疑具有重要的现实意义。

《生命之巅》具有很高的文学品质，体现了文学抚慰人心、救治心灵的功效。它虽书写的是一些平凡人物和平凡故事，却弘扬着时代精神、展现着新风新貌。

《生命之巅》在为现实题材网络小说增添新成果的同时，也为网络文学与纯文学的融合提供了一个范例。它不仅实现了艺术性、文学性、技术性与网络性的高度统一，还展现了传统文学与网络文学的"美丽邂逅"与"交融共生"。

现实生活永远是文学的源泉。在国家不断倡导网络文学应关注现实，倾力书写新时代人民史诗，以面向时代、根植生活的现实题材创作装点中国文学浩瀚天空的当下，麦苏紧跟时代步伐，关心人民生活，潜心创作，持续书写人民群众喜闻乐见的人和事，走出了一条网络文学发展的光明大道。

王婉波，河南工业大学教师，美国圣母大学访问学者

目 录

001　第一章
黄金救援

021　第二章
看似无情

047　第三章
医者无责

073　第四章
碰瓷为业

093　第五章
心伤往事

109　第六章
名医之后

133　第七章
背景神秘

153　第八章
彼时噩梦

169　第九章
任性人生

189　第十章
心诚则灵

205　第十一章
专属车位

221　第十二章
恋人未满

239　第十三章
竟然是他

253　第十四章
所谓奇迹

267　第十五章
平安祥和

313　第十七章
大山深处

329　第十八章
无知无畏

355　第十九章
何谓敬业

369　第二十章
华丽回归

第一章　黄金救援

钟景洲是杭市人民医院的一名救护车司机，也是整个医疗救援大队最古怪的男人。他不修边幅，比马克思稍短的络腮胡挡住大半边脸，看上去有些邋遢。一有空闲时间，他就把驾驶室的座椅放平，用墨镜遮眼，再在鼻子上盖本书，眯眼打盹儿好不惬意！但他工作的地方是医疗救援中心分管的救护车大队，是整个医院最繁忙、最紧张的部门之一，每时每刻都整装待命，一旦接到指令就要迅速出动，拯救生命于危急。

钟景洲这么个懒懒散散的样子，委实与此处的工作节奏大为不符。他就像只饱食的大猫似的悠闲自在地过着小日子，平素里也不喜欢与同事沟通，总是冷着个脸，一副我行我素的姿态，惹得不少人对他不满。单就他脸上的络腮胡，车队队长廖凯那儿接到的投诉就不下二十次。毕竟是搞医疗救援的，干净得体是最基本的要求，即使是司机，满脸胡子让患者和家属看到了也会心里不舒服。钟景洲分明是在给救援大队的整体形象抹黑。

投诉的人里就有0703号救护车随车护士张冬——钟景洲的搭档。

这天，还没接到派发任务，张冬又来找廖队长抱怨："真不知道像他这样的人，为什么会被留在救援队，整天除了吃就是睡。前天出任务，接个突发癫痫的病人，夏沫医生要给病人注射，让他帮忙按着，他在旁边发呆，好一会儿才过来。因为这几分钟的迟疑，夏医生被病人狠狠咬了一口，胳膊上都见血了。"

廖队长正在电脑边查阅最近三天的救护车出车记录，偶尔回应张冬一声，表示听到了。

张冬来了精神，唾沫横飞地继续说："还有一次，他也是不听指挥，我让他帮忙按住患者血管进行紧急止血，这么简单的事也不答应做，非要跑过去找随车医生，还狡辩说什么专业的事交给专业的人来做，他只是司机不负责救治患者。我看哪，他分明就是嫌脏，怕患者的血喷到身上不好洗。"

调度室外，逆着阳光出现钟景洲一道高大的身影，他身上套着工作装，满脸的胡子却掩不住淡漠的表情。他也不进门，静静地听着。廖队长最先注意到了钟景洲，愣了一下，冲着他招了招手。

瞬间，场面变得尴尬起来。

张冬还在抱怨："队长，这样的害群之马，待在救援队，就是在给整个救护车队的名誉抹黑，将来有可能还会闹出更大的乱子，必须给他一个深刻的……"

这时，"害群之马"已经迈着大长腿走了进来，钩了把椅子，正对着张冬潇洒地坐了下来，半眯着眼盯着张冬看。

张冬的声音立时弱了下来，"教训"两个字含糊在口中没有说出来。张冬本就心虚，被他看了一眼，便下意识地向后退了一步。

"你继续。"钟景洲的声音极为低沉，听起来有种不可抗拒的威严。钟景洲是来调度室接热水的，正巧撞见了张冬在背后说他坏话。张冬对他有意见也不是一天两天了，之前就经常跟同事们议论他的不修边幅，现在更是发展到来找廖队长告状。钟景洲让张冬讲，张冬反而讲不出来，脸涨得通红，小腿也有点发软。

就在这时，廖队长眉头拧了一下，状似不满地扫了张冬一眼。

张冬还是实习护士，实习期未满，他生怕廖队长对自己生出恶感，影响到他转正，便咬了咬牙，豁出去了："我讲的就没有错。整个救援队是一个集体，你也是集体的一分子，当然得为了集体荣誉着想。如果我不是跟你在同一辆救护车上工作，也懒得管你的破事。既然大家都在0703号车上，你的不作为就是给这个小团体抹黑，你想懒懒散散地过日子是你的事，我可不愿意被你拖累着不进步。我……我还要转正呢！"

廖队长听着，觉得非常有道理。类似的话，他也跟钟景洲说过，但钟景洲永远持一副事不关己的态度。

廖队长还曾私下跟院里的主管领导提起过，想要给钟景洲一个处分，甚至还在年度员工绩效考核表上给了他一个极低的分数，一般的合同制司机获得如此评价，隔年再续签合同就难了。但钟景洲却成了例外，那个垫底的绩效考核根本没有对他造成任何影响，他稳稳地开着0703号车，做好分内的工作，依然故我。

张冬当面跟钟景洲顶起来了，廖队长并没有插手阻止或缓和气氛的意思。他似笑非笑地看着钟景洲，看他如何反应。

"看来你对我非常不满。"钟景洲肯定地说。

"我是对事不对人，你做得不对我当面指出来，是在帮你。"

"哦。"钟景洲起身去倒热水。

张冬认为自己占据了上风，正准备再说几句鞭笞他的话。

钟景洲端着水杯走了回来："我有个建议。"

张冬的心蓦地悬了起来："什么？"

"看不惯我，你可以申请调离，没人拦你。"张冬被顶得一口气上不来。

钟景洲望向廖队长，就那么不屑一瞥，廖队长就开始擦汗了。廖队长忍不住又在想：钟景洲要么院里有人，要么家里关系硬，多少人想要把他整走，均未如愿。据说院长都站出来替钟景洲讲好话，这层令人琢磨不透的特殊关系，让他在整个救护车队有着超然的地位。

想到这，廖队长忙赔着笑脸："张冬才毕业，还是个没长大的孩子呢，你跟他较什么劲！"

"廖队长，我在车队三年，从没有迟到早退过，从没有过交通事故，从没耽误过接送患者。我已出色完成本职工作，闲暇时间也完全按照医院的规章制度，手机二十四小时开机，随时待命，随叫随到。我接受任何人的举报、批评，但不接受诋毁、诬陷。"

张冬想反驳，可仔细想想，根本找不出强有力的事例来。正如钟景洲所说，司机职责之内的工作，他完成得相当好，每天奔走在路上，为了救人会闯红灯、逆行、超速，违规行为虽时有发生，却总能有惊无险地把病人平安送到医院。这已是相当厉害的驾驶技术了，急救科主任去年年底还在全院大会上表扬过他呢。

廖队长尴尬地笑着替张冬打圆场："你看，他也不是这个意思。"

钟景洲接着刚才的话茬说："况且他也不是孩子，谁家孩子长得像他那么有阅历？"

张冬气急败坏。张冬听懂了，这是说他长得显老呢。

钟景洲又变回那副凡事无所谓的慵懒模样，端着热水杯，往救护车的方向走去，仿佛刚刚的争执根本不存在，说完了他就忘了。

"廖队长，您看他……还有理了！"张冬丢了脸面，恼羞成怒。

就在这时，警铃骤响，调度台的小姐姐柔声播报："0703号请注意准备，紧急任务已发送，随车医生夏沫就位后，请立即出发。"

杭市人民医院的救护车上标准配置为三人：司机、随车护士和急救医生。司机和随车护士是日常固定组合，医生则是根据急救科的工作安排以及被救护病人的具体情况来指派。虽然每次都是随机安排，但夏沫跟0703号车的缘分却非常深，从她有资格跟随救护车队上路医疗救援的那天起，十次外出执行任务，至少有六次都在这辆车上。

夏沫穿一身绿色的医疗救援制服，单手拎着医药箱一路小跑过来。上了车子，一眼看到钟景洲那熟悉的大胡子，她就忍不住想叹气。但情况紧急，来不及再吐槽他的造型。她在位置上坐下，边系安全带边介绍情况："顺丰街白银时代游泳馆旁边的一条市内河渠，有一位十六岁的少年在河渠内溺水，落水后三分钟被救出，人已陷入昏迷。钟师傅，你速度要快点，这次的任务非常急。"

车子便如离弦的箭似的冲了出去，警报响起，高低起伏的声音循环反复，急促之中透着某种令人不安的气氛。

张冬窝在最后一排的座椅上生着闷气。他想，钟景洲以后一定会以各种理由找自己麻烦，还会时不时地给自己挖坑使绊子穿小鞋。可事情已经闹到了这一步田地，脸都撕破了，似乎也没有更好的解决办法。他不准备跟钟景洲道歉或者和解，他只是耿直地说出了自己的心里话，又没做错事，凭什么要他去弥补呢？

钟景洲倒是没受到什么影响，他专注地开着车，车速飞快。但夏沫仍是急得不行："钟师傅，这样子不行啊！还是太慢了，等我们赶到了现场，那个男孩即使有救，怕也会留下不可逆转的物理损伤，后期再想恢复就相当困难了。"

钟景洲神情淡定地说："从医院到顺丰街的那条市内河渠，不堵车的情况下需要十二分钟，路况不好则需要二十到二十五分钟，途经一条旅游商业街，拥堵状况时有发生。夏医生，常规操作，你救不了那孩子。"

夏沫想要回答，却被张冬愤怒地抢着说："还没救，你就说救不了？你这人怎么这样？要是按你所说，很多病人都是不需要接受紧急救援的，反正赶到了人也不行了，咱们就慢悠悠地过去呗！嗯，这行吗？"

钟景洲根本不想搭理张冬，他拒绝毫无意义的沟通。

夏沫眼睛里含着泪："钟师傅，不管怎样，我们还是尽力抓紧时间赶过去，哪怕早到半分钟仍是有希望的。咱们做医疗救援的，不就是在跟死神抢时间吗？只要有一分希望，都不可以放弃！"

钟景洲从后视镜内看了一眼焦急的夏沫，那是一张相当年轻鲜活的面孔，她身上的学生气还未完全褪去，双瞳中央永远闪耀着乐观积极的眼光。曾经，他似乎也有过类似的心情，能够与她产生某种共情。

钟景洲心底某一处柔软竟被她不经意地触动了，于是喃喃地说："溺水后黄金急救时间只有四分钟，超过八分钟死亡概率在百分之九十七以上，没有专业人士在一旁采取紧急措施，溺水者极有可能当场死亡；但溺水的急救手法却是简单易学，夏医生，现代社会有很多沟通手段，你不在场一样能救人。"

夏沫眼前一亮，她瞬间就懂了钟景洲的意思。事不宜迟，夏沫拿出了手机，紧急与医疗调度中心取得联系，要求设法与溺水现场的任何一名人员取得联系，无论是亲属、警察还是围观的群众，能联系上就行。

张冬从后排站起，强忍着车厢的摇晃，来到了前排。他好奇地看着夏沫低头在操作着手机，顺口问了一句："你在做什么？"

"你别说话，你说话会让我注意力不能集中。"夏沫没好气地说。

张冬闹了个大红脸，但也不好发作。他有点挂不住，只能没话找话，自言自语："夏天就是溺水事故最多的时候，但这个溺水者也是自己作，旁边好好的游泳馆不去，非要下河渠里游，多危险哪！这不就出事儿了，坑的还是自己，真是不让人省心的熊孩子。"

这时，夏沫忽然掩不住惊喜地低呼："接通了。"

张冬问："接通什么？"

钟景洲仿佛洞悉一切："离溺水发生时间过去六分钟了，你速度要快。"

夏沫此刻忽然对钟景洲生出了一种奇妙的信任感，重重地应了一声之后，将手机抬高，将视频画面对准自己，大声说："我是负责急救的医生，正在赶往现场，为了争取溺水后黄金急救时间，请大家听我的指挥。"

在对方手机视频里，不少人被吸引过来，专心地听着她讲话。

"请将摄像头对准溺水者,然后周围有没有人学过急救知识的?哪怕只是最简单的也可以!这个孩子已是极度危险,我需要有人能站出来,帮我一起来完成急救。"

视频的另一边很嘈杂,却没人回应。夏沫很着急,又喊了几声,依然没人应。

"随便找个人,教他!"夏沫忽地听到身边传来钟景洲的声音。他一心二用,给出了最恰当的建议。

夏沫立即执行:"救护车还需要十几分钟才能赶到,但这个孩子已经等不了那么久了,有人愿意出手帮忙吗?我来教,你现学现用,我们一起努力,把孩子的命给抢救回来好不好?他才十六岁,若救不回来的话,那实在太让人痛心啦!"

尽管夏沫的话很是动听,但面对生死,大多数人还是抱着谨慎的态度。怕好人没做成,再惹出个大麻烦。

"如果这孩子今天因为没有得到及时有效的急救而死在这里,你们虽然不认识,可日后想起来,能够心安吗?"

终于,人群里有个老大爷站了出来:"医生,我来吧!你说得慢一点,我老头子尽量学。"

老大爷是来河渠边散步的,自己都是一走三晃,腿脚不那么灵活。由他来救人,看着都不靠谱。

一个肌肉健硕的运动小哥站了出来:"我几年前学过简单的溺水急救知识,但时间比较久,已经忘得差不多了。医生,我会协助你,听你指挥。"小哥把老大爷让到一边,在溺水少年跟前蹲下来,做出了准备的姿势。

夏沫把手机塞给了张冬,命令道:"拿稳,镜头对准我。"

接着,她就在座位前半蹲下来,将座椅比作人的胸部,语速极快地讲解起来:"患者在河渠中溺水,可能会出现严重的呼吸道阻塞。首先检查他的口鼻是否有杂草、淤泥和呕吐物等,有的话想办法清理掉。"

小哥按照夏沫的要求连忙用手指抠挖溺水者的口鼻,果然有堵塞物被陆续抠挖出来，但仍不见溺水少年有任何反应。

"夏沫，不要等，继续教！"

"小哥，你单膝跪在地上，另一条腿伸出来，让溺水者趴在你膝盖上，头自然下垂，并按其背部来控水。"

小哥试过之后，大喊："不行，他不吐水，呼吸停了！"

夏沫的脑海中呈现出了短暂的空白。她毕竟是一位实习医生，从业生涯中还不曾直面过生死，当一条生命毫无声息地倒在那里，她竟然有些不知所措。

"心肺复苏！"钟景洲大吼一声，手上的方向盘跟着迅速又是一转，他从主路驶进人行道。

夏沫一激灵，回过神来："对，对，心肺复苏，小哥，不要放弃，听我的指令回忆你曾经学过的溺水急救方法。首先，让溺水者平躺，解开他衣服将头颈放在一条直线上。"

夏沫的心脏从未跳得如此快。她知道，成败在此一举。钟景洲认真地开着车，车速极快。正是交通高峰期，车多行人也多，钟景洲必须确保救护车安全行驶，并让手机视频通话顺利平稳地进行。张冬不用抓扶手，也能稳稳地举着手机，让摄像头始终对准夏沫。

夏沫深吸一口气，心中告诉自己：可以的，一定可以！

"心脏按压，每分钟100次下降深度3到5厘米！"

"一分钟后，配合人工呼吸，把溺水者的脑袋抬高，清除呼吸道异物，开放气道，吹气次数2次，每次吹气时间持续1秒以上，吹气量要令胸部起伏。"

"三分钟后，再次心脏按压，掌根放在胸骨上，另一手叠压在手背，肘部伸直，掌根用力！"

"继续，不要放弃，人工呼吸，1，2，3……"

不知重复了多少次，施救的小哥已累出了满头大汗："不行，还是没反应。"

"继续！"钟景洲低吼。

夏沫眼底的绝望未退，但她同样在吼："继续，按压心脏，肘部伸直，掌根用力！不要放弃！不要放弃！"

当她重复到第三次的时候，溺水者突然张口，哇的一声吐了几口水出来。

"活过来了，他活过来了！"围观的人惊喜地高喊。

见证了一场生命的奇迹，不少人都觉得内心很是震撼。

夏沫只觉得自己整个人都被抽空了似的，她想笑，但眼睛里却是含着泪花："请不要围着患者，让空气自然流通，继续让他保持平躺的姿势，我们几分钟后就到，辛苦大家啦！"

视频挂断的一瞬间，张冬直接坐在地上。夏沫也趴在了座椅上，久久不能平静。

钟景洲将救护车开到了一个小区门口，他与保安进行简单沟通后，将救护车开了进去。

"你是不是走错路了？咱们的目的地是市内河渠，你进人家小区里做什么？"

张冬那阴阳怪气的声音还没落下呢，救护车已一路呼啸着冲到了小区的后门，门一打开，赫然看到路对面的蜿蜒河道。市内河渠，瞬间呈现在眼前。

张冬悻悻然，正琢磨着要不要说几句。抬头就见到钟景洲嘲讽的眼神，即使不开口，也让人头皮发麻，浑身不适。他嘟囔了几句："不就是会抄近路嘛，有什么了不起的！你做司机，这是你的职业本分，你做好了是正常，做不好就是失职。"

依然没人搭理他。

钟景洲踩了一脚刹车，救护车停在路边："患者在那儿！"

顺着他手指的方向，夏沫果然看到不少人围成了一个大圈，还有人站在高处，朝着溺水者的方向指指点点。

夏沫和张冬分别拿了急救用的医疗设备，一路小跑，下了台阶。

张冬扭头看了一眼，见钟景洲没跟过来，忍不住跟夏沫嘀咕："别的救护车司机也是半个急救员，全都是忙前忙后的，可他呢，好像除了开车之外，其他事就跟他没关系似的，能偷懒就偷懒。"

夏沫已来到了溺水少年身边，单膝跪在地上，开始做急救处理。

虽然刚刚经过急救，溺水少年已吐出了不少水，意识恢复了大半，但仍是不能掉以轻心。负责急救的小哥此刻瘫坐在地上，如释重负地说："没想到心肺复苏和人工呼吸会这么累，我在做的时候没觉得怎样，现在手臂一点力气都没有了。嘿，比我在健身房健身一小时的消耗还大，你们做医生每时每刻都可能面对这样的场面，真的是不容易！好在人救过来了。"

夏沫给溺水少年打了针，确定他暂时没大碍，心情也放松了许多，便笑着回了一句："大脑停止血供30秒即导致昏迷，60秒后脑细胞开始死亡，6分钟后脑细胞全部死亡，1至6分钟是抢救的黄金时段。临床上4分钟内进行心肺复苏，病人抢救成功率接近50%。小哥，你的紧急出手以及标准的急救动作，成功地救了这个孩子的命。这个孩子和他的家人都该感谢你！"

小哥听完，幸福地笑了。据说，救人一命胜造七级浮屠，那种成就感就甭提了。

经过调查得知，这个少年是跟几个同学约好了来河渠这边玩水的，出事之后，其他孩子都给吓跑了，就留下了他一个人。被救醒后，少年说出了爸妈的电话号码，有人已经和他们联系上了。他们正心急火燎地往这儿赶。

夏沫提醒："让他父母直接去咱们医院的急诊科。"

张冬点了点头，给少年的父母说了医院的全称和地址。

"咱俩这还拎着设备呢，等会儿怎么把这孩子送上救护车？那个台阶挺陡。"张冬越说越气，很自然地又把钟景洲给捎上了，"回去以后，夏医生你得跟廖队长投诉一下，像钟景洲这样的人，只干自己工作范围内的事，而不肯出手帮忙做额外的工作，他其实并不适合跑外勤。"

这一路上，夏沫每隔一会儿就能听到张冬怨气十足的声音，听多了，自然跟着上火；而夏沫更犯愁的是怎样搬抬病人。少年溺水后应以平躺为宜，她脑子里想过了几个方案，又觉得不太行，她跟张冬两个人的确操作不了。她正打算向周围的群众求援时，就见钟景洲扛着一副折叠的手提式担架，三步并作两步，转眼跑到了跟前。

原来，夏沫跟张冬匆匆走了以后，钟景洲左右看了看，这边距离下方的河堤还有一段几十级的台阶，显然是没办法直接把医疗推车给送下去，那就需要用担架来转移病人。他没急着跟上，就是去取移动担架了。

夏沫瞪了张冬一眼："你怎么老戴着有色眼镜瞧人呢？钟师傅也没你说的那么不负责任嘛！"

张冬想辩解，可夏沫根本不理他了。她跟钟景洲一起把担架展开，让病人躺了上去。不少群众过来帮忙，人多力量大，本来是挺难走的台阶，几个壮汉搭把手，轻轻松松地就到了救护车前。

钟景洲宣布："启程回医院。"

病人转移到了车上后，便昏昏睡去。

夏沫为他接上了监测的仪器，看到心跳、血压都还算是平稳，但她并没有掉以轻心，而是一直守在旁边，随时准备应付突发状况。这是随车医生必须完成的工作之一，在将病人送到急诊抢救中心之前，确保病情不会发生更大的变化。

张冬坐在车上生着闷气，他认为自己不是故意针对钟景洲，更不是在发泄私人情绪，明明就是钟景洲不适合做这么重要的工作。但当他竭力去证明时，钟景洲却总是做点什么事儿摆摆姿态，弄得他好像是背地里说人坏话的恶人似的。

"喂，你这车速是不是太慢了？旁边路上骑电动车的大爷都超过去了。车上的病人是才抢救过来的溺水者，还需要进一步的检查和治疗，否则仍有可能造成脑损伤等严重后果。你这种不懂医学的人，起码得把本职工作给做好吧！"

张冬的话戳中了夏沫心底的担忧。她忍不住也开了口："钟师傅，确实得快一些，张护士说得没错。"

钟景洲果然加快了速度，没过几分钟，在转弯时，毫无预警地猛然间来了个急刹车。车胎与地面发出刺耳的摩擦声，那声音委实令人极度不安。张冬没系安全带，又在走着神，突然来这么一下，他差点跟着飞出去。

"你怎么开车的？"

夏沫坐在窗口的位置，车窗外发生的事，她看到了个大概，吓得整个人站了起来："好像是撞到人了？"

钟景洲开了车门走下去。

张冬来了精神："瞧瞧，一个多小时前还在吹嘘自己的车技好，车速快，无事故，模范驾驶呢，这么快就打脸了吧！咱们这辆车上好像没装行车记录仪，等会儿肯定是有理说不清，全都怪钟景洲。万一……万一咱们车上的病人也因为送院不及时而造成脑损伤，钟景洲要负全部责任！"

夏沫烦躁地打断了他："废话咋那么多呢！你赶快下去看看啊！我们刚刚不该催他的，再着急也得稳扎稳打，慌了就容易出别的事儿。"

"跟他一起，真是倒霉！"张冬只能跟着下车。

钟景洲这会儿就站在车头的右边，半蹲下来，看着倒在地上的中年男人。中年男人惨叫连连，声音大且洪亮，很快便吸引了一群路人的注意。还有一辆黑色的轿车停在了一旁，车主也下了车，走了过来。

"撞到人了？你这回可摊上大事了！"张冬难掩幸灾乐祸。

钟景洲听到了也只当没听到，开口问那个中年男人："你感觉怎么样？撞到哪里了？"

中年男人整个人躺在了车轮与地面之间的弧度里，虚弱地哼哼："被你给撞了，我受了重伤，好疼，真的好疼……"

"我来帮你检查一下。"张冬想要凑上去。

钟景洲手臂一抬，就把他给拦下了。

"他是装的。"钟景洲回答。

"装的？"

中年男人神情激动起来："你凭什么说我是装的？我都伤成这样了，那么多人看着呢，你还想耍无赖吗？"

"我没耍无赖，是你想碰瓷。"钟景洲的表情永远是那样波澜不惊，仿佛就没有什么人、什么事，能打破他脸上的平静。

张冬插嘴："应该是事故吧？你看，他脸上全是血。赶紧让我看看，别错过了最佳急救时间。"

"事故"两个字，让钟景洲极度不适，他用冰冷的眼神看了一下张冬。

张冬吓得心脏一颤，梗着脖子说："已经是这样了，推卸责任有意思吗？还是先救人再说。"

见钟景洲没反应，张冬又嘟囔道："除非是不长脑子，才会来碰救护车的瓷吧？"

中年男人听到了张冬的话，往上看了看，发现车门上漆着红花白"十"字标志。果然是一辆救护车啊！

钟景洲身材高大，肌肉发达，再加上留着胡子，眼神比普通人要凌厉许多，看上去就知道不好惹。

事已至此，中年男人只好硬着头皮继续说："喂，哥们儿，公了还是私了？"

钟景洲轻轻吐了口气，嘴边的胡子跟着动了一下："什么意思？"

中年男人回答："公了就是报警，等警察来了处理，公事公办。我看你，职业比较特殊啊，救护车司机，你们单位应该不会愿意你有肇事撞人的记录吧？不如，给你一个方便，咱们私了？"

"哦？"钟景洲语调异样。

中年男人竖起一根手指头，摇晃了一下："你转给我一万块钱，我自己去看病看伤，看好看不好，我都不再找你麻烦，怎么样？"

钟景洲露出思考的表情。

张冬目瞪口呆，心说：还能这么弄？不合规矩吧！

很快，钟景洲有了回应："最后问你一遍，你走不走？"

中年男人发现他是软硬不吃，两个选择都不答应，便露出恼火的表情，轻而狠地说了一句"等着瞧"，下一秒他竟然喊起了"救命"。

周围本就是旅游商业街，游客多，行人也多。他这么一喊，本来没打算围过来的那些人也跟着凑过来，想要看看发生了什么事儿。

人一多，中年男人可来劲了。他撑着"虚弱"的"伤躯"，努力地坐了起来。

"我被救护车给撞了，司机不想负责，还说我是装的。"

他的鼻子一直在流血，他用手胡乱地抹一把，瞬时满脸都是，看上去惨烈极了。中年男人扭身抱着车轮，痛苦地哭诉："大家可给我做个主吧，杭市人民医院的救护车撞了人不管啊，说什么救死扶伤啊，他们分明是黑心刽子手，杀人凶手啊！"

真是恶人先告状！围观的群众见到了这种状况，有的在指指点点地议论，有的拿出手机开始拍摄。

"救护车也会肇事吗？真是稀罕！你看看，救护车的警笛一拉，可以闯红灯，可以轧线逆行，交通法规根本不用理，这多危险啊！一个不留神，就得出事儿。"

"出事了赶紧救人哪！救护车想救人不是最方便的吗？有医生有护士，紧急处理一下，抬上车就送医院了，还在这儿理论什么呢？"

"人命更加重要吧？有时间在那儿吵吵，还是赶紧干正事儿吧！"

"杭市人民医院的救护车，什么时候变得这么不专业了？"

……

张冬听见那些议论声，脸都涨红了。正想把夏沫喊过来，一起想办法。钟景洲却取出了手机，打起了电话。

第一个电话，是拨给总控中心的。他简要说明情况，报上了地址，要求尽快调一辆救护车过来，因为0703号车上还有病人，不可以耽误救治。

第二个电话，是打给110的，直接报警。

这一番操作从容而自信，让众人吃惊。打完电话，钟景洲轻踢了下中年男人的脚："你再不起来，警察就来了。"

中年男人心里发虚，可那么多人围着，路都堵住了，他是没处可跑啊！他索性心一横，理直气壮地大叫："警察同志可快点来吧！你开车撞了人，他们一定会为我主持公道的。"

总控中心调来支援的救护车和两名交警几乎同时到达。从救护车上下来一位医生，竟然是急诊科的大主任白一峰。白主任是院里绝对的大忙人，外科手术一把刀，平时忙得很，谁想到今天居然出现在了这儿。白一峰是张冬最崇拜的一位大主任，平时张冬都是把他当成偶像看待，提起来就赞不绝口。

在白一峰询问事情经过时，张冬抢先把"事故"描述了一遍。当然把他和夏沫不停催钟景洲加速的事儿给选择性忽略掉了，但他不忘一再强调，这次"事故"责任全在钟景洲，是他开车撞了行人，也是他耽搁了病人的送医时间。那滔滔不绝的声音，直到发现白一峰瞪着他的眼神不太对劲时，才停了下来。

夏沫与白一峰一起，迅速抬着溺水少年更换了车辆。离开之前，夏沫担忧地望向钟景洲，有心想过去说一声，可是这边时间紧急，容不得她分身。像是有心灵感应一样，钟景洲的目光居然也朝着她望了过来。四目相对，钟景洲轻轻摆了摆手，意思是让她先走，去处理正事儿。他那冷静平淡的态度，莫名地令人心安。夏沫便跟随白一峰一同上了车。

"放心吧，他会处理好的。"白一峰用非常肯定的口吻说。

夏沫诧异地望了望白一峰，见他快速浏览了一下病案记录，开始检查起病人的状况来，并没有过多解释什么。

张冬没走。他不仅要跟钟景洲一起处理交通事故，还得准备着随时出手，为中年男人的伤情做出必要的急救处理。倒不是他突发善心要替钟景洲考虑，主要是他刚刚也坐在0703号车上，今天的事可不算小，万一处理不当，那绝对影响他转正。

一名交警拿着个小本子走过来，看着钟景洲，先是被他一脸的胡子给震惊了——大概也是没见过留着大胡子的救护车司机吧！

"我是二支队的交警，这位先生，请出示你的行驶证、驾驶证。"

钟景洲依言将证件交了过去，正想把当时的情况做个简单说明，中年男人恶人先告状，鬼哭狼嚎般叫嚷："警察同志，你可要替我主持公道！事故发生的时候我正走在人行道上，走得好好的。他开着救护车突然冲了过来，直接就把我给撞倒了。我知道救护车打着警笛的时候就是车上有病人，那是特殊情况需要特殊对待，可也不能为了救一个，就害了另一个吧！"

钟景洲冷静解释："这个人打算碰瓷，但他所选中的车辆在听到救护车的警笛声后，选择躲闪避让。这一瞬间，他扑了空，才会撞到了我开着的救护车上。"

中年男人大叫："你胡说八道什么，那么多人看着呢！不要以为你开着救护车就能嫁祸于人。你看看我这穿着打扮，像是缺那点钱的人吗？不就是有医院给你撑腰嘛，你想欺负无权无势的小老百姓，也不看看有多少路人替我做证。"

周围不少群众，都是只看到了事情发展的一个片段。见中年男人底气十足，理直气壮，居然真的有人信了他，打算站在他这边，替他鸣冤叫屈。

就在这时，钟景洲缓缓开口："我车上，有行车记录仪。"中年男人的表情顿时僵在那儿了。

钟景洲又补了一句："行车记录仪是最新款，360度无死角，全景摄影。"中年男人瞬间低下头去。

张冬奇怪地问："车上什么时候装了那个？我怎么不记得了？明明没

有。"

中年男人抑制不住狂喜，猛地抬头："你想诓我？哈，我行得端，坐得正，我就不怕，有什么证据你拿出来啊！拿不出来的话，就是你交通肇事，你们医院得给我治病，还得赔我钱。不然……不然我就去法院告你们。"

钟景洲看了张冬一眼，而后转身，去了车上。不一会儿，拿着从记录仪上取出来的存储卡，交给了警察："这是证据。"

"好的，这对于还原当时的真相，非常有帮助。"交警接过存储卡说。

就在这时，钟景洲竟然朝着人群里一个手指头钩着车钥匙的年轻男人走了过去，两人说了几句话后，那个年轻男人跟在钟景洲的身后，也来到了交警身边。

钟景洲介绍："这位先生是路边的那辆轿车的车主，他车上也有行车记录仪，与我车上的拍摄画面一起看，就能还原整件事情的真相。另外，这个路口还有三个公共天眼监控，调取出来也能作为证据。"

他又对躺在地上的中年男人说："你是不是还以为这里的监控坏了没人修，是监控盲区，所以选这儿下手，不会留下证据呢？"

中年男人心惊肉跳，眨了眨眼。

钟景洲给出最后一击："真巧，昨天市政派人来换了新的。我的工作就是每天在路上开车，这件事我很确定。"

中年男人闻言脸色骤变，眼睛一闭假装昏死过去。

钟景洲便轻推了下张冬："你去看看他。"

"什么？"张冬满脸疑惑。

"把车上的麻药拿一管出来，打在他腿上，免得他等会儿突然逃走，会不好追。"

这话就是个冷笑话，连张冬都听出来了，可那中年男人竟然当真了。他一骨碌从地上爬起，像个没头苍蝇似的往人群边撞了过去。他想要逃！可那么多热心群众看着呢，怎么可能让他跑了？不知是谁，抓住了他的衣服；两名交警也追到了跟前，把人给控制住了。中年男人的嚣张气焰突然全没了，耷拉着脑袋，长吁短叹，不肯回答任何问题。

"哇，他真是装的，一点事儿都没有啊！"

有人发觉了真相，大笑起来："还真有人去碰救护车的瓷啊！"

交警根据钟景洲的建议，分别查看救护车和轿车的车载监控，三分钟后，便还原了事情的真相：十几分钟前，这个名叫李子军的中年男人一直在路边徘徊，看样子是在寻找目标。在一个绿灯转红灯的时候，他锁定了一辆由北向南行驶的轿车，趁着车子右转减速，李子军认为时机到来，便向车子飞扑而去。没想到，轿车车主在发现了救护车靠近后，礼貌避让。可他也发现了李子军的碰瓷动作，于是猛踩油门加速，瞬间冲出了好几米，安全地躲开了李子军的那一扑。

同时，钟景洲驾驶救护车绕行到人行道上。他的车恰好在轿车的右后方，在看到了李子军飞扑过来的时候，刹车减速。若不是因为这一系列的快速反应，李子军怕不是撞在了救护车的一侧，而是直接被卷在车底了。

李子军脸上的血，是他鼻子撞到车门时流出来的。看上去挺惨，其实也只是受了点擦伤，并不严重。他在倒地之后的瞬间，出于"职业本能"，特意往车轱辘内侧滚了小半圈，紧紧挨着轮胎，这样子看起来更有说服力，方便后边的表演。这一切发生的速度太快，不只围观群众没发现是怎么一回事儿，就连李子军自己，最开始都没注意到，他倒在的是一辆救护车的车轮下。不过，钟景洲倒是将一切看得很清楚。这种为了索取钱财，把别人的命不当回事，连自己的命也不当回事的行为，实在令人愤怒！

事情弄清楚之后，钟景洲严肃地提出要求：李子军必须维修、赔偿救护车的损伤，至于定损数额，院方会委派律师来处理。

李子军神情萎靡，嘴里直嚷嚷："反正车是公家的，你不用那么认真啊！这不是把人往绝路上逼吗？"

"是你自己往绝路上跳的。"钟景洲教训他道。

众人一琢磨，就是如此呀，纷纷大笑了起来。李子军被交警带走了。

钟景洲开着车，带着张冬一起，返回了医院。车子还没停稳，廖队长就冲了过来，咚咚咚地砸车门。见了钟景洲，便是劈头盖脸地一通责难："你不是吹牛，说你自己的驾驶技术好吗？转眼就闹出了这么大的事故啦！人呢，在你车上还是送去急诊室啦？你怎么不跟着？"

钟景洲奇怪地看着超级暴躁的廖队长，一言不发。

"你撞到的那个人，你有没有跟人家诚心表达歉意？一定要取得对方的谅解，千万不能让他去院里投诉，更不能捅到媒体那儿去。"廖队长气急败坏，他此刻觉得，医疗救援车队的荣誉都要被钟景洲给败光。

"他啊，"钟景洲慢条斯理，拿了他的保温瓶，顺手往里丢了一颗大枣和几粒枸杞，"他没跟车回来。"

钟景洲绕过廖队长，往调度室走去，准备去打点热水："有事儿您问张冬，他清楚。"

张冬苦笑着摇了摇头，钟景洲敢这么对廖队长说话，他可不敢。他便一五一十地把事情的经过讲了一遍，听得廖队长瞪圆了眼睛。

"真是碰瓷的？"

"真是！"

第二章　看似无情

0703号救护车遭遇的小状况刚有惊无险地度过去，甚至都没时间去把微微凹陷的保险杠修复，就在一小时后又上路了。这一次，他们是要去接一位突发急病的老人回医院。

时间紧迫，刻不容缓。钟景洲将车子开到了出发口，等着随车医生。没一会儿，一个戴着眼镜的男医生，三步并作两步冲到了救护车上，还没坐稳，他已在连声催促："大钟，等会儿你一定要开快点，总控那边反馈过来的信息，患者今年74岁，一年前有过脑梗早期的症状，被家人送到医院，但老人非常固执，只做了简单的检查之后，便要求出院回家，用药物来控制病情，并且没有后续治疗记录；患者独居，妻子已经去世，儿女也没有一起生活，因此，病人发病了多长时间暂时无法确定。"

张冬还是第一次跟这个男医生搭档，他眯着眼，看清楚了他的胸牌上边写着"卢金，心脑外科主任医师"，这应该是医院根据患者目前的状态而紧急调过来的临时跟车的医生。

在救护车队，这种状况比较常见，一般来说，救援任务下达之前，120指挥中心的总控室会根据电话里所掌握的患者信息，先将救援等级进行一个评价，并根据评价结果，临时调换救护车上团队的组合。连专科的主任医师都调来了，说明患者一定是处于相当危险的状态。

"这位患者上一次送医，也是在咱们医院，我从电脑里调取了他的个人信息。这位老爷子，可是有点不得了，年轻时候最爱呼朋唤友，喝酒是唯一的乐趣。因为不爱运动，他体重超标，又是烟酒不离，有高血压史，有家族病史……"

钟景洲打断了他："卢医生，你不必在救护车里说这些，等会儿到了，你自行处理即可，随车护士张冬会给予你必要的帮助。"

卢大夫推了推眼镜，温和地笑笑："患者年纪大了，有基础病，可以说是病情很复杂，我跟大家交代好了状况，也方便等会儿有效利用时间啊！"

张冬听出了点门道，心里还在想着，卢大夫跟钟景洲似乎早就认识，而且是很熟的那种，他们讲话非常随意。可就在这时，钟景洲突然加速，救护车在车阵之中不停地变道，找寻每一个"可乘之机"，竟然在维持车速的情况下，一点点地赶超了旁边的车子。黄灯倒数3、2、1，之后红灯亮起。所有汽车，严格遵守交通规则，在路上停了下来。唯有0703号救护车，似离弦的箭一般，直接闯红灯而去。

"喂，你开慢点，路上还有行人呢！"张冬想起刚刚发生的事故，提醒道，"钟师傅，就算你开的是救护车，你也不能完全忘掉交通规则的存在，有这个必要吗？你停个十几秒钟，最多也就是晚几分钟到达患者面前，这几分钟也不至于影响太大，让他的病情恶化到不能救治的程度。可你不停地闯红灯、轧线就等于把整辆救护车不停地陷入到巨大的风险中，一旦出了事故，你承担得起责任吗？"

这话一出，钟景洲目光如电，通过后视镜，唰地落在了张冬身上。与此同时，卢金医生也扭过头，一脸诧异地看着张冬。

"怎么？我哪里说得不对吗？我跟车出诊也有很长一段时间了，大大小小的病情也经历了不少，虽然每位患者的症状不一样，但真的赶到现场时，我总是会发现，其实早五分钟到和迟五分钟到并没有太大的差别。"张冬越说越觉得有道理，既然讲了，他索性把心底里的想法一股脑儿表达出来，"特别严重的病，可能赶到时，人就已经不行了，或者损伤已经造成，哪怕是最好的医生，他也不是神仙，能解决的问题毕竟有限；而普通的伤病，赶到现场再进行处理，也不会太晚。其实我觉得，救护车正常行驶过去，多关注一些交通规则，也慢不到哪里去，还能规避掉路上可能遭遇事故的风险。"

救护车内一时静悄悄的，没有人接茬。

"大钟，你闲暇的时候，是不是也应该跟张护士聊一聊，毕竟，你们是一组的。"卢大夫本来是想说，带一带张冬，别让同一组的组员，说些让内行笑话、外行翻白眼的傻话，但没有讲得太直白。

钟景洲回了一句："修行在个人。"

张冬不屑地翻了个大白眼："跟一个开车的能聊出来什么道理？纯粹浪费时间！"

卢医生摇了摇头，有心不想搭理这种目中无人的浅薄家伙，但又一想：张冬是才入行没多久的新人，想当然地去判断，其实是比较正常的一件事儿。但是对救援这种事产生了误判，若无人纠正，最终遭殃的还是那些急需救援的患者。

于是，卢医生耐着性子说："救护车运送患者都是以秒计时的，早到达一分钟，患者脱离生命危险的时间就多一分钟。有些时候，生死就在那关键的一分钟。对于危重症患者，每一秒都是有意义的，因为大脑的每一秒缺氧都是不可逆的，提前五分钟不仅仅是能不能正常生活，很多时候是能不能活的问题。张护士，你仔细回想一下在学校里，学过的相关内容。以猝死为例，猝死发生四分钟之内，实施心肺复苏成功率在50%以上；四到六分钟之内，心肺复苏的成功率就降到了10%左右；超过十分钟，就几乎没成功的可能了。"

钟景洲似乎没注意到两个人的对话，他的注意力全放在开车上，城市的地图早已印在了他的脑海里，大路、小路、近路……他精准判断，力图争取最近的距离。

救护车的警笛声，宛若战鼓敲响。一旦启程，必须尽可能提前到达。每一秒钟，生命都在流逝。他们是在与死神赛跑。

"距离患者所在的小区还有一百米，预计三分钟后能直接到达小区楼下，你们做好准备。"钟景洲提前预告。

救护车一拐进小区，他的眉头跟着就拧了起来。原来这是一座老小区，门口连个门岗都没有，是开放式的，可以随意进出。物业管理形同虚设，小区内的状况必然也是不尽如人意。坑坑洼洼的路面就不用提了，最碍事的还是路上横七竖八停着的电动车，尤其是在单元楼的门口处，更是挤得满满当当，恨不得连正门进出的路都给堵严实。为了给电动车充电，楼层高的住户便接了十几米甚至是几十米长的电线，顺着窗户放下来，电线随风摇摇晃晃，看着就很危险。

"路挡严了，救护车无法开到单元楼下，你们先上去救人。"钟景洲当机立断，指挥二人先出发。

张冬一直自认为是0703号救护车上的小队长，整个救援过程应该是由他这个正儿八经的医疗救援护士来下达，被钟景洲抢了先，他从心底升起了一丝抱怨。可卢医生二话不说，拎起医药箱就跑，张冬只能跟在身后。

就在这时，钟景洲的声音传了过来："带上担架，等会儿抬人。"

张冬没好气地低吼："还用你说？我当然记得！"

从车上卸下来东西，张冬扛在肩上，跑着跟上卢医生，他心里继续在埋怨：别的救护车上，搬搬抬抬的重活儿，可都是司机帮着一起做，可钟景洲呢，理所当然地命令他来做，自己好像也不打算跟过来。哼，等会儿回到队里，一定得找机会再跟廖队长说一下，这事儿必须想办法解决！

到了单元楼门口，张冬听到卢医生发出一声惊呼："患者在七楼，又是多层住宅，我还在考虑等会儿怎样用最快的速度给他抬下来呢。今天可真是太幸运了，这个老小区，居然已经加装了外部电梯。"

顺着他手指着的方向，张冬果然看到，一栋后修建起来的电梯井就竖在单元楼入口的一侧。因为是后来装上的，摆在那儿显得很突兀。不过，管它好看不好看，关键时刻有它在，就是方便。

卢金带着张冬立即进入电梯，可按完了七楼的按键，等着电梯上行时，却发现电梯纹丝不动。

"糟了，这是刷卡电梯，没有住户的电梯卡，我们用不了。"

现代科技带来了便捷的同时，也有不方便的一面。

"奇怪，患者家属怎么也没一个下来接一下的？"张冬左看右看，楼道门口倒是站着不少人在看热闹，可是没一个人上前。

"我们是杭市人民医院派来的急救医生，现在七楼有一位老人突发重病，请问哪一位是这个单元的居民，能不能刷一下卡送我们去七楼？"

有人回应："七楼？朱大爷他家？"

卢金点头："的确是姓朱。"

那人多了点幸灾乐祸的语气："七楼上不去，这部电梯没有上到七楼的电梯卡。"

"为什么？"两人傻眼了。

"因为装电梯的时候，朱大爷嫌分摊到他家的电梯加装费太贵，自己不装也不让别人家装，闹了三四年也协调不好，耽误了施工进度。最后解决的办法是签了书面协议，其他住户将他家的费用分摊，但没有七楼的电梯卡，他家不能用！"

"得……"张冬一听是这种邻里纠纷，便知道不妙。

那么多人围观，但是其他楼层的邻居也没有站出来帮忙刷卡的意思，不然的话，到达四、五、六层任何一层都可以，少爬一层是一层。

时间不等人，卢金当机立断，选择爬楼梯。他拿的是医药箱和急救用品，张冬只能一个人扛着担架往楼上跑。一步三个台阶，到了七层，已是气喘吁吁，大汗淋漓。

这栋老式多层建筑共有八层，一梯两户。但第七层，却只有一户门，开在右手边。对面那一户，门的位置是一堵墙。并且，七、八两层还都是复式套房，面积比较大。问过才知道，这两层的两套房子全都是朱大爷家的，他做了改建，两套变成一套，总共五百来平方米。也正是因为如此，加装电梯的时候，他家等于是一次要掏出两套房子的价格，且因为位置是七、八层，楼层最高，分摊到的费用也最多，算下来，几乎是一家拿了整栋楼所有费用的三分之一还多，朱大爷当然不乐意。

没多久他老伴去世，儿女没在身边同住，朱大爷一个人进进出出，就更不肯为了求个方便，而掏出几万元去装电梯。他这一户耽搁了整栋楼加装电梯的进度，协调无数次，朱大爷就是不答应，邻里关系一度很紧张。现在朱大爷突发急病，救护车赶过来救人，想用电梯时，邻居们当然没人肯站出来帮忙。

卢金跟张冬赶到了七楼门口，门前站着一个外卖小哥，他很年轻，也没经历过这种事，吓得不轻，脸色看上去很不好。一见医护人员赶到，外卖小哥连忙上前："太好了，你们快进去看看吧！那个老爷子突然间倒地不起，我……我不知道怎么办。"

卢金已来到朱大爷面前，见他蜷着身体，手死死地按压着心脏的位置，哪怕已经失去了大半的意识，仍然难掩痛苦之色。

张冬直接愣在了不远处，肩上扛着担架，已经忘记了要靠近。

卢金快速地检查病人的体征，判断出这个是突发脑梗后，便开始迅速采取必要的措施。

"是你打的电话吗？病人家属呢？"

外卖小哥连忙点头："我接单来这里送餐，敲不开门，就打电话联系订餐的人，对方回答说是住户的女儿，她中午有事赶不过来，是她给父亲订的外卖。她确定她父亲一定在家里，担心他发生什么事，把进门的密码给了我，拜托我进来看看。我打开门后，发现老爷子正坐在桌边生闷气呢，他是听到敲门声不想开门而已。我把外卖放下正想离开，忽然听到他女儿给他打了电话，两个人呛了几句，大吵起来，老爷子情绪很激动，当场就倒下去了，可吓死我了。"

卢金在病历卡上记录着：发病的原因是情绪过于激动。

"好了，联系病人家属，让她直接赶到咱们医院的急诊科。"

初步处理完毕，卢金给朱大爷扣上了氧气罩，接着就跟张冬一起准备担架了。

"还是得想个办法，把电梯用上，这样子比较节省时间。"卢金望向张冬，"张护士，你去跟楼下的邻居协调一下，人命关天，请他们帮帮忙。"

张冬眼眶泛红，双眸之间有晶莹的泪珠闪动。卢金的要求，他没有立即执行，好像没听到。直到卢金抬高声音，又催促了一声，他才吸了吸鼻子，抬起手把眼角的潮湿擦拭干净，快步走开了。张冬明显有些不对劲。但这种时候，卢金哪里顾得上他的情绪，他已然在争分夺秒地进行着急救，朱大爷的状况比他预想的要好些，他有着强烈的自信，朱大爷还有救，他一定能把他的命给保住。

不一会儿，张冬就返回来，一脸挫败的样子："六楼没人，五楼也没人。"

"没人？"卢金眉头紧皱。

"我敲门了，没人应。"张冬咕哝一声，"这老爷子，平时不知道做了什么事，人缘可能不太好。我觉得六楼和五楼的邻居其实都在，我听见房间里边有脚步声，但人家不乐意开门掺和这档子事儿，我也没办法。"

卢金不想听这种没有意义的抱怨，他把担架展开说："抬吧。"

"走步梯抬下去？从七楼？他这个病，必须争取最快的速度送到医院去，走步梯哪里来得及？"张冬诧异道。

卢金语气没有刚刚那么柔和了："不然呢？你还有更好的办法来解决？"

张冬当然没有。两个人把医疗装备收拾好，之后就抬起了朱大爷。可是才来到了楼梯间就遇到了大难题。因为七、八两层都属于朱大爷所有，平时基本上不会有人上来。六楼上面的楼梯间里摆满了杂物：有腌菜的大缸、废弃的电器、收集起来的废品……平时上下出行，略显狭窄，但问题也不大。但如果抬着一个人通过时，楼梯间内的转角处空间不够，无法转弯。

朱大爷身体胖乎乎的，体重超过八十五公斤，张冬跟卢金抬着都很困难，更别想用其他方式顺利通过半堵的楼道。才走了几步台阶，卢金便连声说："不行，肯定下不去。"于是他又和张冬一起，费劲地想把人给抬回去。但担架往下抬不顺利，往回抬又遇到了难题，担架的手柄卡在了杂物堆探出来的一个铁环里，左挪右闪，怎么也出不来。张冬的手臂都在哆嗦了，他觉得自己快要支撑不住，随时可能被压垮。外卖小哥也过来帮忙，三个人都急出了一身汗，可仍是没办法把人抬出去。

就在这时，钟景洲也从步梯爬了上来。

张冬在上边，见了他之后，着急大喊："你快点！"

钟景洲三步并作两步，赶到了卢金身边，一把接住了那已经开始严重倾斜的担架。换成四个人合力来抬，朱大爷很快又被转移回了七楼。

"从步梯走，就得把堵在楼梯间里的杂物挪开，这非常浪费时间。他的情况很不好，氧气和药物并不能阻止病情恶化，必须尽快去医院进行抢救。"卢金急得音调都变了。

钟景洲看了一眼步梯内杂乱的状况，他摇头："不可行。"

"电梯也不行，因为我们没有电梯卡。邻居们也不太愿意帮忙，不过，已经给物业打了电话，可物业经理说，他那边备用的电梯卡，因为系统升级的原因，全送回给了厂家。他们会负责联络厂家的人过来，不过这需要时间。"

偏偏现在，最缺少的也是时间。朱大爷，他等不了多久。救护车上有一些车载的医疗仪器，也可以延缓病情的恶化。但问题是，救护车就在不远处,他们却无法把病人送过去。

卢金有些绝望,身为医生,看着病人的生命在眼前流逝,那种无能为力的感觉,简直能把人逼疯。

钟景洲的目光,迅速在周围巡视,最终,他的视线定格在了外卖小哥腰间悬挂的一样东西上。

"那是?"

外卖小哥回答:"这是扩音器,我同事的,我的电动车箱子上的锁坏了,怕丢,就带在身上了。"

"给我。"

虽然不知道钟景洲打算做什么,外卖小哥仍是很顺从地把扩音器递了过去。

钟景洲打开开关,试了试:"喂……喂喂……"

楼道内,聚音效果极好。扩音器放大了钟景洲的声音,从上方传了出去,在楼道内回荡,哪怕每家每户,关着房门,这种音量也能听得到。钟景洲心里有了数。

"单元楼内的各位住户请注意听我说,请你们听清楚,你们的邻居朱大爷突发急病,需要使用电梯,有没有哪位邻居好心帮忙,把电梯卡拿上来借用一下?"

张冬冷笑:"这个老爷子跟邻居的关系处得不太好,你这样子没用的,说破喉咙都没人搭理你。"

钟景洲冷着脸,话锋一转:"各位住户,如果朱大爷因为施救不及时,死在家里,会有很多不好的流言传出去,到时候,不只他家卖不掉,你们家的房产价值也会跟着受到损失。我再重复一次,这个地段的房子均价每平方米五万,死了一个朱大爷,六楼的房价原地暴跌一百万,一百万,一百万呀……"

张冬一脸无语。卢金摸摸额头。外卖小哥目瞪口呆。但最让人惊愕的是,六楼东西两户,张冬怎么都敲不开的房门,在钟景洲重复了三次

"一百万"之后，同时打开了。先后有几个人小跑着上了楼，有男有女，有老有少。看见躺在担架上的朱大爷，他们的表情全都有些怪异。

有人问："朱大爷他没事吧？得了什么病？是不是得赶紧送去医院。"

有人解释："刚才听到敲门声，也没敢立即打开，因为不知道发生了什么事儿，也很怕惹麻烦。现在这个社会，留点心眼儿，多些防备，也是对自己和家人负责不是。"

还有人赶紧去按电梯，用电梯卡把七楼的电梯间打开，然后脚踩着门的位置，催促着钟景洲等人赶紧把朱大爷给抬走。

不到一分钟，患者的担架已到了单元楼门口。几个人惊讶地发现，先前被电动车堵得严严实实的门前，已被清理一空。救护车就停在门口，车门打开着，各种救援设备也已接通了电源。朱大爷一被抬上了车，心电监护等设备就全用上了。有了这些辅助的设备，卢金的心里边安稳了不少。他忙里偷闲，冲着驾驶室的位置，竖起了大拇指。因为他很清楚，钟景洲之所以晚上去一会儿，绝对是去停车了。那么杂乱的现场，几分钟内规整完毕，钟景洲肯定是耗费了不小的力气。但转念一想，倒也不觉得奇怪。这个男人，向来十分可靠，只要有他在的地方，连死神都要望而却步。今天所发生的一切，让他想起了从前。那种与钟景洲并肩作战、与死亡赛跑、最终总能赢得胜利的感觉，简直太棒了！

"卢医生，太好了，他是不是有救了？"张冬的情绪变得好起来，脸上浮现出了一丝期待。

他小心翼翼地把朱大爷的手放回到薄被里去，手背上已经插了留置针，并且将卢金拿出来的药给输上了。看着那一滴一滴的液体顺着细管流到朱大爷的身体里去，张冬觉得十分安心。

"希望很大，但是仍需要密切观察，等到了医院，赶紧安排给他做脑部检查，结果出来后，才能知道接下来该如何治疗。"卢金回答。

"一定没事的，我们赶过来的速度很快，在七楼也只是耽搁了一小会儿，而且我们还是坐电梯下楼的，争取了那么多机会，他肯定没事儿。"

卢金心里奇怪，嘴上却问："张护士，你早就认识这位患者？"

张冬摇头："不认识。"

"你对他，好像很关心。"那种关心就像朱大爷是张冬的亲人一般，任何人都能感受得到，尤其在刚才，当六楼的邻居肯为他们打开电梯，让出一条生命通道时，张冬激动得冲着几个人鞠了一躬，替朱大爷做了感谢。若是陌生人，他做的这些，的确是有点意外了。

张冬扭过头去，看着窗外向后匆匆而过的景物，很久才轻轻地说出来一句话："我爸，也是这个病。可是，我爸倒下去的时候是晚上，家里没人，等发现的时候，人已经……"这话一讲出来，他的眼泪跟着决堤而出。

卢金似乎明白了。他抬起手，拍了拍张冬的肩膀，以示安慰。

钟景洲虽然在专注地开着车，但也听到了张冬说的话。他抬眸看了看张冬，漆黑若夜的眸子，定格在了张冬身上几秒，在张冬没有察觉之前，又迅速移开了。谁的心底没藏着点儿伤心事呢？"子欲养而亲不待"，对于子女而言，这便是人生最大的遗憾。

钟景洲握着方向盘的手指，收紧了力道。

医院那边已经做好了接收患者的准备，救护车一到，急救推车就已经准备好了，几个人合力将朱大爷抬了上去，一路快跑，推送到急诊部门前。一扇巨大的透明玻璃门，将内与外隔绝成了两个世界。

钟景洲只一起将病人推送到医院急诊部的门外，他的脚步自然停了下来，没再往前走。

"大钟，一起来吧。"卢金饱含着期待在耳边催促。

钟景洲的胡子动了动，挤出了一抹苦涩的笑容："不了。"那急诊室内，纵然是千军万马齐上阵，紧锣密鼓多紧张，可早已与他无关了。

回到车队的时候，张冬的情绪依旧很低落，眼睛红得很厉害。哪怕是见到了钟景洲又在车上打盹儿，他也没像往常那样赶紧开启嘲讽模式。一时间，小小的救护车内，只剩下一阵安静。

张冬过于沉浸在自己的思绪当中，并没有注意到，看似早已睡熟的钟景洲，有好几次睁开了眼，从后视镜看着他偷偷地抹眼泪。

夏沫给溺水的少年开好了住院手续之后，又接受了少年家人的诚恳致谢。那孩子是家里的独生子，平时娇生惯养，颇受家人疼爱。出了这样的事，简直要把一家人的魂给吓没了。一家人陆陆续续赶到医院，在听说了急救的经过后，便留一个人守着少年，其他人全都来到医生办公室找夏沫致谢，少年的奶奶和妈妈，甚至要给夏沫跪下。若不是她当机立断，视频指挥，有效施救，处置得当，救护车赶到时，少年怕是已经不得救了。

他们说，夏沫是救了他们一家人。夏沫还在实习期，并不善于处理这样的场面，她找了个借口离开，却鬼使神差一般，来到了救护车队，找到了0703号救护车。

驾驶座上，钟景洲戴着墨镜，懒洋洋地躺着，一动不动，好像是睡着了。

夏沫看着他嘴角的大胡子被呼气吹得一翘一翘，便觉得有点好笑。她抬起手，想要敲敲玻璃，手指没落下去，却停下来，于是，扭头走到了另一边，打开副驾驶一侧的门，坐了上去。

"钟师傅……"

钟景洲没动，倒是后边坐着的张冬惊喜地站了起来："夏医生，你怎么来了？总控那边是有新的任务安排下来吗？我没听到啊！"

夏沫的表情有点不自然，她是真的没注意到张冬还在。"我来找钟师傅问点事。"

张冬一脸疑惑："是出诊时的详细状况吗？这个你得问我，我这儿都有记录，保证准确。"

夏沫看着张冬过度热心的笑容，很认真地说："我的事，只能问钟师傅。"意思是再明白不过了，她希望张冬回避一下，留下个私人谈话的空间。

张冬虽面儿上挂不住，但还是走了。临走前，他气呼呼地嘀咕："跟他一个开车的能有什么好说的？"

咣——救护车的车门被用力地关上了。

钟景洲抬起手，把墨镜摘了下来，整个人懒洋洋的，像只在阳光下酣睡不小心被人吵醒的大猫。他抓了抓胡子："你要问什么？"

夏沫一直觉得钟景洲的眼神过于凌厉，不像个开车的司机该拥有的，更与他困倦不醒的懒猫样子不搭调。被他一看，瞬间脑子空白了几秒，忘了自己要说什么了。

"夏医生？"钟景洲见她呆呆地看着自己，也有些不适应，摇正了座椅，抹了一把脸，提醒道，"你再回不过神来，我就下车去打水了。"

夏沫瞬时脸颊发热。她不安地清了清嗓子："我想跟您聊几句，然后……我就要回去急诊室了，我还有工作，那边不能出来太久。"

"那孩子，没事了吧？"钟景洲忽然问。

夏沫考虑了一会儿，才反应过来钟景洲指的是那位溺水少年，连忙点头："人已经恢复意识，检查结果也很正常，目前办理了入院手续，观察二十四小时，如果没有其他异常，就可以出院了。"

"嗯。"钟景洲点了下头，似乎对这个结果很满意。

对于这点，夏沫是能够体会和理解的。救护车出动，硬是开出了生死时速的感觉，他们辛辛苦苦地把人接回医院，当然是希望每个病人都能有个好结果。

"钟师傅，冒昧地问一句，您以前，一定是有过医疗相关的培训吧？我看您，似乎很懂。"

夏沫之前与张冬比较熟，跟钟景洲只是认识，也没什么机会闲聊。

从张冬的口中，她听到的全是关于钟景洲比较负面的评价：这个司机很懒，不修边幅，喜欢独善其身，拒绝与护士配合做紧急抢救，除了自己的工作能尽职完成之外，其他人的事，他是一概不愿意管。在救护车队待着，却不管"闲事"，这本身便与此处的整体氛围不相符。在生命面前，根本没有明确的职权划分，只要能救人，司机也好，护士也好，随车医生也好，关键时刻全都得上。

尽管别人的评价如此，夏沫却还是更相信自己的亲眼所见，尤其是今天经历了这一场紧急救援后，夏沫的心中总是波澜难平。她一遍遍地回想着几个小时前发生的一幕幕。钟景洲在开车，她聚精会神地对着手机视频讲解。那个角度，明明是无法看到钟景洲的脸。可每一个关键时刻，他总会适时出言指点。话虽不多，但字字全在点子上。

第一次经历如此惊心动魄的场面，可以说，若是没有钟景洲的帮忙，她是没办法准确而及时地做出正确判断的。而在医疗救援的过程当中，时间等同于生命，越早处置，从死亡线上夺回患者生命的概率就越高。

当溺水少年的亲人在围着她交口称赞，不停地表达感谢的时候，夏沫便想，他们需要去表达感谢的人，应该是钟景洲。对于夏沫刚才的问题，钟景洲好像没有听到，他弯着身子，在座椅下的小空间内翻找着什么。终于，他找出了一小盒茶叶，顿时心满意足，随手把杯子里的水倒在窗外。

"钟师傅？"夏沫顿时又是一脸无语。

做医生、护士的，多多少少都会有点洁癖，以及强迫症。钟景洲的大胡子，便是被人吐槽最多的一个点。至于随意倒水、不洗杯子就换新茶等行为，更是让夏沫看得浑身不适。

"哦？夏医生，你还在啊？"钟景洲像是才发现她的存在似的，"你不是说要问问题吗？什么问题？快说啊！我还等着去接热水泡茶呢。"

得，果然是没注意她刚才说的话。夏沫发现，自己想要详细了解这个大胡子司机的想法，已完完全全地消失不见了。"我是想问……算了，我还有事，先走了，以后再聊。"她推开副驾驶一侧的门，头也不回地走了。

隔着一段距离，钟景洲看着她纤细的背影，深邃的眸子里划过了一丝难言的情绪，很快又消散得彻彻底底，仿佛从来没有存在过似的。

下午钟景洲又出了一趟任务，接了个因与丈夫吵架负气晕倒的中年女人回医院。丈夫脸上挂着三道指甲血印,一路上,他不时地唉声叹气,但又不肯离开女人的病床边,就这么紧紧攥着妻子的手,嘴里念念叨叨地说个不停。

"她什么时候能醒过来?她为什么一直晕着?"

"有没有可能是脑出血?会不会留下后遗症?"

……

张冬本来还耐心地回答,但因为目前只是做了一些简单处理,更具体的情况还要等送回到医院,待医生做过详细检查后才能知道,因此每个问题都回答得很保守。但他的回答,令这个丈夫就不满意了。

"你们不是医生吗?医院派你们来,就是把病人给治好的。一问三不知,专业不专业啊?"

张冬被顶得莫名其妙,再加上这个男人长吁短叹,传染得他也觉得心脏憋闷起来。张冬火气上来,回了一句:"你真的那么疼老婆,就少惹她生气啊!人都气晕了,在这儿追着我找麻烦做什么?"

这个男人顿时爆发开了:"你怎么说话呢?你叫什么名字?小心我去医院投诉你!"

平时最在乎会被投诉的张冬,今天也是一反常态。听到这话,非但没有服软,反而直接把挂在胸前的工牌推到男人面前,给他看个清楚。

"是否投诉是你的权利,接受不接受你的投诉,院方自然会判断。但是我提醒你,救护车上都装有监控,路上发生的每一件事都有记录,编造故事之前,最好想想自己被打脸的时候要怎么解释!"

张冬这个纯粹是现学现卖了,他其实也是上午救护车被碰瓷的时候才知道救护车上是内外全装有监控设备。他来到救援中心没多久,满打满算也就是两个多月,这种事情从来没注意过。今天得知有监控设备之后,他还特意去找其他同事确认了一下,在得到明确答复后,张冬告诫自己,往后在救护车上,一定得谨言慎行。当然,他也可以利用这一点,来跟患者家属据理力争。

"现在请你保持安静，不要影响我对病人进行医学监测，如果你控制不了自己的情绪，我有权利现在要求你下车。"

一听这话，那个男人虽然悻悻然，却还是闭了嘴。这一路倒是很顺利，送病人到医院后，已是下午五点半，距离下班还有半小时。张冬舒服地倚靠在座椅上，伸了个懒腰，舒展一下疲惫的身体。他望向窗外，不知什么时候天空已是阴云密布。云层压得很低，空气中透着一股不适的憋闷感，看来一场大雨很快便要降临。

"等会儿下班得赶紧往家走，不然等雨下起来，交通肯定不方便了。"张冬已经开始在盘算着回家以后做点什么了。

就在这时，他听到钟景洲说："越是天气不好的时候，发生事故的概率就越大。"

张冬恼了。"你能不能盼点好的？"顿了顿，他又轻声说，"反正马上下班了，再出车也是夜间的同事来，我们就不用跟着操心了。"

这话才说完，耳机和挂在院门口的扩音器里，同时响起了调度台的小姐姐柔美的声音："0703号救护车请注意，紧急任务已发送，随车医生夏沫就位后，请立即出发。"

张冬猛然坐起来："不会吧，快下班了呀！"

钟景洲见怪不怪，挑了挑眉毛，低头确定他的保温杯里是否装满了茶水。他有种预感，这个时候出警，一定不是普通的任务。果然，当他把救护车开到指定出发点时，就见夏沫正等在那儿，一脸不高兴地跟廖队长交涉："不行，这次您必须给我派两个担架员，单单是靠钟师傅和张护士，根本无法应付得了。"

廖队长也很为难："夏医生，真不是我不愿意给你派，而是现在确实无人可派。你抬头看看这天，马上要下大暴雨了，气象台从下午开始每隔半小时循环播报一次提醒市民。目前周边的一些地区已经开始下了起来，120报警中心分派过来的医疗救援任务就没停过。现在这边的救护车基本都派了出去，别的车辆走得早，担架员也全带着，到你们这里，实在是没闲人了。"

夏沫恼火不已:"怎么能这样啊!要去那么远的地方,又是进村,我们三个人怎么够用?!"

廖队长叹气:"不够用也得努力克服,也没有别的更好的办法,你赶紧准备出发吧,0703号车在那儿等你呢。"

夏沫一扭头,果然是看到了已就位的救护车。

廖队长许诺:"下次……下次再出警,我保证优先给你派担架员,算作是补偿,这总行了吧?"

这种不知道能不能实现的承诺,夏沫压根儿不信。但时间紧急,她没法继续跟廖队长交涉,便只能先上车再说。

救护车发出了急促的鸣叫,夏沫一边扣着安全带,一边跟张冬确认车上是否有备用雨具。当得知物资补给充足时,她才稍稍松了口气。

"这次的病人是在雪域村,那是一个比较复杂的地方,不仅是农村,还在山里。按照辖区来讲,应该是县医院出诊,可按照路程来计算,还是从市医院派救护车过去路程更顺,速度也能更快一些。"

夏沫抬高声音,对着专心致志开车的钟景洲说道:"钟师傅,市区这段开快些,我们要赶在大雨落地之前开到村里去,因为有三公里的乡村土路,以及一公里左右的上山坡路,一下雨可就不好走了。"

"好!"

钟景洲看了眼时间,又把导航打开,默默计算路线。"路上需要四十分钟,你们两个抓紧时间休息,积攒体力。"

"早知道,应该去食堂打几份晚饭带过来。"快到饭点,张冬肚子饿了。

"带过来也不能在车上吃,出诊路上更没留给你吃饭的时间,你还是别想了,先忍着,等把病人接回来,再热热乎乎地吃顿好的。"夏沫说完,便靠在座椅上闭目养神。

张冬本来想聊天,但夏沫没这个兴致,他又不愿意跟钟景洲多说,便也蜷缩在座椅里，没一会儿就睡着了。

乌云越压越低，周围的光线越来越暗。

"这天气，还真差！"

钟景洲才喃喃地说完，一滴黄豆粒大小的雨点，啪的一声，清脆地砸在面前的挡风玻璃上。很快，雨越下越大，雨水越来越多，哪怕雨刷一直在不停地工作，视线依然模糊得厉害。市区之外的路面积水极其严重，救护车驶过，就像是在小河里开船似的。

夏沫早醒了，从后排换位置到了副驾驶座，她忧心忡忡地说："这雨也太大了，速度根本提不起来。"

"尽力吧。"钟景洲脸上的冷静，近似于冷酷。似乎不管眼前发生多严重的状况，都不足以打破他的镇定自若，语气里也不见焦急之色。

又开了一段，车子从省道转弯，开上了小路。救护车立即不停地颠簸，剧烈摇晃，夏沫和张冬必须牢牢抓紧上方的固定拉环，才能勉强稳住身体。

"钟师傅，你盯着点导航，千万别走错路了。"夏沫不安地提醒。

钟景洲沉默着。他此刻担心的并不是路线问题，而是0703号救护车的自身状况，发动机嗡嗡作响，好像得了重度肺炎的老人。根据以往的经验，这可不像是路面不平而造成的，倒更像是……

这会儿雨下得太大了，根本没有干爽的地方让他做进一步的检查。前不着村后不着店，路况又这么差，钟景洲也只能祈祷0703号能够挺得住了。还在想着，车子突然像有一瞬间的失重，毫无预警地停在了那里。

"什么情况？熄火了吗？"夏沫问。

钟景洲又打了两次火，发动机只是闷响，并未启动。他摇头："应该是发生故障了。"

救护车内，有一瞬间诡异的安静，因为谁都不知道该说什么，甚至不知道该怎么办。车窗外，已经彻底没了光线。那是伸手不见五指的黑暗，透着令人不安的压抑。

大雨比之前下得还要更大了些。雨点噼里啪啦地拍打在了救护车上，总让人疑心，那里下的不是雨，而是冰雹之类的。

张冬烦躁地在救护车内走来走去。夏沫打开了车门，探出头去看了看，等她把脑袋缩进来的时候，头发湿了大半。

"钟师傅，想想办法啊！"

夏沫说完，张冬立即赞同地点头："不能因为车坏在这里，便坐以待毙，什么都不管了吧？"

钟景洲掏出电话，开始跟总控中心联系，说明了车辆故障的原因，以及他们此刻所处的地点，并且要求总控中心另外派车过来，接着他又联系了车辆故障应急处理中心。挂断电话，钟景洲这才回答："我已经做好了应急处置。"

夏沫和张冬都没有吭声。钟景洲也不理他们，回到驾驶座上，把座椅给摇出他最喜欢的弧度，自顾自地躺上去，并悠然地长舒了口气。

钟景洲如此泰然处之的状态令夏沫和张冬大为惊叹。他沉默的时候，救护车内就显得特别憋闷。

张冬终于忍不住了："喂，钟师傅，我们现在做什么？"

钟景洲言简意赅地回了一个字："等。"

"等人来救我们？"

"是。"

张冬语带嘲讽地说："我们就是医疗救援人员，本是要去救人，人没救到，反而要把自己搭上，等着别人来救？可是真有出息！"

钟景洲如往常一般，每次张冬开始火药味十足地指责，便会直接把他当成空气来对待。冷处理的方式，往往很管用。因为张冬不可能一个人喋喋不休地站那儿说个没完，他自讨没趣之后，便会离开。但今天，他被大雨困在救护车内，哪儿都不能去，脾气就愈发暴躁起来。

"钟景洲，你总是自诩工作敬业，可你现在又在做什么？就不能想点办法吗？"

"我没有办法。"

钟景洲在听到"敬业"二字之后，整个人陡然为之一变。不等张冬再次咄咄逼人，他冷冷地说："我是救护车司机，我不是救护车修理员，车子坏了我很遗憾，但不是我专业内的事，我做不了。"

"你……"

张冬气急败坏，年轻人的冲动劲儿一旦上来，就想上去撕扯他。为了避免两个男人打起来，夏沫只能隔在中间，把自己变成一道障碍，将他们分开。

"张护士，你要冷静。"

张冬低吼："夏医生，他每次都是这样，出任务的时候，若是有什么事，他不是说不会，就是说不行，要么是不肯。总而言之，不是他的工作，他绝对不会多做。这种毫无牺牲奉献精神的利己主义者，这种只懂得划分好责任，坚决不肯管别人死活的家伙，可能放到任何一个工作岗位上，全都没有问题，因为他的确是完成了自己的工作部分，但唯独不能待在救护车队！这里是什么地方？这是跟死神赛跑的战场，我们每天做的全都是在抢时间，救下的是一条条鲜活的生命，只要能够完成使命，哪里有严格的区分！连这点觉悟都没有，他根本不配成为我们的同伴。"

钟景洲不屑地撇了下嘴唇："说这些话，不过是想道德绑架。你那么能干，你可以下去啊！你不是个实习护士吗？你现在又在做什么？自诩工作敬业、无私奉献的你，为什么不能想点办法呢？"

听见他拿着之前自己所说的那些话，直接回敬了回来，张冬气得直喘粗气："你这种人根本不具备在医疗救援大队工作的基本能力，等这次结束，回到队里，我会跟廖队长提出严正的投诉，要么你离开，要么我辞职。我跟你，绝对没办法共事！"

"行了，你们全都少说两句，吵架如果有意义，能让救护车动起来，能让我们及时赶去接病人，你们吵到天亮都没关系。但问题是，除了用言语去伤害对方之外，还有什么价值吗？"

夏沫的手机忽然响起，她挥了挥手，在距离自己最近的椅子上坐下来。接起电话，她的眉毛就皱着，且越皱越紧。她不停地在与对方交涉，说明原因，希望对方能多想想办法。但效果并不理想，电话那头也是一个劲地在说抱歉。等到挂断电话，夏沫的手无力地垂落，眼泪也跟着涌了出来。

"夏医生，怎么啦？"张冬看着她突然变得失魂落魄的模样，也跟着紧张起来。

"雪域村的那个病人，现在状况非常不好，若是不能得到及时救助，恐怕是熬不下去了。可是……"

夏沫使劲地擦了擦眼睛，哽咽着说："可是，因为大雨的原因，市内发生了多起交通事故，救护车队全员出动，得等到有车回来，才能调派给我们，这需要用多长时间，没有办法预估。更别提从市内到咱们这个位置，还需要开很久，这段路是越下雨越难走，一来一返，大量的时间没了，那个病人……她该怎么办？"

这种事谁能解答？赶上了天灾，赶上了故障，赶上了各种不方便。都想救人，但如何救呢？

夏沫擦着眼泪，下意识地望向了钟景洲，就见他仍是在闭目养神，一副此事与自己无关的冷漠姿态。

"听急救中心的人介绍，病人是一个五十几岁的家庭妇女。她的男人双腿没了，常年瘫痪在床，她既要种地、赚钱、养家，还得帮助儿子、儿媳照看两个小孙子。如果她没了，这个家也就毁了。床上瘫痪的男人怕是没了照顾也熬不了多久，儿子、儿媳必须有一人回到家中，沉重的压力，会把这一户人家彻底给压垮。而这些全与我们不能及时赶到有着直接的关系。"像是在进行某种情绪的发泄，夏沫明知道自己这样子说个不停，也是于事无补。但她真的太压抑了，难过到了几近窒息。她崩溃了，捂着脸，无声地哭泣了起来。

"钟师傅，咱们真的没有办法了吗？就不能再试试吗？"

钟景洲突然坐直了身体，闷闷地应了声："嗯。"接着，他打开车门，直接跳了下去。

"他是疯了？这又是要做什么？"张冬诧异地问。

"钟师傅是在想办法呢。"夏沫赶紧跟了下去。

发现钟景洲去后备箱里取了工具出来，深一脚浅一脚，朝着发动机的方向走了过去，夏沫激动地低叫起来："他要去修车。"

大雨瓢泼而下。这样的天气，连将发动机的盖子打开都会冒着极大的风险。

钟景洲再次表现出了他凡事不求人的个性。他拿了车上最大的雨伞，单手撑着，阻断了雨水的同时，还在努力检查着发动机的状况。的确是术业有专攻，他会开车，也会简单的汽车修理，但这些仅限于日常最简单的情况，更复杂的故障就不行了。尽管如此，钟景洲还是一丝不苟地完成自己所能判断的检查，汽车手册也放在身上，查阅不出结果后，他干脆用手机查百度，先简单描述车子的状况，再从检索出的结果里一一查找、尝试、排除。

"他在干吗呢？现学现修啊？能行吗？"张冬一连用了三个不同意义的疑问词。

"行不行的，他也是在努力啊！"夏沫哭过一场，情绪稍稍平复。她顺手扯出了放在座椅下方的雨衣，胡乱套在了身上。

"你要做什么？"张冬诧异地问。

"当然是下去帮忙了，总不能让他一个人在大雨里努力吧！我过去，帮忙递一递工具，或是给他撑着伞，这不是也可以吗？"

"可是，雨那么大，你是医生，你又不会修车子。"张冬挡在了车门口，看着地面已经积起了挺深的水，一百个不赞同。

"张护士，你怎么回事啊？让开路啊！0703号一旦发车，车上的所有成员便是一个整体，任何恶劣的情况全都得一起去面对。把钟师傅扔在大风大雨里一个人苦撑，这事儿我做不出来。"

夏沫讲着讲着，就来了脾气。她把张冬一推，直接跳下车，双脚瞬时被泥泞的黄色雨水给吞没了。

"好冷。"她瑟缩了下，但仍是步履坚定，来到了钟景洲身边。

"你下来做什么？去车上等着！"钟景洲看了她一眼。

夏沫固执地摇摇头，把钟景洲手上的伞夺了过来。钟景洲身材高大，她必须双手举着，才能撑过他的头顶。

"钟师傅，你继续查故障吧，我来帮你挡着雨，我们一起加油！"

钟景洲本来还在看着手机，听到这话，再次抬眸，深深地看了她一眼。夏沫的头发，已经被雨水打湿了。一张秀丽甜美的面孔，即使不用化妆，也是年轻人最美好的样子。她的眼睛里有光，那是他不止一次看到的。无论什么时候，也不论是何种处境，或许她会失望、会沮丧、会气馁，但她眼底的光只会短暂沉寂，很快便又明亮起来，让人莫名地感到振奋。到嘴边的拒绝，吐出口时，却变成了一个"好"字。

没一会儿，张冬也从车上下来了："钟师傅，有没有需要我帮忙的地方？"

"手电。"本来夹在钟景洲臂弯里的手电筒，被张冬给接了过去。

前后皆是一片黑暗，耳边除了哗哗大雨的声音再无其他声响。钟景洲专注地在研究着，无数次尝试之后，终于，他神情一振，让夏沫继续用伞挡好了暴露在外的发动机，他自己则返回了驾驶台，钥匙一转，发动机发出了一种低沉的咆哮声，磕磕绊绊了几次之后，车灯突然亮了起来。

"修好了？"夏沫几乎不敢相信自己的眼睛，她欢天喜地，惊呼了一声。

钟景洲重新走过来，盖上了发动机的盖子，然后吩咐夏沫和张冬赶紧上车，准备出发。车子再次上路，虽然依然开得缓慢，但毕竟还是继续前进了。此时，已整整过去了四十五分钟。

"要不要跟总控那边联系一下，告知我们已经把车子修好？"夏沫一边擦身上的雨水，一边问钟景洲。

"我会处理。"

钟景洲话音刚落下,就听见张冬非常不爽地冷哼了声:"钟师傅,你是不是应该好好反省一下自己?"

夏沫听到这又是火药味十足的一句话,脸色顿时变得难看起来。

"张护士,你不能少说两句吗?如果不是钟师傅处理得当,咱们现在还在原地蹲着呢!你为什么总是处处针对钟师傅呢?"

见夏沫是站在钟景洲那边的,张冬更是气不打一处来:"我针对他?哈!你怎么不想想,是他做的这事儿不地道。他嘴上说不会修,实际却是完全能够修得好;他就非要拖延着不肯动,等着别人去求、去哄、去劝,才做出勉为其难的姿态,解决了问题,还要获得大家的感激。这种行为,难道不该反省吗?工作时间,那是个人耍帅或是闹脾气的时候吗?雪域村里还有个病人等着呢!"

救护车随着路面凹凸不平颠簸前进。车内光线极暗,就只有张冬在喋喋不休地讲个不停。钟景洲一如既往,保持绝对的沉默。他这个人话少,似乎也不愿意为自己多做辩解。

张冬说着说着,见钟景洲也不言语,慢慢地自己也平复了下来。

"真是不愿意搭理你这种人,等回去之后,我绝对是要提出申请,不再跟你合作。"撂下一句狠话,张冬就抱着东西,去救护车最尾部的座椅上去了。他是要努力地跟钟景洲保持距离,至少姿态要做得足足的,让这救护车内的所有人都看清楚。

夏沫也换了个位置,但她选择的是副驾驶的座位,这样子能与钟景洲并排而行。

"钟师傅,多亏有你在,咱们把车子修好,这下就能及时赶过去了。我想,病人和家属肯定会很期待能见到咱们。"

钟景洲再次转头,眼神有些奇怪,他看了她一眼,仿佛是想从她脸上看出些什么。夏沫回给他的就只有诚意满满的笑容。

"钟师傅,从上次我就知道,你是最好的伙伴,能和你组成一个团队，我感到无比荣幸！"

车厢内，只有那么大的空间。张冬公开决裂，夏沫却选择了站在钟景洲这边。她甚至连声音都没有压低，存心要替钟景洲出气。张冬的话里话外，总是带了点瞧不起人的感觉，任何人都能听得出，他是一直在针对着钟景洲处处找麻烦。

"夏医生，你什么意思啊？"张冬低吼。

夏沫可不惯着他，直接顶戗过去："张护士，你又是什么意思？杭市人民医院是你家开的？所以救护车队内所有人都得围着你转？钟师傅在车上工作了好几年，来得比你早，工作也做得很到位，连你们廖队长平时都没那么多意见，就你话多，整天叨叨个没完。我提醒你一句，当你觉得一个集体内自己过得不太好、处处不如意、哪儿哪儿不顺心，你首先不应该是去找别人的麻烦，而应该好好审视一下自己，是不是你戴着有色眼镜看人，专揪着同事的短板说事儿，永远瞧不见别人的长处呢？"

张冬可以对钟景洲动怒翻脸，不假颜色，那是因为他只是个普通的救护车司机而已，是整个医院底层的救援人员，未来职业发展有限，哪怕他干得再好，到最后依然只是个司机罢了；但却不敢跟夏沫直来直去地硬磕，虽然夏沫现在还只是实习医生，但她是标准的科班出身，医学专业本硕连读，且学校里的硕导就在本医院内任职，上上下下的医生，有不少是她的师兄师姐，人脉关系极佳，惹翻了她一个，等于是惹到了一大群。张冬很爱惜自己在本医院的名声，他并不想得罪像夏沫这样的人。

车厢内总算是又恢复了往昔的平静，三个人全都没了讲话的兴致。

第三章　医者无责

穿过最难走的那段泥泞路，离雪域村已经不远，都能看见零星散落着的点点灯光了。

"夏医生，做一下准备，我们五分钟后到达目的地。"钟景洲顿了顿，又提出了一个比较棘手的难题，"我不知道哪一户是患者的家，得想个办法确定一下。"

但救护车一靠近村口，钟景洲担心的问题就迎刃而解了。大雨之中，有几个人撑着伞站在了那里。救护车一路拉着警报前行，车顶的警报灯在黑沉的雨夜里，旋转闪烁着蓝白之光，离得老远，就能看得很清晰。

几个人迅速迎了上来，嘴里念念有词：

"来了，总算是来了。"

"太好了，有救了。"

钟景洲摇下车窗，探头问："你们是病人家属吗？病人在哪里？"

"我来带路，跟我走。"一个年轻人大声说完，就往正前方快速跑去。

钟景洲开着车,跟在身后,一直开到村里边的一个农家小院门前,才见不少村民撑着伞,站在那儿。救护车停下来时,夏沫和张冬已戴好口罩,装备整齐,一起下了车。

"病人在哪儿?"

刚刚给救护车带路的年轻人一抹脸上的雨水说:"我妈在屋里边,你们跟我来吧!"

病人是一位五十六岁的农村妇女,日常生活很是艰难,有瘫痪的丈夫和年事已高的婆婆要照顾,儿子和儿媳妇才结婚没几年,两个小孙子正年幼。家里边并不是只有她一个劳动力,可是,她在家里的重要性却是不言而喻的。就像是一头大蒜里,支撑着所有蒜瓣的蒜柱,只要她在,生活虽清贫,却能熬过去。现在,她虚弱地倒下去了,整个家中迅速被一种惶惶不安的氛围所笼罩。

"下午的时候,我妈从地里干完活回家,口渴喝了一大杯凉水,之后就突然上吐下泻,浑身冒汗,她自己吃了两片治疗拉肚子的药,又睡了一个多小时,拉肚子是止住了,但时不时地还会呕吐,肚子疼得直打滚。我们隔壁村有个诊所,大夫来看了一眼,说她是细菌性肠胃炎,给开了些药,可吃下去后不见好转,人看着都快不行了。我心里边害怕,就打了120,麻烦你们过来一趟,救救我妈。"年轻人急切地把他所知道的情况给说了一遍。

夏沫连连点头:"我先检查一下。你让屋子里的人全都退出去,把空间让出来,让空气流通起来,还有灯,也全打开,我需要足够的光线。"

年轻人依言去做了。张冬配合着将医药箱打开,随时准备将夏沫所需要的医疗用品递过去。

"发病之前和发病期间,除了未加热处理的冷水,你母亲还吃了什么?"

年轻人想了想:"好像只喝了半碗小米粥。"

他看向了妻子，妻子点头确认："晚上煮的饭菜也全没吃过，中间喝的水都吐了。"

夏沫看了一眼张冬，张冬心领神会，快速记录下来。

"你母亲吃的药呢？拿过来给我看看。"

等年轻人去取药的时候，夏沫又问奄奄一息地躺在那里的患者："哪里疼？你给我指一指。"

患者捂着小肚子，犹豫了一会儿，手又挪到了胃的位置。

可当夏沫问她是否确定的时候，患者再次摇头，把手按在了腰上，虚弱地说："这儿。"

"好像是肠胃炎。"张冬插嘴，"上腹痛正中偏左或脐周压痛，恶心，呕吐，呕吐物为未消化的食物，吐后感觉舒服，腹泻胃部症状好转而停止。而且据患者的儿媳妇说，她服过治疗急性肠胃的药物后，有明显好转，应该是……"

夏沫忽然抬头瞪了他一眼："不要急着做出判断。"

张冬有点生气，但也没有说什么。他虽然是护士，但是心里边一直觉得自己入错了行。如果初中的时候，读书再努力一些，他就不该去读卫校，而是应该考高中、念大学，本硕连读，就跟夏沫一样，风风光光做个受人尊敬的好医生。那才是他对于自己的人生所期待见到的最美好的样子。只可惜，梦想是美好的，现实却很残酷。他只是个护士，还是待在救护车上做紧急救援的随车护士，他跟一个发自内心看不起的大胡子司机做搭档，还要被个年轻稚嫩的小丫头呵斥。这生活——

"张护士，准备担架，我们先把患者送回医院，做进一步的检查。"

张冬小跑着出去，没过多久，他又返了回来，身后跟着扛着担架等候已久的钟景洲。

"钟师傅，病人疑似患细菌和毒素感染所导致的急性肠胃炎，用药后效果不佳，需立即返回医院。"

钟景洲应了一声，把担架交给了张冬，但他并没有立即去帮忙。看了一眼患者，他眼中产生了一些犹豫。见患者已准备起身，想往担架上坐，钟景洲更快一步，一只手扶着她，另一只手"不经意"间压了下她的右下腹。

"啊，疼。"患者尖叫了一声，就这一下，脑门上直接见了汗。

钟景洲疑惑地说："她好像是急性阑尾炎。"

夏沫陷入思考，钟景洲不经意的一句话提醒到了她，怪不得之前给患者检查，始终是觉得哪里不太对，她的临床医学观察经验还是不够，思路被患者家属的话所左右，没能找出更确切的原因。急性肠胃炎和急性阑尾炎之间有很大的差别，但在体征表现上，却也有不少相似之处。会是她的判断错了吗？

张冬却是借题发挥，指责了起来："你一个开车的跟着乱猜什么？你知道什么是急性阑尾炎吗？不懂装懂，出了事故，你负得起责任吗？"

"急性阑尾炎，我妈以前得过这个病。"钟景洲随意找了个借口。

张冬一听就来了劲儿："靠着这点小经验，你就敢在一位专业医生面前指手画脚？她已经做出判断是急性肠胃炎，你乱发表什么个人见解？难道夏医生都没你的水平高？！"

钟景洲不再说话。

张冬见自己说了这么多，夏沫也没吭声教训钟景洲，顿时有些不依不饶起来："夏医生，你也说说他，做人要懂得分寸，知道掂量掂量自己的斤两。啥都敢乱插言，实在让人气愤……"

夏沫却像是没听到他说的话似的，扶着患者，转换为左侧卧位。这个姿势，方便她检查阑尾的情况，夏沫小心地按压了下患者的阑尾位置，见她的表情顿时转为痛苦，便迅速改为手指叩击，根据振动产生的声音来做出判断。

"的确有点像。"她皱着眉，像是在喃喃自语，又像是念念有词地说给谁来听，"如果是阑尾炎开始的时候，肚脐周围或者是上腹部往往会出现疼痛，疼痛逐渐转移到右下腹，通常伴有恶心、呕吐，甚至腹泻等胃肠道的症状，检查阑尾区会有固定的压痛点，这时候基本可诊断为阑尾炎。但是临床上阑尾炎往往表现并不典型，不能够排除是不是右侧输尿管结石，因为输尿管结石同样可能会向右侧的会阴区放射疼痛，女患者还需要和痛经、宫外孕、卵巢扭转等疾病相互区别，这都需要一样一样地仔细排查。"

她突然看向了钟景洲，面露疑惑："而且急性阑尾炎是非常疼痛的，这种痛苦不是两片治疗急性肠胃炎的药能缓解的。"

钟景洲看似有些漫不经心："压痛的程度与病变的程度相关。老年人对压痛的反应较轻，这也是一种常见表现，患者突然觉得没那么痛了，可能只是个体对痛觉的反应没那么敏锐罢了。当炎症加重，压痛的范围也随之扩大；当阑尾穿孔时，疼痛和压痛的范围可波及全腹；她现在的痛楚感已扩大，但此时，仍以阑尾所在位置的压痛最明显。"

夏沫点了点头，明白了钟景洲的意思："阑尾炎很容易出现误诊，明确诊断需要借助一些医疗手段，最好立即送医院做血常规检查以及腹部CT的检查。"

钟景洲说："路上还有一段很长的距离，患者发病的时间已过去了七八个小时，若在送医过程中发展为化脓性阑尾炎，会有阑尾穿孔的风险。"

"我明白，在不能做出准确的判定之下，有必要先采取措施，预防最坏的状况发生。等会儿上了车，我会给她开一些抗生素，先进行消炎。"

两个人简单交流完毕，患者已经上了担架。

钟景洲与张冬一前一后地抬着，老人的儿子用雨衣把患者遮挡得严严实实。到了救护车上，夏沫便催促着张冬给患者进行静脉注射。

张冬仍是满脸不愿意："夏医生，你还真听他的话啊？万一不是急性阑尾炎呢？这不是……这不是涉嫌滥用抗生素吗？"

"哪里是滥用了？你倒是给我说清楚。"夏沫还在为刚刚的事生气呢，听到张冬又在借机挑事，就要发作了。

张冬哼了声，洗手消毒，过去配药，他不想再跟夏沫起争执了。

救护车重新上路。光线变幻之间，钟景洲的神情，看起来不很清晰。车辆很快穿行过了最泥泞的那一段土路，道路一下子变得平缓起来。

"哈，接下来就快了。"夏沫松了口气。

钟景洲听到后，只是轻轻地说："希望如此。"

车厢内，患者在轻轻呻吟，她极力忍耐，但那疼痛的感觉，仍是没有一刻停歇。

"你感觉怎么样？还是疼得很厉害吗？"夏沫俯下身来轻问。

"好疼。"患者虚弱地哼了声。

"再忍忍，很快就到医院了。到了医院，咱们就有办法确诊，所以，你一定要撑住，好吗？"

话音才落，救护车突然打了滑，向一个方向迅速飘移过去。夏沫的身体随着惯性自然向着一个方向倾倒了过去，她下意识地抓住了最靠近的安全座椅，但仍是耗费了巨大力气，才稳住自己没有飞出去。

正前方传来了钟景洲的声音："夏医生，你怎么样？有没有磕碰到？"

夏沫踉跄站起："我没事，但是我要去看看患者。"

张冬气急败坏："你到底会不会开车？故意报复是吧？"

钟景洲不答，拉开车门，直接跳了出去。

"好像是有事故。"夏沫趴在窗上，看了一眼外边。

国道上没有路灯，到处都是黑漆漆的，还有雨在一直往下落，能见度极低。但隐隐约约好像看到正前方有灯光，还围着不少人。

"张护士，你来看一下患者，我要下去看看是怎么回事儿。"

职业的敏感，令夏沫选择直接拿上了医药箱。等她一路小跑，到了跟前，有些意外地看见面前出现了一辆加了后挂的大货车侧翻倒地，将路面堵了个结结实实。货车的一边是从车厢内散落出的货物；而另一边，夹着一块巨石和一大堆土，看样子是发生了山体滑坡事故。货车司机察觉之后想要躲闪，虽然勉强成功，但车子也跟着翻倒了下去。有一辆私家车失控，车头直接钻到大货车后面，受损严重。

"有人受伤吗？我是医生，我可以提供医疗救援。"夏沫大喊了一声。

钟景洲很快回到了她的身边："货车倒地之前，速度并不快，货车司机没有受伤，他从车窗内爬出来了，人没事儿。私家车司机也只是轻微擦伤，并无大碍。"

夏沫这才松了口气。钟景洲的下一句话，却将她好不容易放松的心情又送回到令人备受煎熬的状态。

"但我们有麻烦了。"

"钟师傅，什么情况？"夏沫诧异地望着他。

钟景洲指着货车一侧："这辆货车带着两节后挂，车厢里的货物严重超载，倒下来后，车体和货物将路面堵了个严严实实，而且靠近山体的那一侧还有从山顶滑落下来的土和石块，我们无法通过。"

车上那位患者，极有可能是急性阑尾炎。即使已经使用抗生素进行紧急处理，但仍有很大的风险会因为送医不及时而导致阑尾穿孔。若真是如此，病人将随时面临着生命危险。

这一次，竟又是一次与死神争夺时间的旅程。

夏沫着急地问："我们是否可以去选择别的路线？绕一点儿没关系。"

钟景洲摇头，手指转向正前方——那条被阻断的道路的远处："那条隧道是回到杭市最近的路，若是绕行，就得去下一个高速公路的入口，但这么规划路线，绕得是比较远了，粗略估计，最少得需要三个小时才能到达。你觉得，车上的患者，她还能撑得了那么久吗？"

夏沫紧咬着牙关："我来联系医院，看是否能紧急调用直升机过来，实施空中医疗救援。"

杭市人民医院的医疗救援团队已建设得非常完善，正常情况下，足以应付大部分的医疗救援任务。然而，钟景洲却只是望着天空之中久久不散的阴云。雨势仿佛已转小了许多，但看着那些令人不安且压抑的黑色，他便知这场雨还没那么快过去。即使总控指挥中心允许使用直升机过来接患者，但这周围的路况是这样，前方拥堵，后边也渐渐有许多车辆停下，路堵得越来越严实，直升机过来又要在哪里找降落点呢？

夏沫不等他答复，已经给总控中心打电话了。但没过多久，她满脸沮丧地说："不行，总控指挥中心说院里的两架直升机都已外出执行任务，而且咱们所在的位置，直升机无法降落，钟师傅，咱们必须自己想办法了。"

她终于不再纠结，下定了决心："要不，咱们就去下一个高速公路的入口，您路上开快些，尽量争取时间。"

钟景洲依然摇头："后边的路，已经堵死了。"

大货车侧翻已有十几分钟的时间，被堵的车辆还真的不少。没多久，进出通道全都是车灯亮起来的光。

"道路抢险的人很快会到来，交警那边也会派人过来，有人疏通，有人救援，这里才会慢慢恢复秩序。"钟景洲抹了一把脸，"在那之前，咱们先耐心地等一等吧！"

"可是……"夏沫仍是觉得不妥当。

钟景洲却是催着她快点回到救护车上去，患者的病情随时可能会出现变化，夏沫必须守在一旁。

"没有可是，你快点上车去记录好患者的病情，将救护车上的设备先利用起来，把患者的身体数据及指标变化先传送回急诊室那边，让他们记录好，并先一步做好相关准备，确保我们将病人送至医院后第一时间能得到妥善的处置。这个时候，干着急没有用，去做你此刻能做的事，冷静下来。"

夏沫的头顶，像是被人狠狠地泼了一桶冰水下来。钟景洲对她发号施令的样子，让她想起了自己大学的老师，她在院里有时间就会跟着去手术室,每遇紧急时刻,她的老师都是这样子不急不躁,指挥着她来做事。难道钟景洲是在医院里待久了,见惯大场面,同时也染上了急诊室大夫们所具有的气质?

夏沫回过神来,回到了救护车内,稍作整理,便来到了病人身边。

陪同母亲去医院的是患者的儿子,只见他紧张得快要哭出来了:"夏医生,现在该怎么办?救护车不是有那个会响的警笛吗?我听说,只要一打开那个,救护车就可以闯红灯,也能超速,反正是一定可以把病人给送到医院去。你快点去把司机叫回来啊,咱们必须出发了,不能耽搁。"

夏沫取出一些具有止痛功能的药物,准备给患者做止痛处理,以便减轻她的痛苦。

"因大雨的原因,山顶泥石滑落冲毁了路段,还有一辆大货车侧翻发生了交通事故,道路不畅,救护车暂时没有办法正常通过。你别急,我们的司机正在想办法,给他点时间。"

张冬听到这话,如往常一般小声嘀咕:"他能有什么好办法?"

夏沫已经懒得再跟张冬去较劲,她记得钟景洲的提醒,此刻决定完成一件事,这是一位医生应具备的基本职业素养。

"家属,请你回到自己的座椅上,稳定情绪,保持冷静。请你相信,我们是专业的医疗救援人员,我们一定会拼尽全力,将你的母亲尽快送往医院。"

患者的儿子虽然着急,但听到了夏沫这样说,便只好在病人身边坐下来。

"夏医生,万一咱们送不过去该怎么办?要不要,在救护车上先把手术给做了?这应该不算是什么大手术吧?"张冬灵机一动,又开始出主意了。

"医疗题材的电视剧里,不是经常会有类似的情节吗?临到危急关头,医生沉稳应变,利用有限的条件,创造了一个又一个医学奇迹,挽救病人的生命于危急关头。"

"张冬！"夏沫的目光凌厉地扫了过去。此刻，这位年轻的实习医生被激怒了，一扫平日里的温柔和气，连名带姓地低吼。

"我就说说而已，提个建议，如果不行，那你就别做呗。"张冬是一副受了伤的神情，他的确是好心好意，在帮着想办法。

患者的儿子同样是生出了些许期待："夏医生，如果实在来不及去医院，那么在车上……"

夏沫在心里边一再告诫自己不能生气，不能焦躁，必须冷静处理每一个所面临的棘手问题。

"患者的病情，目前还没得到确诊，怎么可以随意选择动手术呢？而且，患者的血压很高，身体状况不稳定，她必须到医院，有各种医学仪器的辅助，才可以确定下一步的治疗方案。"

"可是……"

"专业的事交给专业的人来做，我能理解你的心情，但请你保持理智，不要干扰医生的正常工作，这也是为了你母亲好，知道吗？"

夏沫的脸虽然很年轻，甚至还能隐约看到一丝学生的稚嫩，可在紧急关头，她处置果断，眼睛里透露着不可抗拒的光芒。

患者的儿子终于恢复了几分冷静，他整个人颓然地坐在那里，把脸转到了一旁去，无声地啜泣起来。母亲患病，饱受折磨，身为人子，他看在眼中，却想不出能帮得上忙的办法。

夏沫望了一眼车下，只见钟景洲正在侧翻的大货车旁，快步来回，走走停停，也不知道是在做什么。他的身后，逐渐聚集起了几张陌生的面孔，有的撑伞，有的披着雨衣。天上的雨，一阵大，一阵小，喜怒无常，令人苦恼不已。

可钟景洲没有回到救护车上等待，他在雨中忙碌着。夏沫坚信，钟景洲一定是在想解决的办法，并且一定能够找到妥善的方式来完成自己的使命。想到这里，她的心便稳定了一些。

"张护士，麻烦你过来帮忙。"

张冬还在因为刚才那几句争执而生闷气，但有患者在车上时，他即便是不情愿，也得听从吩咐。

"我们要努力让病人的病情稳定下来，如果真的是急性阑尾炎，那么我们一定要给钟师傅留出赶回医院的时间，哪怕必须绕远路。"

"你是医生，你又不是神。"张冬压着嗓音嘟囔了一句。声音太小，且含糊不清，患者跟家属都没听到，但夏沫却听得清清楚楚。

夏沫这次没有愤怒，只是说："我的确不是神，但我是一个尽职尽责愿意拼尽全力的医生。"

张冬哑然。

车外，正在跟钟景洲讲话的是保险公司的工作人员。货车司机打过电话后，保险公司便随即分配距离事故现场最近的两名保险专员来处理。这一场大雨，事故频发，两名保险专员恰好也在附近处理事故，因此他们在没堵车之前就到达了，速度是相当快，勘验现场，接着要定损。

那辆私家车投保的保险公司人员也已经到达了事故现场，正在处理相关事务。

"当务之急是要清理道路上的障碍物，让道路恢复畅通。我的救护车上有一位患者得了急病，需要紧急送往医院，路再多堵一会儿，病人的危险便增加一分，还请大家一定帮忙。"

保险公司的保险专员很是为难："交警还没赶过来，贸然动了现场，等会儿说不清楚。大货车侧翻，货物损失不可估量，这个案子不适合走简易处理程序。"

"人命关天，还是要先以患者为优先考虑。这样吧，你们先快速地去做一些拍照取证的工作，我去找些人来，先把道路疏通开。"钟景洲打断了他的话，果断地做出决定。

在钟景洲眼里，生命权永远优先于财产权，没有什么比他车上的那位患者更重要。他刚刚已经确定过，整个道路的畅通，需要交警到场协调，从大货车上翻掉下来的货物每一件都有数百斤，包装得严严实实，一件压着一件，想要挪开，必须调集专业叉车和中小型起重机才能做到。那么，最容易打开的突破口，其实是在私家车那一边。从山顶滚落的石块和泥沙，没有称手的工具，不容易处理干净。但是只要把私家车挪到空处，再将周围的泥沙石块处理掉，一辆车的通道也就让出来了。

理论上说起来容易，实际操作起来还是有些难度。比如，私家车的车头处几乎已撞报废，近三分之一嵌到了大货车的底部，形成了难解难分的局面。现场可能用到切割、搬移的工具，在这大雨天，想要找到都不容易，而偏偏这也是及早解决事故影响的关键。

钟景洲筹划完了第一套解决方案后，又望着对面长长的车阵，开始在脑海里列出第二套方案：十五分钟内，如果道路依旧拥堵，那他会冒险，让救护车一路逆行，开往最近的高速公路入口。

这个过程之中，开车要万分小心，速度不能过快，而且还需要一路协调，若是有车辆没有及时让出生命通道而出现交通事故，那么，可能会耗费更长的时间。

那么第三套方案，便是要在救护车上，利用现有的条件，为患者做出进一步的医学处置。第三套方案，无疑具有相当大的风险，夏沫绝对无法独自完成，张冬能起到一些作用，而另一个关键，或许是在他这里。

钟景洲的脑海里在冒出了这样的念头时，便低下头去，有些怔怔地看着自己修长的左手。刚才搬抬东西，手脏了，指甲里还藏了些泥沙。它，真的能做得到吗？几乎是一想到这件事的瞬间，钟景洲的脸色迅速变得严肃起来。

"先试试第一套方案。"周围没人，这铿锵有力的字句，自然是钟景洲对自己说的。

"只要能把状况解决，让救护车直接上路，四十分钟内，一定可以把患者送到医院。"他给自己增强了信心。

钟景洲来到第一辆车前，敲了敲车窗。等到车窗半摇下来，钟景洲见是一位光头男子，于是快速地说道："我是杭市人民医院医疗救援大队的救护车司机，我的车上现在有紧急患者需要送医，而前方道路因为交通事故的原因导致不畅通，我希望能得到您车上所有成年男士的帮助，我们一起努力，搬开私家车，清理出一条生命通道……"

光头男子愣了会儿才反应过来钟景洲说的话是什么意思，他下意识地看了看钟景洲的大胡子，心生疑惑：救护车司机还有留胡子的？不过，钟景洲穿的又的确是医疗救护人员的制服。

"可以吗？"钟景洲见他发愣，便催促着。

"可……可以！我这就来。"光头男子虽然看起来孔武粗犷，可他还是痛快地答应了下来。

"车上有没有扳手、管钳之类的工具？记得拿下来，等会儿有用。"钟景洲指着正前方，"你先带着东西去那里等一下，记得不要太靠近，一定要注意自身安全。"

顺利地求得第一个人的帮助后，钟景洲振奋精神，去敲第二辆车的窗户。同样的话，再讲一遍。可这次，车内的男人拒绝了，也不说理由，只是迅速地摇上了车窗。

钟景洲的表情里并没有太多情绪，他甚至没有过多停顿，便往下一辆车走去。

第三辆车的女车主听清了他的来意，便扭过头，看着身后正沉浸在游戏世界里的老公："你下去，帮医生同志把路疏通了吧。"

男人连眼皮都不抬一下："谁爱去谁去，反正我不去。"

女车主听了这话，顿时露出了尴尬的表情。她有些慌乱地看向了钟景洲："不好意思……"

"没关系。"

男人不等两人说完，满是不耐烦地说："赶紧把车窗关上，雨水都打进来了，客气什么客气，有什么好客气的，道路疏通那是警察的事，跟着瞎操心！"

像这种事不关己高高挂起的人，钟景洲在整个职业生涯中，见到过许多。世界上有好人，自然也有坏人；有事事积极主动，不吝惜释放善意、给予爱意的热心肠，也有眼前这种恨不得远远避开是非，活在自己的世界之中，对他人死活全然无动于衷的冷眼旁观者。

心里仍然会有异样的情绪，但他无法对这种事做到无动于衷。钟景洲没有过多浪费时间，他还要去下一辆车，再努力试一试。在他的字典里，没有"认输""妥协"几个字。可没走出多远，身后的车门突然打开了。

女车主走出来，怒冲冲地冲着车内大吼："你什么时候能学会为别人想一想？五大三粗的男人，一天到晚抱着手机打游戏、看视频，你抬起头来，看看周围的世界，现在路都堵成这样，随时可能再次发生意外事故，帮一帮忙怎么啦？你也被堵在这里，早点疏通，咱们也能早点回家。你怎么就能冷眼看着别人使劲，自己等着吃现成的？臊不臊得慌！"

男人在车内不甘示弱地回嘴："万一发生危险了，谁来负责？"

"危险？干什么事不危险？车开在路上还可能相撞，吃个馒头还可能噎死呢！你躲在车里玩游戏就没危险了？你抬头看看上边，那是山，已经有山石滚落堆在路面上，如果咱们不尽快地从这段路出去，万一再次发生意外，就算是坐在装甲车里，你也躲不了。"

女车主嘴快，噼里啪啦，一阵连珠炮似的怒骂。接着，便甩上了车门，她跟在钟景洲身后，抹了一把眼睛，好像是气哭了。可是下一秒，女车主竟然学着钟景洲的样子，去敲打旁边的车子，等到车主摇下车窗的时候，她学着钟景洲的话，动员起其他人帮忙。几分钟内，陆续有人下车，会集到指定地点。也有不少人，与钟景洲一起，参与起了动员行动。

值得一提的是，女车主的丈夫在车内坐了一会儿后，仿佛是自己想通了一些事，竟然主动打开车门走下来，也站到一起帮忙的群众中去，打算伸出援手了。

人多力量大，做什么事儿都快。

钟景洲见人已有几十位，便快步走了回来。他让大家跟随着自己，来到私家车和货车相撞的地方，先请几个平时会修车、体格看起来也很强壮的男人，用凑出来的各种工具，想办法把两辆车分开。钟景洲提出了一个极其大胆的想法：他让身形敏捷的几个男人，从车顶爬到了另一边；而后，十几个人一起伸出手，搬抬着私家车，听从指挥，一起发力，竟然直接将重达一吨多的车子给抬出了十几厘米。

"可行！这样子绝对可行！大家一定要听从指挥，往一个地方发力，1——2——3——加油！"

钟景洲站在最前面，手里拿着不知从哪儿找来的小红旗，朝着有空位的方向，用力一挥。男人们集体发出怒吼，车子再移动了十几厘米。一次又一次的努力，一次再一次的不放弃。货车司机手里拿着大管钳，发现车子哪里被牵扯住了，就会立即上前处理。

这个过程，真正处理起来绝不轻松。旁边全是泥浆，一脚踩下去，鞋子、裤子都脏得要命。可没人犹豫，只专注使劲儿，使劲儿，再使劲儿……

号子声震天响，连天空的乌云都被吓得消散了。

张冬在救护车内也听到了声音，他凑到窗子边，趴着朝外看，嘴里还喃喃地说："钟师傅，他到底在做什么呀？这是要把私家车给搬开？开玩笑吧！"

可没过几分钟，张冬已经看到了私家车与大货车之间出现了一条缝隙，从路的这边已能看到路那边排起来的长长车阵。他一下子兴奋起来："路真的要通了！"

"你先别激动。"夏沫也是掩不住飞扬起来的心情，"对了，那个发生事故的私家车主似乎也需要送医处理，张护士，你下车去确定一下，如果有必要，我们带他一起回医院。"

张冬没耽搁，连忙去了。

几分钟后，出事故的私家车终于被彻底挪开了。一位私家车主取来了折叠的铲子清理附近影响车辆通过的淤泥，其他人则继续合力，把杂乱的石块全搬到路边去。

"钟师傅，应该是可以通过了，你车上还有病人，快点出发吧，这里交给我们。"保险公司的专员抹了一把脸，本意是想抹掉脸上的雨水和汗水，可他忘了手上有泥浆，一下子就把自己抹了个满脸花。

钟景洲的胡子上也全都是泥水，这会儿落魄邋遢得好像是个无家可归的流浪汉。他也是很随意地抹了一把脸："那就辛苦大家了！"

救护车继续上路。车辆一启动，便传出了急切的警笛声。

这一次，竟然有不少人先一步越过障碍物，跑到了路的另一边，他们大喊："让路！让路！放救护车先走！放救护车先走！"

其中有一部车子，车上装有扩音器，见到这种情况，车主干脆开了设备。这下，那一句"放救护车先走"，就传得更远了。

横七竖八堵在面前的各种车子，宛若军人得到了命令，一辆接一辆地有了动作。停在应急车道上的车辆全在寻找一旁的空地，哪怕位置再小，也得使劲往里钻。到底是把生命通道完完整整地给让了出来。

没人注意到，此时此刻，钟景洲的眼睛里浮起了一层湿润。这一幕景象，震撼心肺，他也被感动了。

偌大的杭市，在风雨之中，静静地矗立在道路的正前方。远离了事故路段，道路变得越来越畅通。救护车可以提高速度，冲破大雨，勇往直前了。

"太好了，有救了，时间上绝对来得及。"张冬兴奋的声音从车厢后传出来。

夏沫却并不是很乐观，她的目光始终是在患者和监测仪器上来回地转。偶尔，她还会看一眼正在给患者滴着的药水，可抗生素和止痛药都已经打下去了，正常情况来讲，患者此刻的症状应该是有所缓解才对。然而并没有，患者一直在喊疼，脸色极其难看，而且又开始呕吐了，胃里东西全吐完了，还在干呕不止。呕吐所引起的痉挛，牵动了肌肉，反而让疼痛变得更加剧烈，简直不能忍受。她的呻吟，从克制转为无法克制，那痛苦的呼喊声，时时刻刻在牵动着人心。

"钟师傅，还能再快点吗？"夏沫忍着颠簸，来到了钟景洲的身边，压低了声音说，"越来越严重了，我所做出的应急处理，作用不大。"

"我尽力。"

救护车就那么大，钟景洲怎么会听不到病人所发出的呻吟呢？他让夏沫回到自己的位置去，把安全带系好，免得发生意外。而后，他试探性地踩下油门，给车子加速。几乎是同一时刻，钟景洲明显感觉到了发动机的声音变得很大，且极不正常。

一名对车况非常熟悉的老司机所开的车子，就像是伙伴、战友，他对0703号救护车非常了解。

"老伙计，你得挺住啊，还有人等着你救命呢！"回应他的，是发动机更加嘶吼的声音，宛若行将就木的老者，在痛苦而绝望地不停咳嗽。

一下，两下，三下……钟景洲察觉到了危险，他开始减速，并且将救护车往路的一侧停了过去。他的判断极为精准，几乎是找到了稳定安全的停车点同时，救护车猛然间向前一蹿，跟着停了下来。

"又怎么啦？"张冬已经快崩溃了。

"车坏了。"钟景洲冷淡的声音传了过来。

"又坏啦？"张冬简直不敢相信自己的耳朵。

这算什么，一路囧途？写小说都不敢这么写，拍电视剧都不敢这么拍。才几十公里的路，怎么能如此步步坎坷呢？

"车上的蓄电池还能够支撑车内的仪器正常运行十五分钟左右。"钟景洲抬起手，看了看手表。

"那你现在还在等什么？快点像刚才一样，想办法下去修车啊！就差一点点，咱们离杭市很近了，再坚持坚持，咱们就能把病人送到医院了。"

张冬急得直跳脚，钟景洲却也只是冷漠地回了一句："这次是大故障，我修不了。"

"你修不了？那你也得下车去想想办法，比如，试着去拦住私家车，求车主们帮忙。路通着，周围车来车往，总能想到办法的吧！你就这么干坐着？"

夏沫虽然受不了张冬，但张冬确实是在为患者着急，她也只得按捺着性子解释："张护士，你是不是忘了，钟师傅已经联络过总控中心那边，让他们派救护车过来接人了。"

"什么时候联系的？"张冬一愣。

夏沫冷冷地说："救护车第一次坏，就联系过了。"

"可是车子后来不是被修好了吗？总控中心那边应该不会再派车了吧？"张冬的声音小了许多，但依然是习惯性地辩解。或许，他是真的不想在钟景洲面前承认自己的指责有错吧！一个不起眼的司机而已，是杭市人民医院最基层的一员，他跩什么跩！

"车子是我们强迫钟师傅下车去硬修的，那么大的雨，并不适宜修车，而且钟师傅也不是专业的汽修人员，他肯定不确定自己能完全把故障处理妥当，所以他根本没有跟总控中心取消这一次接力救援。"

张冬傻住了。细细想想，好像真是那么一回事儿。可要他承认钟景洲思考缜密，布置得当，他却也不太情愿。怎么可能呢？他居然有那种智慧！张冬是第一个不信。

可不管他信不信，十分钟后，救护车队的另一辆救护车已准确地停靠在了路边。车门打开，早已做好准备的夏沫，让张冬和钟景洲一起，抬着患者换了车子，整个过程，所用时间不超过一分钟。

"行了，你们先回去吧，我要在这儿等着道路救援的人，再送'老伙计'去修理厂，好好检查一下。"钟景洲潇洒地挥一挥手，算作道别。

夏沫此刻，心底掀起了层层涟漪。她发现，自己的双眼，始终盯着钟景洲的脸。此刻，钟景洲胡子拉碴，不修边幅，眉宇间还带了几分玩世不恭的感觉，看起来就像是一个游戏人间的浪子。可也就是这么一个最不像医疗救援人员的家伙，关键时刻竟然是那么给力。这已经是今天以来，夏沫第二次生出这种念头了。她不明白自己是怎么一回事儿，为什么对于这么一个人，她竟然凭直觉认为他非常可靠？

屏幕无声亮起，一条短信，出现在夏沫的手机上，是个陌生的号码。短信内容很简单："患者需要做胃肠镜，重点检查肠部。"没头没脑的，突然来这么一句，也不知道是谁。难道是恶作剧？

夏沫却是突然想起了一个可能性，她直接把电话拨了回去，小心地问："钟师傅？"

电话那边，沉默了一会儿，才传来男人低沉的声音："嗯。"

"为什么要查肠？你的理由是什么？"

问完之后，夏沫就忍不住想捶自己。她是在做什么呢？跟一位救护车司机来探讨患者的医学处理方案，她是疯了吗？医疗救援，钟景洲是专业的。可如果是医疗处置，她都不敢擅自做决断，跑来问钟景洲又有什么意思呢？

电话那边，钟景洲也没有要回答的意思，只说了一句："让白一峰处理吧。"说完，电话便挂断了。

夏沫犹豫极了。白一峰主任，那可是急诊科的大主任了。钟景洲真是疯狂，居然让她去找大主任问参考意见。不过，转念想想，去问问白主任，又有什么问题呢？

车窗外的景物，已开始变得熟悉。夏沫知道，此处距离杭市人民医院已经极近了。打电话给同事，确认白主任今天不值班，并没有在医院，她便壮着胆子，给白主任打了个电话。等白一峰接起电话，夏沫便快速地把患者的状况全部汇报了一遍，并且询问："白主任，您看，这个病人等会儿是否要一起查胃肠镜？"

夏沫等人离开后，救护车上就只剩下钟景洲一个人，尽管窗外仍是大雨倾盆，但钟景洲心里的急切感，已经完全消失了。他打开音响，随着音乐，打着拍子，用自己熟悉的方式，尽快将紧绷的情绪放松下来。

尽管并不想去回忆，但这一路以来所发生的每一件事、每一个细节，全都在脑海里一一浮现。他一遍遍地提醒自己：钟景洲，你现在是救护车司机，你开好车，接送好病人即可。可他的大脑不听使唤，反而是将患者的每一个症状、每一阶段的病情变化，以及患者家属所提供的信息，全都过了一遍。他想到了肠梗阻。一种强烈的直觉，让他意识到，患者的真正病因，或许并不仅仅是急性阑尾炎而已。

"关你什么事？你不过是个司机！"他学的是张冬的轻蔑语气，开启自嘲模式。

可是他的手却在翻找车上的通信录，迅速寻找到了夏沫的号码，编了一条简单的信息发过去后，才算是解决掉了心里的不安，于是长长地舒了一口气。

夏沫会打过来电话，他并不觉得意外。简单地回了几句之后，他干脆全推到白一峰身上去。院里边的这几位大主任，他全都是了解的。他能看得出来的病情，白一峰一样可以。这样子的话，患者的问题，应该能被解决了吧。

"毕竟是人命呢！"

钟景洲把座椅摇低，舒展了身体，沉沉睡去。今天，可是很不容易的一天哪，工作总算是结束了，先好好休息一下吧！

这一夜的大雨，散尽了天上的阴云。第二天清晨，钟景洲一觉醒来，一时间竟然还有点不适应透过窗帘落在他眼睛上的那一片金色的光芒。

"车都坏了，我今天可以休息了吧。"钟景洲嘀咕了一声。可是，就像是在故意跟他作对似的，电话突然响了起来。

电话里传出廖队长抑制不住的愤怒："钟景洲，今早九点，办公室要开会，你最好给我准时参加。"

钟景洲的声音还带着强烈的睡意："开会？什么会？没人通知我，我不知道这事儿。"

"我现在就是在通知你了！OK？"

"可是我今天还想请个假呢，反正救护车都已经送去修理厂了，我可以休息一天吧？"他已经好久没有休息过了。

"你当救护车队是你家吗？说请假就请假？谁给你准假了？救护车去修理又怎么样？你一样还是要到岗！另外，你来的路上，最好给我认真想好解释，因为你今天必须给我一个足以说服人的理由，为什么下着那么大的雨，总控中心已派出救护车去接替你们执行任务，你却还是要冒雨修车？你是汽车修理师吗？你知道不知道，你这种行为给车子造成了不可逆的损伤，这一次修车要损失多少修理费？你……"廖队长暴跳如雷。

钟景洲听着这些事，脑壳一阵涨痛。

"等会儿到医院再说。"说完，钟景洲干脆利索，直接挂断了电话。

那声音一消失，钟景洲立即觉得整个世界都安静了下来。舒服！可是，到了九点，开会的时间，廖队长便发起怒来。

"昨天发生的事，就是这样子了，救护车在下午本来就经历了一场小事故，按照规定是应该要送去维修厂检测，但钟景洲并没有这么做，而是凭着所谓直觉、经验来判断，没有向队里提出可供参考的信息，让本来已经存在故障隐患的救护车继续出动，最终发生了这一连串的事儿。幸好最后患者被安全地送到了医院，及时处置，没有让更大的事故发生。"张冬讲得唾沫横飞，字字句句，都在暗示，钟景洲应该对这起事件负主要的责任。但他这次也是比较聪明，没有进行直接的人身攻击。

正讲得兴起，钟景洲的声音突然出现在了身后："为什么我每次来，都能听到你在说我坏话？"

张冬面色一僵，心里对于钟景洲其实是有些畏惧的。不过，廖队长还在呢，他又觉得自己说了就说了，听到了也就听到了，反正在声势上，不能弱下去。

"我只是在叙述事实，哪里是说你坏话了？当时车上又不仅仅只有我一个人，因山体滑坡、雨水冲塌和交通事故所造成的拥堵的确不是你造成的，但救护车在执行医疗救援的过程中连续坏了两次，这也是事实吧。你是司机，有责任去确定车况，这就是你的工作范畴。昨天救护车不停地坏，理所当然是你的责任。钟景洲，你不是说，你这个人该是自己的工作绝对不推托吗？怎么？现在已经出了状况，你也开始想着怎么推托掉？"张冬慷慨激昂，一顶顶的大帽子直接扣过去。

钟景洲在这时候，眼睛余光恰好看到了夏沫的身影出现，她似乎是从急诊科那边直接赶过来的，身上还套着白大褂，听诊器就随意地挂在脖子上。

见夏沫进门，张冬像是来了救星，赶忙在钟景洲开口之前，先一步说道："廖队长，夏医生是昨天的跟车医生，她可是目睹了全程，不信你问问她，事情的经过是不是我刚才描述的那样。"

廖队长自然地望向了夏沫，可夏沫并没有加入讨论的意思。她冲着廖队长点了下头："我找钟师傅有点急事。"说完，她一把拉着钟景洲的手臂，直接向外走。

"喂……夏医生，你别走啊！喂，至少让他把话解释清楚了，廖队长还在这儿开会呢，你把他直接拉走算是怎么一回事儿嘛！"张冬立即不乐意了。

夏沫气呼呼地瞪了他一眼："你一个大男人少搬弄点是非不行吗？有那时间多去研究下业务，昨天你给患者打针，连着两针都扎偏了，患者手臂青了一大块，家属今天看了都在恼呢！"一句话就把张冬说了个大红脸。夏沫加快步伐，转眼消失在了拐角处。

感觉到廖队长投过来的目光里多了些疑惑，张冬小声解释："当时救护车一直在向前急冲，突然变道，道路不平，太颠簸了，下针怎么能准？我……我也不是故意要给患者扎偏。这个状况，如果在静止的状态下，绝对可以避免。但在车上时，有一定的失败率，在所难免。"

他解释完毕，突然扬起了声音："夏医生似乎对钟师傅特别好，昨天明明是他做事不妥，才导致了后来发生的一系列困窘，夏医生却全都不说，今天还说我搬弄是非。廖队长，我刚才的话里有哪句是故意针对他的？我就不懂，我搬弄什么啦？"

廖队长不吭声，张冬愈发烦躁。絮絮叨叨，把昨天发生的事一遍一遍地来回讲了好几次，直到廖队长终于开口说话，他才停了下来。

"你刚刚说，钟景洲给夏医生提了医学上的处置建议，夏医生还听了？"

张冬点头："可不是嘛！村里请来的医生判断是急性肠胃炎，夏医生一开始也判断是急性肠胃炎，后来钟景洲突然插嘴说像是急性阑尾炎，夏医生就顺着他的话去做了。这一路的急救处理也是按照急性阑尾炎来做的。哼，等急诊科那边的检查报告出来，确诊之后，如果不是急性阑尾炎，我看他俩怎么办！"

接着他朝外一努嘴："这不，早早地赶过来，我看哪，绝对是被我给说中了，诊断结果不对，夏医生急着……"

张冬突然发现，廖队长看向自己的眼神有点不对劲，他硬生生地来个急转弯，把"商量对策"改成了"找他算账"。

夏沫毕竟是急诊室那边的医生，廖队长对她再不满，也影响不到夏沫的发展。张冬的内心深处也不是想要得罪一位医生。他针对的人，始终是钟景洲。

廖队长想了想："我给白主任去个电话，了解一下情况。"

张冬见他这么做，便觉得他是愿意管了，脸上立时露出了喜滋滋的表情来。

而另一边，夏沫把钟景洲拉到走廊的一个拐角处，这里来来往往的患者比较少，方便聊天。

"钟师傅，王桂英的胃肠镜检查报告出来了。"见钟景洲面露疑惑，她赶紧解释，"王桂英就是昨晚上从雪域村拉回来的那位患者，昨晚上入院后，我立即开单，给她排上了加急的胃肠镜检查，上午做的，当场就发现了不太对。"

"嗯？"钟景洲懒洋洋地应了一声，好像是在听，又好像根本是在走神。

"确诊是急性阑尾炎，但结肠有梗阻现象，看起来是生了一些大大小小的肿瘤，数量已经有很多，有几个尺寸很大，白主任看过检查报告，初步怀疑是结肠癌，这是她不停呕吐的真正主因。另外，如果结肠癌的推断最终被确定，那她的阑尾炎，怕也是……不仅仅是急性炎症，而是癌细胞转移造成的。"夏沫的脸色，满是沮丧。

这个结果远远超出了意料。昨天她把病人给送回来的时候，还有些成就感，毕竟路上遭遇了那么多坎坷，条件有限，环境恶劣，能及时、准时地将患者送到，是耗费了很大的力气的。可是，这份检查结果，却是直接把她的开心全都给打破了。因为一旦确诊，患者的病情可能已严重到了相当可怕的程度，或许——

"钟师傅……"夏沫下意识地想要找钟景洲来倾诉，她心口堵着一块比大石头还沉重的东西，压在那里，她都快要窒息了。

"我的车坏了，现在得去汽修厂一趟。"钟景洲突然打断了她，说的是另外一件事儿。至于她担心不已的患者和病情，他一个字都不多问，似乎并不关心，反正事不关己。

夏沫再次感觉到了极度不适。

"夏医生，你要是没别的事，我就先走了。"

钟景洲昂首挺胸，满脸的胡子在金灿灿的阳光下竟有些发亮。

"等下，你就这么走了？王桂英也是你千辛万苦从雪域村里带出来的，这一路上，遭遇了多少啊！下着大雨，车坏了两次，还遇到了那么严重的车祸，好不容易才把人带回了医院，可是……可是我们却很有可能救不了她，这……"

钟景洲已经转身离开了。没走几步，他停住，转过身来，看着夏沫的眼睛说："医院就是医院，能够救死扶伤，也有力所不能及，凡事尽力即可。"

"可是……"夏沫已快哭出来了。道理她全懂，可难过的感觉还是一点不曾减退，她还是个才进医院不久的实习医生，经历的事情不算多，连控制情绪都没有完全学会。

"我每天都出车去接病人，有时候是几次、十几次，接的病人有轻症、受伤、溺水，也有重症、昏迷、车祸，甚至是直接就在车上去世了。看了太多次，如果我对每一位患者都产生了不可抑制的共情，这份工作，我早就没办法做了。"

钟景洲似笑非笑地说："夏医生，听到我这么说，你是不是觉得我这人有些冷血啊？"

夏沫绷着脸，面无表情，一言不发。

"冷血就冷血吧，我的工作是接病人回来，把这份工作做好了，比什么都强。专业的人做专业的事，我是个司机，尽我所能，不耽误患者抢救的时间，我便是优秀称职；而你呢，你应该怎么做，才能算是优秀称职问心无愧？这一点你需要自己想一想。至于你说的那位患者，她生了重病，的确很惨，但你除了难受之外，还能做什么？焦虑是最无用的情绪，除了困住你自己不得解脱，还能有什么正面的作用吗？"

夏沫被说得哑口无言，她突然想起来张冬总是抱怨钟景洲既冷漠又冷血，浑身上下找不到一点温度、温情。她知道他所说的每句话都是有道理的。可道理这东西，说起来是那么一回事儿，但真的无法引起触动。她浑身觉得不舒服，一个没绷住，眼泪簌簌地滑落下来。

而此刻，钟景洲端着他的保温杯已经走远了，并没有看到她的难过。不过即使看到了又能怎样呢？还指望他来劝自己？钟景洲怎么看都不像是会做那种事的人啊！

"糟了，我怎么又忘了问他，为什么会判断是结肠梗阻呢？"一聊上别的，正事都忘了。夏沫有些懊恼，不过，她也不打算追上去了。

下次吧。

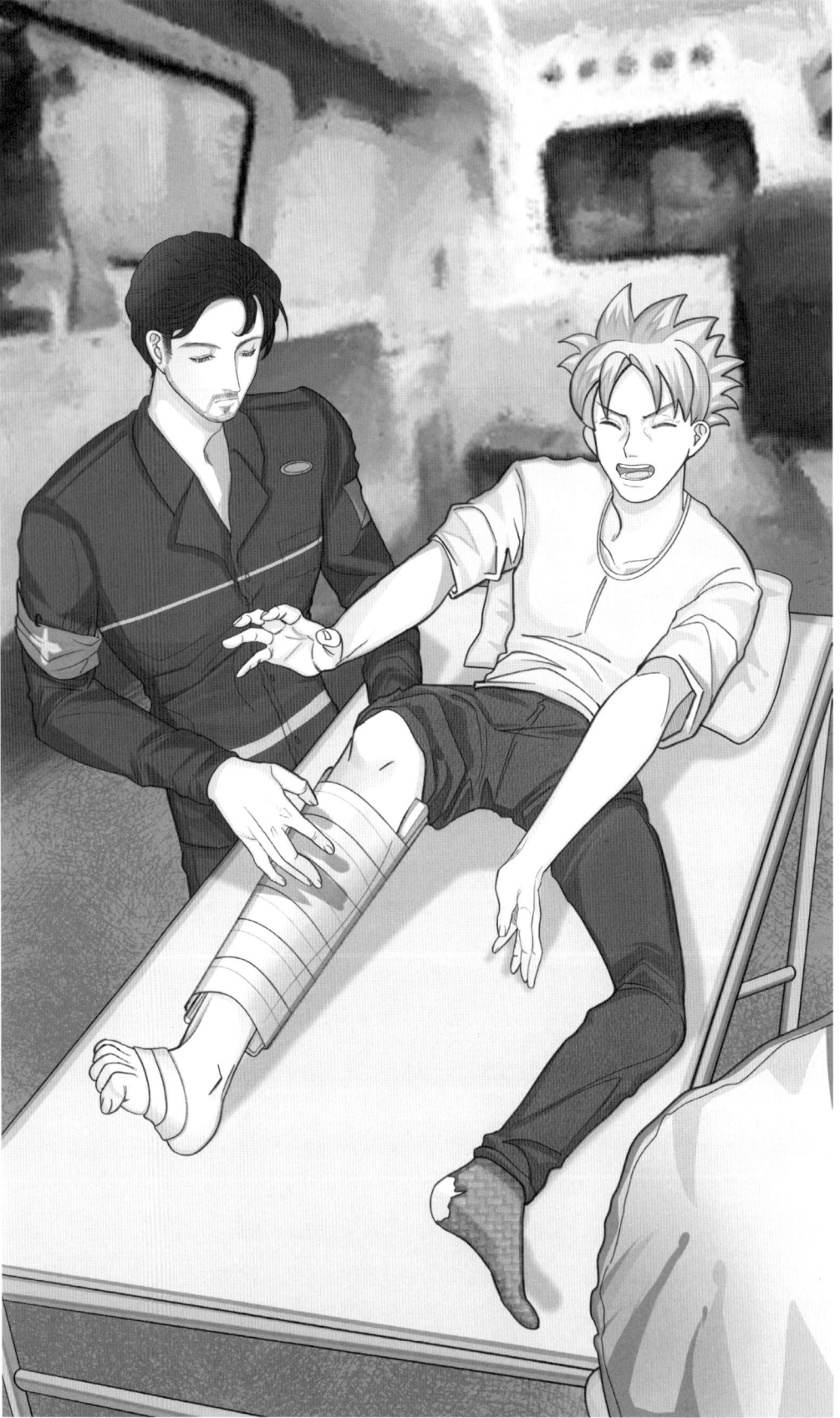

第四章　碰瓷为业

0703号车在汽修厂受到了精心的对待，除了修理发动机故障之外，还进行了一系列的专业保养，汽修工比平时做得都要认真许多。没办法，旁边有个大胡子虎视眈眈地盯着呢，他对救护车的相关知识特别清楚，哪里处理的细节不对，就会不客气地直接指出来。

这种事并不是一次两次，而是每次0703号救护车需要保养、维护的时候，他都会待在一旁。时间久了，大家全都知道大胡子司机是什么样的脾气，对待他的车，如果没有尽心尽力，最后还是要一次再一次地返工，如果不按照他的意思去做，大胡子司机甚至还会直接找到汽修厂的高层主管那里去。这绝对是一位眼睛里容不得沙子的主儿。不能糊弄，那就一丝不苟地对待呗！

0703号车彻底修好后，清洗保洁车间还内内外外地彻底擦了一遍。等开出了汽修厂，救护车在阳光之下闪闪发光，保险杠修好了，擦掉漆的地方补上了。开了一路，钟景洲一直在注意着发动机的声音，直到确定它一切正常，心情才转好了几分。不过，一进车队的停车场，后视镜里就见到廖队长板着脸，气呼呼地朝着他的方向走了过来。看架势，绝对是冲着他来的。果然，到了跟前，他踮起脚，不停地敲打车玻璃。

"你下来，赶紧下来，我有话跟你说。"

钟景洲推开车门，跳了下来。他身材高大，往那儿一站，真像是一座小山。

廖队长是一米六七的身高，在男士里本就偏矮，当他站在钟景洲的附近，那种压迫感就更严重了。他不得不后退两步，拉开距离，这样才不用仰着头跟他说话。

"昨天的事，我已经了解过情况了。钟师傅，我需要你给个解释。"

钟景洲被阳光刺到了眼睛，他不舒服地眯了眯，有点懒洋洋地问："解释什么？"

"要我说多少次，救护车是一个小团队，出动的命令一旦下达，车上的所有人便是一个相互帮助的团体。你每次都在偷懒，跟其他同事强调什么工作职权和工作范围，你还觉得自己这么做挺有道理。可你知道不知道，你这样子做，根本是在破坏团队合作，让其他的救援人员对你有意见。钟景洲，我上一次跟你谈的时候，就已经警告过你，团队讲究的是精诚合作，不合群的那一个，哪怕技术再好，最终也只能被淘汰。"

"你随意。"钟景洲突然说出了这三个字。

简直是在火上浇油，廖队长本来情绪就很差，听到这话，声音陡然间抬起了很高："钟景洲，这是你说的，我会如实在你的就职评价报告里写上你的所作所为，院方因此而对你做出的处置，全都是你的傲慢自大换来的。到时候，你不要怪别人！"

钟景洲从来都不是个见硬的就服软的性子。哪怕廖队长已是暴跳如雷，他依然是那副气死人的架势。两个人的冲突，眼看着愈演愈烈。

总控中心的大喇叭里，突然传来了柔美的女音："0703号救护车请注意，丰产路与大同路交叉口向北50米处，一辆越野车撞到了一位行人，行人的右腿被车辆碾轧，情况严重，相关人员请立即就位，五分钟后出发。重复一遍……"

"你回去写报告吧，我有任务了。"钟景洲直接打开车门，坐了上去。

张冬和两个担架员也上了车，做好了出发准备。在出发地点，夏沫拎着医药箱，已经等在那里。车子稍稍一停，她立即上了车子，坐到了自己的位置，并熟练地系好了安全带。因为上午才跟钟景洲闹了些不愉快，下午的夏沫，明显是在跟钟景洲保持距离，除了工作上的交谈，其他的话一句没有。

"这一次是交通事故，行人腿部受伤，有可能需要用到固定的支架、止血药品和绷带，请大家一定要做好准备，等会儿到了，带着担架下车，抬病人的时候大家要注意些。"夏沫简单地把所知的现场情况给大家交代了一遍。

钟景洲没有参与话题讨论，他沉默地开着车，一路呼啸着顺利到达事故现场。离老远已经看到行人将事故区域围成了一个圈。不少人明明是在赶路，却好事儿地将电动车、自行车停在了路边，背着手，踮着脚，围观着，议论着。

"交警和消防员也在，现场情况应该比较复杂。"钟景洲突然来了一句。

有人听到警笛声，赶紧把路让开。交警过来把警戒线去掉，让救护车开到最靠近的地方。夏沫和张冬走在最前面，担架员扛着担架紧随其后。钟景洲最后一个下车，救护车没有熄火，随时准备出发。

就在这时，夏沫发出一声惊讶的呼喊："是你？"

钟景洲走到附近，望了过去，就在一辆城市越野车的下方，看到了一张熟悉的脸。他的记忆力相当不错，稍微一回想，连名字都记起来了——李子军，就是之前碰瓷不成功，直接撞上救护车的那个中年男子。

现在这个状况，似乎也明了了，八成是又出来"营业"，但"技术不精"，碰瓷不成，变成了真正的交通事故。

　　肇事车主是位年轻的女孩子，她瘫坐在地上，显然是被吓坏了。

　　李子军疼得脸色煞白，发出如同受伤困兽一般凄惨的嚎叫声。装疼和真疼，区别还是很明显的。他的声音都喊哑了，力气渐渐在丧失，但是他还在一直不停地求交警救他。

　　"怎么又是你们啊？"见钟景洲一行人过来，李子军惨叫了起来。

　　"你打120求救，当然是我们这拨人在救援，难道很奇怪吗？"张冬没好气地说，"而且这种奇怪的话应该是我们来说吧，李子军，怎么又是你啊？浪费公共资源是很不道德的行为，知道吗？"

　　"我这次是真的……真的受伤了，我的腿，轧断了，好疼。"李子军疼得话都说不清楚，头上豆大的汗珠一直往外冒。

　　张冬看到了这一幕，直呼解恨。最后还是被夏沫警告了一句，他才不情愿地收起了幸灾乐祸的表情。

　　"准备救人。"夏沫下意识地望向了钟景洲。钟景洲却没有看她。夏沫的心里边，再次掀起了异样的情绪。

　　张冬围着城市越野车转了一圈，感叹地说："这款车，我只在汽车论坛上见到过，低配版也得百万以上，这一部明显是高配，价格翻了三倍，天价天价，李子军肯定是想捞一笔大的，下了狠心。"

　　"哎哟，你能不能先想办法把我救出去，不要再说了，我快疼死了。"李子军在车下动弹不得，偏偏耳朵好使。周围的人议论着他的是是非非，交警和消防的人一直在商量，就是没人动手救人。好不容易120派来了人，一看还是结过怨的主，李子军此刻的懊恼劲儿就别提了。

　　"您放心，肯定得把您整出来，早晚的事儿，这不是在商量着嘛，别急！"张冬说完，又回到夏沫身边去了。

　　三个消防员正在跟交警研究救援方案，李子军被卡在前排轮胎的后部，车子撞到他后，碾过来右腿才停了下来，以至于他完全被卷到了车子底下。

这部越野车特别大，重达几吨，号称"丛林开拓者"，停在那儿的时候仿佛是巨型野兽。必须瞬间把车子抬起，才能将李子军及时拖出。不过这个方案刚才试过了，找了十二个人一起发力，也不过是将车子抬起了一条缝隙。当时负责拖拽李子军的那两个群众，动作慢了半秒，李子军的那条伤腿又卡在了轮胎那边，结果造成了二次伤害。

"得调个起重机过来，比较稳妥。"其中一个消防员提议。

"最快也需要一个小时，这个需要协调联络。"另一个消防员接着讲。

夏沫检查过李子军的腿部状况后，插嘴说道："一个小时太久，必须立即想办法把人弄出来，不然，真的压那么长时间，这条腿大概率是保不住了。"

李子军一听，吓得魂都要飞了。他号啕大哭，鼻涕、眼泪一起流。他求大家救救他，他真的不想失去右腿。可怜之人必有可恨之处。但看到这个以碰瓷为职业，为了弄点钱，不管不顾就敢往行驶的车辆上撞，而最终自食恶果的家伙，每个人的心里边，都会有那么一点点的不舒服。

"如果现在能弄出来，他的腿就保得住了？"交警补了一句。

"或许可以。"夏沫仍是不敢肯定，"患者的身体大部分都在车子的底部，我无法做进一步的检查，目前所做出的判断并不准确，只有你们把人救出来后，我才能做进一步的处置。"

钟景洲围着车子转了一圈，最终停下，单膝点地，向车下张望。恰好，他所在的位置的下方，就是李子军哭得稀里哗啦的脸。

"喂，大胡子，你也是来嘲笑我的吗？"

钟景洲不理他。李子军哭得更凄惨了："大胡子，你跟我说会儿话吧？我真的是害怕极了，那个医生说，我的腿可能保不住，以后我可能就是个残废了。"

"救你出来以后，你还碰瓷吗？"钟景洲问。

"不敢了，再也不敢了。钱再多又能怎么样？没命花根本没意义。"

钟景洲点了下头："你悟了。"

"我这不是没办法嘛，现在赚钱多难啊！况且我还欠了一屁股外债，唉……"李子军此刻是在生死关头，他绝望极了，忍不住嘴上滔滔不绝，仿佛只有这样子，心里的不安才会稍稍疏解。

"赚钱难，被你坑被你骗的人，就活该替你把这些窟窿给堵上，你是这个意思吗？"钟景洲冷冷地问。

李子军很怕钟景洲生气，连忙否认："我以前糊涂，以后再也不敢了！请相信我，快救救我吧！我真的疼死了。"

对于这样的承诺，钟景洲不置可否。他弯腰又朝着车底看了一会儿，才站起身，往夏沫身旁走了过去。

"大胡子，你别走啊！大胡子，你救救我……"

消防员和交警已经定好了对策，距离路口五百米左右的东西两侧，各有一处建筑工地，不出意外的话那边会有中型或大型的起重设备，临时调过来，时间上能缩短一些。

钟景洲突然插嘴："可以用车载千斤顶，将车子抬起来。"

一个消防员向他看了过去，发现是救护车的司机，便耐心地解释："千斤顶的办法我们之前就已经想过了，但并不可行，在车下的男子是二次碾轧，腿完全被碾在车轮下动弹不了。这个时候，为避免造成第三次伤害，车子必须均匀受力，向上提起，起重机最靠谱。"

钟景洲回到救护车上，拿了个笔记本和一支笔，他随便在纸上画了一辆车，标出四个点的位置。

"现场私家车比较多，找四个类型一样的车载千斤顶，放在这四个位置，上劲儿之后，大家同时发力，匀速将车抬起，这样的简易操作，理论上能达到小型起重机的效果，只要车胎离开地面，就有机会将李子军给挪出来。"

钟景洲做事不习惯把话说死，讲完了这些，他补充道："即便是车辆抬高有限，人弄不出来，李子军不被车辆压着，身体状况也能支撑到你们把起重机调过来,争取救援的时间。"

这似乎是最好的解决办法。交警和消防员眼睛同时一亮,说干就干。他们分散开来,寻找合适的千斤顶。因为车辆品牌、型号的不同,所配置的千斤顶样式也不一样。但他们还是在几分钟的时间里,找到了四个一模一样的千斤顶。千斤顶就位,卡好卡点。

"准备,开始!"

钟景洲向后退,回到了夏沫的身边。出完主意,他却没有要上手帮忙的意思。

夏沫开口:"钟师傅,你的脑子里总有些新奇的想法。在医疗救援方面,你是我所见到的最厉害的专家。"

钟景洲目视前方:"见得多了,相关知识获取得就多,仅此而已。"

夏沫歪头看着他:"你一定是参加过相关的医学培训吧,雪域村的那个患者,如果不是你的提醒,我可能不会在她入院的第一时间考虑肠道的检查。"

钟景洲摇摇头,并不愿意接茬儿。

夏沫不死心,又问了一遍,这一次,她的问题相当直接:"钟师傅,你看起来一点儿都不像是个救护车司机。我是说,你博学多才,值得信任,已远远超过了一位司机该具备的职业素质。"

"这是个信息社会,只要有一颗想要学习的心,总有办法获取到想要的知识。我懂的只是皮毛,我提出的不过是建议,至于有没有必要去执行,还得你自己来判断。"钟景洲垂眸,看着夏沫,"雪域村的那位患者之所以及时得到了确诊,功劳不在于我,而在于你。"

夏沫的脸颊发烫,她听出了钟景洲话里的表扬。不知为什么,这几句夸赞,比她得到白主任的夸奖还令人高兴。她正要乘机再问一问他为什么觉得那位患者可能患有肠梗阻。做出这个判断的若是一位医生,夏沫也不至于如此好奇,可钟景洲只是一位救护车司机。他的职业要求里,并没有"做出必要医学判断"这一条。

"那个肠梗阻,你是怎么看出来的?"夏沫终于还是问出了口,这个问题不搞明白,她心里边总会时不时在想。

几乎是同一时刻,李子军发出了一声惨叫,吸引了不少人的注意力。

钟景洲直接忽略掉了她的问题,大声吩咐:"夏医生、张护士,你们去那边,准备做处置。"

钟景洲命令完毕,自己就趴在了越野车的另一边,他双手按住了李子军的肩膀,当那边几个人使劲往外拖的时候,他这边用同样的力道往里送。

"啊!疼啊!疼啊!"断了右腿的李子军,禁不起一点点的移动,他的面部扭曲,嘴里喊着"不行、不行",不停地尖声呼喊。

此时,救援人员已成功地将李子军的腿与车轮分离开来。眼看有了希望,大家振奋精神,再接再厉。

因为李子军无法用力,挪动的过程极其不易。不能碰他的腿,抓不到他的手,前期的几厘米,几乎都是钟景洲这边,抓着他的肩膀,一点点地把人推出危险区域。

李子军无疑是怕死的,他那可以将耳膜震破的尖叫声就没有停止过。

钟景洲被震得耳鼓嗡嗡响,甚至连对面的营救人员所发出来的提示都听不到了。他正准备说李子军几句,突然,车子猛烈晃动一下,所有人的大脑随着车子向下摔的那一瞬间,出现一片空白。

"完了!"李子军死死地闭上眼。

这一刻,他真的开始后悔,后悔为了钱去做这种铤而走险的事儿。在生命面前,钱再多,又算什么呢?可李子军却觉得身体仍然在移动,是钟景洲在这极其危险的一瞬间,反而用了更大的力气,直接把李子军大半个身子推了出去。几秒钟后,不知是谁先反应了过来,大声喊道:"可以了,可以了!人终于挪出来了!"

"随车医生呢?快来这里,可以进行处理了。"

夏沫提着医药箱,推开人群,小跑着来到跟前。

李子军此时已是奄奄一息，不知道是疼的，还是吓的。

"医生，我想打止疼针。"

张冬冷笑，对待这种碰瓷的可恶家伙，他是一点儿好脸色都没有："我们救护车上没带那东西，你实在需要，我们可以回医院去取。要不，你先在这儿等着？"

"张护士，"夏沫给了他一个警告的眼神，"这么多人围观着，还有那么多群众，胡说八道什么！"

"像他这种人，就得让他疼一疼，知道怕了，以后再做坏事的时候，心里边才会有点犹豫。"

夏沫没吭声，取了剪刀，将李子军身上已经被血污染的裤子一点点地剪开来。他的右腿上流了不少的血，已经肿得很厉害，不能打弯不敢动。

"骨折。"夏沫做出了判断。

李子军的右腿上有伤口，夏沫拆了两包敷料，与张冬一起，先做了止血处理。考虑到伤口很大，出血很多，夏沫没忘在出血的近心端进行结扎，通过阻断出血处的血液供给，从而达到加速止血的效果。

钟景洲来到了女司机的身边，见她一直把自己的脸埋在膝盖之间，一动不动的，仿佛是睡着了。他猜测，女孩肯定是吓坏了。

"你没事吧？"他拍了拍她的肩膀。

女司机猛烈地哆嗦了一下，抬起头来，惊慌地看着钟景洲。还没说话，眼泪先簌簌地流了下来。

像是知道她要问却不敢张口问出的话，钟景洲直接说："车底的人已经救出来了，他没有生命危险。"

"我……我感觉到，车子……轧到人了，咯噔一下……"她无法回忆刚刚发生的车祸，简直是噩梦一场。

"你的这部车上，应该有行车记录设备吧？"钟景洲抓着她的手臂，扶着腿软得站不起来的女孩站了起来。

"有……有的，有。"

钟景洲点头:"你现在过去,配合交警同志做取证工作。"

"那个人,那个被撞到的人,他没事吧?我愿意……愿意赔偿……全部赔偿。"女孩真的吓坏了,一直在抹眼睛,可是泪水怎么都擦不干净。

李子军这会儿已经缓过来很多了,听到这话,顾不得夏沫还在帮他的双腿做固定,挣扎着要坐起来。这会儿已经全没了刚刚哭天抹泪求人救他的卑微。人一脱险,骨子里的本性便立即暴露出来了。他尖声大叫:"你当然得赔偿我,看病吃药,后续治疗,还有静养费、误工费,一分钱不能少,否则我就去法院告你,我绝对不会放过你!"

张冬一看这场面,立即不屑地撇嘴:"我说什么来的,这种人就不用可怜,一逮到了机会,就想坑人。"

夏沫手上不稳,固定夹板猛地一收,扯到了断骨。

李子军破口大骂,极其嚣张地指着夏沫的鼻子吼:"你也小心着点,如果给我造成损伤,我也要去医院投诉你!说,你叫什么名字?工号多少?你们人民医院也是讲究规矩的地方吧,没关系,你们院方要是想包庇你,我就天天去堵门拉横幅,反正我这条腿,你们得给我治好喽!"

全场参与施救的人,以及那些围观的群众,全都被李子军的嘴脸给惊到了。

百样米养百种人,但养得这么缺德,一点儿脸都不要了,还真是不多见。

钟景洲表情淡淡的,从背后轻轻推了女孩一下。

"不是让你去调取行车记录仪,帮助交警同志认定事故责任吗?你愣什么呢?"

女孩红着眼眶,眨了眨眼。不知为什么,她对眼前这个穿着医疗救援制服却留着大胡子的男人充满了信任。

"嗯,我这就去。"

李子军跟钟景洲打过交道,一听他这么说,便知道是怎么回事了。毕竟,前些天,钟景洲才摆了他一道,要不是他反应快,当机立断就跑,免不得要进局子里蹲几天。当然，这种事他也没少经历，进进出出的次数多了，心里边并不怎么害怕。尽管如此，能不去见那些穿着制服的执法者，李子军还是得努力不去。今天腿已经变成这样，跑是没法跑的。李子军心里一横，决心无赖到底。

"撞到人是事实吧？撞倒我以后，从我腿上轧过去也是事实吧？差点把我轧死了还是事实吧？这些事去哪儿打官司我都不怕。反正她就得赔，我要是残废了，她还得管我一辈子。"

李子军的那一副我受伤我有理的嘴脸，着实把夏沫和张冬气得不轻。

钟景洲的脾气，一贯是冷静到近似冷酷。李子军这样子，他居然也不生气，只是冷哼了一声。

"喂，要不要打个赌？"这话是对李子军说的，因为话题比较突然，李子军一愣。

"赌什么？"

"我赌你这次不只骗不到钱，还得有一场牢狱之灾。"钟景洲竖起了三根手指，冲着他摇了摇，"最少三年。"

李子军气得嘴都歪了："我被她撞，我还得进去？"

钟景洲点了点头，嘲笑着说："你平时肯定不怎么关注时事新闻，更不读书，去学国家的法律。做你们这行，也应该与时俱进才好，最起码你得了解一下，国家对于像你们这样的人，抓到现行的时候是怎么处理的。"

"你别恐吓我！我……我不吃你那套。"李子军不知道为什么，总觉得被钟景洲看得心脏直发紧。

"不是恐吓你，2020年最高法、最高检和公安部联合下了一个《关于依法办理'碰瓷'违法犯罪案件的指导意见》司法解释，里边对于你这样的人所实施的行为，有了特别详细的规定，我建议你在住院治腿的时候，好好学习一下法律知识。"

李子军心头一紧，他大骂钟景洲胡说八道。虽然嘴硬，但瞧着钟景洲的表情，他没来由地再次心慌。如果不是右腿严重到已经没办法行动自如，他一定又要跑路了。

女司机那边已经跟交警协调完毕，好车就是好车，摄像镜头360度无死角全覆盖，将事故全部还原。真相，就摆在了那里。

交警安慰了女司机几句，回到李子军身边，脸色已经极其不好看了。

"你故意制造交通事故，试图采取诈骗、敲诈勒索等方式非法索取财物的行为，不只是漠视自己的生命，更是对他人的财产权、生命权的侵害。我们将依法对你采取强制措施，你可以先去医院治疗，等治疗完毕后，再依法接受应有的处罚。"

李子军见形势逆转，委屈地大叫："我没有索取财物，而且真的是她撞了我，我都成这样了，你们还要欺负我！"

"先抬走吧。"交警已经懒得再说了，让同事陪着去医院，他留下来把取证工作做好。

哇啦哇啦乱叫个不停的李子军被抬上了救护车。一路上，他不停地喊冤。那哭喊，一声大过一声，没人理他，他就开始谩骂，不停地在急救床上动来动去。

"又在演戏了，戏精附体了吗？"张冬忍不住嘀咕。

夏沫来到了李子军身边，检查了一遍，没发现什么异常，又坐回到原来位置上，认同了张冬的说法。

这个以碰瓷为业的男人，在行迹败露之后，又在酝酿什么坏事呢？

"他不会是想趁机逃掉吧？"张冬望着身后的那位交警，小声说。

交警守在救护车的入口处，有些轻蔑地看了一眼被"固定"在救护床上动弹不得的李子军，非常笃定地说："他跑不了。"

就在这时，钟景洲突然把救护车停在了路边，警铃不关，双闪警示灯开启着。他灵巧地从驾驶座翻过来，直奔李子军而来。其他人还以为他是被吵得烦了，要动手打人了呢！只见钟景洲来到急救床前，拿了一副消毒医用手套，戴在了手上。他拆了李子军的固定夹板，剪开了止血的敷料……

"你做什么？"张冬站了起来。

"大胡子，你想干什么？"李子军觉得腿上一凉，顿时感到不妙，大声叫嚷起来。

钟景洲双手托住了他的小腿，手指重压，确定位置，手腕猛地一用力。李子军惨叫一声，将骨头发出来的清脆响声给盖过去了。钟景洲做完，立即把固定夹板拿过来，用敷料压住伤口，将夹板固定妥当。似乎只是一眨眼的工夫，就什么都做好了。

夏沫凑到跟前，急得声音都变了："钟师傅，你想干什么呀？"

"看一下。"钟景洲做完之后，手套一摘，直接放到了夏沫的手里，"坐回原位，我们回医院。"

夏沫简直不敢相信自己所看到的这一幕。"什么啊？"她喃喃地说。可车子已经在动了，救护车一旦开起来，车速极快。为了确保安全，她满肚子疑问，也只能回到座位上坐好。

"你又不是医生，你怎么可以……"张冬觉得自己抓住了机会，他不张口说几句，都觉得对不起自己。

"你闭嘴。"钟景洲怒冲冲地打断了他。

任何人都能听得出，他语气里有抑制不住的愤怒。发了好大的火，也不知道是在跟谁生气。

张冬经常跟钟景洲对着干，可这次，趋利避害的本能让他闭了嘴，没在钟景洲情绪最差的时候继续去撩拨他的火气。

李子军的惨叫声，竟然停了下来。他一直在冒汗，但也只是冒汗，却不喊疼了。李子军在车底困了很久，被救出来后剧痛也一直如影随形，突然疼痛感降低了大半，他竟然昏昏欲睡，眼皮都有些沉了。

接下来的十几分钟车程里，整个救护车都保持着一种奇异的静默状态。

第N次完成医疗救援任务，顺利带着患者返回。在已经开了无数次的道路上，钟景洲熟练地把车子一转，停靠在急诊科的正门前。

两个担架员动作麻利，把李子军抬了下去。交警跟随在后，他将履行职责，时刻盯着李子军，不让他有机会跑掉。

夏沫一路小跑，跟在一旁，张冬也提着患者的物品，跟了过去。就只有钟景洲仍是坐在驾驶位，一动不动。他的手上套过了消毒医用手套，仿佛还残留着独有的味道。袖子上也蹭了一小块血迹，是在拆李子军的敷料时，不小心碰到的吧。这一幕幕画面，勾起了他很多的回忆，那些他从来不打算再去回想，并且在那天离开时，已经下定了决心要彻底淡忘的记忆，如今翻涌来袭。他并不喜欢这种感觉，脸色阴沉着。可人的大脑，有时候就是任性又不受控的器官，越不准它胡思乱想，它却丝毫不顾及主人的意念，放肆地翱翔自由。

"无趣。"

再看一眼急诊室的正门，似乎不管什么时候来到这里，都是人来人往，熙熙攘攘。不来到医院，你永远不会想到，这个大大的城市里存在着多少病人。但，那些与他并没有什么关系。他现在是人民医院医疗救援大队的一名最普通的救护车司机。他的工作不是救死扶伤，而是平安地接回患者。

钟景洲冷漠地踩下了油门，控制着车辆往后边的停车场驶去。保温杯里的水喝没了，他得去接一点儿，免得等会儿总控中心那边又派发任务过来，那就来不及了。

在医院另一个方向，急诊室内，李子军已经躺在了处置间的窄床上，白一峰今天当班儿，急诊科内比较严重的患者，他都会赶过来亲自看一眼。在送去拍片子之前，他拆开了固定夹板，一边拆，一边满意地说："小夏，这一次夹板固定的位置和力道都非常到位，两条腿的止血也做得很好，手法是越来越熟练了。"

夏沫的脸腾地红了，只是戴着口罩，除了她自己感觉到热度在升高，其他人根本看不见。

"白主任，我……"解释的话还来不及说完，白一峰突然打断了她，他本来轻松的神情在看到了李子军的右腿之后，变得凝重起来。

"轧得挺严重，不像是单纯的骨折，别耽搁，立即送过去拍片子。患者家属联系上了吗？让家属去住院部先把手续办一办，他这个情况，大概率需要做手术。"

李子军这会儿缓过来了，一听这话，顿时吓得一激灵。

"医生，我的腿怎么啦？很严重吗？保不保得住？"

不等白一峰说话，李子军咬牙切齿："肯定是那个大胡子在路上乱拆乱弄，把我的伤给整严重了。不行，你们人民医院得负责！什么啊，一个救护车司机还来处置患者的伤口，这也太不负责了！"

"怎么回事儿？"白一峰疑惑地看向夏沫。

夏沫神情之间满是不安，但心里边其实很清楚，救护车上发生的事，哪怕她有心替钟景洲隐瞒，怕也是瞒不住的。毕竟那么多人看着，而且张冬也在，以张冬最近对钟景洲那一点就炸的粗暴态度，他会放过这个告状的机会才怪！与其让别人添油加醋地乱讲，还不如她如实地告知。谁知，话才开了个头，张冬从外边钻了进来，一脸不忿儿，凑到了白主任的跟前。

"主任，这件事还是让我仔细地跟您讲一讲经过。夏医生是女孩子，脸皮薄，习惯了原谅人，她可能会有些不好意思去说别人的坏话。但是我觉得，这个事儿是与原则有关，而且还破坏了医院的规定，该说清楚的时候一定要说清楚，不然万一将来人人都效仿起来，肯定是要出大乱子的。"他说得好严重，没入主题前就把大帽子扣了一顶又一顶。

白一峰皱眉，他不喜欢这种啰嗦的讲话方式："你想说什么？"

张冬赶紧把钟景洲突然停车，在没有跟任何人打招呼的情况下就拆了夏沫替患者做好固定的右腿，他还不忘强调，在这个过程中，他曾经试图去阻止，但却被钟景洲给吓住了。果然是添油加醋，本来没什么状况发生，经他一说，简直成了大型谋害现场。

"张冬，你能不能实事求是，哪是你说的那样？钟师傅他也是……好意。"虽然夏沫想要替钟景洲辩解，但真的要做出合理的解释，其实她也想不出来。她也存在着同样的疑惑，为什么在那时，钟景洲会做出如此奇怪的举动？他知道不知道，若是患者不满投诉，医院一定会派人下来调查的。他的这种违规行为，很可能会为他带来巨大的麻烦，甚至可能连这份工作都要丢了。

但谁都没想到的是，白一峰听到了这话，本来很严肃的表情，突然放松下来。

"你是说，这个病人是钟景洲处置的？"那言语之中的意外和欣喜，竟然怎么都藏不住。

"不是他，还能有谁？他简直是疯了，也不知道脑子里在想什么！"尽管张冬是非常疑惑，但他还是尽职尽责地负责补刀。这可是将那个他看着不顺眼的大胡子彻底踢出救护车队的好机会，张冬说什么都不愿放过。

白一峰却没有将张冬后来的话听进去，他望向夏沫，颇有兴致地问："他说的，是真的吗？"

夏沫口舌发干，心里边想着要替钟景洲争辩几句，可想来想去，也不知道怎么说才好。她只得点了点头，然后不忘强调："钟师傅是个做事很靠谱的人，今天也不知道为什么要这么做，但是我觉得，他肯定有自己的用意。对了，伤者在经过处置后，疼痛感明显减轻了许多。"

白一峰小声嘀咕："忍不住了。"这种回答，委实不在意料之中。

"您说什么忍不住了？"夏沫一头雾水，并不很懂。

"没什么，我还有事，先回办公室了。先送他去急检，检查结果出来以后再说。"白一峰哼着歌，背手离开。

夏沫奇怪地望了过去，她很快发现，白一峰脸上的笑容是那么真实。

急诊室内急症多，值班的主任们，几乎每一个都是处于一种习惯性的紧绷状态，想要真正发自内心的开怀，其实并不算一件容易的事儿。夏沫甚至想不起，上一次看见白一峰露出笑容是在什么时候。那么，究竟出现了什么问题呢？

白一峰回到办公室，立即给钟景洲打了电话。足足响了六七声，在白一峰几乎放弃的时候，电话里传来了钟景洲闷闷的声音："大白，我现在心情不是很好，不接受任何调侃。"

"哈哈哈哈……"啪，电话一挂，白一峰神清气爽，也不管办公室内还有没有他人，又哈哈哈地笑了好一会儿，才收了声。

"今天白主任的心情真的是很好啊！"有人感慨道。

"没有啊，哪里很好了？哈哈哈哈……"白主任不承认。

而另一边，检查结果一出来，夏沫赶紧给白一峰打电话："是粉碎性骨折，必须立即进行处理。"

白一峰从电脑上调出了CT，一边研究，一边吩咐科室的助手开始做术前准备。趁着还有几分钟的空当，他又一次拨通了钟景洲的电话。这次，不等钟景洲暴躁，白一峰先说明了来意："你不久前接回来的那个李子军，右腿是粉碎性骨折，因为在车底被重物挤压的时间太久，小腿已出现了坏死反应，情况不妙啊！"

钟景洲根本不吃这一套。李子军的腿，他是亲自看过的，也动手做了处理，哪有可能像白一峰说的那么严重！

"接病人是我的事儿，动手术救人是你白主任的事儿。如果没别的事儿，我先挂了，等会儿还有救援任务。"

"钟主任，这台手术我一个人可没把握，要不然，你考虑看看，先回来帮个忙？反正，你在路上都已经替他做过处置了，就送佛送到西，一口气搞完算了。"

这次，钟景洲那边，直接挂断了电话。白一峰看着被挂断的电话，被拒绝了也不生气。

"我倒是要看看你还能忍多久。"他撂下这么一句，继续哼着老歌，往手术室的方向走去。

这种程度的手术,哪里可能是他一个人完成不了的?之所以那么说,不过试试看,要给钟景洲一个回归的理由罢了。钟景洲不愿意,白一峰该怎么处置还得怎么处置。

手术是半麻状态下进行的。白一峰上手术台时,麻醉师已经做好了处置。李子军的腹部以下,被一个巨大的隔断挡住了视线。他只觉得腰以下的部分,仿佛已经完全不属于自己,任凭他怎么努力,却什么都感觉不到。

"医生,我的腿还有救的,是吗?"他眼巴巴地看着来盯着监测仪器的年轻医生,虚弱地一遍遍发问,只想从他的口中得到一个令他感到心安的答案。可是,在他进手术室之前,所有医生护士都已经得知他常年以碰瓷为业,且是屡教不改的那种,而这次之所以需要动手术,也是因为在碰瓷的过程中失误,才导致了如此严重的交通事故。

治病救人是医生和护士的职责所在。但医生、护士也是普通人,也有正常的三观,以及与平凡人一样的喜恶。对于李子军这样的人,他们仍是要救,但心里的厌恶,却也掩饰不了。

没人搭腔,李子军是越想越害怕:"医生,你们是在给我做截肢手术吗?我求你们再想办法救一救我的腿,我不想下半辈子都躺在床上过日子,如果我残废了,家里肯定连个管我的人都没有,呜呜呜……"

"你们如果真的要锯掉我的腿,必须得到我的同意吧?我不签字,你们没有权利乱治疗的。对,你们不敢的,呜呜呜……我好害怕!"

李子军想要翻身,可他绝望地发现,手术前自己就已经被那个男护士给固定在了手术床上,上半身捆了个结结实实,根本动弹不得。等看到白一峰穿着手术服,浑身上下包裹得严严实实,只露出了一双幽深的眼睛,尤其手里还拿着一把锋利的手术刀走向他时,李子军倒抽一口凉气:"医生,我的腿,还在吗?"

白一峰把手术刀交给了助理医生说:"一直在听你喊着保住腿、保住腿,既然那么在乎,为什么还要去碰瓷?"

"我也是没办法。"李子军虽然只是半麻,可又惊又怕,再加上药力作用,他整个人都有点昏昏沉沉,脑子里更是一会儿清醒一会儿糊涂。

他喃喃地念着:"那个大胡子,我肯定不会放过他,他就是故意害我使我病情加重的。本来已经被医生处理好的伤口,他非得给解开瞎弄一通,想要报复我,也不能用这个法子,我要是没了腿,他得赔我。"

白一峰听不下去了。他走到了跟前,目光居高临下地落了下来。

"你的右腿粉碎性骨折,骨关节异位,腿部被重物压太久而产生了严重的血栓,严重到这种程度,已经不是随车医生能够应急处置的了,如果不是那个大胡子临时停车,帮你端正了骨位,你的右腿有八成可能是要截肢处理。你现在口口声声愤恨着要去投诉的人,就是在努力地保住你右腿的人。李子军,你说个不停,是要恩将仇报吗?"

李子军听得不太懂:"你说什么?"

"你的腿没事儿。另外,以后做事三思而后行,别做傻事。因为你不会幸运地遇到下一个大胡子,愿意及时出手拯救你了。"

白一峰摘下手套,往手术室外走去。看着他的背影,李子军没来由地一阵难受。

他错怪大胡子了吗?这究竟是怎么一回事儿?

……

第五章　心伤往事

白一峰做完了手术之后，又返回了医生办公室。

夏沫特意去买了一杯咖啡，放在了白一峰的电脑前，一脸讨好的笑容。

"白主任，这是您最喜欢的焦糖味，尝尝可不可口？"

白一峰瞥了她一眼："小夏，你这是无事献殷勤，说吧，找我什么事儿？"

夏沫笑呵呵地问："我是想问，钟师傅不会被投诉处理吧？"

"不会。"白一峰答得非常肯定。不过，即使李子军仍是执拗，一定要去投诉的，也是没有用的。这一点白一峰更加肯定。

"白主任，您跟钟师傅好像很熟啊。"夏沫小心翼翼地问，"以前是熟人？"

一个是急诊科的大主任，一个是救护车队的大胡子司机，两者之间是有交集，但又绝对不可能有更多的接触机会。

夏沫绞尽脑汁也想不出，为什么白一峰和钟景洲之间会有如此熟络的感觉？夏沫觉得，这两位之间，肯定有点别人不太了解的一面。

白一峰爽朗一笑："你如果好奇，可以去问问那个大胡子。"

夏沫的表情一下子垮了，她嘟囔着："钟师傅总是冷冰冰的，看上去太有威严了，说真的，我其实有点怕他。"

"他一个救护车司机，你怕他什么？"

白一峰的问题，直接让夏沫愣住了。是啊，为什么要怕他呢？或者说，为什么她会从钟景洲身上感受到一种强大的压迫感呢？往往当他认真发号施令时，她的脑子里只有遵从，而没有觉得哪里不对。

夏沫顿时有点不好意思，仰着一张红扑扑的脸，不知所措。不过困窘的局面没有持续太久，毕竟白一峰工作非常忙，他那边还有事，闲聊的时间不多。

"你下次遇到钟师傅，真的可以问问他，看他怎么回答。"等走到门前，他像是想到了什么，颇为意味深长地说，"夏沫，他跟你说完以后，你回来记得也跟我说说，我也很好奇的。"

夏沫一头雾水。不是她买了咖啡，前来求教的吗？这倒好，不只自己的疑惑没有解决，反倒是更添了新的疑惑。看来，真的想要弄清楚这里边的真相，还是要从钟景洲那边想办法。

救护车队，并不是时时刻刻都那么忙碌。一个月内总有那么几天，整个城市都会一同安静下来，总控那边安安静静的一上午都没有声音。通常这种时刻，钟景洲就会用来擦车。别看他总像是没睡醒似的，不出任务时总是没什么精神，除了喝茶就是找地方睡觉，可他必须去完成的工作，是从来不会怠慢的。0703号车永远都是车队内最整洁干净的一辆，哪怕是经历了滂沱大雨，等雨一停，钟景洲一定会拎着他的小水桶和大长刷，上上下下地忙活一通，非要把车身擦得亮晶晶的，连轮毂里的泥沙都得抠个干干净净不可。大胡子有重度洁癖，而且还有重度强迫症，他见不得他的车有一点点脏、乱、差，这是整个车队所有人都知道的事儿。因此，只要天气好，车队又没什么活儿，钟景洲在去车上打盹儿之前，总是会先打扫卫生。

今天也不例外。

张冬早晨上班迟到了，应八点到岗，九点多才慢吞吞地走了进来，手里还端了一杯浓咖啡。

"张冬，你昨晚上去哪儿疯了，一夜没睡？年轻人可要悠着点，别夜夜狂欢不顾身体。咱们车队可没少往回拉那些因为作息不正常而突然发病的年轻人，要是你有天也被救护车拉回来，这人可就丢大了！你们0703号的大胡子肯定更嫌弃你了。"同事之间比较熟了，开起玩笑来也就没什么顾忌。

张冬连打了几个哈欠："这几天工作强度太大，晚上回家总是累过劲儿，想睡都睡不着。吃了两片褪黑素，好不容易睡着了，就一夜翻来覆去地做噩梦，醒又醒不过来，真是折腾人。设了五个闹钟都没吵醒我，这不，早晨睡过头，直接迟到，这个月的全勤奖算是没了。"

"你小子哪个月拿到过全勤奖了？不是这个事儿就是那个事儿，比急诊科的白主任还要忙。"

"您可别笑我了。"张冬连忙抱拳求饶。

正打算上救护车上坐一会儿，钟景洲不知道从哪儿绕过来说："不准带吃的上车。"

"这是早餐。"张冬不高兴地嚷嚷。

"早餐也不行，咖啡和卷饼味儿太大，好长时间散不出去。"

尽管张冬总觉得自己应该是0703号车上的小领导，无奈钟景洲不听他的，原则问题寸步不让。他用高大的身体挡住了救护车的门，哪怕张冬瞪着眼珠子愤愤不平，他也坚决不允许他上车吃东西。张冬气呼呼地走了，深一脚浅一脚地走向值班室，整个人都有点失重感。太阳光真的很炽烈，他本就没睡好，抬头望过去的时候，整个人不由得产生了无比严重的晕眩感。

其实他自己何尝不是在问自己，跟钟景洲结下心结的那一天，是怎么回事来着？张冬的鼻子一酸，整个人跌入到了回忆的深处去。这件事还得从两年前说起。

两年前，他在六月末完成了在校的最后一场考试，七月初办理毕业手续，他挤在一群女同学的正中间，拍了一张五官都挤在了一起的毕业照，给自己歪七扭八的卫校生活画上了一个句号。

他，张冬，毕业了。怀里搂着毕业证，毕业即失业。先在家里边过了几天黑白颠倒的生活，白天追剧晚上打游戏，饿了吃外卖，无聊了跟同学出去玩，日子过得很是自在。

张冬的爸爸张大同，在商业街那边有个两平方米的小店面，不管刮风下雨，就坐在门口修鞋。早些年，生活条件不好，人们都很爱惜自己的鞋子，一双鞋穿坏了都要来修修补补，能凑合就凑合，所以张大同的生意很不错。好的时候每天能有一两百块的进账，维持父子俩的生活，然后再供着张冬把卫校给读完了。

这种手艺人，忙忙碌碌了一辈子，最看不惯的便是好吃懒做。一见张冬根本没有要出去找工作的意思，在家里还是那种昼伏夜出的状态，张大同的暴脾气就起来了。

"你赶紧给我出去找工作，别一天到晚地蹲在家里，跟个废物似的就知道玩。"

张冬急了："我学的这个专业，没有护士证怎么找工作？没有护士证，谁又会要我？说得倒是轻巧，什么都不懂！"

"没有你就去考啊！"张大同不觉得这些是借口。

"当初我就不想去学什么护士，我一个男的，跟一帮女生一样学护理，别人要怎么看我？是你非说当医生好，非要我去念卫校。可是你根本什么都不懂，从卫校出来，就只能去当护士，根本当不了医生。可我的理想是当医生啊！虽然护士也是待在医院，但和医生根本不一样，完完全全的两码事儿！是你，把我的一辈子都给耽误了，你现在还嫌弃我是废物，哪有你这样子当爸爸的？"

毕业后的诸多不如意，因为这场父子间的争吵，完全爆发了出来。

张冬的妈妈是在他上初一的时候去世的。她本来是在街口出摊卖炸丸子，生活不规律，还经常吃卖不掉的油炸丸子，不知什么时候得了胃癌。明知道胃不舒服，可她舍不得花钱，一直忍着，疼得太狠了就吃点药或者找些偏方顶一顶，直到后来都开始呕血了，才去了医院。一检查已经是癌症晚期，癌细胞扩散得到处都是，血液和骨头里都有，已经没了治疗的可能。当天她就办出院回了家，没多久就去世了。

因为妻子生病这件事，张大同坚定认为，在医院里作医生或护士是世界上最好的工作。不但福利待遇好，社会地位高，而且常年能接触到最专业的医生，以后自己身体有点小问题，也能得到及时的治疗，不至于像张冬他妈那样，到死才知道自己得了严重的病。可张冬的学习成绩一直不太好，家里的经济条件也很一般。他在修鞋出摊的时候，就有个顾客指点他，可以让张冬去卫校学习，只要学好了，顺利毕业，就能进医院。

对于张冬来说，去卫校是个不错的选择。初中毕业就能考，而且对文化课的要求也没那么高，张冬是有希望考上的。就这样，本来是打算跟同学一起去考高中的张冬，被张大同强迫着改了志愿读了卫校。至于从卫校出来能做医生还是护士，张大同心里并不在乎，反正只要能去医院工作就行。但这个却成了张冬心里的叛逆理由，他每每觉得不如意，就总是控制不住地想：如果他读了高中考上大学，真正去医学专业院校深造，自己的人生会不会更容易些。这种念头，想得越多，越觉得眼前的生活完全是当时做错了一场人生选择造成的。那么，一直极力要求他去读卫校的张大同，便是毁掉他人生的最大元凶。

不过，张大同是那种最老式、最传统的父亲。当父子俩遇到问题的时候，张大同更习惯性地大声责骂，甚至是拳脚相加，好言好语和儿子沟通，他可做不到。

他给张冬提出了两个要求：第一，必须出去工作；第二，必须去医院工作。

张冬不是说没护士证得考嘛，张大同承诺，在他考到护士证之前，所有生活费，依然可以由他来出。但张冬又说，考证之前，得去医院见习八个月，见习完毕之后，才有资格参加考试。他自己可找不到实习的医院，这事儿完成不了。

张大同心里边恼火，但依然给想了办法。他去找了一个远房的亲戚，亲戚托着朋友，给当地的县医院交了一笔费用，就把张冬给强送进去。

医院不给发工资。张冬为医院服务八个月，而这八个月内，他连个休息日都没有。那段日子，是真的很累很辛苦啊！白天上班一站就站一天，晚上值班一守就是一晚上。虽然是见习护士，但是在医院里的工作量，其实是跟普通护士一样，甚至比普通护士的工作量还要大一些。张冬多少次想放弃，张大同一吹胡子瞪眼，他便厌了，还得乖乖地回去继续见习。

熬完了八个月，张冬备考，终于算是把护士证给考下来了。但也不知道是累到了，还是这样的生活令他有所悟，张冬忽然决定，他真的不想去做护士，这不是他理想中的职业。

母亲早逝，张大同一个人带着张冬过日子，又当爹又当妈，又要赚钱又要养家，日子过得相当不容易。张冬看在眼中，心里也是有数的。

平时张大同吼他、骂他，甚至还动手打他，张冬虽然不忿儿，但也没真的往心里去。大多时候也就是气呼呼地回房间里去把门给关上，连回嘴都很少。之所以如此，还是因为他能体会到张大同的不容易，他不想因为自己再给张大同的生活添堵。

当张冬拿到了护士证之后，他觉得自己完成了父亲的心愿，算是一个儿子最大的孝顺了。从今往后，他要做回自己，不再做违心的决定，更不会为了任何人再去改变自己的人生。

未来，要从事什么样的职业，张冬还没做好考虑。可不做护士这件事，他是一定会坚持到底。

父子之间，爆发了几年之内最大的一次争吵。

张大同固执己见，甚至连张冬的辩解和想法都不肯听，大吼大叫，情绪极其激动。他将张冬养育长大，培养成才，他修了多少双鞋，耗费了多少力气，甚至是连再婚的念头都不敢有！一个人苦苦熬着、盼着、等着，好不容易张冬毕业，考了证，距离理想职业只差半步，他却回来告诉自己，这不是他想要的生活，护士证是给他这个当爹的考的！将来他无论做什么，都不会去医院里当护士！张大同实在受不了！

张冬一开始还在忍，随着张大同的话越讲越难听，张冬内心深处的不满情绪也被彻底点燃。他怒吼着张大同分明是在进行着最可怕的道德绑架，他利用所学到的知识去控诉张大同的自私。这些年，他心里藏着多么沉重的东西，本来可以跟同龄人一样轻松地活着，但就是因为有了张大同，他变成了拉磨的驴子，低着头向前走，却永远不知道终点在哪里。

那一晚，张冬摔门而走。隔天回家，他给自己想了很多宽慰的借口，并且用"父子没有隔夜仇""妈妈已经去世了，他得懂事，不能不顾及爸爸"这样的话来说服自己。没想到，张大同见他回家，没有关心没有安慰，更没有询问他去了哪里，只是说了一句："你大伯托了关系，已经给你的工作安排好了，你准备一下吧，去人民医院当护士。"

一听"当护士"三个字，张冬那股才压下去的火气，一下子就爆发开来。

"现在都什么年代了？哪里还有找人托关系进医院这种做法？他根本就是骗你的，医院招人，逢进必考，不仅要条件符合、学历达标，还得经过几次笔试、面试。"

张大同听了这话，顿时劈头盖脸地大巴掌打了过去："你才经历过几天社会，你懂多少道理？我看你就是挑肥拣瘦，嫌做护士太累。我告诉你张冬，为了这份工作，我花了两万块，你要是不给我好好弄，看我打不死你！"

"两万？你还给钱了？我大伯自己连一份工作都找不到，他还能给我安排工作？也就你信！"

张冬气得直翻白眼，整天在那儿喊着家里穷家里没钱的人，一口气就能掏出去两万块来办这种不靠谱的事儿，他气得扭头走了出去："不行，我去他家，把钱给要回来，再迟一点儿，钱肯定又要被他挥霍得一分不剩了。"

张大同冲上去，拦了去路："去什么去，不准去。你要是有点出息，能自己把工作的事儿解决了，还需要我出头，拿钱给你找工作吗？"

"谁让你拿钱去做这种事了？我都说了我不想做护士，他就是真的能安排，我也绝对不去！"张冬再次摔门而走。

张大同也一如往常，没有追上来。父子俩如同斗牛一样，各有各的理由，无法尝试着理解彼此。但这一次，与往常的争执又有那么点不同。

张大同就在当天突发心肌梗死，没人发现，他再也没有醒过来，也再没机会跟张冬好好地和解了！

事情发生了。

事情也过去了。

张冬再没提起过这件事。他没了妈，又没了爸。大伯果然是骗人的，两万块拿走，一多半拿去还债，少部分报复性消费，胡吃海喝一通后，在殡仪馆内，他只还了七百块给张冬。后来，张冬在家里想了又想，他觉得，既然他爸的梦想就是让他做个护士，那么他就去吧。大伯没法把他安排到杭市人民医院，他可以自己去考。

考一次，考两次，考三次……他考上了，虽然最后没能进病房，也没能去科室，却还是被分配来了救护车队做随车护士，参与医疗救援。这也罢了，张冬认命地想，在哪里做护士，不是做呢？没准转正以后，表现突出，他还是会被院里重视，一个调动，就调到重要科室去了。

张冬在心里对张大同生出的那份内疚，全转移到护士这份工作上去了。他颇为感性地想，父亲在天上看着他，把这份他所期待的工作给做得非常好，一定会非常欣慰，没准就……原谅他了吧！

谁知，一进车队，他就被分到0703号救护车，跟个不修边幅的邋遢大胡子做起了搭档。钟景洲的事，他前前后后跟不少人做了打听。每个人对他的评价都不太一样，但大家又一致认为，他实在不适合做医疗救援。

尤其是救护车队队长更换以后，原来的队长被调到其他科室去，新来的廖队长对钟景洲心里非常不满。张冬坚定地认为，迟早有一天，他会被钟景洲给连累了。

第一天见面，已是带着满满的偏见。后来的相处，又怎么可能融洽？总有同事在劝张冬与钟景洲和解，张冬也不是没想过，为了能将这份工作做到尽善尽美，他与大胡子之间就不该剑拔弩张。可张冬一门心思要在杭市人民医院混出个名堂，让有在天之灵的爸爸对他刮目相看。越是想要达成所愿，就越受不了钟景洲每天"混"日子的样子。哪怕钟景洲从来都没有耽误过工作，次次出车，已做到了尽善尽美，可他身上永远缺少的主动去承担工作的原动力，张冬便觉得他这种性格，根本是在拖后腿。

距离他转正，没剩多少时间了。张冬要跟同一批进医院的护士们竞争，听说，每年有百分之四十的淘汰率呢，他必须更加努力，超越了所有人，才更加有希望能够稳稳地留下来。

"大胡子，我绝对不会允许你拖我的后腿。"张冬咬着后槽牙再次发誓。他这一次的信念，比以往任何时候都要坚定。

钟景洲拦下了打算上救护车吃早餐的张冬，并不觉得这种处理有什么不对。看到张冬走远，他就继续擦车，前挡风玻璃是擦拭的重点，每次钟景洲都会在这个位置下足功夫，非得擦个亮晶晶才觉得满意。在别人看来，这或许是很浪费时间的小事儿，又麻烦又辛苦，况且救护车队是有定点养护的修理厂，真的觉得车脏直接开过去拿高压水枪冲一冲就好了，根本不必亲自动手。钟景洲却是把这件事当成了乐趣，做得可认真了。

白一峰从钟景洲开始擦车时就来到0703号救护车附近。钟景洲都把车擦完了，好像还没注意到白一峰的到来。这样怠慢他，换了别人，白一峰早就拂袖而去。他可不是什么好脾气，每天事情那么多，忙得脚不沾地，根本没有闲心去处理琐事。可来到了钟景洲的跟前，情况又不太一样了。

白一峰有点闷闷不乐地问："景洲，你真的没看到我在，还是看见了连个招呼都不想打啊？"

钟景洲根本没回头看他，一边擦车，一边说："白主任，您放着急诊室成百上千等着你去拯救的病人不管，跑救护车队瞎聊天，你觉得自己这种明显偷懒的行为合适吗？"

"今天没那么忙，该做的工作已经做完，抽点时间过来见见老朋友，那怎么能算是偷懒呢？"白一峰抱着手臂，打量着0703号救护车，"原来这部车是你在开。"

救护车在急诊室外进进停停，每个月白一峰总是会看到几次它停在正门前，但钟景洲极少会下车送病人，大多数情况下，都只是坐在车里边，看着担架员、随车医护人员风风火火地将患者运下车，然后立即打着方向盘，返回到救护车停靠区。严格来说，停靠区紧挨急诊室，但钟景洲就是有那个毅力，能三年过急诊室而不入。那是将当初的一些话遵守了个彻彻底底。

"怎么啦？白主任对我的驾驶技术有什么疑问吗？还是作为领导，来对我的工作进行指导呢？您说吧，我认真听着，领会精神，虚心学习。"钟景洲将抹布扔回到了水桶里，溅起了一地水花。

"你看你，谁惹你了？怎么跟个刺猬似的？"白一峰没好气地瞪了他一眼，"景洲，我是你的敌人吗？还是我干了什么让你不高兴的事儿？没有吧，咱们过去还是……"

钟景洲的眼神蓦地凌厉了起来，恶狠狠地瞪向了白一峰，那表情凶得吓人。

白一峰把没说出口的话全吞了回去，轻叹了口气："你啊，你啊！"千言万语，那么多话要讲，可最终，发出来的却只是两声没有意义的感叹。

"夏沫，是我带着的学生，这孩子很不错，青春，热血，正义，永远充满了活力，看见她，总是让我想到，我们那个时候也是……"

"我还有事，你自己在这儿慢慢回忆。"钟景洲说走就走。

白一峰慢悠悠地跟在他身后，对方脾气那么坏，他却是罕见地能忍了下来。"全世界都在等你重新崛起，为什么你不肯放过自己？"

钟景洲仿佛没听到他说的话。白一峰继续念叨："三年了，你还没休息够吗？"

钟景洲开了救护车的门，一只脚迈了上去。白一峰已跟到了车门前："你的手，如果再不用用，就要生锈了。喂，你就不担心，你老不练它，再用的时候它不听你使唤？"

救护车的门当着他的面咣的一声关上了。毫不留情，不给一点儿颜面。白一峰笑了笑："我看你还能忍多久。"

此行过来的目的，达到了，也没达到。但白一峰还是满意的。他心情挺好，背着手慢悠悠地往回走。

夏沫从车尾的位置冲了过来，脸上写满了不高兴："您怎么在这儿？"

白一峰觉得奇怪，反问道："你什么时候来的？我跟钟景洲说的话，你都听到了？"

夏沫点了点头，抱怨道："他也太傲慢了，怎么可以跟您那样子说话？"

白一峰一听就明白，夏沫来的时间肯定不长，估计是只听到了后半段而已。但他跟钟景洲之间的事儿，白一峰不打算跟夏沫解释。

"他就那样，有点脾气。"白一峰摆摆手，意思是自己并不在意。

白一峰是医院技术最好的医生之一，有名的外科一把刀，极其受人尊重，被他治好的病人和家属感谢他，跟着他学习的实习医生爱戴他，院里的领导和同事信任他。钟景洲只不过是救援中心这边的一名救护车司机，哪怕他跟白一峰主任很早以前就认识，他也不该用那种态度来跟一位救人无数的好医生说话。

"我真是眼瞎，怎么会觉得他人还挺不错呢？"夏沫这会儿已经被怒火冲昏了头脑，钟景洲过往的好，她暂时全都忘了。

白一峰没听到她的嘀咕，又走了几步，忽然停住。他抬眸望了望夏沫："李子军在车上的时候，确实是钟景洲主动停车，主动过来帮他重新包扎的吗？你有没有提醒或者暗示要他帮忙？"

这种奇怪的问题，简直是一种巨大的怀疑。夏沫顿时紧张起来："白主任，的确是他自己冲过去，我也知道这件事违规，可当时比较突然，我没来得及反应过来，所以……"

"哈哈哈，怪不得恼羞成怒了呢！"白一峰又是没头没脑地来了一句。

夏沫满脸不解，白一峰却已经推开急诊室的门，走了进去。

钟景洲坐在救护车内，静如止水般的心境，几年来首次有了波澜。之前白一峰那些人，也曾来找过他，晓之以理，动之以情，聊过去，讲理想，谈情怀，好话说尽，反正目的只有一个，希望他能够回心转意，重新回到原本的生活状态里去。

他这人，记忆力越来越不好了。对于过去的事，很多都想不起来。就这样让一切随风而去，不好吗？非要逼他回忆，非要逼他和解，非要逼他面对那段讨厌的人生。

钟景洲习惯性地去摸了下口袋，那里曾经放着一盒烟。其实很久以前他不吸烟不喝酒，也不喜欢一切容易成瘾的饮品，像咖啡、茶这些他都不碰的。生活循规蹈矩，不加班的时候更是作息极其正常，像个提前步入退休生活的老年人，安安稳稳地过着他平凡的人生。但后来，经历过了那一场变故后，他酗酒、吸烟，用尽一切可以麻痹自己的手段，来忘掉那段痛苦的记忆，整个人几乎是废掉了。直到他被强行拉回，来到救护车队，就又戒掉了烟酒。虽是不再碰了，但真的烦躁到极致时，还是忍不住去摸烟，自然摸到的是空空的口袋。

可此时此刻，他倒是真的希望谁能给他一根烟，让他深吸几口，平息一下凌乱的情绪。就在这时，救护车外传来了砸门的声音，咚咚咚……

门一开，夏沫三步并作两步，跳上了车，红扑扑的小脸上，全都是怒色。

"钟景洲，你什么情况啊？我们白主任哪里得罪你了，你怎么可以对他那么不客气？"

得，来了个打抱不平的！一上来便是义愤填膺，满是正义地质问着。

钟景洲懒洋洋地往座椅上一靠："你们白主任就那么尊贵，外人还不能说他啦？"

夏沫气得不行："当然不能说啦！白主任是院内最厉害的专家，他是我的老师，他也是急诊这边，值班加班最多的大主任。你知道，他救助了多少患者吗？你知道他帮了多少人吗？你知道有多少医生护士是拿他当成偶像来看待吗？你凭什么对他那么不客气！"

钟景洲一听，当时就乐了："夏医生，你这属于盲目的个人崇拜，你是在追星吗？容不得别人对自己的偶像有一丝不敬。"

"白主任如果哪里做得不好、不对，你有理有据，当然可以批评他。可他什么都没做，他只是来跟你说了几句话，你给点好态度不行吗？你知道不知道，惹恼了他，让他情绪不好，肯定会间接地影响到他的工作。他等会儿还有手术要做呢，情绪不稳怎么可以？"夏沫连珠炮似的，噼里啪啦地一通怒吼。

钟景洲挑起了眉梢："他让你来的？"

"当然不是，白主任怎么可能会做那种事？我就是路过，不小心听到了，我……我气不过。"夏沫没有说，其实她就是来找钟景洲，想要侧面了解一下他和白一峰之间有什么关系。

白一峰每次都在神神秘秘地笑，一个是人民医院的大主任，另一个是救护车队的小司机，这俩人实在没有过多交集，因此才更让人浮想联翩。

夏沫自认不是太八卦的性子，可一旦生出了好奇，还是想弄个明白。

没承想，在来找钟景洲的时候，竟然又碰到了白一峰，还听到了那样的一番对话。顿时，她对钟景洲生出的那些好感全都没了，心中只剩下了浓烈的被冒犯到的怒气。

"你气不过？"钟景洲觉得颇为有趣，摇了摇头，"小丫头，我和白一峰是老朋友了，我们之间的事儿，你不懂。"

"你说了，我不就懂了。"夏沫脱口而出。

"我为什么要说？你以什么身份、什么立场来要求我说？"

夏沫被怼得哑口无言。

"行了，不该你管的事儿还是不要管吧。你回去上班吧，离岗太久，被你们主任发现了，你要挨处分的。"钟景洲挥了挥手，直接赶人。

夏沫气得一口气堵在了心口："你……你这个人怎么这样子啊！"

钟景洲调低了座椅，整个人躺平，打算休息了。

夏沫被晾在了原地，她一辈子都没这么尴尬过。想吵，可是钟景洲根本不搭理他，倒好像是她在没事儿找事儿，无理取闹似的。她心里恨恨地想，怪不得张冬总是跟钟景洲合不来，她以前总觉得张冬心怀偏见，现在看来，钟景洲的问题实在是大。他怎么就具有那么强的攻击性呢？真是，逮到谁便冲谁去！

夏沫的脚步声远去。钟景洲也睁开了眼睛，呆呆地望向了窗外。几朵棉花糖似的云团，坠挂在了湛蓝的天际。阳光有点刺眼，透窗落在身上，皮肤感觉到有点烫了。

"是我不想放过我自己吗？"钟景洲喃喃自语。

没人回答他，连他自己也无法回答这样的问题。他的脑海里，又浮现出了那两个人的身影，过去发生的一幕幕，那些令他记忆最深刻的部分，交替出现。他都已经将此念强行按在记忆的最深处，不想再想起，但效果并不怎么样。小小的刺激之后，他不想去想的那些事，便翻江倒海一般，朝他涌来。钟景洲的鼻子开始泛酸，他自认并不是个脆弱的男人，但总是有人能轻而易举地勾起他全部的脆弱。他又能跟谁说一说呢？说出来，真的管用吗？劈下去的一道伤，始终横在那里没办法愈合。他无时无刻不在承受着痛苦，又怎么能若无其事地放下，重新回到过去的生活状态？

白一峰讲的再有道理，于他而言，并不适用。

0703号救护车，曾经更换了好多次，一辆比一辆现代化，性能也变得越来越好。唯有这车牌，一直挂的是尾号0703这一块。他父亲当年正是因为0703是自己的生日，才认定了这辆车与自己有缘分，坚决地选择了它。坐在这部车里，钟景洲总觉得能够感受到父亲的气息。单单是看着0703，他都有种强烈的想要去守护它的决心。这里是世界上距离父亲最近的地方，唯有待在这儿，钟景洲的心情才能获得最大的平静。

"急诊室，哪有这里好，大白他永远都不会明白。"钟景洲随手戴上了墨镜，遮挡住炽烈的阳光，同时也彻底掩去了所有的心情。

这一周匆忙而过，到了休息日，钟景洲还在加班。十一小长假快要到了，他计划着给自己放个假。虽然并没有什么特别的事要做，但他工作了这么多年，似乎从来没有和普通人一样，一口气休息那么多天。对这种轻松的体验，钟景洲跃跃欲试。

然而在医院工作，计划永远赶不上变化。哪怕事前计划得再好，若是赶上了急事，他就必须取消休假计划，立刻投入到紧张的工作中去。因此，当钟景洲再次被告知休假需要推迟时，他只是习以为常地皱了皱眉，把好不容易才抢到的飞机票给退掉了。

第六章　名医之后

十一小长假的第一天，钟景洲接到任务，要到临市去接一名产妇，随车医生正是夏沫。自从上一次的不愉快发生之后，两个人足有十几天没再在一起出任务了。夏沫见到钟景洲，心里边还觉得有股难以排解的闷气。她绷着一张脸，一副公事公办的样子，丝毫没有先前的熟络和热情。同样窝火的还有护士张冬。他原打算跟团去云南旅游，买好了机票，订好了酒店；临时的救援任务让他取消了行程，退团、退机票、退酒店，一下损失了几千块，十一假期的加班费全赔里边都不够。

三个人各怀心事，在车上闷不作声。

"孩子已经出生了。"钟景洲突然来了一句。

"什么？"张冬愣了一下，"谁的孩子出生了？"

"此次任务是什么，你没有提前做预习和准备？"钟景洲顿时不高兴起来，"总控中心那边是不是早将相关信息发过来啦？"

"我……"张冬本想顶嘴，但想起来这件事的确是自己分内的工作，他没做，或是没有做好，钟景洲是有权发脾气，必要时，甚至还可以向上级主管部门如实汇报。真到了那步田地，可不是闹着玩的。张冬连忙去补一下患者信息，他还不忘提醒一下夏沫。

夏沫其实很清楚患者情况，佯装不知，打趣道："生了吗？是临市那个遭遇堵车困在路上的孕妇吗？孩子既然已平安出生，直接送到市内的医院即可，我们不必赶过去了吧？"

"孕妇是第一胎，胎位不正，不具备顺产条件。在决定送医之前，她已耽搁了一段时间，并未及时处理。恰逢小长假交通拥堵，在路上困了三个多小时，孩子虽然生下来了，却因为缺氧造成了脑损伤，危在旦夕，必须立即从县医院转到杭市人民医院做进一步的医学处置。总控中心那边的指令是，关乎两条人命，情况危急，要求我们全速前进去接人。而县医院也同时派出了救护车，护送产妇和婴儿，他们正在往这里赶。"

钟景洲平静而客观地介绍着患者的病情，俨然是一个局外人。夏沫尽管对钟景洲有些看法，但又不得不承认，此时的钟景洲，沉稳而富有经验，给人一种极大的安全感。有他在，似乎就有了依靠。

"既然那边已经派了救护车来送，为什么还要我们过去接，这不是浪费医疗资源吗？万一路上一个不注意，错过了对方，这不是瞎胡闹吗？"张冬一肚子的不满意。

"他们的救护车还是2012车型，车载医疗设备并不齐全。早些更换到我们这部救护车上，可有效降低婴儿的脑损伤风险。"钟景洲难得有心情去跟张冬解释，但说完之后，他又很不高兴地提醒，"我们的职责就是尽快、尽早、尽全力对患者施行医疗救助，哪里有需要，哪里有危险，我们得到命令，就必须赶赴哪里！随车人员只要尽全力执行任务即可，得与失，值与不值，那不是我们该去判断的事儿。张冬，我希望这种话，你以后不要再说。"钟景洲发出了严正警告。

张冬立刻安静下来，也知自己说错了话，心里边虽然对钟景洲很不忿儿，但也不想给他再较真儿。他时刻提醒自己，目前已是转正的关键期，就差几天了，他还是多一事不如少一事，别给自己找麻烦。

夏沫取出了平板电脑，接收到了临市县医院所做出的初步医学检查报告之后，盯着婴儿的各项指标出了神。

"张护士，咱们再检查一下车上的氧气、药品和医疗仪器的情况吧。"

"平时已经检查得很彻底了，肯定不会出问题的。"张冬不太愿意。

救护车正全速前进，这时候站起来查看，说不定一个急刹车，就得摔个仰八叉。类似的事，可是发生了不止一次，张冬心有余悸。

但夏沫仍然非常坚持："不行，必须查，我们要确保接到婴儿后万无一失。这个孩子，目前非常危险。"

钟景洲听到了两个人的对话，忍不住望向了后视镜。

夏沫表情认真，正在跟张冬查对物品，他们将有可能第一时间使用的那几样全部集中放好，等需要用时，就省去了查找的时间。

夏沫依然不放心，分别与急诊科、儿科、病房那边取得了联系，确保婴儿送到后，各方面的工作能够协调到位。

"一定可以的。"夏沫握紧了拳头，给自己鼓劲。

车子驶上了高速，却依然无法提速。十一期间，车流量比往常增加了数倍，选择自驾出游的人也是越来越多。越是在人多的时候，发生事故的概率也会随之提高。小一点的追尾事故，可以先将车辆转移到一旁的安全区域内，自行协商处理，或者等待道路救援；但大一点的交通事故，将难以避免地造成长时间的大面积交通拥堵。

"好好地在家过个假期不行吗？非要往外跑！这不，堵在高速上，除了看车就是看人！糟心不糟心？"张冬触景生情，感慨万分。

夏沫心烦，不想听张冬絮叨，干脆换到副驾驶的位子坐下。

"前方拥堵路段还有九百米，预计通行时间十分钟，已经很快了，别急。"钟景洲将车子驶上了应急车道。这一路上，还算是顺畅，尽管还是偶尔会遇到私家车占用应急车道的情况，但大多时候，只要救护车一靠近，私家车就会想办法避让开来。因此，其他车子缓慢前进或是静止不动时，救护车却仍是可以保持相当的速度前行。

"我真的不明白，在产检的时候已经知道孕妇胎位不正，为什么不尽早去医院待产？哪怕住在医院附近也好，非要孕妇发现自己要生的时候才想起来送医吗？这下好了，孩子一出生就面临困境，万一损伤严重，或许……"夏沫抽出纸巾，擦了擦眼角。

钟景洲瞥了她一眼说："座椅右侧的储物格里有矿泉水，你喝一些，冷静下。"

"我很冷静。"夏沫抬高了音量。

钟景洲也不劝，安静地开着车，给她缓解情绪的时间。夏沫还是听了劝，拿出矿泉水连喝了几口。微凉的水顺着喉咙向体内滑去，补充了水分的同时，也将她那浮躁不安的负面情绪全都压了下去。

"聊聊吧，在医院的时候，遇到什么烦心事啦？"完全出乎意料，钟景洲竟然主动开口，问起了夏沫。

夏沫本来不想回应，脑子里还有与大胡子保持距离的念头，可嘴巴却不听使唤："也不算是烦心事，只不过看到了一些人做出的决定，心里边有点不舒服罢了。"

夏沫的话匣子一打开，也就滔滔不绝起来："我们从雪域村接回来的那个患者王桂英，在确诊为结肠癌之后，当天就被他儿子给接回家去了。白主任和几位专家会诊得出的结论是，王桂英的身体状况暂时不具备动手术的条件，最好是先进行一段时间的化疗，等肿瘤变小一些，再观察一下。可她的那个儿子，说什么都不愿意治了，当天办理出院手续，雇了一辆车，直接把人给拉走了。我们其实心里都很清楚，王桂英的状况已经很严重了，肿瘤将结肠全堵住了，如果离开医院，没有人为她进行必要的处理，根本坚持不了几天。她这么回去，那就是在等死。可她的家人替她做出了决定，我们也没有办法。"

钟景洲轻轻叹了口气："你还在为这个病人而伤神。"

"我只是觉得怪可惜的。我们费了很大劲儿,才把她平安接到医院,谁想到……"夏沫咬住了嘴唇,剩下的话怎么都讲不出来了。

"前些天接回来的那个溺水少年呢?他怎么样了?"钟景洲忽然话锋一转,问起了另一位。

"他呀,他倒是挺不错的,溺水的时候很凶险,几乎算得上是九死一生,可救回来以后,在医院住了三天,就已经活蹦乱跳,被父母接回家了。这会儿可能已经回去上课了吧。"夏沫想起那个少年,忍不住笑了起来,"他爸妈可是气坏了,只是因为他在住院,才忍着火呢。等看到他身体好转,没什么大碍了,每天都在病房里开批斗会。那孩子跟父母说,那天原准备去河渠旁的游泳馆游泳的,可跟他约好的朋友出来时没有带钱,几个孩子凑一凑,也不够买入场票的,于是就跑到河渠里游泳,结果才发生了事故。孩子的父母已经说了,以后要加强对孩子的教育,绝对不会再让这种事发生。我相信,那个孩子经过这件事,必定会牢牢地吸取教训。"

"碰瓷的那位呢?"钟景洲又问。

夏沫虽然很奇怪,但还是回答了问题:"李子军受的是外伤,白主任给他动了手术,打了钢钉,上了石膏,接下来就是静养了。不过他已涉嫌犯罪,伤好了以后,就要接受法律制裁。我看他啊,现在巴不得腿伤好得慢些呢!"

"有的患者即将走到了生命的尽头,他的家人也有自己的考虑,各种医疗手段治疗都不见有太大效果后,会让患者以最舒适的状态安稳离开;有的患者在得到及时的医疗救助之后,重新恢复健康,得以继续他们的人生。你在为那些救不了的患者而难过的同时,也要去看看那些康复的患者离开医院时所露出来的笑容。夏医生,你的未来,还要面对无数类似的状况,调整好自己的心态,才能去帮助更多的人,不是吗?"

夏沫沉思良久,不得不承认,钟景洲说的没有错。

"如果还是调整不过来情绪,这说明你并不是一位优秀称职的医生,你应该综合考虑自己的职业发展。"夏沫心里刚刚生出的感动,因为他的这一句话瞬间消散得无影无踪。

"你什么意思?"

"就事论事。"

夏沫的心口一阵刺痛,有种喘不过来气的感觉。钟景洲实在没有安慰人的天分,他的身体内只有理智。好一会儿,夏沫没有讲话。钟景洲专心致志地开着车,绕过了事故地段,车速再次提高起来。

"你觉得,医生是个什么样的职业?"异常安静的救护车内,钟景洲突然开口,问出了这样一个既简单又复杂的问题。

"医生就是医生,治病救人,救死扶伤,和教师、公安、消防员、市政清洁工等人一样,只是一种职业而已。"夏沫其实有点害怕跟钟景洲聊这样的话题。她担心自己哪句话回答得不太恰当,会被钟景洲笑话。

"哦?你是这么理解的吗?看来,你从业的时间还短,对这份工作的本质还未看透,甚至可以说,你还在机械式地上着班,而从没有真正地去考虑过这份工作的意义。"

夏沫挑了挑眉梢:"钟师傅,你很像个思想家。"这话就带三分讽刺的意味了。夏沫心里实在是对于这种事不以为意。对她来说,把这份工作做好,便是对多年学习、生活的一个最好的总结。她在医学院读书的过程中,想的只是好好学习,把知识掌握扎实,为将来打下坚实的理论基础。现在她来到杭市人民医院,想的也只是做一位合格的医生,将这份工作做到能力范围之内的最好。至于那些更高层次的思考,她的确从未想过。对于一个刚刚走出校门的实习医生来讲,这也情有可原,毕竟夏沫还很年轻。

车窗外的阳光明亮得有些刺眼。钟景洲戴上太阳镜,他的双眼被挡住时,瘦削的脸愈发显得棱角分明,透着一种拒人于千里之外的冷漠。

"我给你讲几个故事吧!"

夏沫诧异地望了过去,有点不敢相信自己的耳朵。一向高冷的钟景洲，今天竟然如此"亲民"。她点了点头："好啊，要讲什么？格林童话还是法治故事？"

"就讲一个医生的深度思考吧！"钟景洲双手搭在了方向盘上，此时此刻，大约也只有手指上收紧的力道，稍稍表露出了他的真实情绪。然而不管是夏沫还是张冬，他们全没有注意到发生在大胡子身上的这些细节。

钟景洲的故事里，男主人公就是位医生，因为外科手术做得很好，人年轻，但是性子有点冷，大家就给他起了个外号，叫"冷刀子"。

"冷刀子"是名校毕业，本硕连读，还曾到国外进修。回国后已经是个医疗技术相当不错的外科医生。在医院，跟着他的导师——著名外科专家高为民做助手。作为导师的接班人，他早已能够独当一面。

"冷刀子"经常会被临时调派到急诊室去值班，或参与大型手术的会诊，这也是医院里的安排，他早已习以为常。而改变"冷刀子"整个人生的事，就发生在一个非常平凡的下午。

临近下班时间，"冷刀子"已经和来上夜班的医生做好了交接工作。他去休息室换衣服时，脑子里正在琢磨晚上该做点什么好吃的。

父母出差，预计今天返回，因为乘坐的是公共汽车，而没有一个相对准确的到达时间。两个小时前跟父母通过电话，"冷刀子"心里盘算着：下班后去超市买点菜，这一餐要亲自动手，炒四个菜，煲一个汤，再洗点水果。这样，不管父母什么时间进门，都能立即吃上一口热乎的饭菜，尽享家的感觉。

这是平常人家里最普通不过的日常，但对于像他这样一个三口人全在医院内工作的家庭来说，其实是相当珍贵的团聚机会。

"冷刀子"心情很不错，一整天的忙碌所产生的疲惫感，好像也随之减轻了许多。但就在他走出休息室的时候，见到急诊科的走廊内有不少人来来往往，乱成一团。

"怎么回事儿？""冷刀子"拦下了一名护士问。

护士惊讶地看看他："你还没下班呢？我还以为你都走了。不过既然你还在,大概率是要留下加班了。"

她的手指点了点不远处的一处区域:"长发面粉厂发生了粉尘爆炸,事情发生的时间是在午后,二十几个工人在开工,还有十几名装卸工人在作业。这次被送过来的伤者不少,急诊这边,医生和护士全都赶过去了,我估计等会儿有人也会给你打电话的。"话音刚落,"冷刀子"的手机果然响了起来。

非常时期,特殊对待。"冷刀子"返回休息室,重新换上了白大褂,戴好了口罩,快步回到工作岗位。他并没有觉得自己这样子做有什么不对,类似的事,从前也发生过很多次,因为生活里经常要面对许多突发状况,"冷刀子"的手机从来都是二十四小时开机,随时待命,准备应付突发事件。习惯了这样的工作节奏,"冷刀子"早已是心如止水,在完全投入到繁忙的急救之前,他还在脑海里提醒自己,稍后有空闲的时候,一定要记得去给父母打个电话,告知一声。可他的手机,在刚刚换衣服时,随着换下来的便服放进衣柜里去了。

等"冷刀子"忙完时,几个小时过去了。临近深夜,急诊室内每位医生和护士,表情里都有掩不住的疲惫,那是高度紧张和繁忙之后所造成的。

就在这时,一名小护士着急地朝着他的方向跑过来。"冷刀子"还以为是哪位患者有事,他不顾早已透支的身体赶快迎了上去。还没等他开口,小护士急急忙忙地说:"你没带手机在身上?急诊服务台那边一直在打你电话,也没人接。"

"怎么啦?慢慢说。""冷刀子"仍很镇定。

但下一秒,他听到小护士说:"你父母出了车祸,已经送进了急诊室。"

"冷刀子"的大脑轰的一声炸响,小护士后边说的什么话,他完全听不太清楚了。他的眼前,世界都在摇晃,天旋地转一般,耳朵里发出了虫子的鸣叫声。

急诊室，在哪里来着？他那一秒是根本想不起来了。只是凭借着本能，冲到了休息室，翻出了忘带的手机。几十个未接电话，分别来自于不同的号码。手机短信里，更是炸翻了天。

"这里是杭市人民医院，你的父母遭遇车祸，请速与我们联系，联系电话是……"

"你在哪里？为什么不接电话，你爸妈出事了，已经在送来咱们医院的路上。你放心，我已经做好了安排，他们一进医院，就会得到最好的治疗，一定不会有事的，我们必须保住他们的生命。"

"抱歉，你的父亲伤势太重，在救护车上去世了。我们还在努力抢救你的母亲，请速回电话。"

"你的母亲已经被送进了急诊科的手术室……"

……

"冷刀子"捏着手机，快速跑了出去。因为太急，通往手术室的这一段几百米的路，他跌跌撞撞摔了两次。

钟景洲讲到了这里，似乎是有点渴了，他拿起了水杯，狠狠地喝了一大口。

夏沫和张冬都在等着他继续讲呢，没想到，他就认认真真地开着车，居然很长一段时间都没有再开口。

"后来呢？'冷刀子'的妈妈怎么样啦？"夏沫忍不住问。

钟景洲轻轻地摇了摇头："伤势过重，与'冷刀子'见了最后一面，她就去了。"

救护车内顿时升起了一股令人窒息的气氛，让人极不舒服。

夏沫抬手抹了抹额头，头上竟然布满了汗珠。她心里本来还在暗笑，钟景洲的这个故事平白直叙，剧情一点都不精彩。可不知道为什么，她的心却随着"冷刀子"的命运起伏，难以平静。

"冷刀子肯定很难过吧。"夏沫叹息一声，脑子里倒是不由自主地思考、分析起来。

钟景洲的表情一点不像是在开玩笑，以他的性格，也不大可能会虚构出一个故事出来消磨时间。那么，他讲的事情，极有可能是真的啦！

夏沫注意到，他提到"冷刀子"的父母最后是送到杭市人民医院来急救的，那么，"冷刀子"的身份是急诊室的哪位主任或副主任呢？

"他就是随便编了故事，夏医生你不会当真了吧？"张冬嘲讽地问。

"我怎么觉得……"

夏沫还没把自己的猜测说出来，钟景洲忽然打断了她："没错，这就是编出来的故事。故事内容本身，引发了一种思考，当你的职业成为你生活的一部分时，你为了这份工作已完全失去了自己的生活，那么你的自我就显得不那么重要了。当某一天，私事与公事发生了冲突，作为一名尽职尽责的医生，你要怎么做出选择呢？"

夏沫发现，自己的注意力，完全被这个问题吸引住了。她最近，一直都沉浸在某种与患者建立起来的共情的心绪当中，那种令人沮丧的无能为力的感觉，每每想起，夏沫都觉得难以平息。她怀疑自己若是一直在纠结这种事，无非就是两个结局：要么她开始抑郁，对工作失去了兴趣，甚至极有可能产生排斥的情绪；要么她开始麻木，开始用完全冷漠的情绪来对待眼前的工作，对生老病死习以为常，像是个冷酷的旁观者，只要完成了分内的工作便心安理得。但非常明显，对于这两种结局，夏沫都是不愿意见到的。她一直希望自己能做个有温度的医生。从业生涯之中，不管遇到多大困难，也不管要面临多少次选择，她都能守住一颗初心，不要那么轻易放弃最初的梦想。

"那么我们来讲讲第二个故事。"钟景洲突然开口说。

"可是，你的问题……"夏沫完全没能回过神来，她一直在琢磨钟景洲的问题，自己没想出来合适的答案，钟景洲也没有要提醒的意思。

但问题既然抛出来，总要有个答案。钟景洲偏偏不急，只是安慰道："答案，你可以慢慢去寻找，这是每位医生有可能或已经面临的问题，当那种情况摆在你面前时，你的答案是什么？"

"这有什么好想的，遇到了就去面对呗！"张冬一副不以为意的神情。不过，他只是一名护士。在整个职业生涯当中，医生所面对的压力，与护士所承担的压力是截然不同的。因此，张冬的插嘴，钟景洲根本不去解释，那完全没有必要。

"第二个故事，同样是关于生死。某次在急诊室，几名患者家属，将负责做紧急处置的医生给团团围住，他们蛮横无理地声称，是医生处置不当，造成了患者的死亡，并且威胁着要去相关部门投诉，还威胁要报复医生，且将患者的死亡全归咎为院方处理不当。"钟景洲耸了耸肩，"瞧，急诊室内故事多。在那样紧张、紧急、紧迫的情况下，已经不容易令人保持冷静；更别提还有一些人借机生事，想达到不可告人的目的，来获得个人利益。那么，既然刚刚我们说的人是'冷刀子'，不妨这个故事也拿'冷刀子'作为主角，讲给你们听听吧！"

"事情发生在一个中午。'冷刀子'才从一台长达六个小时的手术台上离开，同事帮他订的午饭早已凉透。他坐在办公桌前，看着冷掉的咖喱拌饭一点胃口都没有。可就在这时，总控指挥中心临时调他随救护车出发，去救助一位被高空坠物击中而倒下去的伤员。救护车赶到的时候，伤员生命垂危，虽然还有一口气在，但各方面的生命体征都已很微弱，'冷刀子'判断，这个伤员怕是坚持不了多少时间了。但当时人还活着，尽管呼吸微弱，他们还是按照相关的规定，进行了一系列的抢救，并且将患者抬上了救护车，准备送往医院。伤员是在赶往医院的途中停止心跳的。这期间，'冷刀子'和随车的护士一起，做出了很多努力，但都没能挽回这条生命。可伤员家属却不接受这个结果。他们声称，是看着救护车把活生生的人给拉走了，没到医院，人就没了，肯定是医护人员处置不当造成的。紧接着，便是为期几个月的举报、投诉、骚扰，还对医生进行了多次威胁。即便是医院出面协调，他们也不肯罢休。如果是你遭遇了这样的情况，你是否能够守住初心，还能继续心平气和地对待其他患者吗？"

"我不明白，为什么要去思考这种问题？钟师傅，你假设出这样的场景来让我回答，真正的目的又是什么？"

"我没有什么目的，不过是一名医生自然产生的思考罢了。或许你现在还没面对这些问题，自然不会去想；但只要你还在医院工作，迟早有一天，你会遭遇同样的问题。到那时，你还可以用现在这样积极乐观的心态来对待每天接诊的患者吗？"

"对于没有发生的事，我从不做假设。我知道，最近几年的新闻媒体，总在一些医患关系上大做文章，制造新闻热点，吸引众人眼球。其实我们这些医护人员，在日常工作和生活中，并没有特别多不可调和的医患矛盾。我们每一个人，只需要尽职尽责把本职工作做好即可。至于你所说的那种情况，放在现在根本不是大问题。无良知的人，在任何一个环境里都可能存在。若像是'冷刀子'那样，不小心遇到了，那就直接搜集证据，提交给仲裁机构即可。救护车上有监控设备，所有医疗行为都有相应的记录，还有知情者在一旁做证。那么，清者自清，只要'冷刀子'的医学处置得当，挑不出毛病，等一切调查妥当，所有的问题都会迎刃而解。"

钟景洲认真地听完，嘴角勾起了一丝浅笑，却未去评价夏沫的回答。他要的从不是较真的辩论，而是，回忆过去，思考未来。他的这种思维，已成定式，或许听一听夏沫的回答，会有所启发。只是夏沫活在中规中矩的条条框框之中，她的工作生涯才刚刚开始，对一切尚保持着乐观的态度，又怎么能体会到他的心情呢？

带着些许失望，钟景洲讲起了第三个故事。

这一次，故事的主角不是"冷刀子"，而是一位从业二十多年的优秀女医生。熟悉的人都管她叫廖姐，也有人叫她廖姨，总之，怎么亲近怎么来，人人都很尊敬她。

廖医生的人生、家庭和事业，再平常不过了。她在医院内工作了二十几年，从青春年少到满头华发，眼看马上就可以退休了。作为一位非常优秀的妇科老大夫，她学历高，临床经验丰富，医术精湛，深受医院领导的器重和患者的信任。正是因为这样，廖医生比其他人有着更强的责任感，她把一切精力和心思都用在工作上。在家里，她几乎没做过饭，琐碎的家务也全由家人代劳，即便是生养孩子，她也只是负责生，养育的责任全都交给了丈夫和婆婆。一晃，孩子就这么长大了。

小时候，儿子想要看妈妈，奶奶就只能抱去医院。可廖医生每次都很不高兴地训奶奶一顿，因为医院里的病菌比较多，孩子的身体比较弱，容易染病。为此，奶奶一直认为自己这个儿媳妇是位不称职的母亲。孩子哭了，她哄过几次？孩子想出去玩，她带过几回？天底下哪有做妈妈的不爱自己孩子的？可她就没见过廖医生跟自己的儿子有多亲近，就好像不是亲生的一样。

长时间工作，让她积劳成疾。她患有慢性咽炎很多年，吃了很多药都无法缓解，这是跟患者交流太多的缘故，每天那么多病人，她都要耐心细致地讲解，直到口干舌燥、嗓子冒烟为止；另外，她肠胃也不好，这是因为长时间的饮食不规律造成的。就是这么一位尽职尽责的好医生，当她去世的时候，她的儿子，却因为工作没能见到他亲爱的母亲最后一面。

所有人都对她的儿子说，一切只是意外；也有人说，生死是命中注定的事，没办法跟老天爷去争时间。不管是谁，遭遇到了这种事，都只能低头认了。然后让逝去的人安然离开，活着的人仍要继续按部就班地生活，去迎接未来的工作。然而，对于母亲的突然离世，廖医生的儿子又该如何面对呢？

钟景洲讲完，苦笑了一下。夏沫根本不理解他在苦笑什么，只是站在了旁观者的角度，说了一些不痛不痒的话。

钟景洲难免感慨万千："是啊，就活该她一辈子辛苦，救了那么多人，最后落个如此下场吗？"

夏沫怅然若失，无言以对。

钟景洲所讲的三个故事的主角都是医生，他们在整个从业生涯之中，必然会面对形形色色的人，见识各种各样的生生死死。哪有那么多为什么呢？不过是工作使然罢了。

可夏沫隐隐又觉得，钟景洲所要表达的意思，并非表面上那么简单。究竟是什么呢？她陷入长久的沉思，思绪将她带回到很久很久以前。

小时候的她，聪明伶俐，学习成绩异常突出。初中毕业时，她就给自己定好了未来的职业规划——当医生，并且愿意为之付出全部的努力，不退缩，不放弃，不妥协。在她小小的身体里，能爆发出多大的能量呢？好像整个高中三年，夏沫将自己每天的生活都划分成了无数个小块，再去严格执行，一分一秒都不敢松懈，更不愿意在毫无意义的事情上浪费时间。

树立起明确的目标后，夏沫还去查过很多大学医学院的高考录取分数线。她惊讶地发现，几乎所有的大学，医学专业录取分数都是最高的。治病救人是件极其严肃的事，这就要求踏入这一行的新人，必须是同龄人中的佼佼者。

夏沫每时每刻都在问自己：我行吗？可她的身体里，总是有个坚定的声音：你可以！辛苦的付出总会得到丰厚的回报。最终她以优异的成绩考上了一所985高校，学的就是临床医学专业，并且本硕连读。一转眼七年便过去了。离开大学后直接进入杭市人民医院做起了实习大夫，她的短期目标里还有要读博士的计划，并且一直在为此做出努力。

医学作为一门专业性非常强的学科，其人才的培养是非常严格的，没有捷径可走，每一步都要走得踏踏实实，不急躁，不取巧。它要求从业者在实践中学习，在经验积累中逐步成长，成熟。

举例来说，在学校内通过规范化的学习后，普通医生想要成为主治医生，本科毕业生需要最少四年的工作经验，硕士毕业生至少需要两年，其中还必须有一年下乡（到下级医院去指导学习）的经历。

从主治医生升为副主任医师，除在主治医生岗位所需的正常工作时间外，还需要下乡一年，到上级医院进修一年。

因此，从本科毕业参加工作到晋升为副主任医师，一路顺风顺水的医生，工作时间最少也要八年。

医院岗位的竞争堪比高考，说是千军万马过独木桥也不为过。想要在激烈的竞争中生存下来，只有不断地学习，提升学历，发表论文，提高业务水平，唯有如此，才能在这种高手云集的环境中成就一番事业。

直到此时，夏沫都没觉得自己设定的目标有什么不妥。只要认准了方向，她便会全力以赴。因此，钟景洲的故事，她虽听得懂，却无法产生共情。这也许是她涉世不深的缘故吧。

一时间，救护车内静寂下来，没有人说话，只听到嗡嗡的马达声和呼呼的车轮声。

张冬突然轻吐了口气，用他一贯嘲讽的语气说："你这三个故事概括来讲，不就是做医生很苦，加班加点，劳心劳力，有时候会不被人理解，还可能遭受不公正的对待嘛！可你又不是医生，你只是站在旁观者的角度，带有强烈的个人色彩。"

停顿了一下，见没人接他的话茬儿，张冬继续说："你说医生苦，那从事其他行业的人就不苦吗？不，大家都很苦，但有的人，日子苦却不说苦，用拼搏奋斗的形式，来逐步缓解生活中的困惑。所谓负面的情绪，除了会带给身边亲近的人无尽压抑的感觉外，并没有什么积极的作用。没想到，钟师傅居然也是这样的人，真是人不可貌相呀！"

要是往常，夏沫听到张冬又在指桑骂槐，一定会替钟景洲打抱不平的；而钟景洲也不会逆来顺受。然而，此时此刻，钟景洲只是专心致志地开着车，由着张冬大放厥词，并不答话。

张冬继续自言自语："与大多数人相比，我们已经很好了。有稳定的职业，好好工作，就会有收入。比起路边的修鞋匠，不知要强多少倍呀！他得修多少鞋子，才能赚到我们一个月的工资呢？"

渐渐离开了原来的话题，张冬也开始沉浸了自己的思绪当中。他考虑着，等这次任务完毕，就去病房那边再看看朱大爷。不知为什么，这个老人总是让他想起去世的爸爸，只是他的爸爸没有朱大爷这么幸运——在急病突发时，恰好被人及时发现给救了下来。

过了一会儿，钟景洲突然对夏沫说："医生究竟是个什么样的职业呢？显然，并不仅仅是治病救人那么简单。医生并不是万能的神，面对绝大多数的疑难杂症，医学所起到的作用，仍是非常有限的。夏医生，你们白主任一直在说，你是个很不错的好苗子，希望你能早早寻找到答案，不要长久地沉浸在自我的情绪当中。"

夏沫猛然抬眸，她诧异地望过去。但钟景洲神色如常，仿佛刚才的话全都没说似的。

钟景洲默默计算着路线和时间，当注意到离前方服务区还有五分钟左右的路程时，他提醒夏沫，要她跟临市来送人的救护车取得联系。

夏沫立刻照办。她一挂断电话，便积极认真地做着各项准备工作。她戴好口罩，一边给双手消毒，一边说道："他们的车子刚刚驶入服务区内，已经在等着我们了。我再重复一遍，产妇自身带有严重的基础病，婴儿的各项指标也并不理想，我们的任务比较艰巨，一大一小，都得迅速平安地转到我们医院，请大家全力配合。"

0703号救护车，此时已是一个同心协力的整体，大家必须并肩作战。

临市的救护车内，婴儿被单薄的褥褓裹着，蜷睡在母亲身边。产妇脸色蜡黄，满眼忧虑。

两边的救护车医生，正在紧张地进行交接。

临市的医生一脸庆幸："我们医院没有专门的母婴救护车，这一路过来，非常忐忑。新生儿十分脆弱，转院过程危险性高，稍有不慎，极有可能加重患儿病情，甚至危及患儿生命。我们跟贵院联系时，希望能派出专门的母婴救护车和专业的儿科医生提供急救转运服务。"

他看向夏沫，满眼期待："想必您就是人民医院派来的儿科大夫吧，年轻有为啊！"

夏沫的脸微微一红，正要否认，张冬却把话茬儿接了过来："我们的救护车虽然不是专门的母婴救护车，但来之前，专门为新生儿加装了专业设备，新生儿呼吸机、新生儿暖箱、心电监护仪及输液泵等等都已经准备妥当，快点把孩子送过去吧！让监护设备密切观察孩子的呼吸、心跳的变化，我们的夏医生有足够的专业能力对其进行救治。"

这话一出，产妇和她丈夫同时露出惊喜的神色，眼泪汪汪地对望了一眼，仿佛是在说：太好了，这样就可以放心了。

钟景洲和夏沫都感到了意外，张冬给他们的印象，一直是个杠精，整天带着满腹的怨气。但今天，他所展现出来的专业素质，让人觉得他是个很称职的随车护士。

"我们急救车上的逆变电源已经在给新生儿暖箱充电了，快把孩子送过去，然后将产妇也安置好，让她舒服地躺着，咱们再进行细节方面的交接。"夏沫的话，取得了大家一致同意。

搬搬抬抬，几分钟便已处置完毕。

暖箱提前已接通电源，暖和和地在等着小宝宝呢。这份细心和体贴，实在令人感动。当产妇和其丈夫看着自己的宝宝被放进暖箱时，露出舒适放松的表情，他们忍不住道了一声谢谢。

很快，交接完毕，准备出发。

这边，钟景洲根本没给救护车熄火，得到指令，便一脚油门踩到底，快速驶上了高速公路。他一边开车，一边查看着导航上显示的实时路况。

"夏医生，前方有许多路段都处于重度拥堵状态，无法准确预计到达的时间。"钟景洲这话分明就是提醒着夏沫要做好应对准备。

夏沫此时已完全进入到工作状态，她严谨而专业，做事认真，一丝不苟。她小心地查看着医疗仪器上显示出的新生儿的各项指标，紧皱眉头。

"患者家属，你叫什么名字？"

产妇的丈夫坐在最靠近暖箱的座位上，眼睛始终围绕着妻子和宝宝身上来回转动，一副心神不宁的样子。夏沫对他讲话，他都是好半天才反应过来："我叫谢丁，我妻子叫姚娜。"

"嗯，你妻子的名字记录上有，我知道的。"夏沫问完，便让他简单说一说之前究竟发生了什么事,尤其是与产妇、新生儿的病情有关系的,哪怕是再小的细节,也一定要告知医生。

谢丁这才明白,为什么随车医生会突然问他的名字。

"姚娜今年三十三岁了,她二十二岁就嫁给了我,这么多年,我们没有避孕,但就是怀不上孩子。十来年了,我们去医院做了很多检查,我的身体很正常,姚娜的身体也没问题,医生说我们心理压力大、太紧张,才会一直没有怀孕。后来,我们就索性商量好,如果一辈子怀不上,就学人家丁克得了。如果老天愿意给我们一个孩子,我们一定会好好地对他,照顾他健康长大。"谢丁平复了一下情绪继续说,"经历了那么多年的期盼,知道姚娜怀孕的时候,我们都高兴得哭了。我们期待这一天太久了!"

夏沫听着,感伤地点了点头:"你的心情,我能够理解。"

谢丁抹了一把眼睛,继续说下去:"前天是姚娜怀孕的第36周,她最近一段时间总嚷嚷手心、脚心痒痒,难以忍受。她经常抓,抓得手心、脚心通红,于是我就去药店买点止痒的药膏。她觉得可能是天气干燥的原因,皮肤比较脆弱,所以才会发生这种情况。可是,我去网上查了下,发现很多治疗皮肤瘙痒的药膏里都有激素成分,我就说,还是去医院看一看,不要私自用药。当天太晚了,我们就没有去医院,只给她涂了点橄榄油,搓洗之后,也没什么用处。我就改用湿毛巾,给她搓搓,缓解一下。昨天一早,我就带她去妇幼医院做检查,我家不在城里,距离妇幼医院有一个多小时的车程,又赶上放假,进城、出城的人很多,路上特别堵。没想到,堵着堵着,她突然肚子疼,想要生了。"

"我特别着急,可是车子困在车阵里,真的开不动。我给医院打电话,说明了情况,但医院那边说,路况如此之堵,派救护车过来,不一定有我们自己送产妇去医院来得快。她让我们在路上向交警求助,看是否能被沿途护送,这样子更加节省时间。而且她还说,女人生孩子,从阵痛发生到最后平安生产是个相当艰难的过程,这还需要一定的时间,因此,路上堵一小会儿,问题也不太大,让我不要心急。"谢丁声音颤抖,"我是听了医院那边的说法,才稍微心安了些,姚娜再喊疼的时候,我就安慰她马上要到了,让她忍一忍。可是姚娜说,她是又疼又痒,然后手掌心看起来特别黄。我拉过来一看,真的是颜色特别重,我还问她是不是在家里剥橙子吃了,她说没有。我就觉得,肯定是有问题了。"

夏沫的表情,瞬间变得谨慎起来。她拉过姚娜的手,摊开一看,果然如谢丁所说的那样,掌心呈现出一种不健康的褐黄色。她不敢立即确定,又去查看姚娜的脚心,发现也是黄色,不过颜色稍浅一些罢了。

"孕妇的手心、脚心发痒,这是一个非常危险的信号,不一定是皮肤问题引起的,而极有可能是……"夏沫突然止住了口,没有贸然把自己的猜测给说出来。

谢丁和姚娜正认真听着,夏沫突然不说了。两个人一脸惶恐,又追问了几次。夏沫神情谨慎,把张冬喊过来,重新做了工作分配。她让张冬主要去照顾暖箱内的新生儿,记录并监测好数据,有异常时立即喊她过去。接着,夏沫直接把氧气面罩翻了出来,给姚娜戴在脸上,并且告诉她要保持冷静,杭市人民医院内有足以治好她的专业医生,以及所需要的一切医疗设备。

姚娜有点害怕,眼泪汪汪地看着丈夫,欲言又止。

夏沫又问:"孩子出生的时候,有没有什么异常?"

谢丁的心里边一阵阵地慌,但这种紧张的情绪,反而很容易刺激着大脑高效运作起来。他低呼:"小宝宝出生后不会哭,护士还轻弹了下她的脚底板,但她就只会小声地哼唧几声,嗓音特别沙哑,连我这个非医学专业人士都能看出来孩子是有问题的。于是,临市产科的医生给孩子做了检查,清理了孩子胃里残留的羊水,又检查出孩子的呼吸不好,血氧很低,需要转院。手续办得很快,不到四十分钟,就安排我们上了救护车,还提前跟你们取得了联系,后来就与你们会合了。"

一口气讲完整个过程,谢丁也急得快哭了:"夏医生,我女儿是不是有什么问题?"

夏沫回答:"你先冷静,我们到了医院后,会立即安排给产妇和新生儿做详细的检查,一切以检查结果为准。"

说完,她却对张冬说:"我们车上是不是携带有新生儿的呼吸机?"

"有是有,但是,需要安装。"张冬神情局促。

"路上不是让你准备好了吗?怎么还没装上?"夏沫真的急了。

"我在路上调试安装好的是给产妇使用的氧气机,至于给新生儿的那一部呼吸机,我们出任务这么多次,根本就没用到过,我还以为,这次也用不着呢!"张冬有些委屈。

每一件医疗耗材,拆开后,不管用不用,都要丢弃,不能留给下一个患者使用。在未确定使用之前,张冬不提前弄,也不算过错。但夏沫显然并不认同这一点:"你什么时候能学会听从别人的提醒,不要自作聪明、自作主张?"

张冬被训得一愣,正要继续解释。

谢丁已受不了这种突然间紧张起来的氛围,大声问:"夏医生,究竟是怎么一回事儿?你能不能给我说说?为什么我老婆和我女儿,都要扣上吸氧的面罩,她们是不是有什么危险呀?"

夏沫只能放弃对张冬的追责,先行安抚病人及其家属。

"在没进行各种检查之前,作为医生,我也无法做出准确判断。但我可以跟你做出解释,之所以要给你妻子和女儿用上急救设备,只是提前做出一种预防,防止路上发生意外。"

"不就是生个孩子嘛,而且孩子已经生下来了,还能有什么意外?"谢丁倒不是不同意夏沫的安排,他只是莫名地发慌,那种慌乱,让他无法维持最基本的冷静。

"张护士,你速度快一点。"夏沫催促完毕后,不知为何,她竟然习惯性地看了钟景洲一眼。

钟景洲正专注地开着车,似乎没有注意夏沫的举动。

夏沫压低了声音说："孕妇突然觉得手心、脚心痒，而且掌心发黄，这极有可能是由于胆汁淤积引起的。孕妇在怀孕期间，发生胆汁淤积概率比较大，发生胆汁淤积会对孕妇和胎儿造成危险，严重时会危及生命。"

"什么？怎么会这样？"谢丁惊住了。

"若真是出现这种状况，接诊医生会选择立即动手术，通过剖宫产将小孩给取出来。如果不马上手术，小孩大概率保不住，就连大人也会有生命危险。不过，姚娜在车上早产，孩子已经生了下来，也算是幸运的了。目前，我们的目标只有一个，在最短时间内，安全地将你的妻子和女儿送到杭市人民医院。"

听了夏沫的话，谢丁机械地点了点头。

保暖箱内的小宝宝，小小的身体不足两千克，各项指标严重不达标。她像个玻璃娃娃，又白又嫩的皮肤几近透明，能清晰地看到皮肤下细细的血管。

张冬和夏沫终于将新生儿专用的呼吸机调试好，并给小宝宝戴上。在机器的作用下，她的每一次呼吸，都要用尽力气。

谢丁见状，无比担心。但又不想妻子看到这一幕，干脆用身体挡在两人之间。只见他用手捂住嘴，并使劲地咬着自己的手指，借此来缓解快要崩溃的情绪。

"夏医生，你让司机师傅把车子开快点好不好？"每隔一小段时间，谢丁都会控制不住地催促一下。

张冬听得有点不耐烦，正打算提醒他不要随意干扰医护人员的救助工作。夏沫却爽快地答应着，耐心地提醒钟景洲，在确保安全的情况下加快速度。

"你要冷静，姚娜更要冷静，我们要有信心，一定能把母女两个平安送到医院。"

谁知，夏沫的话才讲了不到五分钟，新生儿的心电监护仪突然发出了刺耳的嗡鸣声，小脸上也出现了一种痛苦的表情。

夏沫的心咚的一声跌到了谷底，情不自禁地说了一声："不好！"

"怎么回事儿？我女儿怎么啦？"谢丁见状，急忙起身问道。

张冬怕他影响工作，硬把他按在座椅上："请系好安全带，保持冷静！你这样会影响我们救你女儿的，一旦出事，后果自负呀！"

谢丁立即老实坐下来。看着同样紧张的妻子，他连忙抓住了她的手安慰道："老婆，你别着急，医生就在这儿呢，宝宝肯定会没事的！"

这种时候，除了保持乐观，相信医生，配合治疗，还能有什么更好的办法吗？

新生婴儿是个早产儿，身体还没有发育完好，看起来极其脆弱，幼小的生命正挣扎在死亡线上。对这样的小患者采取急救措施，必须要判断准确，精准施救，因为医生的每一个决定都关乎婴儿的生死。

若不是因为十一小长假，院里的救护车全都派了出去，急诊室的医生也不够用了，是绝对不会派夏沫来执行如此复杂的任务。

对于一位刚刚毕业的实习医生来讲，夏沫面临着巨大的挑战。夏沫心里虽然没有底，但也必须竭尽所能，认真面对。她强迫自己冷静下来，脑子里迅速设计出了几套急救方案。于是，她大声吩咐张冬："张护士，你双手握住孩子的腰，固定住她的身体，不要让她乱动，注意把握力度，不要用力过猛。"

张冬半蹲着身体，竭力配合着夏沫。对于新生儿的施救，张冬同样也是第一次，同样缺乏经验。

"张冬，不是让你别用太大的力气吗？只要让她别动就行了。"尽管张冬竭尽所能，但夏沫还是不满意。

张冬嘀咕："她的身子软极了，不能太使劲，又不能不用力，这个尺度好难掌握。"

救护车的速度越来越慢，再次遭遇到了拥堵路段，哪怕钟景洲的驾驶技术再高超，对于这种连应急车道都堵得严严实实的状况，也是束手无策。

"呼吸机的作用越来越小了,单靠这个还是不行。"夏沫在心里不停地在问自己怎么办。能用上的急救措施,都用上了,但她仍是觉得不稳妥,便打电话给白一峰主任,寻求指导意见。

电话一接通,夏沫紧张地将目前所遭遇的状况叙说一遍。她话还没讲完,白一峰忽然打断了她:"我这边也有一台紧急手术,要去抢救一名因为车祸受了重伤的患者。夏沫,我没时间帮你做出判断。"

夏沫只好屏住呼吸做出回答:"那您去救人吧,我会尽全力的!"

"你今天跟谁配合搭班儿?"白一峰忽然问。

"什么?"夏沫一时没明白。

"我是说,救护车上谁在开车?"白一峰没了耐心,大声问。

"0703号救护车,司机钟景洲,随车护士张冬。"

夏沫才说完,白一峰顿时笑了:"有他在就好。"

"什么?"夏沫一头雾水,不知所言何意。

白一峰没有卖关子,直截了当地说:"你让钟景洲接手处置吧!"

"让他处置?开什么玩笑?白主任,他……"

这时,白一峰却挂断了电话。

第七章　背景神秘

夏沫再次打电话，白一峰大概进了手术室，一直没有回应。但他刚刚说的话——"让钟景洲接手处置"，却在夏沫的脑海中不断回荡。

怎么可能？！连她这种专业的医生都束手无策，要她去找钟景洲？他只是一位非常优秀的救护车司机罢了！

夏沫瞥了一眼血压、心跳和体温都不正常的婴儿之后，她的理智最终占据了上风。白主任既然提议让钟景洲接手处置，那就说明钟景洲有足够的能力去处理。至于为什么，夏沫来不及多想。

她快速来到钟景洲身后，问："钟师傅，现在路况怎么样？"

钟景洲回答："前面有两千米的拥堵，预计通过需要二十分钟，已经跟总控指挥中心取得联系，确定前方已有交通指挥介入，等道路通畅后，我会加速。"

"来不及了……"刚刚还指挥若定的夏沫，当靠近钟景洲的一刹那，仿佛找到了依靠，心底里的无助感突然被放大了许多倍，于是哽咽着说。

"怎么啦?"钟景洲察觉到她声音里的异样,回头看了她一眼。

"那孩子需要紧急施救!"夏沫将刚刚观测到的指标依次说了一遍,她不知道钟景洲能不能听懂这些数据的含义,但她希望他能懂。

"呼吸机呢?"

"正常使用中。"夏沫担心谢丁和姚娜听到,深吸一口气,压低声音说,"我们能做的都已经在做了,但情况依然不见好转,若是再继续下去,即使道路通畅,能够正常到达医院,怕也是……钟师傅,我真的希望奇迹能够发生,她还那么小,甚至还没有睁开眼看看这个世界……"

钟景洲目视前方,夏沫无法看清他的表情。

"我得回去继续守着小宝宝了,不管结果如何,我必须努力到最后一刻。这个时候,我真恨自己不是更加专业的儿科医生,他们或许还有办法能够救一救这个孩子。"

夏沫压根儿没有提是白一峰让她来找钟景洲的,心里边实在是把这种行为当成病急乱投医或者死马当成活马医。可之前的种种接触,又让夏沫的心里生出一丝期待。所以,她还是把该交代的信息全说了一遍,至于钟景洲如何反应,夏沫是不打算过于强求了。

钟景洲的左手搭在了方向盘上,用力紧握,显然情绪陷入到了巨大的波动当中。

就在这时,张冬有些不满地嚷嚷:"夏医生,你怎么又去找那个司机啦?他根本帮不上什么忙。你这么做,让病人家属看见了,他们会怀疑我们的专业性。"

夏沫没有解释自己是在听从白主任的建议后才去找的钟景洲。她本来就心烦意乱,被张冬一指责,情绪更加不好,于是粗声粗气地说:"你先把你自己的事做好。"

张冬气呼呼地说:"我也是参与医疗救援的一分子,我有权提出合理化的意见和建议。现在情况十分危急,夏医生最好还是好好守在小患者的身边,以便随时应对突发状况。"

救护车艰难地挪移到了路边，钟景洲打开了应急灯，从驾驶室下来绕到车后。他洗手、消毒、戴好口罩，非常专业地做着准备工作。

姚娜和谢丁呆呆地看着这个大胡子司机的一举一动，完全不知道他想要做什么。

夏沫也用半信半疑的眼光看着钟景洲，不知他将如何处置。

"医疗记录呢？"钟景洲问。

张冬见钟景洲真的过来了，颇为不满，挑衅道："给你看你也看不懂，别在这儿瞎掺和，浪费大家的时间。"

既然求钟景洲帮忙，就应该给予他充分的信任和配合。夏沫将详细记载患儿情况的医疗记录本递了过去，并简明扼要地讲了一遍患儿目前的情况。

钟景洲打开暖箱准备给孩子做检查，这时，张冬却冲过来阻拦他。钟景洲并没有接触患儿，他对夏沫说："你过来，咱们一起。"

整个救护车内的空间并不大。钟景洲和夏沫并排站在那里，就已经把地方挡得严严实实。

谢丁站起来，想要问问这是怎么一回事儿。

张冬怕患者家属不满，再为这趟吉凶难测的救援增添变数，哪怕心里边对钟景洲再不满，也不得不选择去跟谢丁解释。

"我们所有成员就是一个医疗救援小组，我们所做的一切都是为了将患者平安送达。请您一定相信我们的判断和医疗处置。现在，我们共同的目标就是把孩子守护好，对不对？"

张冬说服了谢丁，他回到姚娜的身边，握住她的手安慰道："我们要相信医生，有医生在，宝宝肯定会平安无事的。"

夏沫忽然觉得钟景洲一下子挺直了脊梁，仿佛换了一个人。

"这个孩子，血氧一直上不去，肺部没有发育好，有严重的三凹征，需要打促肺针。"

夏沫摇摇头："这种药，我们车上没有备。"

"等到了医院就有了,现在要做的,就是让患儿的生理体征稳定下来。夏医生,这件事不难做到,你稳稳心神,按照我的要求去做……"

救护车上带着什么样的药物,没有人比钟景洲更加清楚。他指挥着夏沫去调整呼吸机,又命令张冬去取药物。

注射剂量与监测的数据息息相关,因为孩子太小,丝毫马虎不得。但这一点难不倒钟景洲。最让夏沫感到诧异的是,钟景洲还判断患儿的胃里依然有羊水。他要求夏沫进行处理,而处理的手法,则是他当场教给她的。

专业的医疗处置取得了明显的治疗效果。

按照钟景洲教的促排手法,夏沫操作了几次,患儿歪头哇的一下吐出了一小口羊水,原来脸上憋红的痛苦表情渐渐消失了。她随即在温暖舒适的暖箱里沉沉睡去,而仪器上显示出来的各项指标则逐步趋于正常。

"暂时没问题了,我们要加快速度才行。夏沫,这里交给你。"

夏沫感激地频频点头,对这个司机开始刮目相看。

钟景洲满意地按了下她的肩膀,又对张冬说:"产妇的身体指标也要实时监测,把氧气罩给她戴好。"

张冬点了点头,下意识地按照钟景洲的吩咐去做了。等他做完这些之后,又十分懊恼地质问自己:为什么让一个司机在这里指手画脚、吆五喝六?于是气呼呼地想发作,但见钟景洲已经重新开车上路,患儿状态稳定,只好作罢。

负责道路交通救援的车辆就在不远处,交警发现堵在车道里闪烁着灯的救护车时,立即行动起来。当务之急,是要以最快的速度将几辆违规占用应急车道的私家车给挪开。而挪开每一辆车,都需要前后车辆让出相应的位置来。交警干脆拎着小喇叭,一路小跑着,一辆车一辆车地告知、疏通。

于是,颇为有趣的一幕发生了。

挡路的小型车有空就钻,奋力地将车身挤入最靠近自己的车辆中间,如果间隙实在不够，就奋力鸣笛，非要获得一个容身的位置不可。中型车的体积较大，靠钻缝隙来给救护车让路显然是不现实的，干脆一路向前开去，一旦寻找到合适的空间，就立即猛打车头，哪怕冒着擦碰的危险，也要在拥挤不堪的车道里寻得一席之地。

生命通道就这样被一点一点地打开。

"现在的市民素质真的很高。"夏沫感慨万千。

谢丁和姚娜双手合十，无声地对着窗外默默让路的车辆表达感谢。

宛若奇迹一般，在相当短的时间内，救护车就到达了杭市人民医院的急诊室门前。当救护车一打开，来接病人的儿科医生和妇科医生都已经各就各位，姚娜和小宝宝就此分开，等待她们的将是最专业的医疗救治。

一路提心吊胆的谢丁这才放下心来。由于紧张过度，他下车时，一个趔趄，整个人向前栽倒下去，幸好旁边有人伸出了援手，及时拉了他一把。拉他的人正是大胡子司机钟景洲。这个大胡子司机给他留下了深刻的印象，尽管一开始对他并无好感，关键时刻却是他出手相助保全了女儿的生命。于是，谢丁站直了身体，恭恭敬敬地朝着钟景洲行了个礼："谢谢，真的谢谢！"更多的话，一瞬间全都说不出来，所有感激，全都在这简单的话语之中。

"你快去陪家人吧。"钟景洲轻声说，目送着谢丁离去。

"钟师傅，你这车开得真不错。"夏沫拎着医药箱走下车来，与钟景洲搭了个话。她现在要和急诊室医生做一个交接，本来很忙，可鬼使神差地让她停了下来。

"我是专业司机。"钟景洲强调。

"那么医学处置和医疗救护呢？也是专业吗？"夏沫脱口而出。

钟景洲像是没听到似的，转身回到驾驶室旁。

"什么嘛，搞得神神秘秘的。"夏沫冲着他的背影轻喊了一声，"喂，我只是有点好奇罢了，作为一个医疗救援团队，彼此多一些了解，也是对我们的患者负责不是？"

钟景洲一踩油门，驾驶着救护车扬长而去。很明显他是听到了夏沫的话，只是不愿意回答罢了。

张冬抱着出诊笔记本从一侧走了过来，来到夏沫面前，撇了撇嘴说："夏医生，你不会真被他在救护车上玩的那一手给糊弄住了吧？他就是个普通的救护车司机，有点小技术，耍点小聪明，还经常因为这些事被廖队长责备，你要是不信，去队里的出车记录簿上看看。他啊，就是个经常会犯错的普通司机罢了！"

夏沫不想听，脸上露出不悦之色。张冬却不管这些，尽吐肺腑之言，免得夏沫被蒙蔽。

钟景洲驾驶着0703号救护车停在了车位上，按照平时的习惯，他开始对车内进行打扫和消毒。尽管这些事医院会安排专门的人员来做，可钟景洲有洁癖，对于这些事就是不放心，非得亲自动手不可。

钟景洲正在打扫，耳机内突然响起总控调度室小姐姐那熟悉而又柔和的声音："0703号救护车钟景洲请注意，广园路与山东路交会处向北一百米发生严重的三车连撞事故，请你立即出发。重复一次，广园路与山东路交会处……"

钟景洲有些无奈地摇摇头，回答道："收到，收到，可是我这刚出车回来呀！"

"十一假期期间较为忙碌，车队内可供调度的救护车没有几辆了，钟师傅，这是紧急医疗救援，请你立即出发。"

钟景洲连口热水都没喝上，只能发动车辆，打开导航，确认了地点。按照以往惯例，将车子停靠在接送点，等着随车医生和护士的到来。可左等右等，几分钟过去了，依旧不见有人出现。

这时，0703号车挡住了其他车辆的出路，有人不停地按着喇叭催促。

"怎么回事儿啊？大胡子你待在出发点看风景呢？赶紧把路让开，你把出口挡住了。"

钟景洲充满歉意地摆摆手,匆忙往急诊室看了最后一眼,确定不会有医生或者护士过来后,无奈之下,驾驶着救护车直接驶向了救援地点。

他不知道的是,在他离开十分钟以后,夏沫才拎着医药箱一路小跑,急匆匆地从急诊室内跑了出来。她那边才安顿好了从临市接回来的姚娜,交接妥当后,心里不放心,又去跟正在对新生儿进行诊断的儿科医生进行了简单的沟通,她将路上所观察到的情况仔细描述了一遍。等到从抢救室内走出来,她才注意到总控中心那边又给她派了新的任务。

"怎么会这么密集呢?"夏沫嘟囔了一声。但她也能够理解在假期期间,不论是车队还是急诊室,全都是缺少人手,连轴转。所以夏沫再一次跟0703号救护车分配在一起。

"迟到了这么久,钟景洲肯定又要吹胡子瞪眼睛了。"夏沫一路小跑着来到候车位,并没有看到0703号救护车。

"奇怪,车呢?"夏沫找了好半天也没找到,只得打电话去总控中心,让接线员来联络。很快就有了回信儿,0703号救护车已经在十分钟前出发,总控那边要求夏沫立即打车追上去。夏沫急得脑门直冒汗,连忙拦出租车。

"这不是胡闹吗?没有医生跟着,救护车去了有什么用?又没人能做急救措施,这可是车祸,难不成他打算把伤者直接给拉回来吗?"

张冬迟到的时间更长,他与姚娜的主治医生交接好后,抽空去了一下病房。不用说,他又去看朱大爷了。朱大爷的小女儿在伺候着病人,见张冬过来,还特意给他削了苹果,说了好一会儿的话。由于抢救及时,处置得当,朱大爷的病情稳定了下来,意识清醒,说话也开始变得利索起来,连医生都说,再这样好好恢复,用不了多久,朱大爷一定可以治愈出院。

张冬本就是接他回来的随车护士,朱大爷早已表达了感激,但张冬还是会时不时地来看他,朱大爷对张冬的印象特别好,总爱拉着他多说几句。

今天刚送完了病人,张冬觉得不会那么快有出车的任务,就跟朱大爷父女俩多待了一会儿,闲聊时没看手机也没戴耳机,自然就没接收到任务。等他发现的时候,急匆匆跑过来,恰好看到夏沫已拦住了一辆出租车,正打算上车离去。

"夏医生,带我一个,我也得过去,我也有任务。"张冬离老远就大喊起来。

等上了车,张冬的话匣子就打开了,他极其不满地嚷嚷:"钟景洲到底是什么情况?难道真认为0703号救护车就只有他一个人吗?随车医生和护士都没到呢,他可就把咱们丢下,一个人出发啦?"

夏沫听得心烦:"你能不能少抱怨些?对了,你怎么迟到了那么久?是没听到任务派遣通知吗?"

张冬刚要答,夏沫又说道:"也不对啊,随车护士不是该一直跟车辆待在一起,不需要得到派遣通知你也应该在车上才对。你又跟钟师傅吵架,所以被丢下了?"

张冬哑口无言。夏沫说他,不过是为了求个耳边清静,只要张冬别碎碎叨叨地说一些攻击性的话,她也乐得保持安静。

"司机师傅,麻烦您开快些,我们赶时间。"

出租车走走停停,一个路口赶上了红灯,每个路口便全都是红灯。

大概是坐惯了钟景洲的救护车,夏沫对于出租车如此缓慢实在受不了,心里本来就急,车子一停她便觉得备受煎熬。

"你们是人民医院的医生和护士吧?这是干什么去?赶过去救人吗?"出租车司机极其健谈,闲来无事,就跟着打听了起来。

张冬接了一句:"我们是接到事故报警求助,所以才出发的。"

司机顿时惊奇地笑开了:"去救人,不是应该坐救护车吗?怎么出来打车了?"

联想到刚刚才听到的夏沫与张冬之间的谈话,司机忍不住又在猜测:"你们不会是错过了救护车出发的时间,被同事给扔下了吧?"

夏沫戴着口罩,脸颊都在一阵阵地发烫。

"司机师傅，麻烦你认真开车，不要讲话，一定要注意安全，多少事故都是司机开车时溜号所致。"

司机从后视镜内看了看夏沫，发现夏沫根本不看他，也没有再讲话的意思。张冬望着窗外的风景，嘴里念念叨叨地不知道在说什么。

这一段路程不过十几分钟，却是他们从业生涯以来最漫长的一段路。

而另一边，钟景洲已经到达了事故发生的地点。见救护车来到，围观的人自动让出了位置，让他把车开到了跟前。

一个男人激动地冲了过来："太好了，救护车来了，这下有救了。"

钟景洲刚从车上跳下，有两个男人马上围到跟前，一个是处理这起事故的交警，另一个似乎是与事故有关的人员。

三个人一见面，有人问："医生呢？医生在哪里？"

钟景洲的身上虽然穿着制服，但个人形象却不太像医生或护士，再加上他又是从驾驶座上跳下来，很容易被辨别出身份。

"小长假期间，救援任务比较多，我们医院距离这里不远，如果伤者不是很严重，可以先让我送去医院。"

交警严肃地摇头："三车连撞，伤者是在中间的那一部车上，头部和腿部受伤；另外还有一位在路上被撞倒，流了很多血，伤得非常重，必须由专业医生来处理。"

一旁的司机不满地说："打救护电话，就是因为现场情况失控，急需要专业人士帮助，你们医院居然就派了个救护车司机过来？我们又不是没有车子送病人去医院，简直是多此一举！"

"伤者如果因为救援不及时而有生命危险，你们医院能负得起责任吗？"

"我一定要投诉你们，一定得投诉。"

钟景洲紧皱眉头，他没法跟那么多人去解释，于是到交警跟前说："先去看看伤者吧！人命关天，的确不能耽误时间。"

"你又不是医生……"交警满脸不赞同。

"我能救人。"钟景洲怕他不相信，补充道，"现场除了我以外，也没有别的更好的选择，你来做决定吧，是让我去试一试，还是继续打电话，等待下一辆救护车来到呢？交警同志，我提醒一句，时间就是生命。如果不及时进行医疗处置，他们怕是撑不了多久。"

交警迟疑了片刻，于是决定道："伤者就在那边，你先去看看情况，能处理就处理。我会接着打120救援电话，做两手准备，这也是对伤者负责。"

钟景洲从车上拿了备用医药箱，立即小跑着冲了过去。他的耳边仿佛有个嘲讽的声音：钟景洲，你究竟在做什么？你忘记了你发过的誓言了吗？

钟景洲的手指死死捏着医药箱的把手，他清晰地感觉到冥冥之中好像有什么沉重的东西在束缚着他的双腿，让他连行走都变得困难许多。这让他从刚刚的冲动里冷静下来：难道忘记了自己现在的身份吗？为什么去做一些力所不能及的事？为什么去打破往昔的誓言，而又一次让本能踩在了理智之上？

面前的人群一下子分开，钟景洲清晰看到了交通事故的现场。那些血散落在地面，到处都是，散发着一股股血腥气。

钟景洲早已做好了心理准备，但眼前所见显然超出了他的预料。两个被撞倒的路人，倒在了地上，生死不明，一动不动。一只断掉的腿，就飞落在了不远处，正汩汩地冒着鲜血。

或许是一切发生得太突然，现场处理车祸的人，车辆肇事的人，以及远远围观的群众竟然都没有去捡那条腿。连他都难以凭借想象去还原车祸的一瞬间，究竟发生了怎样的碰撞，才会造成如此惨烈的景象。

这种事故他一个人怕是难以完成全部的医疗救援。有所判断后，钟景洲立即打电话回医院，告知事故非常严重，还需更多医护人员的支援。

总控那边回复，已经接到好几个其他人打来的报警电话，对于事故现场的具体状况已有所了解，并且已加派救护车赶来。只是今天的路上实在是有点堵，到达现场的时间会比往常稍迟些。

"总之，让他们快点。"

钟景洲挂断了电话，这一次，他完全放下了犹豫，甚至连多余的思考和纠结都消失了。这一刻，他好似被什么控制了身体，眼神也变得坚毅起来。

"先把车内的伤员抬出来，注意在与车体分离过程中，一定要操作妥当，以免造成二次伤害。交警同志比较有经验，麻烦你全程进行指挥，我先来处理这位断了腿的伤者，他失血过多，需要紧急救治。另外，躺在那边的伤者腿上有个很大的伤口，也在流血，麻烦你们把他抬到我身边来……"

钟景洲一心几用。他的眼睛，扫过了现场的每一个角落，只要有伤员，就逃不开他的视线。虽然只有他一个人，但他知道，自己所能做的事不少。

他所展示给围观者的是一场堪称教科书般的医疗救援行动，哪怕现场只有他一个人在，他也能调动起一切可利用的资源，将几位伤者处理得妥妥当当。

两个稍微有点医疗常识的女同志，临时充当了他的助手。钟景洲要求她们用消毒液清洗了双手之后，按照他的吩咐，依次将一些医疗耗材的包装拆开，送到他手上。他几乎是同时在处理几个人的伤情。最严重的那位断腿伤者，钟景洲是运用上了一切可利用的手段，先帮他止血，然后固定伤口。强心针和止痛针依次注射，但因为伤口面积太大，这样的急救措施远远不够。

"必须将他立即送往医院，对了，谁去把他的断腿给捡回来，放进那个箱子里，等会儿一起送往医院？"

不知是谁喃喃说了一句："难道还能接上？"

"或许有希望。"钟景洲瞥了一眼相对整齐的断腿截面回答。

拎着断腿的那个人，立即变得小心翼翼起来。

钟景洲还抽空给腿上被划了一道大伤口的路人做了处理。没有人帮忙注射麻醉药,钟景洲干脆自己来做。这时候,医生与护士的职责变得并没有那么清晰,只要是能够救人,他什么都可以做。

"救护车上有医疗担架,交警同志,麻烦你喊几个人,帮忙抬下来。"

钟景洲给那位路人的伤口上消毒后,再用板子固定好,嘱咐他千万不要动,等会儿需要人抬着他坐上车。

"我担心你已经伤到了骨头,为了避免二次受伤,还是要小心。"

钟景洲所展示的这一系列极其利索的医疗处置,让围在他身边的人无不信服。

这一刻,再也没人注意他的大胡子,更没人怀疑他的身份。

钟景洲给一位头部受伤的女孩做了包扎,并对她说:"等会儿去医院再做进一步的检查。"

他说完,立即站了起来,环视一圈,确定了所有伤者都得到了初步的处理,才对临时充当担架员,抬着医疗担架赶回来的交警说:"头部受伤和失去一条腿的这两位必须跟着救护车走,车上的医疗设备能够最大限度地降低路上再发生意外的风险。而其他伤势较轻的,也需要送到医院处理,不要再在这儿等着救护车了,让他们坐着出租车过去即可。"

交警点头,接着也提出了自己的担忧:"救护车上就你一个人,带着这两位重伤员,路上谁来照顾?"

钟景洲抬手看了看腕表说:"我的同事快来了,他们会负责照顾。"

话音刚落,一辆出租车停在了路边,还没等车子完全停稳,夏沫和张冬就一前一后地冲了下来。因为太着急了,甚至连车钱都忘记了支付。

一见到钟景洲,夏沫就气不打一处来:"你怎么不多等我一会儿,自己跑来这里啦?"

"现在不是说这些的时候,还是先处理一下伤员吧!有两位伤得很严重,他们需要及时送往医院,不能耽搁了。"

钟景洲抓着夏沫的手臂，来到伤者跟前。夏沫一看见伤者的断腿，神情瞬间变得严肃起来。

钟景洲将自己所做出的医疗处置快速地讲了一遍。夏沫颇为意外，简单查看了伤者的处理情况，发现的确如同钟景洲所说的那样，已经处理得妥妥当当，堪称完美。

"先把人抬上救护车。"

钟景洲一个命令，几名群众跟夏沫和张冬一起，将两名伤者抬到车上。

"夏沫和张冬一人守着一个，你们坐稳扶好，等会儿车速会比较快。"

两位交警骑着摩托车，在前方开道。钟景洲心无旁骛，只用了九分钟就跑完全程，安全地将伤者送到了急诊室的正门前。

"断腿那个得白一峰来接手，你通知他之前，顺便告诉他，联系外科的李平峰和周永涛，这一台手术太复杂，需要三个人协力完成。"

夏沫无语地看了过去，只见钟景洲整个人趴在了方向盘上，声音有气无力。这还是她第一次见到他如此疲惫。但这并不能消除掉她心底正熊熊燃烧而起的愤怒。

"钟景洲，你必须为今天的不当行为做出解释，请你稍后主动去找你们的廖队长做出情况说明，如果你不去，后果自负。"伤者还在场，夏沫心底里再多的愤怒不满，仍要克制。

张冬和其他赶过来的医生一起，负责将伤者抬下救护车。他清楚地听到了夏沫所说的话，心中顿时涌起了一丝幸灾乐祸，颇有兴趣地瞧着热闹。

终于，夏沫也对钟景洲出离愤怒了吗？

今天发生的事，不算小事，不带医生和护士独自出车，再到现场私自帮伤者做出医学处置，不仅处理外伤，甚至还注射了药物。这一系列迷惑行为，一位救护车司机哪有资格做出？

之前，夏沫一直对钟景洲很有好感，对方偶尔有不当行为，需要沟通时，夏沫总是轻声细语，甚至还因为钟景洲的一些事，声色俱厉地警告过张冬。

正因为经历过这些，张冬才会有种快意的感觉。心说，他早就知道是这么一回事了，不过夏沫实在太年轻，她根本就没看清楚这个人的本质，才会导致今日发生了这么严重的"事故"。

是的！此事几乎已经有了定性，会有医院的调查团过来查清状况。而如果那几个钟景洲接触过的病人有所损伤，即使病人家属不闹，医院也绝不会坐视不管。

张冬也瞧见了钟景洲趴在方向盘上一动不动的样子，他猜测，大胡子肯定是心虚又后怕，这会儿吓得都动弹不了了吧！

当然，张冬对他可是没有一丁点儿的同情。离开前，他还特意用挺大的音量喊了声："活该，你就等着被开除吧！"

伤者已被推进了急诊室。接下来，会根据急诊室的流程，分派给优秀且专业的医生来进行医治。

对于这一点，钟景洲心里有数，并不担心。

他的确是有些虚脱无力，搭在方向盘上的手指蜷缩着，并以一种只有他自己能感受到的频率在颤抖着。已经快一千个日夜没有再去碰触那些医疗器具，他的手指很僵硬，无法完美地完成大脑的指令。幸好，临时处置要求的精细度并不算高，手法生了，凭借着经验依然能够完美地处置。

在车祸现场，钟景洲的注意力高度集中，脑子里除了救人之外，再没有其他的念头。现在伤者都已去了该去的地方，接受该有的医治，他整个人便完全瘫软，疲惫不堪。

钟景洲的身体虽然处于不受控的状态，可他的大脑却异常活跃。有一个声音反复出现："钟景洲，你究竟在做什么？你忘记了你曾经发过的誓吗？你不做医生了，你不会再进急诊室了，你更不应该再去参与救人。"

"钟景洲，你难道不觉得羞耻吗？说过的话，发过的誓，你没有执行到底，转眼就打破了。等到你的那些老同事都知道了，他们会怎么看你？还有你爸妈，他们……"

钟景洲突然暴怒："够了，你滚！"他是为了驱散脑海里那个无处不在的声音。但救护车下方，抬着头正准备跟他讲话的人，却是夏沫。她把病人送进了急诊室，顺利见到了白主任，并且简要地说明了情况。

白一峰听说是钟景洲做的医疗处置后，立即让夏沫把钟景洲叫到急诊室里去，但因为伤者还躺在急救床上，情况非常危急，白一峰没时间细说。

夏沫小跑着出来，心想，白主任肯定是对于伤者的伤口处理有所疑问，这种情况下，将钟景洲喊到跟前直接询问，无疑是获取第一手信息最直接的方式。她在看到0703号救护车还停在急诊室门前时，心里还有点高兴呢。没想到，钟景洲看了她一眼，第一句话竟然是"你滚"！

还从来没有人这样子跟夏沫讲过话，年轻女孩脸皮薄，当时便挂不住了："你这人，怎么骂人呢？"

钟景洲看了一眼她，眉头紧皱着，没有做出解释，对于夏沫的误解，也丝毫不予理会。此刻，心情糟糕极了，身体也处于虚脱无力的状态，他实在是没有半点好情绪，去对待救护车下边这位气急败坏的姑娘。钟景洲发动了救护车，控制着车子，就想驶向停车场。

夏沫情急之下，都想拦路挡住，问问钟景洲是什么意思。只是，终究还有些理智，她没有做出这样危险的行为。反正停车场也不远，她跟过去就是了。钟景洲甫想用逃避的方式来甩开她的质问。就这样，当钟景洲停好车，一边捏眉心缓解痛处，一边准备下车去给保温杯里接点热水的时候，就见夏沫气喘吁吁地跑到了跟前，直接把他脸上的口罩给扯掉了。

"你别想跑。"她不高兴地低吼。

钟景洲奇怪地看着她："你不跟着白主任去做手术？"

"你是不是记恨我？"夏沫不答反问。

"我听不懂你在说什么。"钟景洲举了下保温杯，"如果没事，我得去接热水了。"

"钟景洲!"夏沫本来已经火气很大,见他做了那么严重的错事还一脸无所谓,顿时火冒三丈,"都什么时候了,你还在关注你的保温杯?你是真不想要这份工作了吗?你知不知道,今天的事,你犯了多严重的错误?你不立刻去想办法补救,非要等到事情闹到无法收拾的程度,再来后悔吗?"

"能有多严重?"钟景洲仍是漫不经心的语气,端着他的杯子,绕过了夏沫,朝着值班室的方向走了过去。

他知道夏沫在身后跟着,便漫不经心地说:"我在停留区等了你们八分钟,我们的救护车出不去,后边要执行任务的其他车辆一直按喇叭,总控中心那边一直催,你说,我怎么办?继续等,你们迟到多久我就等多久?"

夏沫一时语塞。因为她很清楚,钟景洲说的是事实。

"今天是比较特殊的情况,我们才把产妇和新生儿接回来,就立即有了新的任务。我那边还在做交接呢,等处理完毕赶过来的时候,你就已经……"

钟景洲已经走远了。显然对于夏沫的解释,他并不感兴趣。事情发生了,事后再来解释,不过是给自己寻找借口去开解良心上的不安罢了。他不爱听。夏沫又跟了上来,此刻她的脸色难看,一股烧烫的感觉在往脑门上蹿。

"即便是没看到我,还有张冬呢,你带着他也好过你自己去。"

"他比你来得还晚。"钟景洲嘲讽地勾起了嘴角,"你俩不是一起打出租车赶过来的,这件事难道你不知道?"

夏沫又是无话可说,她的确是忽略了这件事。张冬是跑去病房看以前接回来的病人朱大爷了,耽搁的时间比较久,比她还晚了两分钟。

"就算是我们都不在,你也应该按照程序,去跟总控中心那边取得联系,让他们另行安排随车医生和护士,而不是你自己贸然出发。"

钟景洲打开热水的水龙头，小心地往杯子里注入开水。他抽空瞥了一眼站在跟前念叨不停的夏沫，悠悠地问："你怎么知道我没跟总控联系？"

夏沫说不出话来了。

"不管怎样，你并不是医生，没有行医资格，你不该去接触病人，你也没有权利处置病人，哪怕你的本意是救人，这也绝对不被允许！"

钟景洲接好了热水，拧紧了盖子，端着就往回走。

夏沫挡着路，他干脆绕开。至于她一直说的话，他听到了也只当没听到。他态度委实是不好，自始至终冷着脸，比平时还要难以接近一些。

"钟景洲，你有没有听到我讲话，你能不能给个回应啊？"夏沫提高声音。

她像着了魔似的，抬起手来，一巴掌挥了过去，心里的本意是想要揪住对方的衣袖，让他不要就这么走掉。但那只手，鬼使神差一般，竟然直接挥向了保温杯。咔嚓一声脆响之后，保温杯落在了地上，滚了三个圈，停了下来。杯子质量还算不错，没破，热水没洒，只是沾了点灰。

夏沫有点发蒙："对……对不起，我不是故意的，钟师傅，你听我说……我只是想……"

"我很累了，今天不想说话，你赶紧回去吧，等下白一峰找不到人，当心挨骂。"他像是没事一样，弯腰把杯子捡起来，随意抹了抹灰尘，捏在手上继续走。可夏沫没有得到她想要的答复，怎么肯放弃，她仍跟在钟景洲的身后。

钟景洲毫无预警地爆发了："你烦不烦？总跟着我做什么？都没有正经事可以做了吗？"

"我……"夏沫突然想起白一峰所说的话，才意识到自己忘记了办正事。

看着暴躁的钟景洲，夏沫有心缓和气氛，顺便把白一峰的要求说出来。但钟景洲走得飞快，且直奔男厕所的方向，转眼就没了踪影。

"不是吧？"夏沫抬头瞪着男厕所上方挂着的牌子，表情特别尴尬，走也不是，留也不是。有人来来往往，进进出出，看见她盯着男厕所门上挂着的白色遮挡布帘发起了呆，都会露出诧异的表情。

夏沫强忍着，在心里边一遍遍地提醒自己，还有正事要跟钟景洲说呢，不能任由负面情绪来主宰自己的行为。但足足等了十分钟，还是不见钟景洲出来。而急诊室那边的催促电话，已经响了三次。

白一峰焦急地要一个确认，他必须知道钟景洲能否赶到的准确信息。

夏沫急得头发都要乡起来了。这种关头，她也顾不得不好意思，恰好看到一个认识的男护士去男厕所，她拦了去路。

"小周，你进去帮我把钟师傅叫出来，就说我有急事找他。"

"哪个钟师傅？"小周有些局促，毕竟在男厕所的正门口跟个漂亮的女医生闲聊，这事儿本身就让人觉得不好意思。

"还能是哪个？你们车队0703号救护车上的那位大胡子。"这种显著特征，整个医疗救援中心只有钟景洲一份。

小周明白了，瞧着夏沫那着急的神情，他猜测是有急事，便走了进去。几分钟后，小周走了出来："夏医生，你是不是搞错了？钟师傅没在男厕所啊！"

"没在？你是不是没找仔细，也许他在哪个坑位里蹲着呢，我亲眼见他进去的。"

小周红着脸，连连摇头："我确认过了，里边真的没人。你是不是看错了？这边的洗手间一般都是救护车队的人在用的，平时很少有患者会绕大老远来，所以里边其实很空……"

小周话没讲完，就感觉夏沫突然把他给推开了。他只是傻愣愣地瞧着夏沫，见她一个箭步冲了进去。这里是男厕所啊！他想提醒来着，可想了想，又觉得不合适。就干脆站在门口帮忙守着，免得其他人着急用，再撞个脸对脸，那多不好意思呀！

这一天，无疑是夏沫二十几年的人生里最愤怒且疯狂的一天。

她一个未婚的姑娘，追着大胡子司机进了男厕所，像个变态似的搜索着每一个蹲位，最终一无所获。

男厕所只有一个门，可以供使用者进进出出。但男厕所后方还有一扇窗，跳出去后，紧挨着的正是一间杂物房。

钟景洲当然不可能会人间蒸发，那么他之所以不见踪影，肯定就是从这扇窗户离开的。

"这人，怎么这样呀！"夏沫有些气急败坏了。一个极度冲动的念头，在回急诊室的路上酝酿升腾，再也难以抑制。她没有去急诊室找白一峰会合，而是转过身来，走向了另一个方向。

钟景洲一直不认为自己有错，对于自己的错误行为不予反省，甚至回避，但出于一位医生的职业操守，真心觉得这件事一码归一码，绝对不能轻易地糊弄过去。

那一刻，某种莫名的正义感直蹿至夏沫头顶，主导了她的思维。她来到张副院长的办公室前，扬起手来，义无反顾地敲了敲门。

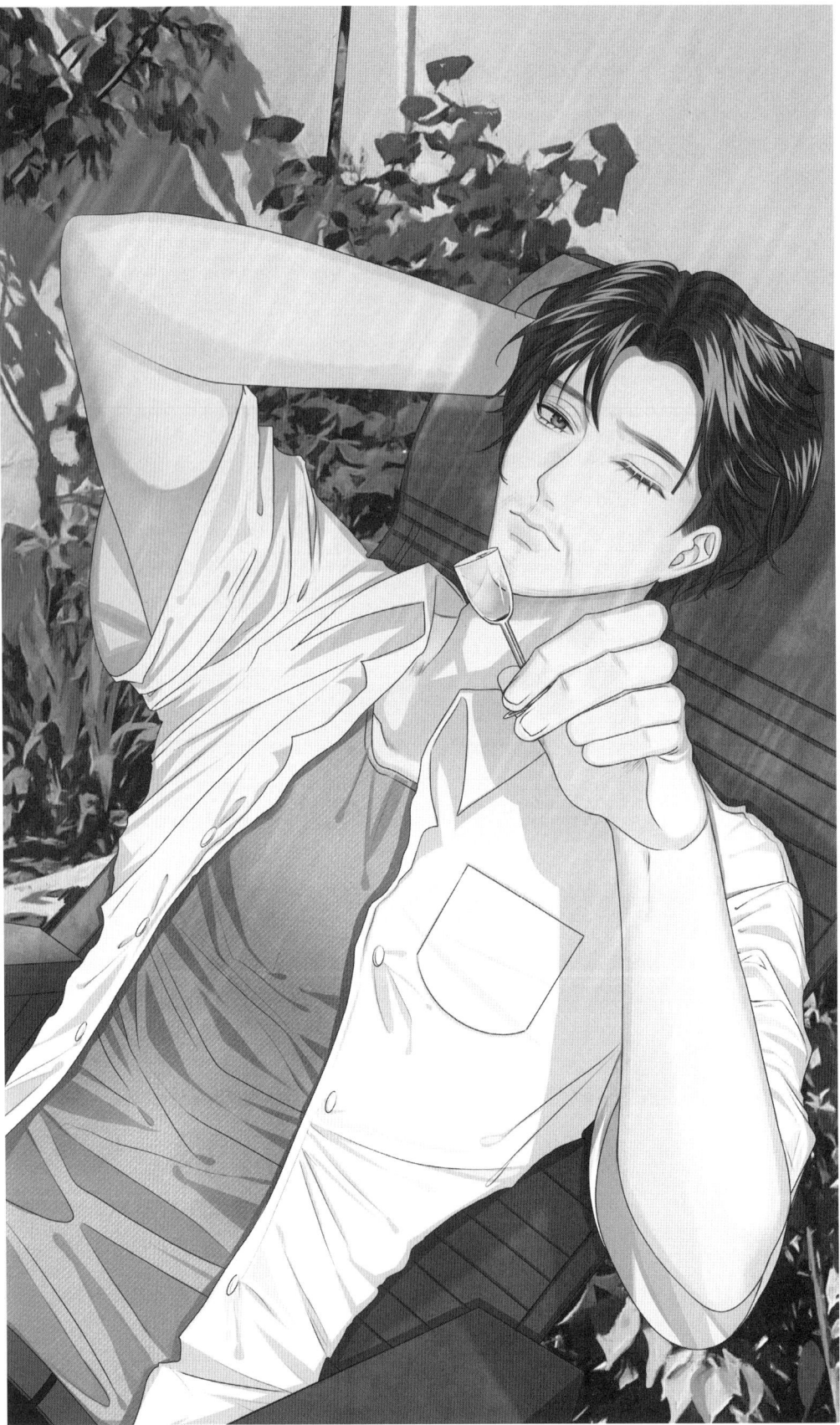

第八章　彼时噩梦

此时的钟景洲从厕所后面的杂物间里走出来，拐弯进入了休息室。这是专为医疗救援中心工作人员准备的，平时没有任务的时候，可以过来午睡。万一有紧急情况，墙上挂着的提醒器就会直接响起来，也不会耽误事。

十一长假期间，医院里的每一辆救护车都已忙得要命，休息室内反而没什么人。他选了一张床，随意倚靠着躺了一会儿。恰在这时，手机忽然响了起来，是个陌生号码。钟景洲顺手接起电话："喂……"

电话那端传来了一连阵狂笑，钟景洲一听，便知道对方是谁。他又看了一眼来电显示，确定是陌生号码，顿时明白了对方的意图——这准是怕用自己的手机号打过来，他会不愿意接，干脆玩个心眼儿，借用一个陌生电话号码，专门打他一个措手不及。

"你是真无聊。"钟景洲嘟囔一句，跟着就打算挂断电话。

对方跟钟景洲相当熟悉，一听这话便知道他要做什么，忙说："别别别,千万别挂电话,我也是抽空出来跟你沟通几句,五分钟后,我就要上手术台了。钟景洲,这临时加进来的手术可是你安排过来的,要不是听白一峰说,是你下的命令,要我李平峰来跟白一峰配合做手术,你以为我这种大忙人,真的会随随便便把时间抽出来吗?"言下之意,是想向他索要个人情。

钟景洲端着热水杯,轻轻地吹了吹,说:"你有选择的权利,可以不去,只要你的良心过得去!"

"啧啧,钟景洲,这是谁惹到你了?火气怎么那么大!就不能心平气和地聊几句吗?"李平峰跟钟景洲太熟了,根本不会被他的恶劣态度给吓到。

"你赶紧忙你的去,没什么事我就挂了。"

李平峰赶紧阻止:"别别别,我要给你带回来的那位车祸断腿伤者做重接手术,白一峰不是派他的那个学生去请你了吗?我猜你也不会轻易答应,干脆直接打电话过来,我得询问一下伤者的具体情况,毕竟断肢再植手术的难度极高,像他断到这种程度,我、老白和老周三个一起上,也没有太大的把握。"

提起了伤者,钟景洲的态度和缓了不少,他琢磨着措辞,快速而简洁地将车祸现场所观察到的相关状况,选取对手术有帮助的部分,给李平峰讲了几句。

"按照以往惯例,车祸时发生的断肢损伤多为碾轧性断离或挤压性断离,但这位伤者的伤口也不知当时现场是发生了怎样的状况,才会出现切割性断离的特征,断离肢体的骨骼、神经、血管、肌肉、皮肤等各部分组织均在同一断面,邻近断面的组织损伤较轻,再植的成功率较高。"顿了顿,李平峰开玩笑似的试探着问,"钟景洲,这可是你相当擅长的手术了,要不要考虑一下,回来帮把手?"

钟景洲语气平淡地回答:"五分钟到了,我要挂电话了。"

"喂喂喂,你先别挂,我还没说完呢!"李平峰生怕钟景洲彻底没了耐心，也不卖关子了，连忙一鼓作气地把想说的话全讲完，"你不想动手，在一旁看着也行啊，有你在，我心里边踏实。"

对于这种请求，钟景洲一点面子也不给，他毫不留情地挂断了电话。

手术室内，李平峰苦笑着冲眼含期待的白一峰摇了摇头，顺手把手机交还给了一旁的护士，说："开始手术前的准备吧。"

一旦做出这样的决定，手术室内所有人的表情全都变得严肃起来。不管是医生还是护士，也不论你负责的是哪一部分，当手术室的灯亮起来的一瞬间，大家便紧张地行动起来，朝着希望的方向一往无前地冲了过去。

钟景洲似乎是能够猜测到手术室内此刻的紧张氛围，他捏着手机，盯着看了好一会儿，苦笑着摇摇头，自我嘲讽道："钟景洲，你怎么就忍不住呢？"

这个问题连他自己都无法回答，别人又怎么能给出一个答案呢？他闷闷地喝了一大口枸杞水，吧嗒吧嗒嘴。这时，手机再次响了起来。他一看来电显示，还是有点意外，还以为是自己看错了，或是出现了幻觉。

李平峰和白一峰的电话可以拒绝，可这个人，不只是领导，还是长者，更是医院的无名英雄。钟景洲怎敢对他有一丝不敬！接起电话，钟景洲的声音比以往任何时候都显得柔和："张副院长，您找我有事？"

张副院长高兴地说："钟景洲，你在哪儿？咱俩见一面，聊几句？"

钟景洲冷静地编瞎话："我在修配厂，给救护车做保养，今天很忙，肯定回不去，您的事如果不是很急，等十一长假结束了，我再去找您？救援中心这边可全是生死攸关的大事，您一定能理解的。"

张副院长笑了："我这还没说是什么事呢，你可就把话给堵住了。钟景洲啊，你是知道我想要说什么了，对吗？"

"瞧您说的，我就是个普通的司机，又不会读心术，哪有本事去堵您想说的话。"

"少跟我来这一套！你糊弄了别人，还能糊弄住我？"

"领导，您日理万机，特别忙，哪有精力什么都管……"

"钟景洲！我听说，你今天在车祸现场，出手救人了？"

钟景洲没有回答。见钟景洲哑口无言，张副院长来了精神："你小子别跟我耍滑头，医院就那么大的地方，你做了什么，我还能不知道？我就想问你一句，有这事儿没有？"

钟景洲仍是无言，既不答是，也不否认，更没有挂电话，反正就是一阵静悄悄的沉默。

"你既然忍不住了，那就回来吧，三年了，该放下了。"

钟景洲突然挂断电话，张副院长的听筒里便没了声音。张副院长竟也不生气，心情极好地嘿嘿笑了几声。

钟景洲有些烦躁地看着天空。张副院长的一通电话，让那些已远去的面孔，变得又清晰了几分，许多陈年往事不受控地往外冒。

钟景洲神情寥落，整个人就像是充满了氢气的气球，身躯无限膨胀，再增加一点点压力，可能就要立马爆掉了。

两次出车任务，消耗了不少精力，钟景洲往车上一坐，很快就睡着了。梦中，钟景洲发现自己正在急诊室最内间的医生办公室内，仿佛才下了手术台回来，身上的无菌服还没脱，累得有点虚脱，他往椅子上一倚想休息一下。就在这时，有位中年女人冲了进来，她带着哭腔大声喊着："医生，求求你，快点出去，救救我男人，求求你救救他吧，他快要死了。"

她拽着钟景洲的身体使劲乱晃，钟景洲安抚道："你别急，让我喘口气，就跟你出去。"

中年女人却陡然间暴怒起来，破口大骂："你穿着这件白大褂，有什么资格休息？赶紧跟我去救人，不然我就投诉你，让你吃不了兜着走……"说着，还举起了拳头，劈头盖脸地砸了过来。

钟景洲感觉不到疼，他有些惊讶地瞧着眼前的混乱状态，手习惯性地去挡，可耳边全都是嘈杂声。混乱之后，突然间周围的场景变了。他不知什么时候，从医生办公室来到了急诊室那条长长的走廊里，背靠着墙，蜷缩着蹲在了那儿，双手还保持着护头姿势。

护士长赵小芸来到他身边，拉扯着他的手臂急切地说："钟医生，面粉厂发生了粉尘爆炸，很多伤员被送过来了，你快点去看看呀！有几位伤得非常严重，急需要医生处理。"

钟景洲听着，心里边猛然间一抽，他手脚并用从地上爬了起来，跟着赵小芸去了处置室。可没过多久，白一峰又冲了过来，一把抓住他的手腕，不让他继续给伤员进行缝合。

"你做什么？别影响我工作。"钟景洲不高兴地大吼。

白一峰气急败坏："都什么时候了，你还在这儿加班，赶紧去手术室吧！你妈妈正在抢救，再晚就来不及了……"

这个梦，从始至终都让钟景洲充满疲惫感。梦里，钟景洲奔跑，忙碌，紧张，焦急。手术室的灯光是冷白色的，极亮。他一进门就看到了平躺在手术台上的母亲，一动不动，连呼吸都没有了。主刀大夫迎面走了过来，他摘下了口罩，满是歉意地冲着他摇了摇头。

"怎么啦？我妈怎么啦？"钟景洲大叫。

主刀大夫轻轻地按着他的肩膀："节哀。"

节哀？为什么要节哀？到底发生了什么？钟景洲的内心深处有无数个问题，全堵在嗓子眼里。他想要大喊大叫，却发不出声音。他的脑海里一片空白。因为他又看到了手术台下，有个人躺在担架上，用白布盖着，隆起的轮廓透着不祥。钟景洲甩开了主刀大夫的手，深一脚浅一脚，朝着手术台的方向走过去。他的泪水抑制不住地往外涌。他用手使劲地抹掉泪水，可很快视线再次模糊。当他用颤抖的手，轻轻地将白布掀起来的时候，他看到了……

"啊！"

钟景洲一声闷哼，整个人从驾驶座上弹了起来。没拧紧的保温杯直接被撞翻在地，开水洒落得到处都是。

钟景洲急得又冒了一脑门的汗，一边手忙脚乱地擦拭，一边还得安抚狂跳的心脏。好不容易折腾完了，耳机里却传来了总控中心那边发布的命令，要他去西郊接一个患者，立即出发。忙碌的生活还在继续。哪怕还困在往昔的梦魇当中，钟景洲却依然得继续出发。

那个有关父母的梦，已经有些日子没再出现了。没想到打了个盹，竟然梦到了那么一个惊心动魄的场面。

车子开了很久，他却依然还在回想着梦中的情景，虽然梦境与事实其实并不完全相符，比如那时他父亲的遗体并没有随母亲一起待在手术室，又比如他赶到手术室的时候，他母亲已经被抬下了手术台，也没有医生同事来安慰他……不过做梦这种事，本就是在一个不受控的状态下，梦中的场景随意出现，他哪里管束得了？很多事，平时在工作、生活之中，他都不会再触景生情地想起来。连他都以为，三年过去，该放下的放下，该释怀的释怀，他钟景洲早已开启了一段新的人生，早已和过去做好了道别。没想到，一切不过是自欺欺人而已。

"钟景洲，你可是把我给坑惨了，我怎么会那么倒霉，车队这么多辆救护车摆在那儿，我偏偏就跟你搭成了一组，我真是要被你害惨了。"张冬满脸悲愤地站在钟景洲身后，双眸冒火，气愤难当。

"你可以去申请换车。"钟景洲依然是那种无所谓的态度。

"凭什么是我申请换车，明明是你违规操作，要走也该是你走。"

钟景洲的鼻子里发出哼的一声："无知。"

张冬恼得脸红脖子粗，正打算狠狠地吵一架。

钟景洲可不惯他脾气："你受不了，现在就可以下车。"说完，他一踩刹车，救护车停在路边，连车门都打开了，等着张冬负气而去。

张冬总算还是保留了一些理智。他气恼地顺势坐了下来："现在还在执行救援任务，你凭什么赶我下车？我不走！我有我的职业操守，不像你……"

"不下车就闭嘴，不然，我立即把你丢下去。"钟景洲神情严肃，看起来一点都不像是在开玩笑。

张冬虽怏怏不快，但相处多日，对于钟景洲的脾气，还是了解的。

"不用你丢，等这次把患者接回医院，我自己去跟廖队长说。"

救护车继续上路。这一次，张冬安静了不少，低着头，看上去很烦躁，可他没再像刚才那样，将情绪冲着钟景洲发泄。对于钟景洲来说，只要耳边清静，他也乐于享受安宁。

整个下午，心神不宁、坐立难安的人还有夏沫。她当时真是气极了，才一时冲动走进了张副院长的办公室。她跟钟景洲之间没有私人的恩怨，更没有利益纠缠，她坚信，自己之所以跟张副院长作情况说明，完全出于一名医生的职业操守罢了。

张副院长认真地聆听了她的汇报，询问了各种小细节。

能看得出，张副院长非常重视此事，虽然当着夏沫的面儿没有作出评价，更没有说要如何处理此事，但依照惯例，接下来一定是院方派相关专家组成调查小组，对整个事件作出调查，而后得出一个处理结论，在医院公布。钟景洲只是医疗救援大队的一名救护车司机，他的工作职责虽有协助医护人员进行伤病处置的权利，却绝对不能独立行医。哪怕他的确是为伤者做了一些事，但他这种行为依旧是不被允许的违规行为。

"我已经提醒过了，是他自己总觉得自己没有错，才会造成今天这样的后果。"夏沫在回去的路上，嘴里一直不自觉地念叨着这句话。她非常清楚，钟景洲即将面对的会是一个怎样的下场：轻则是被开除，重则还可能要负刑事责任。

"我做的是正确的事儿，没有故意针对任何人，他被开除了也是他自己莽撞，必须为自己的行为付出代价。"这种自我辩解，并没有真的让夏沫心中的愧疚感降低。

第二天，等夏沫冷静下来，那种背后说人坏话而生出来的愧疚感逐渐占据了上风。脑海里总是有个声音在跳出来指责她："钟景洲这个人，除了性子冷了些，平时在处理工作上却一直是尽职尽责，几次紧急的医疗救援，他都发挥了重要作用。"

另一个声音又在迫不及待地反驳："以前的医疗救援，他是在做他的本职工作，并且做得很好，当然要表扬；可这一次，他做的根本不是他该去做的事，也许那几个被他处理过的伤员，都已经……"

夏沫还在神情恍惚，忽然有一只手伸到她的面前，用力地挥了挥。

"啊？"夏沫向后退了小半步，抬眼一看，见到的是白一峰那张似笑非笑的脸。

"主任？"

"你昨晚上熬夜了？年轻人要节制，更要懂得养生。"

夏沫的脸泛起了一层浅浅的红晕，幸好她一直戴着口罩，没有被别人发现。

"要去查房吗？"她小心地转移了话题。

"嗯。"白一峰应了声。

"昨天接回来的那个车祸伤者，就是断肢重接的那位，他怎么样啦？我昨天下班的时候，您的手术还没有结束呢。"犹豫再三，夏沫还是问出了口。她发现，在白一峰迟疑没有回答的那一瞬间，她的心情有些复杂，不知是该期待他说出的是好的答案，还是不好的消息。

白一峰奇怪地看了她一眼："你是在担心，因为没有及时跟上救护车，而有可能要去承担的后果，所以一晚上都没休息好吗？"

夏沫本想否认，但稍微犹豫了一下，又觉得其实白一峰说的还是有道理的。于是，她重重地点了点头。

"昨天的事，廖队长那边来了解过情况，长假期间，急诊这边的接诊量太多，每个人都是在连轴转，难免会出现这样或者那样的特殊情况。昨天你也是才接诊回来，正在做交接的时候才出了这么一档子事儿，这边是病人那边也是病人，总是要把手边的事做完后，才能去接手另一件事吧。好了，该解释的，我已经帮你说过了，不用太焦虑，接下来还是要努力工作，更要注意方式方法，类似的状况尽量避免。夏沫，你是个聪明的女孩，我相信你的能力，会快速成长起来，变成一名患者信赖、同事信任的好医生。"

白一峰很少会说这种话，也是担心夏沫的心理负担加重，才特意抽空帮她调节情绪的。没想到，夏沫却是着急地摇了摇头。她所关心的依然是那位伤者是不是因为钟师傅的不当处置，发生了什么危险。

"白主任，你跟我说实话吧，我能承受得住。"

白一峰的眼神立时变得更加奇怪了。

"伤者的腿已经彻底断了，在那种情况下，即使是专业的医生来处理，也不一定有把握能处置妥当。钟师傅贸然出手本就不对，他只是一个普通人，他没有行医资格，也没有那个医学素养去处置这种极度复杂的状况，可是他还是在一时冲动下贸然去做了。白主任，我对于他的做法非常不认同，同时我又非常担心伤者的状况。"夏沫冲着白一峰深深地鞠了一躬，"这件事里，我有不能推卸的责任，白主任，我真的很内疚，一想到这位伤者是因为我的晚到而导致了生命危险，我就……"

白一峰打断了她的话："谁跟你说伤者有生命危险？"

夏沫一愣，有些不明所以的样子。"伤者和家属若是知道在生命危急关头施救的是一位救护车司机，而不是咱们医院的医生，一定会造成不可控制的混乱局面……"

白一峰再次打断了她："断肢再接手术很成功，伤者目前留在ICU内观察，等到身体状况稳定，就可以转到普通病房里去了。"

"很成功？"即使是亲耳听到了这样的确定，夏沫也有种不可置信的感觉。她怎么都想不通，钟景洲胡搞一通之后，伤者竟能安然无恙地渡过了如此大的危机！

夏沫虽想不通，白一峰也没打算给她解释。

"行了，别胡思乱想了，你去休息室换好衣服，也稍微冷静一下，急诊室这边今天很忙，八点准时开始查房，一切进度要往前赶，得把时间多留出来一些，免得误事。"说完，他又像是想起了什么，"对了，你不是挺上心昨天那位出车祸的伤者吗？等会儿去ICU，你可以跟着一起去，那可是我和李主任、周主任联手做的手术，代表着医院的最高外科手术水准，就算是放眼全国，不，全世界，这种断肢复接类型的手术也不会有人比我们做得更好的了。目前来看，手术阶段是很成功的，接下来就看术后的休养和康复，我对他还是非常有信心的。"

夏沫目瞪口呆。她在这儿担心了一晚上，是为了这个伤者不可预期的未来，以及接下来有可能会出现的纠纷处理。白一峰从早晨上班时起便是意气风发，眉眼里满是喜色，竟也是为了同一个伤者，因为手术非常成功，几乎是可以作为一个堪称教科书般的范本去推广学习了。

两个人的心情，完全是两个极端。夏沫便理所当然地认为，怪不得白一峰根本不接茬去评价钟景洲违规操作的这件事呢，原来是出于事业发展上的考虑，不愿意去拆穿这一过程啊！一整天下来，夏沫的情绪始终提不起来。她去ICU看过了伤者，伤者用了止痛泵，还处于昏睡状态，断腿处做了固定处理，缠得严严实实。从记录上来看，各项体征都还算不错，一切都朝着良好的方向发展。

守在ICU外面的家属，表情里也没有愤怒和不满，显然他们已经得知了手术的结果，并对目前的处置状况很满意。没人再提起救援路上所发生的这一段小插曲，明明那是一件突破容忍底线的不当行为，竟因为三位外科大主任联手救治了病人，并取得了一个比较好的效果之后，而理所当然地粉饰太平了。甚至连家属去找了张副院长进行了实名举报，院方都没有给出一种明确态度，没有明确处理钟景洲这种把人命当儿戏对待的行为。

夏沫想起了昨天晚上，张冬在给她打电话时所说的那一番话。如果不去想张冬平时与钟景洲之间的那些不愉快，张冬所说的话是有一定道理的。他说，钟景洲这一次是在冲动之下做了他认为该去做的事，事后不仅没有被追责，反而被大家赞美，视他为危难之际挺身而出的大英雄。以后，若是再出现同样的状况，钟景洲会怎么做？再次"挺身而出"，去做他能力范围之外的事？他发自内心地认为自己就是有能力处理？那么，一次不出事，难道就能代表着次次都不出事吗？这不是儿戏，这是现实而残酷的医疗救援行动，任何一次失误，必然伴随着极其惨痛的后果。钟景洲若是认识不到这一点，未来总有一天，他会捅出个大娄子，不仅自己无法收拾，还会连累到他人。

夏沫与钟景洲之间的关系其实还是不错的。对于钟景洲这个人，她很尊敬，甚至有些欣赏。可这一次，她却站在了张冬的那一边。因此她才会对于院方平淡处理这件事的决定充满了抵触。她在一天的工作完毕之后，又一次来到了白一峰的办公室。

白一峰正准备下班，看到了夏沫站在门口，于是问："有事吗？"

夏沫回过神："主任，我……"

"有什么事就说，不用吞吞吐吐的。"

夏沫鼓足勇气，一口气把酝酿许久的话全都说了出来："钟景洲的行为已经超出了一名救护车司机该有的职权范围，我想知道，为什么院方没有对他进行处理。"

"如果没有钟景洲，那位伤者不只保不住腿，连命都保不住。"

"他无权在医护人员未到场的情况下私自处置如此复杂的伤者。"

白一峰不知想到了什么，本来捏在手里的手套，啪地砸在桌上："那么，救护车到了，医护人员又是为何未到场？"

夏沫咬住了嘴唇："这件事我已跟主任解释过，那是因为……"

"因为你们另有事情，因为你们另有工作，因为你们在忙着别的患者？没错，你们全都能给出合理的理由，听上去非常合理，也无法对你们进行追责处理。但是，夏医生，难道是因为这些原因，那位出了车祸断掉一条腿的伤者，就该静静地躺在原地，等待着生命一点点地消失吗？"

夏沫哑口无言。此刻，她分明感觉到自己的脸颊发烫，一股莫名的羞耻感迎面袭来，她几近窒息。

"这是我们的失职，但这并不代表钟景洲有权利去随意处置别人，这一次的成功只能用'侥幸'两个字来解释，那么下一次呢？他还是要无证行医，凭经验去判断吗？由此而引发的后果谁来承担？"冲动之下，夏沫的这番话脱口而出。她的呼吸变得极其沉重，连眼眶都变红了。

"你想怎么做？"白一峰静静地看着这个极其激动的年轻医生。

"对此事做出严肃处理，以杜绝类似事件的再次发生，保证医院定下的规则被严格执行，各岗位工作范围划分清楚，医院虽然是个可以带着人情味的场所，但医学不是，它要求绝对严谨认真。非医疗专业人员仅凭一些医学急救技巧的掌握，根本不具备处理复杂伤情的能力，若是凭着一腔热血就去做了，那么患者的保障又在哪里？"

夏沫激动的声音引来了不少人的关注。附近的医生和护士不知道发生了什么事，全都围了过来。

白一峰扫了他们一眼，放弃了说服夏沫的打算。他静静地说："你想要说的事，我已听明白了，关于你的意见我会转达给院方，在开会的时候拿出来给大家讨论一下。"

夏沫本来还等着白一峰勃然大怒，跟她反驳上几句，她甚至已经做好了继续坚持自己看法的准备，就等着他开口去维护钟景洲。事已至此，她豁出去了。万万没想到，白一峰并没有冲动，夏沫一下子不知所措起来。

白一峰又问了下她是不是还有其他事想要反映，夏沫机械地摇了摇头。白一峰便拍了拍她的肩膀，走之前还不忘鼓励她一句："好好干。"

几个平时相处得比较好的女医生围了上来，七嘴八舌地夸赞夏沫。

这个说："夏医生，你真的好有勇气啊！居然敢跟白主任据理力争，我们真的佩服极了。"

那个讲："夏沫，你太棒了！"

……

这些赞美，换回的是夏沫嘴角越来越深的苦笑。时间缓慢流逝，她逐渐找回了自己的感觉，小腿好软，心脏跳得好快。她甚至还有几分如梦惊醒的感觉，回想起跟白一峰说的那些话，大部分是情绪冲动时脱口而出的想法。其实，在来之前，她根本没打算说这些的，也不知怎的，当看到白一峰不怎么愿意去管事的时候,她一下子就被激怒了。

"我要下班了。"夏沫没心情跟同事们闲聊,换好衣服后,匆匆地走出了医院。

这一夜,夏沫又是辗转反侧。她吃饭,索然无味。她看电视,心不在焉。明明平时很是享受独处的时光,可因为心里边有了负担,一切变得索然无味起来。夏沫最终只好说服自己:只要院方对这件事给出一个明确的处理意见,她也就顺理成章地接受。要知道,她跟钟景洲之间没有私人恩怨,之所以会一直揪着这件事,不过是出于一位医疗工作者该有的那份责任罢了。她要为患者负责!

而此时的钟景洲一个人住在将近两百平方米的大房子里,午夜十二点过后,新的一天开始,他却还是没有睡意,就懒散地平躺在落地窗前摆着的老爷椅上,开了一瓶茅台酒,放了三个杯子,一个他用,其他两个满了酒,是给爸爸、妈妈准备的。

"咱们这一家子全是医院的,兴趣爱好却都集中在一个'酒'字上。过去总得凑个年节,三口人都得有个假期时,才敢小酌一口,还不敢酌太多,更别提尽兴,生怕会耽误了工作,影响了正事。都说工作与生活要彻底分开,幸福感才会多一些。可咱们三个就是永远做不到这一点。你们两个工作狂,教养出的孩子也是工作狂。几十年下来,永远是爱岗敬业,工作第一,基本上没有自己的私生活。这日子回头想想,累不累啊?至于吗?不就是一份工作嘛!"

钟景洲一口喝干了小酒盅里的酒,舒展了眉头,喃喃地想:"现在好了,你们在上边,应该是没人管吧,酒是可以随便喝了。我呢,换了份工作,去当了救护车司机。当然,不管开的什么车,酒驾是万万不允许的。可上班的时候不行,下班了倒也没人管,想怎么喝,那就怎么喝,爱喝多少都可以。"

他咂巴咂巴嘴,露出一抹不爽的表情:"说来也怪,过去你们在的时候，几个月咱们一家人喝一顿，那酒味儿是特别香，一种回味无穷的感觉；现在就只有我自己喝了，这么贵的珍品茅台，其实也就那样……"

"妈，我今天梦到你了。"钟景洲深吸一口气，轻轻合上眼睛。

尽管钟景洲刻意地去回忆，其实也想不出太多过去一家人在一起的画面。就像是他刚才所说的那样，妈妈原本也是杭市人民医院的医生，干了一辈子妇科，无论学识、技术上，还是业务能力上，那都是首屈一指的。多少身患疑难杂症或是重病的患者，都是慕名远道而来，她就这么忙啊忙啊，从早到晚，从年头忙到年尾，几乎没有多少空闲。

从小到大，钟景洲与妈妈的相处时间，就是晚饭后一起在书房内学习了。通常两个人不交谈，各忙各的：妈妈要么写论文、填病例报告，要么读书看报不断学习；而他则要读课文，做作业，从不偷懒。

爸爸会负责起家里的所有家务：煲汤做饭，洗洗涮涮，还要做好一切服务工作，比如，倒杯水呀，切个水果拼盘呀，并蹑手蹑脚地送到书桌前。

一家人的生活，惬意而平静，极其有规律。那种宁静的幸福，就在时光里润物细无声地流淌着。钟景洲怀念这样的日子。本硕连读，他学业有成，最终还是选择了母亲希望他走的那条路，进入杭市人民医院，继承了她的事业。父母都老了，他们正计划着退休后的生活，虽不愿意接受医院的返聘，但也希望能够利用一生所学对社会有所回馈，为晚年生活多增添一些意义。因此，他们选择去做了医疗志愿者，跟随着医疗大队，省内省外到处走，去的大多是偏远地区。

妈妈退休之后，便全身心地投入到了医疗志愿者这个新的角色当中，真真切切地将其作为一项非常有意义的事业来做。妈妈做志愿者了，爸爸自然也不会赋闲在家，老两口同进退，一辈子都配合得相当默契。

曾经，钟景洲因有这样厉害的父母而骄傲。当然，那些想法也只是曾经。若是让今日的钟景洲来选择，他宁愿父母皆是庸庸碌碌，和天底下所有退休的老头、老太太们一样——平时忙些柴米油盐，闲时去跳跳广场舞，跟邻居拉拉家常，哪怕催促着他快点去找女朋友，快点结婚生子，哪怕催得人头大也没关系的——这种热闹的、有烟火气的家，却好过了此刻的冰冷。

"爸，您也喝一杯吧！"钟景洲把一杯茅台酒洒落在地面，瞬间浓郁的酒香弥漫开来，他眯着微醺的眼，又倒了一杯，"爸，我今天又给您的车进行了检修，轮胎是上个月换的，清一色的米其林，都超出院里的标准了，可是我坚持必须换上，因为那是您的车，我不仅要守好它，还得让它得到最好的对待。"

一杯酒落了地。窗外刮起了大风，看样子又要下雨了。钟景洲晃悠着身体站了起来，他去把窗子关好，回头一看，又是满屋空荡荡的寂静。顿时，他就淡了回卧室去睡觉的念头，蜷在老爷椅之上，睡在他爸视若珍宝的花花草草旁边，幻想着一切还如从前一般。

第九章　任性人生

张冬在等着救援大队的处理决定，为此，在闲暇时间，还特意跑了好几次办公室打听消息。

廖队长同样有些奇怪："照理说，出现了这么大的状况，即使还需要进一步的调查，先停职也是必须的。估计今天是星期一，院里比较忙，还没来得及处理他那点破事儿。"

张冬懊恼地说："我是真觉得一天都没法跟他共事了，真搞不懂大胡子脑子里是什么构造，昨天他做的那个事儿队里都传开了，大家都议论纷纷的，他却连个最简单的说法都没有，就好像什么事都没发生过似的，该出车就出车，该接人就接人。"

廖队长有点不信："他那么镇定？"

张冬抓了抓头发："可不是嘛，他镇定得很，心理素质超强。"

顿了顿，张冬觉得自己说这些话，倒有可能有点在夸奖钟景洲，于是赶紧补充道："当然，我是觉得他极有可能在虚张声势，心里其实虚得很，但没办法，就只能硬撑到底，免得被人笑话。"廖队长认同地点点头。

其实廖队长跟张冬的关系也是一般，可架不住两个人都讨厌钟景洲。一来二去，凭借着共同讨厌的人，两个人竟然多了几分亲近。廖队长心想，这件事的确需要有个说法，不然的话，张冬总有意无意地跑过来提醒，队里的其他人在背后也会议论纷纷。对了，等会儿就以这个名义，给张副院长打个电话，他是分管纪检工作的，对钟景洲的处分最终还得他来下达。作为车队队长提前去问一问，做到心里有数，这是非常合情合理的。

于是，张冬就被廖队长给打发走了。等他回到了救护车旁边，离老远就看见钟景洲躺在驾驶座上，音响大开，正喝着茶水听相声呢，那神情是相当惬意，颇有一副"偷得浮生半日闲"的神态。

张冬顿时气不打一处来，他翻了个大白眼："怎么就不知道怕呢？"于是，干脆不回救护车，找了个阴凉处坐下，一边盯着0703号车子的尾灯生闷气，一边脑子里想着要怎么再去给大胡子上点眼药。上天保佑，可快点让钟景洲离开救护车队吧！

围绕着这一起车祸，医院内有不少人在悄悄地讨论，争相发表着自己的看法。但也有人闭口不言，继续按部就班地过日子，把这事儿当成了一个小插曲，过去也就过去了。当然，还有像张冬这样的人，心存芥蒂，耿耿于怀，一日一日地盼着院里的处罚决定。

一星期以后，夏沫拎着医药箱站在出发点，眼神复杂地看着0703号救护车缓缓驶近。她看到了认真开车的钟景洲，他脸上的胡子，简直是最明显的标识，整个医院内"只此一家别无分号"。所以，他还在开救护车，并没有受到那件事影响。怀着复杂的心情，夏沫上了车。

"嗨，夏医生，可是有一阵子没见了，难道最近是没缘分了，总分不到一部车？"张冬熟络地与她打起了招呼。

"我家里有事，请了几天假。"夏沫无意识地朝驾驶室望了望。

钟景洲比以前更加沉默了。在此之前，她与他之间的那点熟络，全因为断腿伤者的这件事而闹得烟消云散。现在的大胡子，既不搭理随车护士张冬，也不搭理她这个随车医生夏沫。

夏沫找了个座位，静静地坐下来。她如同往常一样，开始介绍医疗救援目标，才开了个头，就被钟景洲冷冷地打断了："总控那边已经作出详细的任务说明，不用再重复。"

夏沫不服气地辩解："我知道总控那边说得很清楚，但如果我把具体任务再分配一下，等会儿到达现场的时候，大家才可以更快进入状态，做好各项工作，最大限度地节约救援时间。"

钟景洲答道："我的任务只有将你们送过去，带回来，其他事，我不参与。"

"你怎么这样呀？"夏沫听出了他话里边的讽刺，气得直接想站起来，却被安全带给拉扯住了。

"超过工作职责范围的事，我不做，免得多做多错，落人口实。"钟景洲从来不是温顺可欺的大猫，他只是懒得去理那些事罢了。

"你！好，我指挥不动你，我不敢用你，这总行了吧。"毕竟是个年轻的姑娘，被人当面戗了几句，夏沫脸上顿时挂不住了。

眼看着两个人的争吵越来越激烈，张冬罕见地没有去搅和，他拉了拉夏沫的衣服，意思是让她不要跟钟景洲吵了。

"车载监控在开启状态呢，被人看到车里边在闹不和，影响多不好。夏医生，你何必跟他生气，他大概也待不了几天了，早晚得走，随便他张狂，还不是要面临着失业的命运。你看他装着满不在乎的样子，心里边不知道有多慌呢！"后边的几句话，张冬并未控制音量，他存心想让钟景洲心里难受。

可他发现钟景洲根本不在乎这些口舌之争，只要夏沫和张冬别来烦他，他很乐意当他们俩不存在，一心一意地把司机的工作做好即可。

救护车驶入了狭窄的小巷，这是老城区的一处住宅小区，道路狭窄，再加上还有电动车、自行车停在路边，救护车向前走得极慢。

钟景洲把他们送到了小区口，夏沫和张冬去救治病人，他则寻找位置倒车。车辆停稳之后并不熄火，钟景洲就在车上等着。

这次救援的是一位因为低血糖而倒在路边的年轻女孩，是小区里晨练的人发现她晕倒后打的120。等到救护车赶到时，女孩已经转醒，正喝着一位阿姨给泡的红糖水。她神色颓靡，坐在路边的石阶上，身边围了不少人，也有人在关心地问这问那，可这位女孩眼神茫然，一句不吭，低着头，暗自落泪。

围观的群众看到夏沫和张冬过来，认出了他们的身份，纷纷让路。

"你怎么样？哪里不舒服？"见女孩醒了，夏沫便问。女孩没回应，蜷成一团，手臂紧紧地抱住双腿，满脸不安的样子。

"你别怕，我是杭市人民医院的医生，我姓夏，这是我的牌子，你先看看。"夏沫指了指自己的胸牌说，"报警人说你走着走着就晕了过去，什么情况？有多种原因可以导致晕倒，你一定要引起重视。想想看，突然间就失去了意识，这得多悬啊！"

夏沫试着去抓女孩的手臂，轻声安抚："让我帮你检查一下好吗？"

女孩本来只是沉默，但因夏沫轻轻的一个碰触，突然被吓得一激灵，死死地抱着膝盖，蜷缩着使劲往后躲去，嘴里还不停地发出呜呜的声音。

"她好像是个哑巴，"张冬皱着眉说，"聋哑人！既然是哑的，八成耳朵也有问题。夏医生，她是真的很害怕啊！"

夏沫环视四周问："是哪位打的120？能不能出来一下，我有话要问。"她重复了好几句，仍是没有人站出来，也不知道是打电话的人做了好事之后直接走了，还是根本不想站出来，怕惹麻烦。

"这可怎么办呢？"夏沫为难了。

女孩的身边放了一个挺大的帆布旅行包，不过拉链坏掉了，能看到里边塞满了衣服和日常用品。

夏沫又问了几个问题，女孩依旧不搭不理，仿佛真是个聋哑人，听不到也说不出来。

"先把她带回医院去吧。"夏沫别无他法，只能做出决定。

夏沫扭头，习惯性地去寻找钟景洲的身影，看了一圈，没有找到人，这才想起来，她跟钟景洲已经闹翻了。她去举报了钟景洲，钟景洲虽然还不知道她做的事，但也已经对她充满了敌意。都闹到了如此不可开交的程度，她怎么还会天真地期待着钟景洲会在她手足无措时再站出来帮她呢？

这一刻，夏沫竟然有了一点后悔的感觉。可随即，她心里却有另一种声音：夏沫，在工作的时候，一遇到困难就去想着依靠别人怎么行？你要学会自己处理！尤其是像钟景洲这样子自作聪明的人，你要跟他划清界限，才是真正为你的病人着想。

想到了这里，夏沫振奋了精神："张护士，我们一起把她先扶到救护车上去。"

张冬有些不情愿。他把夏沫拉到了一边，压低了声音，小声说："夏医生，这女的不肯说话，背着个大包，八成是离家出走，没处可去了。她看起来也就是低血糖发作，喝点红糖水，一会儿就缓过来了。可如果咱们把她接回医院去，等会儿联系不上她家人，这医药费谁来结？"

夏沫瞪着振振有词的张冬，张冬却不觉得自己说这些有什么不对。

"我们是医院的一分子，做的工作又是在第一线，当然得帮医院筛选一下病人，尽可能减少麻烦。"

"张护士，你疯了吧！如果不会说话就请你闭上嘴巴，把你分内的事先做好，少操点没用的心。"怒斥完毕，夏沫的声音压得更低了些，"患者还在那边，周围还有那么多的人，你说这话，被别人听见，会造成多恶劣的影响！"

"我是就事论事好吧。这个月，付不起医药费跑路的患者有两例了吧！你知道病房那边因为这个，闹得可是不轻。我不是经常去看那个因为脑梗住院的朱大爷吗？恰好就遇到过两次，出了这种事，上上下下都有责任，这多不值当……"

夏沫忽然觉得，自己跟面前的这个年轻人真的无话可说。或许张冬是站在医院的角度说这些话，这点可以说得通，可夏沫不认同，也不打算去理解。她哼了一声，回到了女孩的身边，轻声细语地说："我是杭市人民医院的夏医生，我不是坏人。你晕倒在路边，有可能是低血糖引起，也有可能是别的什么原因，但不管是怎样，确实是非常危险，需要谨慎对待，这次有好心的路人帮你打120叫救护车，下次如果是晕在了车来车往的地方，后果不堪设想。"

夏沫说了那么多，女孩依然是抱着膝盖一动不动，只是身体在不停地颤抖。

"医生，她可能真的是个聋哑人，我们刚刚也跟她说了好些话，怎么问，她都是这个样子。"一位阿姨如此说。

另一个大爷接着说："是啊，聋哑人既听不到也说不出来，胆子还特别小，要是咱们这边谁会手语就好了，能跟这姑娘做个沟通……"

夏沫的身后，一个男人的声音传过来。不必回头，夏沫也听出了那微冷低沉的声音是钟景洲。他说："先把人扶上车吧。"

夏沫毫不犹豫地点头赞同："嗯，有什么事回到医院再说，我们不是坏人，我们是来帮助你的。"

当夏沫抓住女孩的手臂，打算把她给扶起来的时候，女孩突然激动起来。她的眼睛里，早已是充满了泪水，一边试图去摆脱夏沫的搀扶，一边控制不住地大哭起来。

"别怕，别怕，你看我，我是医生，我是要帮你的。"夏沫急得直冒汗，只后悔自己没有在闲暇时去学一点手语，不然的话，也能派上用场。

"难道是个疯子？会不会是哪个精神病院跑出来的患者？夏医生，你小心着点啊，我看她好像有暴力倾向。"

说什么就来什么。几乎是张冬声音才落下，女孩突然狂躁起来，一把抓住了夏沫的手臂，狠狠地咬了下去。

"啊——"夏沫疼得大叫起来,她使劲把手臂抽回来,可一甩之下,居然没成功。女孩像一只受伤的野兽,遭受到了强烈刺激后,爆发出了惊人的力量。

钟景洲在不远处,深深地叹了口气。凌乱的胡须挡住了他脸上大半的表情,本来没打算管,但眼下的这种状况,真的可以做到袖手旁观吗?

"钟景洲!"夏沫双眼含泪,发出了求救的呼喊。

钟景洲大步流星地向前,伸出手捏住了女孩的下颌,也不知他是按到了哪里,女孩突然不由自主地张大了嘴巴,再也没法自然闭合了。

夏沫连忙趁机把手臂给抽了回来,手腕处的那个深深的牙印见了血,由此能够看出,那女孩用了多大的力气呀!

"唔唔——啊啊——"

女孩看样子是下巴脱了臼,她又疼又难受,呜里哇啦地发出不成调的声音,比比画画狂蹦乱跳。

"这个女孩有很强的攻击性,为了避免大家受到伤害,还是交给我们120来处理吧。"钟景洲人高马大,一只手抓着女孩的胳膊,直接就把人给"提"了起来。

夏沫和张冬分开行动,一个去帮女孩把私人物品收拾好,准备一起带走;另一个则是去收拾带过来的医疗用具。

三个人簇拥着女孩上了救护车,那女孩想要抗拒,可是在一米八七大个子钟景洲面前,她跟小鸡雏一样羸弱,不管愿意不愿意,她只有上车一个选择。到了车上,女孩还在挣扎。

"准备镇静剂。"夏沫吩咐。

张冬点头,去医药箱里翻找了。这种情况之下,一针镇静剂确实可以稳住局面。本来该去驾驶座开车的钟景洲,直接跟着上了车。

张冬递过去的镇静剂,被他单手截住,攥在手心里,并不交给夏沫。

"你干什么?"张冬恼火地质问。

钟景洲看着夏沫:"她不能注射这个。"

"可是她很危险，有暴力倾向。"夏沫抬起手，让他看自己的伤处。被咬中的地方已经变得深红，看上去触目惊心。夏沫疼得厉害，无法蜷缩手指，泪汪汪的眼睛里全都是恼火。

钟景洲依然摇头，把镇静剂塞回到了夏沫的手上："交给我。"

张冬阴阳怪气地说："交给你有什么用？你还能让一个聋哑人瞬间痊愈，理智地听你的吩咐？"

钟景洲极其轻蔑地瞄了张冬一眼："要打赌吗？"

"赌什么？"张冬一听这话就不服气了。

"她不用镇静剂也能冷静听话，就算我赢。"钟景洲扶着女孩，到可移动病床边上坐下来，他劲儿大，女孩即使想挣扎也拒绝不了，更别提她的嘴还张得很大，根本就合不上，又疼又难受，除了任钟景洲摆布，又有什么办法呢！

"她听话才怪！我不信！"张冬想都不想立即否认，他使劲一拍大腿，"我跟你赌。"

"赌输了，你就抽空把车队的所有救护车都擦一遍，注意，这事儿得下班时间去做，不能耽误本职工作。"

张冬不甘示弱："如果是你输了，就让你去把急诊室大厅的带玻璃的窗子、门、阳台全擦一遍，不准求人帮忙，全部徒手完成。"

"行，就这么定了。"说完，钟景洲直接把张冬推到一边去，不让他挡在面前碍眼。女孩看着钟景洲，眼露畏惧，使劲地摇晃脑袋，十分抗拒他的靠近。

钟景洲轻轻拍了拍女孩手臂，低声安抚了几句，女孩的眼睛里满是泪水，用手指了指下巴，意思是她很难受。

"你的下颌骨没有断，也没有脱臼，你现在用不上力气因为我按了下后颈部的一个穴位，那里控制着咬肌和下方的几处小的肌肉群，重力刺激下就会出现肌肉暂时无力的现象，不过你放心，几分钟后会慢慢恢复，不信你试试闭上嘴，慢慢用力向上抬下颌……"

女孩在尝试，钟景洲顺势拉着她，让她坐下。

"我知道你很不安，甚至觉得害怕，但你要有最起码分辨是非的能力。我们是医院派来对你进行帮助的医护人员，你怎么能随随便便就咬人呢？你知不知道，一位医生的双手有多么重要，你把她咬伤了，她可能好多天都无法工作，那些需要她的病人该怎么办？"

女孩抽泣起来，使劲抹了一把眼睛，静静地听着。

张冬耻笑："一个聋哑人，听不见，说不出，你讲那么多话有什么用？全都是废话。"

"好了，你也少说两句。"夏沫走过来，给女孩拿了一床薄被，"你先躺下休息一会儿，这里距离医院不远，等会儿就到了。考虑到你有低血糖的症状，我给你先开一瓶葡萄糖……"

女孩也不知听懂了没有，使劲地摇头。等到张冬拿着葡萄糖走过来时，她一把将夏沫拿过来的薄被扯过来，护住了自己。

令人没想到的是，钟景洲居然挡在了面前，他看着夏沫说："她有可能是怀孕了，先不要给她用药，回到医院检查过再说。"

"怀孕？"

伴随着夏沫吃惊的声音，还有女孩诧异的惊呼声："你怎么知道？"

"你会说话？"夏沫大吃一惊。

张冬也瞪圆了眼睛："你会说话为什么一直装哑巴？"

得，一瞬间，全部疑问都搞清楚了。女孩的确是怀孕了，也的确是不想开口讲话，所以一直就对周围人的关心视若无睹，问得急了便不知所措地蜷成一团，用来逃避这种极度令人不安的状况。

等到救护车来了，医生和护士围着她的时候，女孩首先想的是，自己怕是支付不起这么多的费用。她在网上看过类似的新闻，上边说得很清楚，医院的救护车是有偿救援，收费比出租车还贵许多，她再不舒服，也得去考虑坐上救护车之后的事儿。

"求求你们，在前边停一下车，让我下去吧。救护车不是我喊来的，我自己的身体我知道，我真的没有关系，你们就假装没接到过我，好不好？"女孩说着，还想往外冲。

可张冬和夏沫一左一右，把路给堵得严严实实。更别提钟景洲高大的身躯，往那里一站，简直是跟一座山似的，女孩想跟他说话，还得仰着头才能看见他的脸。

女孩的眼泪顿时涌了出来："你们放过我吧，放了我吧！"

张冬撇了撇嘴："这是把咱们认成是人贩子了？谁想拉她走啊！"

"你能不能不说话！"夏沫没好气地吼了一声。

张冬见她真急了，便哼了声，去一边假装忙碌了。

"跟我吼有什么用？是人家患者不稀罕接受医疗救援，又不是我不让她坐这部车。"张冬的话着实让人不爱听，若是平时，钟景洲绝对要顶戗他几句，直接让他无法下台。但现在，正在执行救援任务，无论是钟景洲还是夏沫，他们都不太想跟张冬说太多废话。

"夏医生，你们都是女同志，聊起来比较顺畅，不如你劝劝她吧！"

钟景洲与夏沫交换了个眼神，夏沫立刻领悟到了他的意思，迅速地点点头："钟师傅，你去开车吧，这里交给我。"

钟景洲一转身，夏沫冲着张冬不耐烦地说："你也去那边点，我们接下来要聊女人的话题，有男士听着很不方便。"

张冬知趣地躲向一边，钟景洲也坐到了驾驶座上准备开车。

女孩哭得更厉害了。夏沫看了一眼她已经隆起却不那么明显的小腹："孕妇情绪波动太大，对小宝宝会有很大的影响，你现在的肚子看起来也就是三个月左右，小宝宝正在发育的关键期，各方面都非常脆弱，如果你的意愿是想要留下这个孩子，好好地把他给带到人世，让他健健康康出生、平平安安长大，现在，你就一定要保持情绪上的稳定，不然真的可能会造成很严重的后果。"

女孩的哭声迅速弱了下来。

"调整呼吸，一、二、三，深呼吸，放松……再来一次，一、二、三，深呼吸……"

在夏沫的引导之下，女孩的情绪果然缓缓放松了下来，再开口讲话的时候，哭腔也消失得差不多了。

"我叫秦媛媛，今年21岁，这是我第一次怀孕，我身上没有钱。"她无助地撇了撇嘴，双手拉住了夏沫的手，"夏医生，求你帮帮我，我想生下这个孩子，我真的很想。"

夏沫皱了皱眉，胸口像是有一块沉重的大石头压着，她自己有点郁闷，但又不能说什么。

"如果你想要生下来，就一定得去医院做个系统的检查，这样才是对你、对孩子负责，你这么年轻，对于优生优育也应该有一定的了解，咱们既不能盲目乐观，也不能有侥幸的心理。"

女孩听了，顿时露出欲言又止的表情。

救护车在长长的道路上平稳而快速地行驶，钟景洲看似专心致志在开车，实际上却分出了心思，在听着夏沫和秦媛媛之间的对话。

秦媛媛，21岁，杭市某大学大四的学生，还有半年就要毕业了。

而在这个关键的时期，她发现自己怀孕了。

此时，孩子的父亲正在计划着要出国深造，对于人生和未来已有了更好的规划，而不愿意一毕业就结婚生子，过早进入平淡而又传统的生活。

秦媛媛与男友商量，想留下这个孩子，得到的却是没有一丝余地的拒绝。男友劝她做人得现实一些，毕业将至，未来不定，她连自己都养活不了，怎么能负担起另一条生命？可是秦媛媛却认为，她肚子里的毕竟是一条小生命，这是她第一次怀孕，那种孕育着新生命的感觉刺激到了她的母性，她是真的没法做出绝情的决定。

两人不欢而散。

同学们都在计划自己的未来：有的考托福、雅思准备出国，有的在准备研究生考试，有的打算就业，忙着到工作单位面试或参加公务员考试等，只有她，带着对新生命的期待和不舍，反复跟男友进行沟通，试图想扭转这件事的走向。

男友见劝不动她,于是提出了分手,后来干脆避而不见。两个人的联系方式早已被单方面地切断,男友也搬出了学校去另外租房住,新换的手机号码和住址都没告知她。

眼看着肚子一天比一天大,秦媛媛既害怕又担心,她不得不回家寻求父母的帮助。可以想象,学习努力、乖巧懂事的女儿突然有天未婚先孕回到了家里,不透露孩子的父亲是谁,坚持着就是要把孩子给生下来,这件事会给一个普通的家庭带去多么大的震荡!

父母坚持让秦媛媛去医院打胎,虽然秦媛媛坚持不肯,父母还是预约妥当,准备带她前去。就在那一晚,秦媛媛收拾好了行李,偷偷跑了出来。在她晕倒之前,她已经在外边流浪了两天一夜。身上的几百块钱都花光了,不能回家,不能回学校,偌大的世界没有她的容身之处,他茫然地在城市里流浪,晚上去24小时不关门的连锁快餐店内,趴在桌子上睡一会儿,白天就得出来,随便找个地方待着。心力交瘁之下,低血糖犯了,她眼前一阵天旋地转,整个人便失去了知觉。再醒过来时,身边围满了人,好心的阿姨给她送了点吃的,又给她喝了一碗红糖水。

秦媛媛觉得很丢脸,也很害羞,更不知怎么去应付和回答那些热心人的问题;后来她发现,自己害怕得说不出话来,却被他们认为是聋哑人,而且还有人打电话喊来了救护车,她就更没有勇气开口来说明真相了。至于大胡子司机是怎么看出来她是正常人,又是怎么知道她已经怀孕,这一点实在是令秦媛媛百思不得其解。

"现在最重要的事就是要确保你身体健康,其他的困难都要排在这件事之后,我能理解你有多么困扰,更能想象到你有多么艰难。不过,有些事是没有对与错的,因为每个人衡量问题的出发点不同,更多还是出于自己的考虑和感受。你的心理压力不要太大,等冷静下来时,再慢慢去考虑这件事是否有其他更佳的处理方式。"夏沫说着,开始给秦媛媛量血压,并询问她的感受,并记录下来,以便到医院后能迅速完成交接,尽可能不耽误患者入院做一系列检查。

秦媛媛侧着身子躺在病床上，听完了夏沫的话，两行眼泪又控制不住地流了下来。"夏医生，你是不是也觉得我是个挺没脑子的女人，自己还得靠着父母资助才能去读书，居然还想再生一个出来，又任性，又不负责任，简直……"

"如果真的是不负责任，你想到的该是去做流产手术，尽快结束自己的心理压力，然后赶紧养好身体，假装这件事从没有发生过，与其他同学一样去做毕业前的各种准备，开启未来的人生。"

秦媛媛瞪圆了眼睛，有点不敢相信自己的耳朵。自从确定怀孕以后，男友、父母、亲人、朋友，每个人都在责备她，给她讲人生大道理，给她讲未婚先孕的种种坏处。父亲一辈子没打过她，可这一次，他动了手，狠狠地抽了她一记耳光，秦媛媛永远忘记不了那一巴掌，更忘不了母亲失望的神情，还有她深爱着的男朋友绝情转身而去的背影。其实这两天流浪的日子，她的脑海里跳出来的更多是一种极度绝望，在被人们围观的时候，她想的是带着宝宝离开这个世界，一了百了。

"人生已到了谷底，未来的每一步都是上升，熬过去，你会很好的。"夏沫给了她一个微笑，然后拉了拉被子，轻轻搭在了她的小腹上，"闭着眼睛休息一会儿，等到了医院，会有更多的人帮助你。如果你跳出目前的思考局限，而将你的人生以五年为期划分为几个阶段，你回想一下你已经度过的五年，当时你认为最艰难的困境，今天再去想想，是不是就没那么严重了呢？"

秦媛媛不由自主地点了点头，她不得不承认，夏沫说的话非常有道理。心情一放松，整个人又有点昏昏沉沉想睡觉。此时，秦媛媛感觉有人拿了柔软的纸巾，在她的眼角轻轻擦了擦，将那涌出的泪水全都抹去。

一定是夏医生吧。秦媛媛心想。

"夏医生！"钟景洲的声音从驾驶座传了过来。

夏沫已经想不起彼此间有多久没有这样子心平气和地说几句话了，因此她整个人愣了一下才反应过来。

"夏沫！"钟景洲等不及她回神，又喊了一次。

夏沫挺直了身体："什么？"

"你检查一下患者是否有先兆流产的迹象，她的突然晕倒不一定只是低血糖和情绪激动导致的。"

夏沫有些意外，她根本想不到钟景洲会提醒她该如何做工作。可联系到之前所发生的那些事，钟景洲似乎总能用各种方式去证明，他虽然不是医生，但他的意见却是不容忽视的。夏沫转移目光，望向了秦媛媛。同在车内，秦媛媛自然也听到了钟景洲所说的话，可她紧紧闭着眼睛，明明没睡着，可她却又不肯回答。那份紧张，夏沫当然能够感觉到。

"媛媛，你是不是还有什么在隐瞒着我？咱们说好了的，要对自己的身体负责，更要对你的孩子负责。你首先要做的就是不能对医生有所隐瞒，以免干扰医生做出判断。"

秦媛媛睁开泪眼，定定地看着夏沫，一副十分犹豫的样子。

夏沫好像懂了什么："医药费的事放在后边考虑好吗？总是有办法解决的。你现在必须配合医生做出诊断，告诉我，除了刚刚你对我说的那些身体不适，你还有没有其他隐瞒？"

"我……"

夏沫的表情转为严肃："我已经说了这么多了，你怎么还听不懂呢？你刚才不是跟我说，为了留下这个孩子，你几乎在跟全世界做抗争，你如果真的那么想要这个孩子，第一件事要做的就是好好地保护他，是不是？"

秦媛媛被说服了。她护住小腹的手按得更紧了些："夏医生，我的下边……在流血……一直在流血……"

夏沫认真询问："流了多久了？血量大吗？"

"两天了，有时候大，有时候小，我好怕，我真的好怕。"

"别怕，你先躺好，我帮你检查一下。"

夏沫抬手将车上的遮挡帘完全拉上，帮着秦媛媛脱掉衣服，而张冬在帘子外则要配合着将夏沫需要的检查用具递进来。几分钟后，夏沫检查完毕，并做好记录。

"夏医生，我是怎么啦？"

"你把家人的联系方式给我吧，现在这种情况，你一个人处理不好。"夏沫温柔地说。

秦媛媛又不说话了，十分抗拒地用手摸着脸颊。

"一个人最难的时候，能信任、能依靠的首选，一定是自己的亲人。你与爸妈或许有矛盾，发生过不愉快的争吵，但你仔细想想，从小到大，如果没有他们的照顾和保护，你会不会成长为今天这样优秀的模样？爱你的人才会为了你着急，为了你生气，可你不能用离家出走、断绝联系等方式让在乎你的人担心、伤心。"

夏沫把本子和笔递给了秦媛媛。在她的鼓励之下，秦媛媛终于肯写下她母亲的电话号码。而救护车也在同一时刻，停在了急诊室门前。夏沫和张冬护送着秦媛媛进了急诊室，钟景洲只朝着急诊室的方向看了一眼，便淡定地继续将救护车驶回了停车位。当他从车上走下来时，却意外地发现夏沫就站在那儿，一双眼睛既圆又大，年轻鲜活的气质使她看上去更像一位大学生。

"科室那边应该有很多事需要你去做吧？你又跑过来做什么？想偷懒还是想吵架？"钟景洲与往常一样不客气。他明显地瞧见夏沫咬住了嘴唇，整个人气呼呼的，一副怒火中烧的样子。

"这一次，你又要怎么解释？"

钟景洲揪了揪下巴上那一撮最长的胡子，有点桀骜不驯地反问："什么解释？"

"为什么你知道秦媛媛怀孕，而且还有先兆流产的症状？为什么你在上次的车祸现场，有处理伤者的能力？为什么……"

"当救护车司机就不能有点基本医学常识吗？"对于那一连串的问题，钟景洲一个都不想回答，反而用一个反问把所有问题都掩盖回去。

"你都已经给人去处理断腿了，哪里是掌握基本医学常识呀？"

夏沫这几天都要被这件事给折磨疯了。眼前那么多工作要去做，可她总是走神，注意力总是在不经意间转回到钟景洲身上。既然钟景洲那么让她分神，她就想把事情弄清楚。钟景洲越是抗拒，她越是想去弄清楚。

钟景洲哼了一声，准备绕开夏沫走过去。夏沫却是脚步一挪，张开手臂，拦住去路。

"夏医生，你现在的样子，如果被别人看到了，影响会很不好，别人会误会的。"

夏沫的脸火烧火燎地烫。她难受得一把抓下了口罩："做人做事，行得正坐得端，我不怕人误会。"

"咱们医院，医生、护士、患者，每天进进出出的那么多人，你真不担心流言四起，说急诊科那个漂亮的夏医生，看上了救护车队里的大胡子司机，总追着人家跑，看不出是图啥，可真是重口味呀！"

"喏，把手臂收回来，廖队长已经看到你了。他这人，跟张冬一样八卦，你要是再不走，不出一星期，全医院的人都知道你暗恋我。"

夏沫忍无可忍了："谁暗恋你啦？我眼睛又不瞎！"

钟景洲的眼底浮现了一抹浅笑，看着她在气急败坏，还要火上浇油："你现在做的事就很让人误会了。你瞧，廖队长拿出手机准备给咱俩拍个合照，估计是要拿来当证据用。"

夏沫迅速收回拦着的手臂。钟景洲笑了起来，从她的身旁快步走了过去，拿着保温杯接热水去了。女人去找男人理论，往往不具有任何优势。脸皮没有对方厚，讲话没有对方毒，做事没有对方狠。真的要计较，根本是送上门去自取其辱。这一点，夏沫今天算是理解得彻彻底底。她明明还有那么多疑问没解决，却只能看到钟景洲从自己的视线里越走越远，而且毫无办法。但她却确定了一件事，钟景洲的身后必定隐藏着些什么不可告人的秘密！白主任欲言又止，张副院长遮遮掩掩……哪怕基层的这些人对钟景洲的意见超级大，可中、高层领导似乎统一失声，没人接这个话题，大家都保持了统一的沉默。

回急诊室的路上，夏沫喃喃自语："他究竟是个什么来历？家里有权有势？不对啊，有权有势的家庭，做什么不好，跑来医院做救护车司机？这可是解释不通。"

"难道是院里哪个领导的亲戚？也不对啊，张副院长已经是主管领导了，连他都睁一只眼闭一只眼，大胡子究竟是从哪儿冒出来的权贵？"

"身为一名救护车司机，嚣张成了这副模样，谁都不怕，什么事都敢做，这该有多么硬的后台呀！"

夏沫默默发誓，立下壮志雄心，一定要把这件事弄清楚。而另一边，钟景洲冲着天空狠狠地打了个大哈欠。

这段时间车队突然又安静了下来。不忙的时候，钟景洲好像整个人都提不起精神来，不是打盹儿，就是睡觉，懒得跟别人交流，完完全全活在自己的世界里。其实这样子倒也没什么不好，从前的他，日子过得匆匆忙忙，每时每刻都在马不停蹄地奔跑，他都快忘记悠闲平凡的生活是什么滋味了。有太多的人等着他去帮助，每天都有做不完的工作，那份沉甸甸的使命感，时刻驱使着他前进。有时忙了一天，也会犯低血糖，也会疲劳过度，头晕目眩。为了改善身体状况，他养成了锻炼的习惯，在家里买了跑步机，还安了家用单杠，每天强迫自己最少锻炼一个小时。

后来，离开了原来的工作岗位，他真的做到了与过去的一切断舍离，唯一没断绝的就是每天的锻炼吧。

钟景洲低着头，又开始盯着自己的手指看："怎么又管不住自己了呢？可不能再插手了，那也不是你分内的工作呀！"

正说着，廖队长的声音从身后传了过来："老钟，你等会儿。"

钟景洲装作没听到，继续往前走，还加快了一些速度。

"钟景洲，我喊你呢，你是没听到吗？"廖队长恼了，抬高声音问。

钟景洲这才收住脚步，站在那里："廖队长，您有什么吩咐？"

"我说你，最近是怎么一回事儿？过去也是无组织无纪律，可好歹也能分得出轻重缓急。可现在呢，本职工作不见你做得怎么优秀，倒是没事找事地开始瞎胡搞。你以前不是最讨厌去负担别人的工作吗？为了这个，跟你搭档的医生和护士，可没少过来投诉。其实你就保持这个习惯也蛮好，懒了点，人缘差了点，但那也好过像现在这样，被人一路投诉到院长那里去吧！"

钟景洲面无表情地抠了抠耳朵："院里对我的处理决定下来了？"

廖队长气得嘴角抽了几下，心说要是下来了，还能让你站在这里气死人不偿命？

"迟早会下来。"

"那等下来再说。"钟景洲抬步就走。

廖队长简直气炸了肺："钟景洲，你不给自己留点后路？你不想想，院里的调查组下来是要直接来救援中心这边做初步调查的，你这么个态度，别怪我到时候不给你留一点面子，全部公事公办。"

"您不是一直都在公事公办吗？什么时候对我客气过了？廖队长，从前我对您说过的话，重复了太多遍，我也嫌自己絮叨。其实这就是一份工作罢了，职责范围之内的事我已全都做好了，至于职责范围之外的事，仁者见仁，智者见智，该不该做全看自己的选择了。"他的眼神，一反平日里的慵懒，多了几分刺人的锐利。不知是不是错觉，当被钟景洲那样子注视着的时候，廖队长竟有点承受不住的感觉。

"为什么每次跟你说点什么，最后都会变成你满身的道理？"廖队长气笑了，"行，你不喜欢絮叨，我也不愿意多说，你的态度我今天算是看得很清楚了。接下来的事，该怎么样就怎么样处理，我……"

"您上次也是这么说的，就是前几天，您来调查的那天，您就撂过狠话了。廖队长是人到中年，记忆力大不如前了吗？"

从钟景洲的表情里，任何人都看不出一丝恶意，但这些话却能淋漓尽致地表达出他的讽刺。

廖队长在气到吐血之前，选择主动地离开了。走之前，他还在不停地提醒自己，跟车队里的职工争吵，实在是有损他队长的身份，所以得克制住，不能失了脸面。

钟景洲笑着继续往前走，嗯，这会儿心情倒是好转了很多。果然，适当的发泄非常有益于缓解紧绷的神经，纾解之后，得抑郁症的概率就降低很多了。

最近，钟景洲和张冬连和平相处都做不到了，两个人一见面就掐，而且气氛愈发剑拔弩张。见张冬过来，钟景洲做好了开战的准备。结果没想到，张冬竟然一反常态，拎着一袋子水果，直接往病房楼的方向走去。大概又是去看朱大爷了吧。

"还没出院吗？算算时间也该差不多了吧。"钟景洲嘀咕了几句，跟值班同事做了交接，手指钩着车钥匙，走进了地下停车场。他的车就停在0703号车位上。那是一辆黑色的SUV，车型极大，看上去很是威风，跟他的身高、体型很相配。他按下开车键，这时，副驾驶车门突然被打开，一道黑影先钟景洲一步坐了上去……

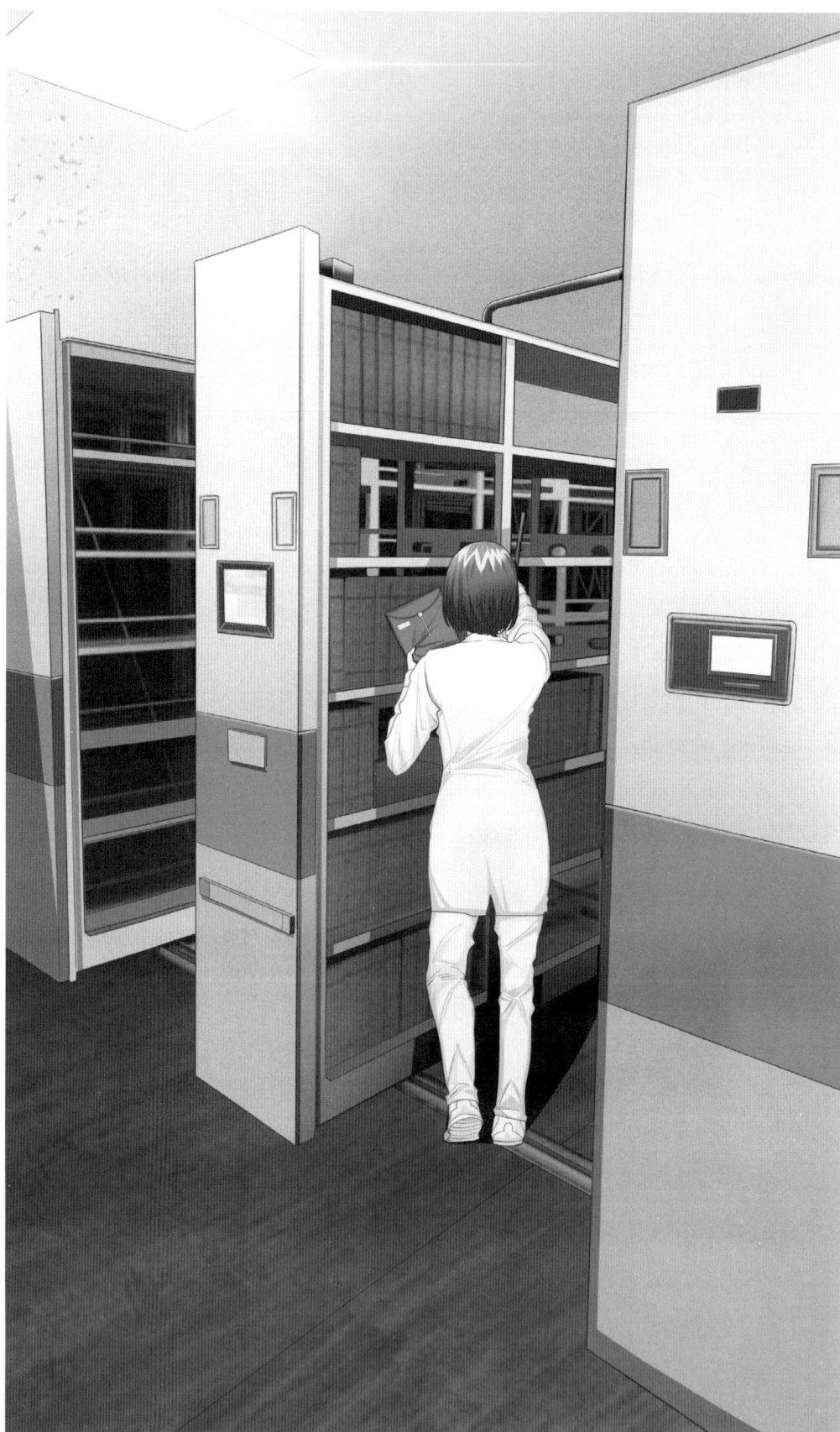

第十章　心诚则灵

"这好像是我的车。"钟景洲跟着坐了上来,只把钥匙插进汽车,却没有急着发动。他没好气地瞪了白一峰一眼,而对方身上还裹着一股消毒液的味道,看来是刚刚下手术台。

"带我一段,我车子今天限号,没开出来。"

"去哪儿?"

"你家。"

在钟景洲拒绝的话脱口而出之前,白一峰连忙把手提袋打开,给他看里边装的东西:"烧鸽、烤鸭、凉拌藕,都是你最喜欢的,我还带了两瓶茅台,咱们不醉不散。"

"我还有事,而且戒酒了。"钟景洲不答应。

白一峰才不管他,继续催着:"赶紧开车,我好不容易才捞到一天能正点下班,多在这儿待一分钟那都是浪费这美好的闲暇时光。老钟,我好久没见到老师了,我想过去给她老人家上炷香。"一说这个,钟景洲便不说话了。

钟景洲只好开车上路，三十分钟后，到达钟景洲位于繁华路段的家里。一进门，那种空旷感会让人以为这里没有人居住。

"这房子怎么回事儿？东西呢？"白一峰以前常来，对这里非常熟悉，现在一看到房子里变成这样，便忍不住问。

"人生贵在取与舍，所以，一年前我做了一次断舍离，清空一下自己。"这是钟景洲的解释。

"饭桌呢？不会被你断掉了吧？没有那个，我们怎么吃饭？"

钟景洲给地上铺了两张报纸，又从墙角取了两个蒲团，直接往那儿一摆，意思就这样子吃。

"你还真是能凑合。"白一峰抱怨。

白一峰把吃的、喝的全拿出来，又去厨房拿了碗碟，分别装好了水果和干果，摆到老爷子和老太太的合照前，开了瓶茅台，先给二老敬上，再点三炷香，虔诚地说："老师，钟叔，大白来看你们了。这阵子医院那边的工作有点忙，工作日平均一天三台手术，遇到急诊病人还得加班，忙得晕头转向。医者仁心，做好分内的事，走好该走的路，这是老师之前经常挂在嘴上的话，大白是一天也不敢忘，唯愿做个像老师那样尽职尽责的好医生，能帮到更多的人。"

白一峰双手合十，念念有词："老师和钟叔在天之灵看着，大白很是努力，这阵子迟来看二老，千万莫怪，千万莫怪呀！"

钟景洲从阳台的花盆里剪了两枝月季花，插在相片旁摆着的花瓶里。

听见白一峰这么认认真真地在给他家老头老太太交代行踪，钟景涛便忍不住来了一句："你觉得他们能听得到？"

白一峰闭着眼睛："心诚则灵。"

"那你跟老太太许个愿，让她保佑你，早点升职，更进一步。"钟景洲调侃道。

"哪有一来就求老师办事的，这也太没礼数了。"

不过，钟景洲倒是提醒他了，于是白一峰说道："老师您也要替学生操着点心，最近医院里来了几个技术特别好的医生，名校毕业，业务骨干，在期刊上发表的论文是一篇接一篇，搞得我压力山大啊！要不，您二老闲着没事，也保佑一下学生，如果真的升职成功，学生下次来，给你们带点更好的酒，管够。"

钟景洲翻了个白眼："神经病。"

"明明是你提醒我的，我本来也没想麻烦二老。"

白一峰一改在医院里的高冷形象，像小兄弟一样跟在钟景洲的身后，一起走回到报纸边坐了下来。

"你现在就一个人住在这里？"

钟景洲挑了一下眉："不然呢？"

白一峰笑了笑："既然已经暂时告别事业，放松休息了，你应该趁着有时间，去谈个恋爱，顺便拐个女孩去结婚。住这么大的房子，你应该响应国家号召，一口气生三个，这样才显得有人气。"

"喝酒，喝迷糊了赶紧回家，嫂子还在等你。"钟景洲多聪明的人，听到这话，便懂得他想要说什么。但他根本不接话茬，免得给白一峰机会，把话题深入下去。

两人碰杯，叮的一声脆响。

白一峰感慨："钟叔要是还在，带两瓶茅台还不够他一个人尽兴，我是记得清清楚楚，他最喜欢的就是这个酱香味。"

"你还发过誓，只要廖老师愿意把独门技术教给你，以后你钟叔的酒，你全包了。"

白一峰的眼眶逐渐红了："说过的话我都没做到，怪不得这几年越来越胖了，食言而肥嘛！"

"我爸心脏不好，廖老师退休后，天天盯着他呢，他想喝一口，都得趁着廖老师心情好，千求万求，好好表现，廖老师才有可能勉为其难地答应，但最多只允许他喝一两。"

白一峰本来还很伤感，被钟景洲一说，就想起来了钟爸爸从前在医院里可是有名的"妻管严"，廖老师说一，他绝对不会说二，廖老师指东，他绝不会向西。说来也怪，钟爸爸从军中转业后一直在救援中心，是救护车队最早一批的司机，那脾气也是相当火暴。人世间的事，永远是一物降一物，没有道理可讲，自从遇到了廖老师，他便从此收敛了脾气，变成了最温柔贴心的男人。

从来都是廖老师不高兴了熊他，可没见过他对廖老师说过一句不客气的话。有很多人都说，那是因为廖老师本来就是北京过来的援建专家，又是妇科领域的权威，年纪轻轻大有前途，半年以后回北京，她就要被提拔了。

谁知道，在医院就意外地遇到了钟爸爸。一个是退伍转业军人，在救护车队开车的司机；一个是秀美斯文，被一群医生前呼后拥的妇科专家。他们是怎么看对了眼，相爱相知，最终决定组建家庭，这一点几乎没人知道。只知道，后来廖老师竟然决定不回北京，直接留在杭市人民医院了。

为一人，换城市，换工作，放弃了已经唾手可得的稳定发展，将事业重启，一切重新开始，这是多么了不起的决定！廖老师做出决定后，她本人倒是没觉得怎样，但牵扯到了两家医院，还是引起了不小的风浪。多少阻止的声音，最终都没能让廖老师改变主意。

不久后，俩人领了证，举行了一个简简单单的婚礼，之后就过了整整一辈子。廖老师的果断和坚定，是成全这桩婚姻的关键。她勇敢地迈出了一步，于是，在往后余生，钟爸爸便将剩下的九十九步全都走完了。

嗯，真是超幸福的一对！

白一峰再看着满脸胡子、眼神黯淡、整个人都没什么精气神的钟景洲，心中悄悄可惜。他总在想，要是老师和钟叔看到了那个引以为傲的儿子变成了今天这副样子，不知要伤心成什么样子！

"你喝酒就喝酒，别整事儿，今晚上不需要怀旧，不然的话，这酒也不用喝了，门在那边，再见，不送。"钟景洲只一眼就看出白一峰打算说什么了，索性先下手为强，把话给堵死了。

"那就喝酒。"

白一峰也知道钟景洲的脾气，这小子说得出做得到。能坐在这儿喝上了酒已是进步，其他事，等酒喝了，气氛起来了再说，不急，不急。

两个大男人，面对面地喝着闷酒。不让聊过去的事，不准提医院的事，更不许说工作的事，接下来还有什么可以说呢？白一峰左思右想，找不到合适的话题。钟景洲懒得开口，一杯一杯又一杯，仿佛有酒就已经足够。白一峰憋了好半天，终于给他想到了一个安全的话题。

"我给你介绍个女朋友吧！"

钟景洲愣了一下，表现出一副不屑的神情："大白，你油腻了。"

"啊？"

"保媒拉纤，这事儿可不是一位三甲医院优秀的外科一把刀会做的事，你现在的样子，和我们楼下那些东家长西家短的大妈有什么区别！"

白一峰差点将一口酒喷在他脸上："你这毒舌能不能改一改？像你这样，哪个女孩能忍得了你？本来还挺喜欢，你一张口，全给吓跑了。"

"你不是没吓跑吗？"钟景洲无辜地说。

"老子是爷们儿，纯的。"白一峰被气得爆了粗口。钟景洲举杯跟白一峰碰了下，一饮而尽。白一峰气得摇了摇头："捉弄我很好玩吗？"

"大白，你刚才催我结婚的样子，让我想起了我爸。老头在世的时候，聊不了几句，必然会绕到我找对象、快结婚、让他抱孙子这三件事上。我是真的没想到，老头都不在那么久了，你居然还能让我体会到那种被催婚的感觉，实在是……太怀念了，哈哈哈。"

钟景洲说着，又给自己倒了一杯，这一次，他又是一口喝光。还想给自己倒，酒瓶被白一峰夺了过去："这可是茅台，你那样子牛饮，是不是太浪费了？两瓶就要三四千块，你几口喝没了，我又得去买，这个月的零花钱可没剩多少了！"

白一峰将筷子塞到钟景洲手上，嫌弃地催促："先吃几口，垫垫肚子，酒要慢慢喝，不伤身，不伤情。对了，你觉得夏沫怎么样？你们经常有接触，还是蛮熟的，要是觉得还不错，我可以……"

钟景洲吃了口烤鸭，给自己吃呛到了，一个劲地咳，咳了好一会儿，他才抹掉眼角迸出来泪花，没好气地说："你这是乱点鸳鸯谱，见到人就往一起凑？"

"怎么能是乱点鸳鸯谱呢？夏沫可是不得了，名牌大学毕业，医学天赋很高，而且认真好学，是个踏踏实实的好女孩。长相嘛，一百分满分的话，我能打到八十分以上，哪里就配不上你了？"白一峰是有备而来，提起这些，侃侃而谈。可惜，钟景洲没有一丁点儿兴致，拎着一只烤鸭腿，有一口没一口地啃着。

"你现在真的挺油腻，人到中年，就喜欢操心别人的私生活！"

白一峰被怼得一阵窒息："我真想抽你！"

"别，你打不过我，你又不是没试过。"怕时间过去太久，白一峰会想不起来，钟景洲还特意提了句，"还记得不，在2015年的时候，竞选上岗，你的学术论文比我多一篇，但还是排在了我后边，你高喊着不公平，然后还冲上来跟我扭打在了一起，但是，因为你长期工作，不注意锻炼，身体素质较差，结果一下子就被我按在地上，动弹不得，然后你还找我爸告状来着……"

白一峰拍拍额头："别说了。"

"酒给我。"

听到钟景洲要酒，白一峰双手奉上。只要能堵住钟景洲的嘴，他爱喝多少都可以。不过，过去的记忆，虽然是令人有些羞耻，但想起来还是觉得温馨又快乐。那时候，钟景洲是天之骄子，又骄傲又高冷，平时很忙，事情很多，工作之余又要去运动，基本上没有闲暇的时候。白一峰想跟廖老师学习关于卵巢、输卵管的一些细致化分离手术，他为了达到目标，几乎一有时间就泡在钟家，殷勤得很。手术的技巧需要一遍遍地研究，一遍遍地练习，白一峰拿捏不准，总得廖老师亲自确定后，才觉得安心。这部分内容结束后，他又开始撰写论文，由于与妇科重叠的那一部分需要与廖老师合作才能完成，白一峰在钟家待的时间，比钟景洲还要多。

与钟景洲之间的梁子，大概就是那个时候结下的吧。他用尽全力还无法达成的手法训练，钟景洲在一旁看了几眼，就可以完美复制。他绞尽脑汁也搞不定的医学论文，钟景洲敲敲打打加了几行字，便能融会贯通。钟景洲明明不是专精于妇科和内科的医生，但他却有极强的学习力和洞察力，往往一点就透，轻易就把多种看似毫无关联的知识融合在一起，进而得出新的结论。

白一峰再也没见到什么人比钟景洲更擅长学习和分析了。年轻时生出的那份忌妒，真是按捺不下去。又因为钟景洲硕士毕业之后，最终决定签约回到杭市人民医院工作。白一峰和他突然成了同事，在竞争心的促使下，他着实是铆足了劲儿，暗暗拿他当对手，拼了好一阵子。

至于跟钟爸告状的事儿，白一峰的确是做过，而且还不止一次。那时候，每次钟景洲挨训，肯定是钟爸下的手。钟景洲气得不行，但也没有办法，谁让钟爸欣赏勤快又聪明的白一峰呢！自己的儿子该教训教训，该敲打敲打，他决不手软。如今，一切已经远去，两位老人也已永远定格在照片上，永远笑吟吟地隔着时空看着留在人间的孩子们。

白一峰身为兄长，反倒是一夜之间长大了，主动关心起了钟景洲的事儿，哪怕钟景洲根本都不领情！

"只要你说一声可以，我就让你嫂子去找夏沫探探口风，她现在是我带的学生，对于我们夫妻俩说的话，还是会谨慎考虑的。"白一峰不死心，话题绕啊绕的，最终再次绕回到"女朋友"这件事上。

钟景洲有些烦躁："我现在就是个司机，你觉得人家夏医生能看上我？别整事儿了好不好？"

"司机怎么啦？你又不是真的司机！"

钟景洲的眼神由直接转为冰冷。一看他这个不爽的表情，白一峰顿时就明白了他是什么意思。

"好好好,这事儿你来决定,我不劝、不提、不说,这总行了吧?"

"嗯,你记得就好。"钟景洲的声音也缓和下来。

一瓶酒,就这么喝光了。白一峰又开了一瓶,他的脸上早已染红,平时要保持绝对的冷静,没什么机会喝酒,偶尔放纵一次,身体对酒精的接受度并不高。若换成是别人,白一峰最多就是陪着喝一杯,意思意思得了。可今天是钟景洲,他倒是成了劝酒的那一个,转变不可谓不大。

"不过,话又说回来了,救护车司机同样是医疗救援一线最重要的一个部分,有着正式编制,享受职工的工资、福利,在婚姻市场上也是相当吃香呢,夏沫可能不会介意这些。"

钟景洲叹了口气:"大白,你真的是……比我爸还烦。"

白一峰端着酒杯,哈哈一笑:"我是你哥,能不操心吗?廖老师和钟叔就你这么一个儿子,宝贝得跟什么似的,你是他们在世上最大的牵挂,我当然得替二老看好你了。"

"我心里有数,那些事,顺其自然吧!"

直来直去、公事公办的白一峰,钟景洲是真的不畏惧,直接顶回去便是。可眼前这个满是感慨和伤怀的白一峰,待在这间房子里,时间好像一下子就拉回到了很久以前。气氛摆在这里,钟景洲不自觉地平和下来。他觉得自己快要醉了,于是又赶紧喝一杯,让这醉意来得更猛烈一些!等醉倒了,就不用听白一峰啰嗦了,真的好像他爸一样,瞎操心。

怎么办?他有点想老头子了。

……

而同一时刻,被白一峰极力推销给钟景洲当女朋友的当事人夏沫,才结束了加班。她活动了几下发酸的手臂,又打开手机外卖软件,给自己订了一份外卖。

护士长唐川也是今天晚上的夜班,她的工作时间要到早晨六点钟,所以夜晚对于这些还在忙碌的护士而言,不过才刚刚开始而已。

唐川今年四十几岁,年纪不算大,但她是十八岁护校毕业就直接进了杭市人民医院，可以说是这个医院的老资历了。

夏沫心里一动，想到了什么。她赶紧在外卖软件上又订了一份水果拼盘和一瓶现做的无糖酸奶。等所有的食物都到了，她才一起抱着去了护士长办公室。

唐川正在电脑边忙着工作，看见夏沫来了，顿时笑了起来："怎么还没回家，不是都累了一天了？"

她们平时接触比较多，私交还算不错。

"我一个人住，回去家里也没人等我，与其早早跑回去对着墙壁发呆，还不如待在医院呢，至少有同事在。来吧，要是不那么忙，就陪我吃个晚饭怎么样？我快饿死了，可是真不想自个儿吃饭。"说着，夏沫把水果和酸奶全放在唐川的面前，"唐姐，知道您在减肥，所以拿来的都是健康食品，晚上吃一点也不会发胖。"

唐川笑了起来："亲爱的，你真是太贴心了。"

女人之间的话题，总是带着随意和轻松。从最简单的皮肤保养聊起，聊到了最近比较难搞的几位患者身上，其中就有两位是夏沫给接回来的：一个是那个名叫秦媛媛的准孕妇，她所告知的父母和男友的电话号码统统是错误的，学校和家庭地址更是查无此人；她有很严重的先兆流产的迹象，目前正在住院打着保胎针；可是她身上一分钱都没有，所有费用全都是处于挂账状态，财务科已催促了好多次，让病房督促着解决，也派了专人过去沟通；然而秦媛媛就是不愿意透露真实情况，不说假话的时候她就保持着沉默，假装什么都听不到，不少人都以为她是一位聋哑人呢！

另外一位比较难搞的就是那个以碰瓷为业的李子军了。他是被公安机关拘留控制的人员，本来早就可以出院回去养着伤腿了。但这位也不知道是出于什么样的考虑，极度心虚，他寻找着各种办法来加重自己的伤势，以达到绝对不出院的目的。有一次，甚至不顾伤腿再次断裂的危险，直接自己从病床上翻了下来。李子军不怕疼也不怕落下后遗症，可苦了那些护士，得抽专人盯着他，以防他在医院发生意外。

"秦嫒嫒是想生孩子又没钱,男友和亲人都不能接受她的行为,而她自己心里边也十分清楚,所以干脆用拖延和逃避的方式。这样吧,等明天我过去病房那边看一看她,跟她聊上几句,看看能不能说得通。"夏沫自告奋勇地说。

"也只能这样了,如果她还是不配合,医院这边应该会做出报警处理,让警察那边去查明她的身份,然后再想办法吧。"唐川吃了几口水果,忍不住叹了口气,"现在的年轻人心里边是怎么想的呢?有很多办法可以避孕,为什么就不知道保护一下自己?现在怀孕了,流产伤害的是自己的身体,不流产毁掉的有可能是两个人的人生,她是空有母爱,却没有考虑该怎样对新生命负责,一直说想要孩子,可总得有个积极的考虑吧?"

"是啊,那个秦嫒嫒是挺固执的,要是能有效沟通,找到一个合理的方式处理最好。"

夏沫的眼睛转了转,终于找到时机,把话题给引了过去。她说:"说起来也巧,秦嫒嫒和李子军两位患者,都是我跟0703号救护车的团队接回来的呢!"

唐川若有所思:"0703号是哪一部来着?"

夏沫在下巴上比画了一下:"就是那个留着大胡子的司机,名叫钟景洲,他开的车。"

唐川恍然大悟:"他啊!"显然是认识钟景洲。

夏沫顿时觉得心头一紧:"川川姐,你跟大胡子认识吧?"她尽力想要表现出若无其事的样子,可是一些细枝末节的小动作还是出卖了她。

唐川顿时笑开了:"怎么,对钟景洲有点小想法了?他似乎还是单身,人品相貌都不错,是个不错的人选。"

夏沫抿着嘴:"什么小想法呀?姐姐你可不要误会这种事,我跟他呀,简直是水火不容,他看不上我,我也看不上他。偏偏就是有点孽缘,我急诊值班,跟救护车,十次里至少有六次都是他这部车,躲都躲不开。"

"是好缘还是孽缘，那可是说不清楚，你也别太早下定论。"唐川一脸坏笑，话里有话。

夏沫摆了摆手，意思是这种话就不用说了，开玩笑都不行！

唐川把酸奶的塑料盖子撕开，用小勺挖了几块水果放进去，轻轻地搅拌。

"夏沫，你是不是有点看不起钟景洲，觉得他不就是个救护车司机嘛，虽说是医院的正式编制，但成长空间有限，一辈子也就是那样了？你是这样子的想法吧？"

夏沫愕然："川川姐，我不是……"

唐川打断了她："有句话叫作人不可貌相，放在钟景洲的身上最合适不过。他啊，可是一块小宝藏，等你去开发了。"

"谁要开发他啊！"夏沫被她说得脸颊发烫，不由自主地顺着唐川所说的方向想了下去，可脑子里才冒出了一个画面，她就觉得整个人都不太好了，"川川姐，你真的误会我了，坦白说，我之所以提起了他，主要原因是我非常困扰，要不要再跟这个人接触。他触及到了我的底线。"

话已聊到了这里，夏沫索性把之前发生的事全讲了一遍。她还特意强调，患者的生命和健康，对于一位医生来说，那是相当重要的事儿。她无法与这种漠视伤者生命的男人继续合作。在她看来，一意孤行的英雄式挽救，不仅不可取，还应该严格扼制掉。不然，迟早会出大问题的。

唐川听着，嘴角含笑："怪不得你这么生气呢，原来是这样呀！"

"川川姐，我跟白主任认真严肃地提起过这些，但白主任的态度，应该是觉得我有些大惊小怪了。我后来去ICU看过那位患者，断肢重接手术挺成功的，后期如果护理得好，有很大的概率能够恢复肢体功能。难道因为几位外科手术大夫齐心合力取得了手术成功，就能理所当然地忽略掉钟景洲这一次的胡作非为吗？"这件事虽然已经过去了好几天，但夏沫提起来依然觉得十分生气，一张好看的小脸紧绷着，连呼吸都变得急促了。

唐川赶紧把水果叉递给她，让她吃几粒凉冰冰的果粒冷静一下。不过，对于钟景洲的一系列行为，她笑而未答，也未加任何点评。一个念头浮现在了她的脑海中，等夏沫的情绪稍微缓和后说："钟景洲和别人不太一样，你不能用看待普通救护车司机的眼光去看待他……"

夏沫瞬时来了精神，凑到了唐川跟前："川川姐，你知道些什么，对不对？钟景洲是什么来历？他家里有后台还是其他什么？"

唐川扑哧一声笑了起来，只是摇摇头，没吭声。

"怎么，不方便说吗？"夏沫眨了眨眼。

"嗯，的确是不太方便。"唐川忍着笑意，"这是院里不成文的规定，不要去讨论同事的事，你如果真的好奇，就只能自己去调查了。"

唐川颇为鼓励地眨了眨眼："其实要挖钟景洲的老底，去人事档案科里翻翻资料就行了，再没有比那边的记录更详细、更真实的了。你要的答案，那里都有。"

"我怎么觉得，你还挺期待的呢？"夏沫狐疑地问。

"肯定会吓你一跳！"唐川又眨眨眼。

夏沫似懂非懂："那好吧，我想办法，自己去档案科翻翻，我非得弄清楚，他钟景洲背后有多大的靠山，能在医院这样无法无天！"

最后几句是小声说的，连唐川都没听清楚。不过找到了调查的方向，夏沫没再停留，立即找了个借口离开了。

她订的晚餐竟然一口都没动，唐川不小心瞥见，有些好笑地说："这丫头不会是专程过来套话的吧？这是看上钟医生了？还真是好眼光呢！"

……

夏沫的心一阵狂跳，她觉得自己一刻都无法停留，必须马上冲到档案科去。她有种预感，自己距离真相只剩一步之遥了。在这种迫切心情的驱使下，她不愿再等待下去，要在今晚将钟景洲的一切全扒个彻彻底底！大胡子，等着瞧吧！

人事科下班比较早，但档案科的文档室，锁是坏的，一直以来门都是虚掩在那里，虽有人提出来要维修，但大家都觉得没有必要。现在讲究现代化办公，员工档案、患者资料以及相关的重要信息，都储存在电脑服务器里，纸质档案往往不够重视。而且这间文档室在医院办公大楼顶层一个角落里，非常不起眼，平时除了人事科的人会来送取东西，几乎不会有人来这里，更别提去碰触那些早已落满灰尘的文件了。

夏沫送自己的原始档案时来过这里，当时门锁就是坏的。而现在，当她轻轻一推门就打开了。

房间内一片漆黑，文档室的窗子常年紧闭，通风不好，这里的味道有点难闻。不过夏沫早有准备，她不慌不忙地戴好口罩。

档案柜里全都是档案夹，单单看看就有点头晕。如果对这里不熟悉，想要从这么多框框架架中找到钟景洲的，显然不是一件容易的事儿。

夏沫想打退堂鼓，甚至怀疑自己："为了这个大胡子，值得吗？"

"既然来了，试试看吧。"轻易放弃不是夏沫的性格，她深吸一口气，走进文档室。

一夜之后，夏沫灰头土脸地从文档室走了出来，只见她衣服上、脸上、脑门上，到处都是灰尘。她本来穿着的就是白大褂，在晨光之下，满身的灰尘看起来愈发显眼，一路上有不少人调侃她是不是跑锅炉房掏炉灰啦。

夏沫除了苦笑，也不知道该回答些什么。幸好今天是这个月的轮休日，她不用撑着精神去上班。回家之前，夏沫又去了救护车队一趟。她真像是着了魔似的，在0703号救护车前转悠了好几圈，自己都不能理解，此刻的她究竟是在想些什么！唯一的感觉，大概只剩下无比复杂的内心了吧。她明明并不讨厌钟景洲，哪怕是发生过了争执，也被钟景洲嘲讽过，但内心深处就是放不下这个男人。

用了一夜的时间去文档室翻钟景洲的资料，没翻找到有用的信息却还不肯放弃，打算有机会再继续寻找。会做出这种事情来，夏沫自己都有点不能理解。只是冥冥之中，似乎真的有一种神奇的驱动力，在催促着她，提醒着她，诱惑着她一定要找到那个未知的答案。

喝醉的白一峰在钟景洲家里凑合住了一晚，第二天一早，他继续蹭车上班。一路上，钟景洲不开口，白一峰已进入到工作的状态，病房那边的几个病人最近的病情不太稳定，在每天查房前，白一峰总得提前做点准备，他要跟当班的护士电话沟通，以此来节约大家的时间。

钟景洲单手开着车，阴沉着脸，听白一峰跟护士电话沟通。

白一峰安排了工作，突然说："对了，你的处理手法依然是那么漂亮利索，我还以为隔着几年不做，你的手会跟着生疏了呢。现在看那条断腿的止血和前期创口处理，我就知道，钟景洲还是钟景洲。"他竖起了大拇指，真心诚意地夸赞道。

钟景洲依然阴沉着脸，对于白一峰的话一点反应都没有。白一峰早就习惯了他这个样子，也不尴尬，更不恼火。他把手术的过程简单地给钟景洲讲了一遍。这台断肢重接手术，难度极高，当时是他和外科两位大主任联手来完成的，十四个小时没下手术台，真的是耗尽了心力。但最终结果还是不错的。那宛若教科书般的手术操作过程，已经被摄像机给记录了下来。等再过一两个月，病人的腿恢复正常功能了，才是真正令人振奋的时候！

医生们联手努力将这台手术完成固然是最主要的原因，可大家心里都很清楚，若不是最早接触到了伤者的人是钟景洲，或许就没有后边这些急救的机会了。

"我知道，你们可以。"钟景洲许久之后回了这么一句，虽有点不情愿，但能听得出他的评价发自真心。

白一峰哈哈大笑起来："说真的，那天大家都非常期待你能在某一刻，推开手术室的大门走进来，如果是这样，我们可能只需要十个小时就能让病人离开手术台。"

钟景洲还想要说什么，可白一峰没让他开口，抢着说："你用了十几年的时间，成长为优秀而令人信任的模样，此时此刻的年纪，正是一位医生最巅峰的黄金时期，青春一去不复返哪，能不能把所有的懊悔和伤心全放在退休后，到那时候咱们可以一边喝茶一边晒太阳。而现在，在你能力最强的时候，为别人，也为自己，早些振作起来！景洲，你知道有多少人在等着你吗？"

钟景洲将车驶入医院，白一峰马上变得沉稳冷静起来，他下车之前挥挥手，便头也不回地冲进急诊室。

钟景洲看着他的背影竟然有些发怔，思绪飞远一下子回到了过去。他不是很喜欢回忆的人，但白一峰不负众望，还是让他想到了很多。直到身后有人按喇叭提醒他已堵到了路，他才猛然回神，往地下停车场驶去。

钟景洲没注意到，有个人停在路边，正吃惊地看着他，等钟景洲离开，那人竟然一路小跑，跟在越野车后。那人正是张冬。

钟景洲在医院内一直都有自己的车位，跟他开的救护车号一样，尾号全都是0703，虽然这个车位在地下二层最深的区域，进进出出比较麻烦，但钟景洲一直不在意，使用了很久。他停好了车，朝着最近的步梯走去，这个时间段使用电梯的人很多，他不想去用。爬步梯既锻炼身体又节省时间，他早已习惯。

钟景洲离开后没多久，一直跟着他的张冬找了过来。0703号车位上，停着那部车型超大的越野车，看车牌号，正是钟景洲的。

张冬感到前所未有的冲击。钟景洲究竟是什么来历？他明明看上去既普通又落魄，可是他竟然开着一部豪车？为什么？

第十一章　专属车位

整个上午，求援电话接连不断。

0703号救护车急速行驶在路上，及时、准确地完成着每一个任务，将一位位急需帮助的病人运送到了杭市人民医院。

随车医生换了一位又一位，不见夏沫。而随车护士张冬今天也是出奇地安静，一改往日里的喋喋不休，沉默地做着每一件事。哪怕是有机会插嘴去吐槽、评价，他也没有开口，不过，在时不时地投向钟景洲的目光之中，总是多了几分奇奇怪怪，可每次被钟景洲发现，一个眼神对视之后，他便立即躲闪开来，总感觉很不对劲。

钟景洲却也很享受这份安静，该工作时工作，该休息去休息，大家相安无事。到了下午三点左右，工作节奏减缓，钟景洲趁机去吃了一碗红烧牛肉面。大概是过了饭点，真的饿了，钟景洲吃得很香。吃完面，他呼噜呼噜地喝汤，连胡茬上沾了半片香菜叶都没注意到。

不远处，捧着肉夹馍狂啃的张冬，神情复杂，又掩不住嫌弃，就那么一直遥遥地望着钟景洲，心里边存在许多疑惑：这个大胡子明明邋遢又落魄，可他的身上却总有一种闪耀的光泽，令人无法忽视。

钟景洲吃完了午饭，准备休息一会儿。他一走，张冬又想跟着。走了几步，又想起来两个人平时是水火不容，他可是没少说钟景洲的坏话，甚至一心一意想在自己转正之前，把钟景洲给踢出救护车队。

现在，钟景洲开着那么一部豪车，他悄悄地查过，这部车超过八十万元，可不是一笔小数字。他凭什么？他哪儿来的钱？难道——

张冬想到了什么，赶紧去找廖队长，要将新发现告诉给他，更想去试探一下廖队长是不是也知道点什么。若不搞明白这些，他简直没法安宁。

与此同时，夏沫也从医院门前的公交站内走出。她一夜没睡，虽然回家休息了一上午，但整个人的状态依然不是很好。最初的困倦劲儿一过，便不想再睡了，想来想去，还是打算回到医院，趁着人事部那边有人在上班，她过去找下熟人，看能不能确定一下钟景洲个人档案所在的位置，不然这样漫无目的地找下去，要找到什么时候呢？

当然，得找个好借口来应对同事的询问——为什么突然就对救护车队的一名司机感兴趣了呢？得怎么说同事才不会误会，还肯愿意帮她呢？

夏沫还在乱糟糟地想着事儿，忽然听到有人在喊她："夏医生……"

一抬头，就见张冬急匆匆地跑了过来，三步并作两步，已到了她的面前。

"有事儿？"她奇怪地问。

"大胡子那个人……"

"又打算说他坏话了？"夏沫双手抱着手臂，眼神冷冷地盯着张冬。

张冬被她的眼神看得头皮直发麻，只要不傻，任何人都能看出来夏沫这会儿是真的情绪不好，再说下去，她非得翻脸不可。

可张冬今天受到的震撼有点大，他也没地方可以倾诉了，这会儿就只想拉着夏沫多说几句，听听她的分析。于是，他赶紧一口气把早晨上班时看到的那一幕讲了一遍，特别指出：钟景洲开着的是小百万元的豪车，在医院还有跟救护车车牌号一样的车位，看似平凡的大胡子，却透着一种说不出的神秘。

"你说什么呢？"夏沫根本不信。

豪车也就罢了，还专属车位？整个杭市人民医院就那么多车位，大半都是公共的，谁到得早谁先用，什么时候听说过给普通员工留下专属车位了？张冬讲得太玄了，稍微有点常识的人都不会相信。

"你跟我来，我带你去看看。"张冬拉着她就走。

夏沫甩了几次，可情绪很激动的张冬不仅没放开她，反而把力气用得更大了些。考虑到拉拉扯扯影响不好，夏沫只能先答应下来，张冬这才放开她。两个人一前一后朝着地下停车场走去。

负二层0703号车位上，一辆黑色的豪华越野车，静静地停在了那里，跟一部小坦克似的，非常威风。这辆车真的很大，摆在车位内，都看不太清楚两边画的实线了，让人有种说不出的震撼感。

"瞧，就是这一部，大胡子早晨就是开着它来的，我亲眼看到的。"

"车子挺好的。"夏沫点头，她对车子的各种品牌虽然了解不多，但还是认识这个牌子的。

可是，她想不明白，于是问："你带我来看大胡子的车子做什么？人家开什么车，跟我有关系？"

"你还不明白吗？"张冬使劲一拍脑门，有点窝火地嘟囔，"这部车，全拿下来，最少也得大几十万元吧，再加上税，这个数字绝对惊人。另外，平时养车的费用也不少，保险、油、停车费、维修费，必要的日常开销，每个月没个两三千元，肯定不够。"

"跟你有关系吗？又没让你出钱，你跟着操什么心？"夏沫越听越觉得不舒服，她怎么觉得张冬的语气里透着羡慕忌妒恨呢，她讨厌跟"红眼病"接触，多待一秒都觉空气浑浊，不可忍受。

"你还不明白？"张冬急了，"我可不是羡慕他开着好车，我的意思是，他一个救护车司机，凭什么能过上这样的生活？他一个月的工资也就几千块钱吧，去掉吃喝拉撒各种生活费，他哪儿来的钱买车？大胡子才三十出头，他靠自己绝对是做不到的！"

"人家家境好，不行吗？"夏沫甩下一句，就要准备离开了。她虽然也在调查钟景洲的身份与来历，但跟张冬的目的绝对是不一样的。

道不同不相为谋。夏沫加快脚步，此刻只想快速地脱离这里。

张冬追了上来："夏医生，你终于理解我的意思了。大胡子如果无法靠自己的能力支撑起现在的生活，那问题肯定是出在他的家庭。他的家境殷实到什么程度，能让他平时以豪车代步出行？如果真的那么富有，他为什么不去自己搞投资、开公司，自己做老板，不看人脸色，生活惬意，可他偏偏跑到咱们医院来做救护车司机！这一行又辛苦又累，风险大，责任更大，可他还留在这里，早出晚归，遵守时间，连个全勤奖都舍不得放弃。这不矛盾吗？"

夏沫虽然被他追问得烦躁，可又不得不说，他说的那些话，真的引起了她的好奇。

"是啊，为什么呢？"她倒是有点想听张冬的分析了。

张冬见状，赶紧把自己的猜测说了出来："我觉得，钟景洲肯定是咱们院里哪个领导，并且还是大领导的亲戚，没准就是大领导的儿子，出身好但是自己不争气，挑不起大梁，可家里人又不得不管，所以就给他在救护车队随便安排了一个工作，目的就是不让他出去惹是生非，放在眼皮底下盯着……"

张冬说得吐沫横飞，越说越来劲："对了，咱们院长就是姓钟，这个你不是知道吗？八成就是他家里的。这也就能解释为什么钟景洲一个司机，在医院里居然还有固定车位。真是有能耐了，他对0703这个数字是不是有执念啊！车位是这个数，救护车牌号也是这个数。"

夏沫呆呆地看着他，一脸不可思议："这事儿你是在哪里听到的？"她的心脏咚咚乱跳。

"猜的啊，那么多事实摆在那里，稍加联系不就得出结论了吗？"

夏沫窒息了："猜的？"

"虽然是猜的，可我认为，一定是八九不离十。"张冬挺着脖子，越说越自信。

夏沫瞪着他："你认为？"

"夏医生，你是不是不信我说的话？那你给出一个合理的解释啊！大胡子的身上，有太多没办法理解的事啦……"

张冬的声音，像耳边盘旋的蚊子，嗡嗡作响，挥之不去。

"你现在造谣，连钟院长都要搭上了吗？"夏沫问。

张冬顿时停住，有点谨慎地说："其实我也就是跟你说说。"

"你既然跟我说也会跟别人说，毕竟我们连朋友都算不上，你就这样不负责任地讲话？张冬，你可还没转正呢，你想好了，在背后对钟院长造谣，最后会是什么后果！"夏沫说完这些，气呼呼地转身离开。

张冬看着她的背影，非常恼火："不就说说嘛，用得着吓唬我吗？"

从地下停车场出来，夏沫直奔文档室。可站在那扇虚掩的门面前时，她竟有些羞耻。她走上来时，一直是在不齿张冬的所作所为，可是她自己又在做什么？不经允许，去查别人的隐私。钟景洲有错，自然有医院派出审查的人来负责。她并没有那个资格，以任何名义去处置。

"算了。"夏沫想清楚了这些，自嘲一笑。她向后退了两步，准备放下莫名的执念。

就在这时，一个声音从她身后传来："夏医生，你是来拿资料的吧？跟我来，资料在我办公桌那边呢，早就给你准备好了。"

夏沫最后是哭笑不得地抱着一摞资料走出文档室的。

原来，护士长唐川怕她跟档案室的工作人员不熟，怕人家不愿意给她提供资料，就干脆打了个招呼。这个管理员小姐姐跟唐川的关系特别好，而且要的也不是影响纪律的绝密档案，便一口答应了下来。已提前找出相关资料，复印好后，连同原件一起收到自己办公室。见夏沫真的来了，立即痛痛快快地给了她资料。

夏沫有点郁闷了，昨晚上她一时冲动自己跑到文档室来翻找，忙活了好多个小时，一无所获，原来是早被人拿走了。早知道是这样，她何必那么麻烦！一整晚的时间算是白白浪费了。尤其更戏剧性的是，在她准备放弃寻查钟景洲的时候，他的资料居然就这样子轻易地到了她手上。

医院的病房前，有很大一片活动区，沿着贯穿城市的河渠而建。室外，有鲜艳的花朵，有浓密的树木，金色的阳光洒落而下，十分幽静。病人可以沿河散步，闹中取静，享受着恬静的休养。室内，还有个迷你的茶水吧。除了医生和护士，外人极少来这里。累了、困了，大家来这里喝杯热茶，休息一会儿，是一种不错的选择。

今天是她轮休的日子，回办公室是不合适的，夏沫自然而然地想到了这里。她直接找了最里边的一张桌子，位置比较隐蔽，很有安全感。

"夏医生，今天怎么这么清闲呀！"老板端上了一杯拿铁，又送了一小份水果。

"本来是在休假，临时有点事需要处理。"夏沫拍了拍那一摞资料。

"那你忙，有需要的话，请吩咐。"等老板离开，夏沫才怀着忐忑不安的心情，小心翼翼地打开档案袋。

管理档案的小姐姐是有工作纪律的，即使是熟人，她也不会违反规定，将一些重要的东西交到夏沫手上。既然是夏沫能看的，当然是无关紧要的那部分，比如钟景洲的个人简历之类。

钟景洲，男，三十三岁，北京大学医学部毕业，本硕连读，成绩优异。……

夏沫简直不敢相信自己的眼睛。钟景洲！大胡子！救护车队的那个倔脾气的、差人缘的司机！他竟然是北大医学部高才生？！

假的吧！一定是假的！

夏沫没来由地生出一阵怨恨，真的不敢相信自己所看到的，但她心里却清楚这份简历的真实性，因为它是直接从医院的文档室拿出来的。这里收录的资料一定是经过验证，不可能容许人弄虚作假。她的脑子一阵眩晕，一时间也想不明白钟景洲竟有如此光鲜亮丽的学习经历，他为什么放着正式而美好的医生不做，却跑去救护车队做个司机？他的脑子里装的是什么？他究竟是怎么想的？

夏沫的眼前全是大胡子的那张脸，印象最深刻的还是他时常流露出的那种桀骜不驯的眼神，她过去不能理解他，而现在好像更加不理解他了。

一年多了，钟景洲一直以司机的身份出现。从来没有人提起过钟景洲的学历，廖队长、张冬以及救护车队的其他同事，对于钟景洲的态度都不是很友好，如果他们知道钟景洲是这么厉害的一个人，他们还会那样子对待他吗？

夏沫的思维，发散了很多。有那么一瞬间，她真的想立即跑到大胡子面前，亲自问问他，这一切究竟是怎么回事儿？难道他一点儿都没有觉得，自己是在暴殄天物、浪费青春和才华吗？

资料继续向后翻，一个熟悉的名字毫无预警地跳到夏沫眼前。

在一份钟景洲的申报表里，有关家庭主要成员里，赫然写着廖小娟的名字。

"怎么会是这样，怎么会呢？"夏沫难以置信地摇摇头，嘴里喃喃地念叨。

可不管她情绪如何激动，表格上用黑色墨水书写的文字清晰地摆在她眼前。

关系：母子

姓名：廖小娟

年龄：52岁

性别：女

政治面貌：中共党员

工作单位及职务：杭市人民医院，妇产科主任

"廖妈妈，大胡子竟然是你的儿子吗？天哪，我究竟是做了什么？！我居然跑到张副院长那里举报了廖妈妈的儿子，我……我……"夏沫再也

抑制不住，趴在桌上低声地哭了起来。

廖妈妈是夏沫的生命里最重要的人，重要到了什么程度呢？没有廖妈妈，便没有夏沫这个人的存在。没有廖妈妈，更没有如今的夏医生。除了生养自己的父母，廖妈妈就是给了她第二次生命的大恩人，也是促使她学医的原动力，还是资助她完成梦想的天使妈妈。

夏沫的记忆，一下子就回到了十四年前。当时，她才十二岁，有一天肚子突然剧痛，而后下面流出了很多血。她一个农村的女孩，父母都没什么文化，见到这个样子，妈妈就拿了个垫子，让她垫在内裤里边，说她已经长大了——这是女孩成熟后的一个典型信号——她来月经了。

关于小夏沫的疼痛，母亲做出这样的判断也正常，因为女人来那个的时候都会觉得很难受。小夏沫是初次，疼得厉害点，倒也正常，别喝凉水，多多休息，忍忍等出血量少一些后，就会感觉好一些。

虽然也有邻居提醒说，小夏沫刚满十二岁，身形瘦瘦小小的，实在不像是已经长大的样子，这个月经来得太早，也太突然了些。但她的母亲不以为然，农村的孩子，没那么娇贵。月经来得的确早了些，但这并不是多稀奇的事儿，不必大惊小怪。

母亲如此判断，也没人说什么。小夏沫足足疼了两天两夜，出血量时多时少，但疼痛感却越来越严重。她很快便奄奄一息地躺在床上动弹不得了，别人跟她说话，她也是目光迷离，听得不很清楚。

小夏沫的爸爸看着女儿比银纸还惨白的面孔着了急，拿上家里卖猪仔和粮食的钱，求村里人开着三轮车，把小夏沫送到了镇医院。镇医院的医生给小夏沫挂上了一瓶葡萄糖，就催着小夏沫的爸爸赶紧往县医院送，他们这边的条件有限，没办法收治小夏沫，为了不耽误孩子的病情，还是赶快去条件好的医院吧。

到了县医院，做了一通检查后，县医院的医生便认真严肃地告知了小夏沫的爸爸，这孩子的下腹部，贴近子宫和卵巢的地方，有一颗很大的肿瘤，目前无法确定是恶性还是良性。但肿瘤非常危险，小的那一颗已经在渗血，最要命的还是大的那一颗，随时可能会破裂，一旦破裂，后果难料。

出血的原因当然并不是她妈妈理解的女孩子初次月经。为了不耽误小夏沫的进一步治疗，县医院出面给联系了转院的相关事宜，而接收医院正是杭市人民医院。为了防止发生意外，最终决定由杭市人民医院派救护车过来接人。

当年开救护车的司机，名叫钟建国，而随车医生正是廖小娟。以廖小娟当时在杭市人民医院的地位，本不该由她出诊跟车，花费将近十个小时的时间，跑那么远来接小夏沫的。一切都只能说小夏沫的运气特别好，当病例资料传真到了杭市人民医院的妇科时，恰好廖小娟主任坐诊。当天下午，来排队的患者不多，而负责接患者的医生在收到了小夏沫的病例后，心里边没有把握，就带着资料，找到了廖主任，希望她给看一看。廖小娟看过了病例之后，立即察觉不妙，并做出了亲自来接小夏沫的决定。

事实上，专家的担忧是有原因的。在返回杭市人民医院的路上，有一段颠簸路，即使钟建国提前得到了廖小娟的提醒，放缓了车速，但依然还是让小夏沫极度不适，她疼得哭了起来，感觉到自己又开始流血，她求廖主任救救自己。

小夏沫在见到廖小娟的第一面起，不是跟着大人一起喊她廖医生或廖主任，也不是按照乡下的惯例喊她阿姨、婶婶，她看着廖小娟柔美慈祥的面孔，虚弱地喊了一声"廖妈妈"。从那时起，这个称呼就没有改变过。而小夏沫几次危机，正是因为那一句楚楚可怜的"廖妈妈救救我，我不想死"，才让廖小娟咬牙下定了决心，哪怕拼尽一切力量，也得保住小夏沫的命。

夏沫长大以后，每每回想起来那天在救护车上所发生的一切，仍有些身在梦中的感觉。但她后来学医，对自己小时候的那次病症，也有过系统的了解和学习。正是如此，她才后知后觉地意识到自己实在是命大，在内出血，还耽搁了两天才去治疗的情况之下，遇到了真正的好医生。

小夏沫被安全送到了医院，是廖小娟主任亲自做的手术。手术进行了六个多小时，小夏沫肚子里的肿瘤被全部取出。廖主任为小夏沫完美地保存了卵巢和子宫，确保了夏沫长大后生育功能不会受到特别大的影响，可以和正常女孩一样，结婚生子，享受幸福的婚姻生活。

对于小夏沫来讲，廖小娟恩同再造。

廖主任对小夏沫也特别喜欢和关照，每次查房的时候都对她关爱有加，小夏沫便一直管她叫廖妈妈，两个人亲热得不得了。

廖小娟得知她想看书做作业，专门给她调了个安静的病房，还从家里给她带来了儿子看过的书，让她在病床上学习。

小夏沫很快康复出院了，她跟廖小娟约定，她会好好学习，将来也做一名像廖小娟那样厉害的好医生。

尔后，小夏沫每隔半个月都会给她的救命恩人寄一封信，汇报她的学习成绩和在校表现，有时也会请教一些学习方面的问题。

一开始，廖小娟并没有回信，主要是因为她工作太忙，没有时间处理这些琐事。而小夏沫对于廖医生来讲就是一位普通患者，病好了写封感谢信也是人之常情，所以也没有太在意。小夏沫知道廖妈妈很忙，不管她会不会回信，她都照写不误。

半年后，小夏沫终于等到了廖妈妈的第一封回信。随信还寄来了一些书、文具、零食以及衣服等。廖小娟嘱咐小夏沫，既然有了梦想，就要拼尽全力去追逐。她还引导小夏沫，要读好初中的课程，考上比较好的高中，然后再去考上名牌大学的医学专业，这样才能完成做医生的梦想。当医生，要治病救人，而人命大过天，一丁点儿都不能马虎。因此，要想成为医生，首先要成为同龄人的优秀者。而这一条路，走起来并不容易。但生活永远会将幸运留给有准备的人，她相信小夏沫能够做得到。

收到廖妈妈的回信，小夏沫激动万分，备受鼓舞。她暗暗下定决心，一定要努力学习，不辜负廖妈妈的一片希望。

为了不耽误廖妈妈工作，小夏沫也放慢了写信的节奏，把时间延长到了一个月一封，而后又延长到了两个月一封。通信次数虽然减少了，但写信的热情从来没有消退过。

一老一少，相差三十几岁，居然成了书信往来的笔友。就是在这样的通信之中，小夏沫知道了廖妈妈有个儿子，比自己大几岁，学习认真，既懂事又体贴，已经规划好了自己的人生。

小夏沫在心里边暗暗较劲，要让自己像廖妈妈的儿子一样优秀，希望有一天廖妈妈跟别人提起她时，也像提起自己儿子那样，表情里全是骄傲。带着这份决心，小夏沫整个初中阶段，学习成绩牢牢霸占了全校第一名的宝座，是绝对的标兵学生。

中考时，小夏沫因为学习成绩优异，被县重点高中免费录取，同时还免收住宿费，并提供一定的生活补助。

面对如此优秀的孩子，廖小娟真的喜爱到了骨子里。她提出来要接小夏沫来杭市读高中，学费、住宿费不用担心，她可以资助。毕竟，无论师资力量，还是教育设施，乃至未来的发展机会，杭市的高中远远优于县城的高中。

小夏沫是哭着来杭市的，三年多不见廖妈妈，她直接扑进了廖妈妈的怀里，紧紧地抱住了她。两个人感情深厚，不是亲生胜似亲生。

高中阶段，夏沫住校，每两周有一天假期可以外出。而这一天，廖小娟和丈夫一定会抽出时间过来，把夏沫接出去，先找个宾馆好好洗个澡，然后带出去吃一顿大餐，接着还要带她去买衣服、书本和日用品。

这个时候，廖小娟和丈夫真的把这个亲手从死亡线上拉回来的女孩当成了自己的女儿一样看待。

和廖妈妈在一起时，夏沫经常会听到她谈起自己的儿子。夏沫虽然一次都没有见过他，但对于他也相当了解。她知道，廖妈妈的儿子到了高中阶段就进入了叛逆期，喜欢打游戏、听歌、做运动，仗着自己聪明，就是不肯在学业上全力以赴。她还知道，廖妈妈的儿子属于智商极高的那种，即使没有将全部时间花费在学习上，他的成绩也一样名列前茅。

夏沫一直非常期待着与廖妈妈的儿子见面，但她并没有等到这样的机会。她在老家读初中的时候，廖妈妈的儿子在杭市读高中。她来杭市读高中时，廖妈妈的儿子已经考上了大学，去了北京，本硕连读，学业非常忙，连寒暑假都没怎么回来过。等她考上了大学，又听说廖妈妈的儿子出了国，去了另一所名牌大学深造。

两个人就这样一而再，再而三地错过了见面的机会。

廖妈妈的儿子这么优秀，夏沫自然不甘落后，她要赌上一口气，与廖妈妈的儿子一决高下，决不能让廖妈妈和钟叔失望，更要让廖妈妈最在乎的儿子刮目相看。

当她读完了研究生，做好积极准备，回到了杭市人民医院，打算在廖妈妈的身边上班，真正完成自己的诺言，继承廖妈妈的衣钵，成为她最骄傲的弟子、女儿时，廖妈妈和钟叔却死于一场意外。

猝不及防，夏沫失去了她的廖妈妈。当她听说此事从外地赶回来时，廖妈妈和钟叔已经安葬在了陵园，她连最后一面都没有见到。她从此失去了最敬重、最亲爱的人。她去陵园看了他们很多次，也哭了很多次。

手机里，廖妈妈发给她的最后一条短信是："沫沫，等你回来，咱们一定要办一场家宴，你还没见过你哥呢。"

后来，她的手机不好使，她都只肯修，不肯换，就怕失去廖妈妈曾经发送给她的那些短信。再后来，手机功能大规模改进，可以一键将原手机内的所有信息全都复制到新手机内，她才买了同一品牌的手机，小心翼翼地把她珍藏的过往存放得妥妥当当。

廖妈妈虽然不在这个世界上了，但夏沫永远都不会忘记她。

夏沫没有改变原来的计划，办理好了入职手续，成了杭市人民医院的一名医生。不是没有尝试过寻找廖妈妈的儿子，可人海茫茫，她连对方是什么样子都不知道，更不清楚怎么去面对一个陌生男人。没有了廖妈妈，她与他似乎完全没有了交集，贸然到他的跟前去，夏沫有些不知所措。然而，她怎么都没想到，杭市人民医院的大胡子救护车司机，竟然就是廖妈妈口中的那个优秀的儿子！

"我的天！"

夏沫哭了一阵又一阵，想到了过去与廖妈妈相处的点点滴滴，她会哭；想到了连最后一面都没能见上的遗憾，她还哭；再想到自己闹了这么大的事，居然差点害得廖妈妈的宝贝儿子被赶出医院，她更加羞愧痛哭。

茶吧的老板有几次走近，看到夏沫在抹眼泪，难免会担心地问究竟是发生了什么事儿。

夏沫摇摇头，不肯说。等她跌跌撞撞地走出了医院时，已经是傍晚时分。她心乱如麻，痛苦不已。

快下班时，钟景洲又加了个班，与张冬一起，在一名担架员的配合下，将一位二次骨折的老人送回了医院。

老人是跟比自己大三岁的老伴一起居住。三个月前，老人意外摔倒，腿骨骨折，被送到医院后，腿上缠了固定板，几天后回家静养；后来固定板虽被拆掉，但他的腿并没有好彻底，就继续坐在轮椅上休养。

老伴傍晚出去买菜，他自己突然间想从冰箱里取一些菜出来择，好帮老伴做些家务。他想法是好的，但真正操作起来，却忽略了上次受伤的腿还没好利索，一个没踩稳，身体失去平衡，整个人就倒了下去。这次，那条没有好利索的腿又骨折了。于是，他拨打了120，冷静地告知了自己的处境，并且依照上一次医生交给他的急救办法，给自己做了简单处理。

等钟景洲等人赶到时，几乎没花费多少时间，就把老人给抬下了楼。一来一回，四十分钟，就完成了最后一个救援任务。

钟景洲直接去打卡下班，他今天有点体力透支了，需要休息。他一边想着晚饭该吃点什么，一边拎着车钥匙朝地下停车场走去，突然觉得身后好像有人在跟着。他一扭头，瞧见张冬急急忙忙地躲到一部车子后面，顿时有点不高兴了，心说：这小子又在整什么幺蛾子？从下午起，看上去就有些神神道道的，眼神发虚，跟他平时的风格完全不同呀！

"事出反常必有妖。"钟景洲不理他，嘴里念叨着。

有了这种基本的判断，钟景洲在下一个转角时，直接快走了一步，然后停了下来，大长腿往前一探，等着张冬过来。十几秒后，张冬一路小跑地冲了过来，可能压根儿没想到自己的跟踪计划早已被发现，他直接就绊在了钟景洲的腿上，整个人向前冲去，还不忘发出了一声长长的尖叫："啊——"张冬直接蹿出去老远，等他回头看见钟景洲那不友好的表情，顿时明白了什么。

钟景洲等着张冬发飙跟自己炸蹶子，可意外的是，张冬竟然咧咧嘴，朝他笑了笑，一副偶遇的意外之色："钟师傅，怎么在这里？还真巧啊！"

"你在跟踪我？"钟景洲可不喜欢迂回试探那一套，直接戳穿他。

张冬一脸惊恐："你误会了吧，我没有跟踪你。"

"没跟踪？你来这儿做什么？"

"来地下停车场，当然是……当然是取车了。"

"你还有车？"钟景洲显然不信，拿嘴一努，不客气地问："哪一部？我看看是什么好车。"

张冬哪有钱买车，他上下班可是乘坐清一色的公交车，要么就是扫码路边的共享单车，美其名曰锻炼身体。可牛皮已经吹出去了，钟景洲还是那么一副压根儿不相信的神情，他心里边真是又气又恼，下意识地便想要跟钟景洲发飙——就像是平时那样，有理没理，不客气开骂。可话到嘴边，突然想起了自己来这里的目的，以及钟景洲可能会是钟院长的至亲，他的表情一下子僵住了，再不敢像过去那样无所畏惧了。

张冬的这份实习工作，已经到了转正的关键期。他想要成为正式员工，心里边也不愿意被钟景洲轻看。很自然地，张冬开始打肿脸充胖子："嗨，我哪有什么好车，就是普通代步车而已，不值钱，你就别笑我了。"

"车子停在哪儿？"钟景洲继续问。

"我今早停的时候有些着急，真的忘了停在哪里了。不行，我得仔细找找，唉，我这记性真是太差了。"张冬边说边做出寻找的姿势，左顾右盼、四处寻找起来。分明感觉到钟景洲的目光停留在背后，可张冬还是得挺胸抬头，撑住气场。

钟景洲哼了一声："今天倒是对我挺客气，还真有点不习惯。"

毕竟平时两人不对付，张冬没事去找领导讲几句他的坏话，每时每刻都在释放着"我讨厌你，我就是要整得你待不下去"的气场，今天突然转变态度，反而令人生疑。

不过，钟景洲确实也没把张冬这个人放在心上，他之所以拆穿张冬，只是不愿意身后鬼鬼祟祟地跟个人而已。张冬来地下停车场做什么，钟景洲压根儿不关心。他发动车子，冲出停车场。这种车开起来与救护车完全不同，但钟景洲驾驭得很轻松。

他要回家休息了。

张冬是在角落里看着钟景洲的越野车离开的，他观察得很清楚，再次确定，开着那部豪车的就是钟景洲。为了确保准确，他还特意去负二层的0703号车位上看了一眼，车位是空的，但在车位的正上方，挂着纸质的车牌，代表着这里是固定的车位，只允许特定的车子停放。纸质车牌号与越野车车牌号保持一致，这意味着这里的确是属于钟景洲的私人车位。

想想看，这里可是杭市人民医院，得到一定级别的领导，院里边才会安排固定的车位，钟景洲一个小小的救护车司机，他凭什么享受这样的待遇？那么，原因只有一个，已是呼之欲出。他跟钟院长，肯定是……

张冬这会儿哭的心都有了，怪不得，他的转正手续迟迟没有给办理呢，去找了廖队长几次，廖队长都以不清楚为由给推脱开了。明明承诺帮他去问一下，但这承诺却如石沉大海一般，再没了动静。

张冬仿佛找到了原因，且深信不疑。他必须做好无法转正的准备了。跟大胡子缓和关系，或许还有一线希望吧！

第十二章　恋人未满

以碰瓷为业的李子军，在马路上寻找着赚钱机会，大碰大勒索，小碰小要挟，屡试不爽。他不仅要选择好行骗对象，还要精准地控制着事故对自己的伤害程度，他经验丰富，极少有失手的时候。

不知道从什么时候开始，他的好运气就没了。第一次，碰瓷私家车时没有把握好，而撞上了杭市人民医院的救护车，本来想瞬时就势讹到医院头上，谁知被个大胡子司机三言两语给拆穿了，差点被警察抓走。

再见大胡子，他已躺在了车轮子底下，那真是九死一生，差点真的死了。那个女司机已吓得脸色苍白，眼神发飘，语无伦次。凭借经验李子军知道，这位开着豪车的女司机，心里边已动了掏钱私了的念头。不承想，冤家路窄，打过120，派来执行医疗救援任务的竟然又是大胡子钟景洲。

钟景洲记忆力极好，一眼就认出了他。这一回，李子军想逃跑都不能，直接被送进了医院，享受起了"单间"的待遇，等出院以后，他就得去公安局报到，接下来等待他的必然是法律的严惩。

可李子军的腿还没好，公安局那边派来调查的警察，通过缜密的侦查将李子军犯过的案子一个个全都挖了出来。等到李子军的腿稍微好转一些，他将直接被带进拘留所，且不允许取保候审。于是，李子军每天就只琢磨两件事：

第一，想办法从医院逃离，从这倒霉的事件里先脱身再说。

第二，想办法再受伤，尽量拖延治疗时间，让医生认为他不能出院。毕竟，在医院里跑路更容易些，若是进了公安局、拘留所和监狱这样的地方，他就是插翅也难飞了。

李子军故意从床上摔下去，又摔断了没有痊愈的腿，疼得他嗷嗷直哭。他心里真的把钟景洲给记恨上了，只觉得这些事从头到尾都是由钟景洲引起的。他一定不会放过那个大胡子！

在李子军给自己寻找机会的同时，朱大爷已经办理了出院手续，被小女儿接走了。

在住宅楼下，朱大爷坐在轮椅上，目不转睛地看着那部加装在外的电梯，思考良久，感慨万千。都说人经历生死之后，总会有些大彻大悟的心境，朱大爷也是如此。

正在这时，小女儿拿到了一张电梯卡，小跑着回来。

"这下可是解决了大问题，业委会答应给咱们一张卡先用着，当然电梯也不是白用的，要按月付费。不过掏点钱也挺好的呀，至少您进进出出的问题解决了，您还可以下来遛弯晒太阳呢！"

朱大爷低下头，不知在想什么。小女儿猜到了爸爸的心思，以为他又在心疼钱了，于是劝道："爸，虽说咱家面积大，住的人又少，加装电梯分摊的费用的确很高，也难怪您觉得不值，不过，经历了这场病，您不觉得，有这么一部电梯在，就是生命的另一条通道吗？"

"行了行了，我知道了。"朱大爷拉着脸，嫌弃小女儿话多。

"你啊，不要那么固执了嘛。您是不知道，那天120的医疗救援人员，尤其是那个大胡子救护车司机，是怎样说服邻居们拿出电梯卡，及时送您上救护车的。"

朱大爷噘着嘴,这会儿说话仍不利索,但也能表达自己的情绪:"难不成,还要我死在家里!"

小女儿翻了个白眼:"爸!你怎么还是不明白呢?邻里关系都已经闹到那样的程度,人家真的不给你用电梯,你能怎么样?您毕竟没交钱!这事儿,咱在医院的时候,不是已经沟通过了,您也认可了呀,怎么一到了家,这情绪就又上来了呢?"

朱大爷把脸扭到一边去,哼了一声。

"爸,远亲不如近邻呢,您以后还要住在这里,难道还跟之前一样为了点小事僵持着吗?我觉得,这件事大家固然各有立场,但缓和的第一步,还是需要您先表态。毕竟,您的这条命,是大家凑钱装的这部电梯给救下来的。"

朱大爷突然想起张冬曾绘声绘色地给他描述当时的场景,于是说:"他们是怕我死在房子里,房价原地降一百万元。"

小女儿本来气呼呼的,突然笑了起来:"我后来,一直还想找个机会去谢谢那位司机,亲眼见见这位是个什么样的人,怎么那么有趣呢?脑子也真是快,关键时刻,竟然想出这么个主意来!"

"你还笑。"朱大爷轻拍了一下女儿的手背。

"爸,您可不是个糊涂人,生了场病,看透了生死,就别固执地放不下面子了。"

小女儿一边劝,一边推着轮椅上了电梯。朱大爷则静静地看着电梯一直向上行。叮的一声提示之后,电梯门缓缓打开,他看到了他家的大门。坐电梯果然是非常方便。虽然他并不介意爬楼梯,可身体不舒服的时候,能直接从楼下到达自己的家里,还是十分方便。

于是,在女儿开入户门的时候,朱大爷说:"囡囡,等会儿去把电梯分摊的钱取出来,再去买一些果篮。"

"爸?"小女儿不解地看着爸爸。

"我可不喜欢占人便宜。当初不用，那就坚持原则不交，咱也不会用；可现在要用，就得交上分摊费用，堂堂正正。"

小女儿笑呵呵地答应："对对对，我最佩服您的就是拿得起放得下，比谁都潇洒。不过，买那些果篮做什么用呢？"

"废话，人家关键时刻给了电梯卡，甭管他们是不是怕房子降价，我们这边还是得感谢。难道不是吗？"

小女儿点头赞同。反正只要爸爸同意缓和邻里关系，其他的事都好说。

小女儿把朱大爷安顿好，准备去水果店买果篮。她做好了打算，一回来就挨家挨户地去感谢，然后再商量一下补交电梯加装费的事。

在她出门前，朱大爷心事重重地说："我想了一下，你自己去跟邻居们说这些，诚意不太够，你还是带着我一起去吧！"

"爸，您的身体……"

朱大爷打断了她："身体上的问题不大，过不去的是这颗心，或许别人都会以为我在生死之间大彻大悟了，其实我却在想啊，这钱呢，生不带来死不带去，该用的时候还是要用的。人家拿出了电梯卡，不就是救了我一命嘛，对待救命恩人，还是我亲自过去一趟，让过去的事情都过去吧！囡囡，你说呢？"

"那当然是最好不过了。"

经此一事，不只朱大爷的邻居们接受了他真挚的道歉，而且朱大爷自己好像也放下了许多。他的眉宇之间，松缓了不少。打开心结之后，没了那么多负担困扰，更少生了不少闷气，朱大爷感觉自己整个人也变得轻松起来。这身体自然是一天比一天地好起来，相信再用不了多久，他就可以恢复如常了。

上午八点半，杭市人民医院里，卢金的电话响了起来，有人催他回去工作。而白一峰这边，十几个医生聚集在一起，准备跟他一起去查房。

夏沫跟在白一峰身后，若有所思。到杭市人民医院上班之后，是白一峰主动找到她，要她去自己的科室工作，并将她安排在自己身边的。

这一切的安排，难道是因为白一峰是廖妈妈的弟子吗？

廖妈妈在退休前，曾跟白一峰提起过夏沫，请他多多关照。夏沫还没正式入职，廖妈妈便出了意外。但白一峰从来没有忘记过这个嘱托，对夏沫格外关照。

很多疑惑一下子便解释通了。

怪不得钟景洲跟白一峰、卢金这些主任医生都那么熟悉！有廖妈妈的这层关系在，想必所有尊敬着廖妈妈的医生和弟子，都会对钟景洲多几分偏爱吧！

"夏沫，你又在发呆了，真的没事吗？"白一峰的目光落了过来，"如果实在疲惫，你可以去休息室里补个觉，等精神好一些再过来。"

"白主任，我没事，先工作，等中午休息的时候我会去睡一会儿。"

妇科的病房区里，秦嫒嫒和姚娜共居一个病房。她们不仅全都是被0703号救护车给接回杭市人民医院的，还是钟景洲、夏沫和张冬那一组负责医疗救援的，现在更是巧合地分到了一个病房。

因为夏沫负责的病房区跟妇科的病房区在同一楼层，在跟白一峰查完房后，夏沫总会习惯性地再来看一看她们。

秦嫒嫒在保胎，她的家人还没有过来，因为秦嫒嫒怎么都不肯说出他们的名字和联系方式。被人问急了，她不是装傻充愣，便是沉默不语，有时还会大哭，哭得上气不接下气的，谁见了，都担心她如此情绪会影响到胎儿的发育，所以，暂时只能由着她去了。

姚娜的胆汁淤积症状在经过医生的治疗之后，已经有了好转，再过一两天，她就可以出院了。她老公谢丁全程陪同，把她照顾得很好。但因为新生的小宝宝还在儿科的病房内进行治疗，虽然从临市接回来的时候，并没有耽搁，可这个小婴儿的状况依然不太好。夫妻俩只要一想到这些，便无法开心起来。

夏沫走进来，顺手摘掉了口罩。三个人跟夏沫的关系都还不错，见她来了，便笑着跟她打起了招呼。

夏沫看着姚娜的脸色已经恢复了正常，手掌也不见往日的蜡黄，便放下了心。

"已经没有大碍了，再观察观察，就能回家了，恭喜你。"

姚娜点了点头："夏医生，我女儿，她还是不大好。"

夏沫安慰道："给你女儿看病的那位邱医生，是新生儿治疗方面的专家，由她来治疗，相信一定会有个好结果的。你女儿出生后就立即被送进了医院，一些干预性治疗全都赶上了最佳时机，所以，你和家属都要相信医生的专业能力，全力做好配合，更要相信小宝宝旺盛的生命力。给大家一点时间，别慌，好吗？"

姚娜擦了擦眼泪，用力地点点头。

看着姚娜抹眼泪，夏沫不赞同地提醒："你在坐月子，尽量少哭，要努力改善自己的情绪，防止产后抑郁症的发生。你现在可是做母亲的人了，只有好好地保重身体，将状态调整到最佳，才能保护好你的女儿。小宝宝真的没有你想的那么脆弱，你要相信她能够战胜疾病，你要让她相信，你一定能做个好妈妈。"

姚娜露出了一抹笑容，甜甜的，暖暖的。

夏沫又来到了秦嫒嫒身边。秦嫒嫒不敢看她，蜷缩着腿，低着头，把自己抱成一团。这是一个极具防备的姿势，仿佛是在尽全力保护着自己。

夏沫虽在心里边叹气，表情上却表现出无比关心："这几天还好吗？"

秦嫒嫒点了点头。

"你还是不想跟家人联络吗？"夏沫又问。

这一次，秦嫒嫒没了动静，就像是没听到似的。

"你是担心，等你家人来了以后，会强行决定让你做流产吗？其实这件事，你的管床医生应该与你沟通过了吧，你已经是年满十八周岁的成年人了，你可以对自己的行为负责，也可以决定自己的人生，孩子留或者不留，都该由你自己来决定，即使是你的家人，也不能强行替你做出选择，因为医生还是要尊重你本人的意见。"

秦嫒嫒双肩不停地在颤抖，看样子是哭了。

"还记得吗？在救护车上的时候，我就跟你说过了，事情已经发生，逃避只会让一切变得越来越糟糕。两害相权取其轻，我相信你能够找到一个比较好的解决办法。"夏沫笑了笑，"你真的要为了自己的坚持，失去父母、学业和未来事业的发展吗？秦嫒嫒，你做出这样的决定时，敢肯定未来的自己不后悔吗？而你的人生，才刚刚开始，以后要如何走呢？你要考虑清楚呀！"

夏沫说完，还是如同往常那样，摸了摸她的肩膀，并无太多责难的意思。

上午的事全都忙完了，夏沫决定去救护车队一趟。可才走到门口，就听见秦嫒嫒在身后喊她："夏医生，请您等一等。"

夏沫停住了脚步。秦嫒嫒抬起头，满含热泪说："我骗了你，你不怪我？你还愿意总来看我，跟我说这些话？你对我不失望吗？你不觉得，我已经是无可救药的废物，应该直接放弃了吗？"

她一口气说了很多，然后等着夏沫的回答，无论是肯定，还是否定，她都不在乎。她已经好几天没跟人说过话了，好像在身边来来回回的许多人里，就只有夏沫一个人，她能稍微放下心事说上几句话。

"好好休息吧，还是那句话，想要这个孩子，你就要为孩子的未来多多考虑，要如何做才能让他安稳地出生，来到了人世，又要怎样做，才能在他出生之后，将他抚养长大，不说给他最好的生活和教育，至少也得维持正常的水平吧！如此，才算是一位真正认真负责的好母亲呀！"

"我会努力的。"秦嫒嫒攥紧拳头，使劲地点头。

"我知道你一直在努力，只不过，你还没有彻底考虑妥当，所以，你最需要的是一些时间。瞧，这里虽然是医院的病房，可也的确是一个不受打扰的好地方，在这里，你可以好好休息，不是吗？"

秦媛媛听完，按照夏沫之前教给她的办法，平身躺好，垫高双脚，尽量放松自己。夏沫见状，竖起大拇指，鼓励她加油。

最近，钟景洲连续出车，随车医生都不是夏沫，不过他也没往心里去。张冬从早晨上班时起，便满脸愁云，一副无精打采、没有睡醒的样子。见了钟景洲，张冬便撑起精神，强行振作，跟他打了声招呼。这破天荒释放善意的行为，并不能缓和他与钟景洲早已闹僵的关系。

"嗯。"钟景洲应了声，便继续去忙自己的了。

张冬瞅了个空当，跟了过来，拿起了钟景洲放在一边的保温杯。

钟景洲皱起了眉头："你动我的杯子做什么？"

"帮你去打点热水啊，这杯子都空了。我是知道的，钟师傅平时出车，别的都可以没有，就是水杯不能空。"

他热情地跟钟景洲套着近乎，脸上堆满笑容，显然是想通过自己的努力，重新和钟景洲建立友好的关系。

但钟景洲并不买账，用手指点了点，示意他放下："我不喜欢别人碰我的水杯。"

张冬不好意思地笑了一下："我就是想帮你。"

"我有手有脚，自己的事儿自己做。"钟景洲并不领情。

张冬的好意被拒绝，只好默默地把东西放下。

廖队长手上拿着一份考勤表、一份出车记录单，正一脸铁青地翻看着。他的手指点中了"钟景洲"名下的那一栏，一天一天地查下去。从月初查到了月尾，竟然没有一天迟到、早退和旷工的记录。他不死心，又把页码翻到了上个月，仍是从月初到月尾，结果竟然一样。可他还是不相信，继续查。直到把手上十二个月的记录全看完，依然没有发现钟景洲哪个月在出勤上有问题。

简直不敢相信！那看上去吊儿郎当的大胡子，居然能做到满勤！

这是什么情况？廖队长用力地推开了窗，朝着0703号救护车的方向望了过去，能看到钟景洲站在附近，正与张冬不知道说什么呢。他咬牙把考勤表扔到一边，又开始检查0703号车的出车记录单。一天一天地翻，上午几次，下午几次，偶尔还要加班、值班。

救援大队这边，救护车的使用频率极高，一部车配备三个团队，每一组执勤8小时以上，因此是24小时待命。

第一班和第二班出车的频率比较高，第三班是深夜时段，并非用车高峰，只需要五部车待命便足够应对情况，因此第三班是按照值班去计算，专门排了值班表，轮到哪一组就算哪一组。

按照这种规律，已经完美运转了很多年，即便是根据实际情况进行了调整，也仅仅是微调而已。

钟景洲等人每天出发、返回，本人可能并没有觉得有什么问题。可在廖队长看来，这份沉甸甸的工作记录，可谓是相当辛苦了。哪怕他用最挑剔的眼光去寻找里边的破绽，仍不得不承认，钟景洲在本职岗位上真的是挑不出毛病来。

那么，问题摆在了面前。

关于钟景洲违规为伤者处置伤口的事儿，医院那边采取了完全低调的处理，他上报了几次，宛若石沉大海一般，连个回信都没有。

廖队长今天来查这些，不过是想玩一把"曲线救国"，从工作态度上寻找钟景洲的问题，然后对他进行批评处理。谁想到，竟然会是这样的结果，大胡子不留一点破绽，让他没法抓到小辫子。他正心烦气闷，就见张冬走了进来，先是探头探脑地朝外望了望，确定没人在附近，这才小心翼翼地把门关严实。

廖队长没好气地问："你鬼鬼祟祟地做什么呢？"

"廖队长，那件事，是真的吗？就是，大家都在说，大胡子是钟院长的儿子。"张冬越说声越小。

廖队长直接给气乐了："你小子又是在哪里听到的谣言？哪儿跟哪儿

啊?"

"大胡子名叫钟景洲,钟院长也姓钟。"张冬很努力地在暗示。

结果,廖队长当场开骂:"天底下姓钟的人多了去了,整个医院里,钟姓的医务人员没有五十也有三十吧?怎么,还都能跟咱们钟院长扯上关系?"

"不是不是。"被廖队长一熊,张冬语无伦次,赶紧否认。过了一会儿,他才终于想到了自己想要说的话,就把从昨天到今天的发现,全给说了一遍。

钟景洲的那部价值小百万的越野车,钟景洲在医院内的专属车位,钟景洲和各个科室的大主任都很熟悉,偶尔碰上,别人都是客客气气地讲话,唯独钟景洲,简直是不可一世,可说来也怪,他不去搭理那些医生,可那些冷傲的医生们反过来亲近他。不过是一个邋遢落魄、在救护车队内混日子讨生活的司机罢了,他凭什么赢得那么多人的青睐,凭他胡子浓?凭他脾气差?那当然不是!

张冬有理有据,一路分析,列举出来的事例,也不是道听途说。有不少也是廖队长知情,甚至是亲眼所见。

廖队长很快被说服了,表情跟着张冬一起转为凝重:"这些流言究竟是从哪里来的?谁最先传起来的,你知道吗?"

张冬面容微显尴尬,哪里敢说都是自己的猜测,只不过担心不够分量,才假装说是从别人那里听到的。

"大家偶尔凑到一起,聊的全都是这些,我也是不小心听到了,才想着来问问您。这些流言蜚语,传多了就会变成谣言,咱可不是那样在背后恶语伤人的家伙。不过,廖队长,您是整个救护车队的领导,您应该最清楚吧,大胡子……不,我的意思是钟景洲,他到底是什么来头?"

廖队长摇摇头:"我来这边上班,满打满算也才一年零两个月,比你也长不了多少,我真的不知道钟景洲的父亲居然是……"

顿了顿,他诧异地嘟囔:"不过这事儿想想也不太可能吧,如果钟景洲真是钟院长的儿子，他待在救护车队干什么？去哪儿不行？做什么不行？钟院长手上的资源那么多，稍微倾斜一点给儿子，也不至于让他在救护车队这边辛苦。"

一连串的问题问出来，张冬哪里能解答，他还指望在廖队长这边获得答案呢。

"算了，这事儿先不要外传了，我去确定一下再说。"廖队长忍着气。

张冬惴惴不安："廖队长，等您弄明白了，能不能跟我也说一声？"

廖队长直接急了，将手上的资料本狠狠地往桌上一摔，啪的一声巨响，把张冬吓得一激灵。

"都是你整天到我跟前来说钟景洲这里不好那里不好，我觉得你俩在一辆车上工作，彼此肯定相当了解，也就真的信了你说的话。结果，我今天一查，钟景洲的出勤记录、出车记录、工作记录，那都是优秀中的优秀，再没有比他更尽职尽责的了。要不是你在里边挑唆，对于这样的好员工，我肯定要高看一眼，多加爱护，怎么会去领导那里申请要处分他呢？说到底不就是那么一点儿小事吗？他不仅没有给患者带来损伤，还为患者争取到了抢救的黄金时间。"

张冬缩着脖子不敢说话，过去还敢顶一句钟景洲是非法行医，这是不容突破的底线，可现在，他有点儿厌了，不敢咬着这一点儿饯下去。

"廖队长，以前的事就别提了，关键是现在该怎么办？"张冬忐忑忑忑，有些犹豫地要问，他的转正手续，为什么一直没有提交办理，这都超过两星期了，他真是担心极了。可在廖队长生气的时候，提这件事简直是自取其辱。张冬衡量再三，还是把到嘴边的话给咽了回去。

张冬从办公室一走出来，迎面就遇上了钟景洲。四目相接的一瞬间，钟景洲嘲讽地冷笑了一声："又来告状了？"

张冬被噎得说不出话来，只能苦笑："钟师傅，你还是不要用最大恶意去揣测别人了吧。我跟你在一个团队，我们是同事，没仇没怨的，我干吗要说你坏话？"

钟景洲不吃这一套，勾了下嘴角，反问道："你说的还少吗？"

张冬还想解释，可钟景洲却不给他这个机会，绕过他走掉了。张冬的心啊，一阵抽搐，他觉得自己实在是个倒霉的人，从进医院开始最早认识也是最讨厌的那个人，摇身一变，却变成了可能阻碍他未来前途命运的关键人物，其实就在不久前，他还笃定能凭着"非法行医"的借口，把钟景洲一脚踢出车队呢。谁知，人家的靠山稳如磐石，倒是他成了一个笑话。

张冬有心想跟上去再说几句，可廖队长打开窗户，又把他给喊了回去。他心里边堵得再厉害，也只能放在以后想办法，先进去跟廖队长谈谈，看能不能商量点儿对策出来。

钟景洲的心情也不太好，如果张冬真的跟上来，他一定不会客气，连最起码的情面都不会给他留了。至于心情不好的原因，也不是说医院里的这摊事让他觉得怎么样，是他下班的悠闲时间，突然就被一点点地打破。

先是白一峰不请自来，跟他喝了一夜的酒。之后，简直一发不可收拾，原来那些哥们，个个都像嗅到了合适的契机，从之前的默默关心，直接转为主动出击联络。

卢金约他去打羽毛球，白一峰说周末邀他一起吃烧烤，张副院长给他打电话问他什么时间可以去他办公室喝喝茶，还有李医生、赵医生、井医生……昔日一同学习的小伙伴，全都已经成为今日医院各个科室的主力，大家有些日子不联络，哪怕是在一个医院内上班，可他的工作范围永远止步于门诊楼前的缓台，而医生们上班后通常都很忙，若是钟景洲不主动走到他们面前，见面的机会反而非常少，连擦肩而过都很难。正是如此，这些人齐刷刷地出现，连他的冷淡都不介意了，这才显得不同寻常。

不用想也知道是谁干的好事儿！

"白一峰，往后你别想进我家的门。"给大白打过去电话时，钟景洲恶狠狠地宣布。

白一峰在电话里哈哈大笑："我就是发了个微信朋友圈炫耀一下罢

了,谁知道这些人,一个个全是羡慕忌妒恨,迫不及待地向你发出邀请。但这事儿可不怪我,谁让你脱离组织太久了呢!钟景洲,你的人缘好得令我忌妒。"

钟景洲顿时不想跟这个得意扬扬的家伙讲话,直接挂断了电话,并且在心里边默默发誓,一定要将他拉黑掉。

夏沫拎着医药箱走了过来,从他身边走过时,眼神非常复杂,瞥了他一眼,似乎有话要说,但终究也只是一切尽在不言中,默默地走开了。

钟景洲默默地看着她的背影,迷惑不解地嘀咕道:"一个两个,没有正常的,最近大家是怎么啦?"

钟景洲绕了一圈,边走路边伸展着身体。走到篮球架附近时,他还认真地抬头看了好一会儿。说起来,他的确很久没跟朋友一起出去运动了。以前挺喜欢各种球类运动的,平时不忙的时候,在运动场上总能看到他的身影。后来,突然有一天,他斩断了一切联系,一味沉浸在自己的世界里,感受和体味着那份刻骨铭心的痛意。

日子一久,他渐渐习惯了现在的这种生活。即使白一峰他们持续发出各种诱惑,他也只是看着篮球架短暂失神,完全没有了打球的想法和冲动。过往的一切早已离他远去。既然做出了放弃过去一切的决定,他就从没想过要更改。他依然无法面对过去的自己。

钟景洲回到0703号救护车时,发现车门已被打开。平时没有任务时,除了他,是没人会长时间停留在车辆上的。他以为是张冬,就在车门口探头看了看,没想到看到的却是夏沫窈窕的背影,她此时正在给车辆上的小药箱里放药品。小药箱装了不少东西,满满当当的,主要是供孕妇和新生儿所用。

"你在做什么?"钟景洲突然开口,把夏沫吓了一跳。

"天哪,你是什么时候回来的?突然在身后也没声音,你吓死我啦!"

"药品和医疗耗材的补给有严格的规定,一直是随车护士在负责,你往车上塞什么了？"0703号车是属于钟景洲的地盘，有一套运行规则，他不希望任何人去破坏。

"噢，最近一个月，好几次都是接到孕妇和新生儿，我就带了些可能用到的东西过来，都是女性和新生儿用品，以备不时之需嘛。"夏沫晃了晃手上可爱的小玩具，这是为了吸引小朋友注意力用的。当然，一些涉及女性隐私的物件，就不方便给他过目了。

钟景洲眉头紧皱："这些并不是急救用品吧？你从哪里拿来的？医院给了新的补给清单吗？"

"都是我自己准备的。"夏沫没好意思说，这是她绞尽脑汁想好的一个借口。想要跟钟景洲交流，总要找个合适的契机吧。不然最近两个人剑拔弩张的，哪怕是她想心平气和地跟他讲话，他也未必愿意呀！瞧，现在有了个共同的小话题，气氛就好多了。

"这是救护车，不是观光游览车，把这些没用的东西拿下去。"钟景洲把夏沫摆放好的物件重新给拉回来，往她箱子里塞。

夏沫嚷嚷："你怎么知道没用？我是医生，我觉得很有用，存放在这里，将来肯定能用到。"

"救护车是我的地盘，你愿意整这些花里胡哨的东西，可以去其他救护车上试试，我这儿不行！"钟景洲拒绝得也是相当干脆。

夏沫气急了："你这人，怎么这样子啊？"

一点儿也不和气，一点儿也不可爱，脾气倔强又不愿意变通，丝毫没有遗传到廖妈妈的和蔼可亲以及钟叔的平易近人。她差点就把心里的想法全给嚷出来了，只是话到嘴边，又意识到不妥，便硬生生地给咽了下去。

"还有什么事吗？"见夏沫不走，钟景洲催促着问。

夏沫的眼睛机灵地转了转，她的火气瞬间消散了。她一转身坐在座椅上说："钟景洲，我有个问题想要问你。"

钟景洲没有搭理她，他发现车子的储物格里的门的开关不是很利索，便翻出工具，开始修理起来。

夏沫在知道了钟景洲的真实身份后，对他的印象有了彻底改变。她发现，钟景洲除了乱糟糟的胡子外，身上倒有不少优点。比如，身材高大，浑身肌肉，健壮如牛；再比如，手指修长，骨节分明，孔武有力；还有，他半蹲在那里的样子，轮廓怎么会那么好看呢？明明只是普通的医院制服，在救护车队内，几乎每一位救护车司机，穿的都是一样的款式，但钟景洲随意往身上一套，只是搭配着一双白色板鞋罢了，就有了几分独特的味道。

这便是爱屋及乌的感觉吧！

夏沫还在胡思乱想，钟景洲已修好了储物格。他收拾工具，不经意地发现夏沫红着脸颊，眯着眼睛冲他笑。

"春心荡漾，你是看上我了？"钟景洲大大咧咧的，开口就问。

因话题过于直接，夏沫心里边全无准备，顿时支支吾吾说不出话来。

"谁春心荡漾啊？你开什么玩笑，别……别胡说八道呀！"

钟景洲摸了摸鼻子："幸好你没看上，要不然，我会觉得很麻烦，因为我压根儿不想在医院内发展恋情，况且你也不是我喜欢的类型。"

如果换成别人，夏沫早就把手里的矿泉水瓶拧开，劈头盖脸浇他一头，让他在冰水之下，好好冷静冷静。但这个人是廖妈妈的儿子啊，她怎么可以下得去手呢？通过廖妈妈，夏沫了解到，钟景洲大学期间一直没有女朋友，等到读了研究生，更没时间谈恋爱，也不知道他到底喜欢什么样子的女孩。这一度令廖妈妈担心他的性取向存在问题。如今总算是见到了，认识了，熟悉了，夏沫怎么舍得放弃这么好的探听机会呢？

于是，夏沫直了直身子问："钟师傅，你喜欢什么类型的女孩子呀？"

钟景洲诧异极了："你问这个做什么？是不是对我感兴趣，想进一步发展一下？"

他难道只会用如此直截了当的办法去击退别人的询问吗？夏沫隐约抓到了与他沟通的窍门，只要脸皮厚，把他说的话当作耳旁风，就能主导话题的节奏。

"你不是说，你不喜欢像我这个类型的女孩子嘛，所以我好奇，连我这样的你都不喜欢，你还能喜欢什么样子的呢？"这还是那个腼腆内向、一说话就脸红的夏沫吗？她竟然会问出这么直截了当的话来？

钟景洲认真地想了想，非常诚实地回答："看着顺眼。"

这种答案，简单得不能再简单，但也因为过于简单，而变成了一个非常困难的标准。

"好看的男孩子，喜欢吗？"夏沫一时冲动，说出了心里的想法。

"我敢肯定，我钟景洲纯爷们，喜欢漂亮女人，心理与生理都正常。"既然你夏沫一个大姑娘家谈论这样敏感的话题都不尴尬，我钟景洲一个大男人有什么好担心的。

"那么，你各方面的条件都不错，为什么到现在还单身呢？今天我算是找到答案了。"夏沫使劲地点了点头。

夏沫的话引起了钟景洲好奇，歪着头等着想听夏沫给出结论。

夏沫也没有绕弯子，摸了摸自己的下巴："肯定是这些胡子，影响了你的颜值。"

"乱讲。"

自从钟景洲留起了大胡子，坊间流传着多个故事版本。可是像夏沫这样讲出来，他还是第一次听说，于是哈哈大笑起来。

夏沫再接再厉，掰开手指给他细数："我看过马克思、恩格斯、列宁等伟大先驱者的照片，但我真的不知道他们长什么样子；正如我与钟景洲先生朝夕相处一样，我也不知道他的真容。我真怕，哪天你突然把胡子给刮了，跟我擦肩而过，我都认不出来你。"

"打住！别把注意力放在我胡子上，想拐弯抹角劝我刮掉，不可能，绝不可能。"钟景洲算是明白了她的意思，摆了摆手，结束谈话。

他跟夏沫只是普通的同事，平时没有深交，也无更多接触。为什么话题一下子变成了老友畅谈？也不太对，白一峰、卢金那些人，认识的时间好像还更久一些，就算是他们也没办法做到像今天这样对话吧！

难道是天气转凉影响了神经系统的判断？钟景洲抬起头来，疑惑地望了望天空。

夏沫抿着嘴坏笑，转身离开。最近一段时间的小情绪，随之烟消云散。

钟景洲留在原地，错愕良久。嗯，最近的生活有点乱。这一天下来，他会恼火，会自言自语，会因为白一峰四处散播去他家喝酒的事而失落，会与夏沫这个大姑娘大谈性取向……

生活在悄然发生变化，只是他却浑然不知。

第十三章　竟然是他

自从知道钟景洲的车子停在那里，张冬好像着了魔，时不时就想要过来看一眼，尽管每看一次，心里边都是苦辣酸甜一起上涌，有点儿羡慕，有点儿忌妒，还有点茫然。他以为自己隐藏得很好，躲在一个视觉死角的位置，稍稍探出头，就能看到0703号车位。但他不知道的是，自己鬼鬼祟祟的举动，其实钟景洲已经瞧见了好几次。坐在车子里，后视镜稍稍调整，恰好就能将张冬所在的位置瞧得清清楚楚。

钟景洲推测，这绝不是偶然现象。但按照他的脾气，也没有更多的兴趣去追问，张冬为什么要这么做，他一点儿都不在乎。如果张冬不嫌累不嫌烦，那就随他去吧。

钟景洲一踩油门，越野车发出强劲有力的轰鸣，实在威武极了。他刚驶出医院，就远远瞧见夏沫站在路边，一脸着急之色，正在不停地招手拦出租车。

正值上下班的高峰期，医院附近的车流比别处更加密集，车来车往，人们在医院门口进进出出，交警在路口维持着秩序。夏沫与交警的距离不到两米，许多空着的出租车，看到交警也不敢停。夏沫急得不行，有几次甚至想强行拦截，都被交警严厉制止了。

钟景洲的车子驶向另一个方向，夏沫的背影，逐渐消失在视线以外。车内的音乐震天响，钟景洲的脑海里浮现的却是夏沫满头大汗焦急万分的小脸。她是不是遇到什么难事儿了？她要去哪里？她在马路上横冲直撞，万一出点儿意外怎么办？

钟景洲怀疑自己是不是医疗救援做得多了，犯了职业病，看什么人都觉得他处在危险之中。就现在，他居然为一个整天跟他横挑鼻子竖挑眼的小丫头心神不宁。

"我怕是疯了。"钟景洲踩下油门，在前面路口调转车头。

夏沫还没打到车，正在原地打转。越野车擦着她停下，把夏沫给吓了一跳。夏沫正要发火，车窗摇了下来，露出的却是钟景洲长满胡须的脸。

"怎么是你？"夏沫吃惊地问。

"上车！"钟景洲命令道。

"可是……"面对钟景洲的突然出现，夏沫根本没有思想准备。

"再不走交警要给我开罚单了，你要交吗？"钟景洲皱着眉问。

夏沫看了一眼不远处的交警，无奈之下，只好先钻进副驾驶座位里。

"安全带。"钟景洲提醒道。

"你开到前边，找个好打车的地方给我放下来就好。"夏沫抱歉地说。

"去年，院里有名护士，才二十岁出头，就是因为不系安全带，在车祸的瞬间被甩了出去，被路边的铁栅栏刺中，当场死亡……"

"你别说了，我系！"只听咔嗒一声脆响，换回的是钟景洲满意的微笑。

钟景洲一直把车子开出距离医院五百米之外的主干线上，才开口问："你去哪儿？"

夏沫如梦初醒："随便找个地儿，把我放下。"她很认真地表示，自己可以打车。

钟景洲颇为不耐烦地说："说地址！"

夏沫咬着嘴唇不说话。看着她的模样，钟景洲还以为她有什么别的想法，便耐着性子解释："现在是下班高峰期，不容易拦到车，刚好我今晚没事，你说去哪里，我看看能不能顺路送一送你。"

夏沫听到了这话，便改变了主意："我要去柳杨县，非常远，你确定顺路能送我？"当然，夏沫并不真指望钟景洲能送她，不过是想看看他慷慨许下的诺言却又没办法完成时的窘态罢了。

钟景洲的浓眉果然皱紧了一些，却没开口，只是加快了车速，一路飞奔而去。

夏沫诧异地问："这是去哪里？"

"柳杨县。"他冷静地回答。这不是她报出来的地址，并且打算要去的地方吗？

"我知道是柳杨县，我的意思是，你真的要送我去？四十多公里，来回得三个小时呢！"

"嗯。"钟景洲答应得干脆利落。

夏沫根本琢磨不透大胡子的想法，更没办法从他的语气和表情里猜测出他这么做的目的。

"你真是个好人，哈哈……"

趁着气氛和谐愉快，夏沫打算缓和一下之前的尴尬局面，消除误解。这时，手机却突然响了起来，她脸上轻松愉快的表情一下子消失了。

"喂，我已经在赶回去的路上了，从杭市到柳杨总是需要时间吧？而且到了柳杨后还得再往村子里边赶，路也不好走……好了好了，我知道了，我今晚上不在家里边住，明天还要回医院里工作呢……请假？那怎么可以？我的年假早就休没了，事假得去找领导批准，还要扣工资，我才上班不能老请假呀……"

夏沫一直在跟对方解释，可电话那边并不认同她所说的话，一个劲儿地强调，而且声音也挺大，连钟景洲也能听得到。

"妈，你不能这样子不讲理呀！我在医院里只是个实习医生，距离成为真正的医生还有很长一段路要走，我的临床经验还不够，不能私自给重症患者开药，更不能私底下进行手术。是是是，我是医科大学毕业，但具有医学知识和进行临床医学处置，这两者的概念是不一样的，我正在跟医院里的老师学习，积累经验，这是一个非常漫长的过程，短时间内根本做不到。"

夏沫讲得苦口婆心，电话那边的人，并没打算就此放过她，而是继续提出其他要求。夏沫一脸的不耐烦，下意识地按住心口，她感觉到了一阵窒息。

"什么叫让我安排好床位，什么叫让我想办法减免医药费，医院又不是我家的，我一个实习医生哪儿来的这种权力？我不管，你赶紧去把这些不靠谱的应承全推掉，你就是让他们来到医院，我解决不了还是解决不了。"说到最后，夏沫几乎是吼出来的。电话挂断后，她整个人像泄了气的皮球似的，蜷缩在了座椅之中。

"钟景洲，非常抱歉，我不回柳杨了，麻烦你在前边找个合适的地方调转方向，咱们回市里吧。"她颤抖着声音努力装作轻松的模样说。

"嗯？"钟景洲看了一眼她，"你不是有急事吗？"

"我不想回去了，回去也没有什么意义。他们要我做的事我做不了，回去了又能怎么样呢？在他们的眼里，我就是个没用的人。"夏沫抬起手，使劲抹了一把眼泪。她是真的不想在钟景洲面前哭得稀里哗啦，可是，跟母亲吵架的难看模样已经被钟景洲看在眼里了，她的自尊心早就碎了一地。夏沫干脆把头扭到窗外，努力控制此时此刻糟糕的情绪。

在这一刻，钟景洲简直就是个称职的工具人，他一边专注地开着车，一边打开车载音乐。

车子开始循环播放着流行音乐，当一首《送情郎》在车内响起来的时候，夏沫发现自己哭的气氛全都有了。钟景洲甚至还歪着脑袋，手指头有节奏地敲打着方向盘，跟着小声和唱。

夏沫含泪苦笑："钟景洲，你是什么音乐审美啊？"

"不好吗？挺好的呀！我就喜欢听开心点的曲子。对了，刚才那首《大笑江湖》，歌曲最后有一句英文，你听清楚是什么意思了吗？"他认认真真地抛出来了一个问题。

夏沫一愣："有说英文吗？"

钟景洲肯定地点头："有呀。"

"我没听清楚。"夏沫不好意思地摇头，放第一首歌的时候，她就哭得稀里哗啦，哪有心情去听！

"那我再给你放一遍，你认真听。"钟景洲说着，真的把音乐按了回去，又把《大笑江湖》给放了一遍。

整首歌曲，都充满了极其欢乐的调子，高亢，上扬，仔细听，歌曲还带了那么点小小的人生哲理。

"……武林争斗，是是非非恩恩怨怨怨何时了，咱辈分比较小，昨天刚报名上道……"

"……各路英雄好汉，没事你就别和我瞎闹，如果你认输，我就回家睡大觉，俺娘说输赢不重要，开心才重要……"

"……"

歌曲到最后，果然有人操着一口地道的东北腔，快速地念了一句英文。

即便是夏沫能流利地用英语与外国人交流，她依然没听清楚那人所说的最后一句话是什么。她不服输的劲头上来了，于是说道："再听一遍吧。"

钟景洲就给她又放了一遍。可夏沫依然没听明白，她一边抑制不住地大笑，一边直呼受不了："他这口音，真是绝了，中国式东北英语，我真的没有听懂。那他到底在说什么啊？"

钟景洲忽然用地道流利的英文回答:"年轻人,May the force be with you。这是电影《星球大战》里的一句台词,放在这里可以翻译为:年轻人,别太嘚瑟,没什么用!"

前一秒和后一秒之间,钟景洲气质转换差异过大,以至于夏沫没办法完全接受,整个人再次傻住了。钟景洲讲英文的样子,还真是令人眼前一亮。人还是那个人,下班时间换上了松松垮垮的T恤和运动裤,满脸的胡子,看上去又似乎完全不同了。

夏沫心里边发出一声感叹:是呀,她怎么老是选择性忽略,钟景洲可是北大的研究生。能去读那个学校,还是本硕连读,十有八九是个超级学霸。只是,他如此优秀,为何却放弃最擅长的专业,而去选择另一种人生?想到钟景洲利索地处理病人伤口,以及对于一些病症有很强的分析和应对能力,夏沫的脑海里曾想到,他在毕业后,可能也从事过很长一段时间相关的工作,甚至当过医生。不过,这种念头只存在了一瞬间,便消失掉了。

要知道北大医学部可是全国医学类排名第一的,从那里毕业本身就是一种绝对的实力象征,哪怕是直接来杭市人民医院应聘,也会有很大的机会被录用。更别提廖妈妈曾经是这所医院的专家,对医院曾经做出过巨大贡献;钟叔同样是医院的职工,劳心劳力地工作了一辈子。一般来说,有这样的父母,在面试的时候,院方也是会酌情照顾的。

那么钟景洲进医院是板上钉钉的事,可他却进了救护车队,究竟是为什么呢?那大概只能逆向思考,万事俱备最终不成,原因最可能是他的学业出了问题,没准是因为进了大学开始便混日子,不好好学习,放纵自己,虽然混出来了学历,却完全不具备成为医生的能力,又或者是……

当然,夏沫也知道自己的各种猜测立不住脚,可这也是她所能想象到的最合理的解释了。将来有合适的机会一定当面问一问,她不仅出于好奇,更多的还是替钟景洲考虑。廖妈妈和钟叔已经不在了,她欠二老的恩情,大概只能在钟景洲身上补偿一下了。

胡思乱想了好一会儿，夏沫根本没注意钟景洲什么时候已经下了国道，正朝西开过去。等她回过神来，发现车子已经开进了一个宛若世外桃源的地方。路两旁栽种着无数金色的树，片片黄叶在夕阳的余晖之下闪闪发亮，引人注目。车子驶过就像进入了童话世界一般。

"这是哪儿啊？"夏沫才问完，面前便突然出现了一片一眼望不到头的花海，栽种的全都是郁金香，一眼望过去，一垅一垅的，整整齐齐的，煞是好看。

"前面有一座水库，下边有湖，沿湖两边建起了公园，有一处对外开放，可以钓鱼。"

夏沫疑惑不解挑了挑眉梢："然后呢？"

"你已经决定不回家了，而我已经把车子开到了附近，简直是天意。"

"你想做什么？"

"钓鱼。"钟景洲回答。

"钓鱼？！"夏沫抬高了音调。

钟景洲似乎没发现她的惊诧，直接问："你会吗？"

"不会。可是现在也不是谈会不会的时候，重点是你为什么要带我来这里。"夏沫简直无语了。

"你不会，我可以教你，钓竿的事不用担心，我可以借给你。"

"等等，你为什么会有钓竿？"

"车上常备，两套，高级货，是我的宝贝，一般人我都不会让他碰。"

"你怎么不先问问我同意不同意过来啊？你这人平时也是这么霸道吗？在医院工作的时候，我怎么没看出来啊！"

钟景洲接着说："钓上来的鱼，可以在烧烤区自己烧烤，那边有商家提供作料，另外还可以买到其他食材，烤羊肉串、玉米、大腰子、辣椒什么的，品种多，也很新鲜，味道很好的。"

夏沫听得直咽口水，出来大半天，也的确饿了，于是同意前往。

半小时后，夏沫和钟景洲一人一把椅子，坐在湖边，支起了钓竿。这期间，夏沫看了两眼手机。

钟景洲不客气地提醒道："如果你几个小时不碰手机，你会发现这个世界上没有你，依然会照常运转。"

"万一……"

钟景洲打断了她："夏医生，你现在是下班时间，你要不要先学一学享受生活？你才二十几岁，还有一辈子的时间为全人类去鞠躬尽瘁，何必急于今晚？"

被钟景洲这么一说，夏沫都不好意思再看手机了。再加上今晚上一直联系她的并不是医院的患者，而全是乱糟糟的家务事，心情已被搅得极其低落，她把手机丢在一边，或许还真是个相当不错的选择。

按照钟景洲简单教的那些手法，试着去操纵钓竿，挥出鱼钩，等她忙了一身汗，勉强找出来一点小心得，正打算跟大胡子炫耀一下时，扭头却发现钟景洲拿了个帽子压在脸上，双手摊着放在脑后，竟然不管那根钓竿，直接睡着了。

夏沫忙活了两三个小时，几次距离成功只有一步之遥，最终却因为收竿不及时，而让那些狡猾的鱼儿逃脱了。钟景洲美美地睡了一觉，醒来之后，随意往钩子上捏了一团诱饵，甩出去几分钟后，一尾足有两斤重的大鱼，就被他连拖带拽收入网中。

"行了，烧烤去吧。"钟景洲把鱼扔进桶里，指挥夏沫收拾好钓竿。

钟景洲租来了烤架，抹好了食用油，将鱼平铺在上面，再用网状的固定格压住。

"你能吃辣吗？"

"能吃一点，太辣的不行。"

"我也是喜欢微辣，能压住鱼腥，配啤酒也刚刚好。"钟景洲抓起一把辣椒面，均匀地撒在鱼身上。

"咱们开车来的，你还要喝酒？"夏沫惊讶地问。

"有代驾。"

"好吧。"与钟景洲相比，她的生活真是枯燥又没情趣。

尽管钟景洲一再提醒，让她放松神经，享受生活，但她习惯了紧张有序的医生生活，一下子让她坦然改变，她还真做不到。

"我还买了一些穿好的羊肉串、培根卷和红薯片什么的，在那边的盘子里，你去端过来，然后帮忙烤。"钟景洲一直很会安排任务。

夏沫想吃现成的，在他看来，也是绝不可能。

在救护车上大家一起工作这么长时间，彼此配合已成习惯。钟景洲一个指令发出，她便下意识地去完成。等夏沫反应过来自己其实不需要听他指派，没必要他让做什么就做什么的时候，红薯片都快烤熟了，发出阵阵诱人的香味，引人垂涎欲滴。

钟景洲那边的烤鱼外酥里嫩，鱼皮泛出焦黄色，夏沫只看一眼，肚子就跟着咕噜噜地叫了起来。

"把桌子拉过来一张，准备吃饭。"

夏沫立即跑过去把桌子放好，顺便再搬两把塑料椅子。

钟景洲把烤好的食物全都放在油皮纸上。他倒了两杯啤酒，递给夏沫一杯。没喝过酒的夏沫，犹豫了几秒钟，还是接了过来。就在她准备完成人生之中的第一次冒险，品尝一下啤酒的滋味时，电话忽然又响了起来。她一看到屏幕上跳出来的"妈妈"两个字，嘴角的笑容忽地收敛了起来。

"又要喊你回去了？"钟景洲问。

"她没达到目的，哪里可能会放过我！每次都是这样子的，凡事都需要按照她的逻辑和认知去考虑。身为女儿，如果不按照她的意思去做，就是不孝顺，就是翅膀硬了，就是没有良心的狗东西。"

"我妈以前也这么骂我。"钟景洲忽然说道。

夏沫惊讶极了。可仔细一想，又觉得不太可能。廖妈妈是什么样的个性，她多年相处，清楚得很。她既温柔，又平和，更愿意放柔音调，缓慢地叙述一些事,哪怕意见不一致的时候,想的也只是以理服人,而不会用粗暴侮辱的方式强迫人。她深爱着自己的儿子,提起他时,总会骄傲地夸赞,又怎么会跟自己妈妈一样"简单粗暴"呢?

"你还真别不信,天下妈妈都一个样,各有各的顽固。"

夏沫的电话铃声一遍遍地响起,有些聒耳。

"你把啤酒一口气喝光,我给你讲讲我妈妈的故事。"

清新的空气,优雅的环境,两个人吃着烧烤,喝着啤酒,非常放松。钟景洲半眯着眼睛,舒服地往椅子上一靠,看上去慵懒极了。无形中夏沫也受到了感染,她索性把手机调成静音,不去管它。

为了听一听钟景洲口中的廖妈妈,夏沫一口喝光了纸杯里的啤酒。夏沫平生第一次喝啤酒,对于啤酒这怪怪的味道,也是直吐舌头,一言难尽。好在冰镇啤酒,解暑降温,再配上这绝味烧烤,那种惬意就甭提了。

"我妈是位医生,一辈子都是家、医院、食堂三点一线的生活,可能是因为生活圈子比较小,所以我妈的关注点,一直放在我身上。读书的时候还好,我早出晚归待在学校,她早出晚归待在医院,大家互相不打扰。可上了大学以后,我妈的注意力突然从学习转移到了我的个人私生活上,从此,她变成了天底下最絮叨的母亲,并且非常怀疑,我是个同性恋。"

"扑哧……"

夏沫一口酒喷了出去,然后就是剧烈地咳嗽,她被呛到了。钟景洲淡定地给她的纸杯里又倒满了啤酒。

"她很希望我一上大学就能交到漂亮可爱的女朋友,大学毕业立即结婚,最好隔年就能抱上孙子,跟平凡人一样,拥有最平凡的幸福。但在这一点上,我始终没有如她所愿,我妈一开始还挺淡定,打电话的时候稍稍暗示一下,然后过年、过节聚会的时候再明示一番。等到我毕业了,工作了,还不见领女孩子回家,她就开始跟我爸合伙,想尽办法以各种方式刺激我、羞辱我。"

眼看着夏沫的注意力被自己给吸引了过来,不再愁眉不展,钟景洲眼里泛起满意的神情。这种回忆过去的方式，对于钟景洲来说，相当轻松愉快。毕竟，夏沫与那段过去全无关系，她只是一个小小的听众罢了。

"不孝子，固执派，翅膀硬了，不听话的臭儿子……她换着花样地骂了一年多，后来发现我不在乎，言语刺激完全没用，就打算把我拐去心理科和泌尿科做全面的检查，用医学的方式来测试一下我的心理和生理是否正常。"

夏沫的电话不知从什么时候开始安静下来的，她的全部注意力都集中在了钟景洲所讲的故事里。从他口中讲出来的廖妈妈、钟叔，与她记忆中的二老完全不一样。可是，那斗智斗勇的家庭欢乐剧，又令她十分羡慕。她并不怀疑钟景洲所说的话是真是假，在廖妈妈的生活里，还有很多场景，是她没机会参与的。

夏沫托着脸颊，甚至还在想，如果是廖妈妈骂她一句：不孝女，都快三十岁了还不去找男朋友；不听话的臭女儿，翅膀硬了不听妈妈话的小顽固……她想，她也不会生气的吧。这些唠唠叨叨的话语里，充满着爱。哪怕是责骂，也是带着爱的小嗔怒，是甜蜜的守护。

"天底下最蠢的事，就是跟自己的爸爸、妈妈讲道理，因为家从来不是讲道理的地方。"钟景洲得出了如此结论，"你看，吵也吵不过，骂也不敢骂，他们带着情绪化的心情对你说一件事，只要你不按照他们设计好的条条框框去做，他们便总要想尽一切办法，把你扭转过来，让你就范。既然如此，你还吵什么、气什么？即便是自己气得哭鼻子抹眼泪，连饭都吃不下，他们那边还是完全不懂，该怎样还是要怎样。"

"嗯。"夏沫赞同地点点头，长大后如何与年迈的父母相处，始终是一门不太容易搞懂的学问。

"那我该怎么办呢？"夏沫拿起啤酒瓶，主动给钟景洲添了酒。

在几个小时之前，夏沫想都想不到，自己跟钟景洲竟然会有如此和谐相处的一天。而且钟景洲最近一直很讨厌她，那种拒人于千里之外的态度，已是刻在了眉宇之间。突然间两个人就发展到了可以吃着烧烤、喝着啤酒闲聊家常的程度了。

"其实很容易。"钟景洲的眼中浮现起了一丝伤感，他真的想他家老太太了。老太太虽然有些固执，却也可爱。她是世界上最好的妈妈，只属于他一个人的，任何人都不可以替代她。

"你必须让你妈妈明白一件事，你已经长大了，不再是过去那个依赖于监护人保护，凡事需要听取家人意见、建议的小女孩了。"钟景洲瞥了眼她的手机继续说，"逃避没有用，你需要用一个专业医生对待无理取闹的患者家属那样的语气，斩钉截铁地告诉她哪些是可以做的，哪些是不可以做的。当然，对于她合理的要求，通过努力可以解决的，你还是要帮忙解决的。毕竟，你是村子里走出来的研究生，是全村人的荣耀和希望。你妈以你为骄傲，显摆一次也好，炫耀一下也罢，这些都能理解。父母老了，他们的虚荣心也是快乐的源泉，只要他们还在，稍微宠着点，又能有什么呢？"

夏沫听出了他话语里的浓浓感伤，她忽然抬眸，想看看他的表情。可是钟景洲这时候却站起来，拿了一把蔬菜去炭火上烤了起来。

"这儿还有很多没有吃呢，不着急烤了。"夏沫看看桌子上的烤串说。

钟景洲闷声闷气地回答："我不走开，你怎么好意思给你妈妈回电话呢？仔细想想怎么说，别让你妈等太久。"

夏沫应了声，抓着手机，犹豫了一下，最终还是给妈妈回了电话。电话一接通，平日里那个嗓门极大的老人，气恼恼地骂了句"没良心的"，紧接着竟然小声啜泣起来。回想起钟景洲教自己的办法，夏沫尽可能地克制自己的情绪，给母亲讲起了道理。

果然如钟景洲所预料，虽然夏沫的妈妈有意在全村人面前炫耀女儿的能力，但一听说这些过分的要求极有可能给夏沫的职业生涯带来负面影响，甚至会断送她未来在医院的发展前途时，她妈妈也就改变了原来的想法。

当然，夏沫也承诺，下周休息的时候，可以回村做一次义诊。让爸妈把亲戚朋友和乡亲们都找过来，如果是身体的小毛病，她可以给予解决；而若是比较严重的问题，也能及时给予提醒，并告知他们应该去哪里治疗。

夏沫能主动给村里人看病，这让老人听了非常高兴。夏沫都不记得，她跟妈妈有多久没有像今天这样平和温柔地聊上一会儿了。

而给自己带来明显改变的钟景洲，此时正背对着她忙忙碌碌，非常贴心地给她留了私人的空间出来。夏沫并不知道，此刻的钟景洲，眼睛里同样含着潮湿的泪水，他不得不让自己不停地做事，才能缓解此刻的状态。

钟景洲对夏沫说："别让你妈等太久。"可内心传来的痛，宛若灵魂深处发出来的拷问：钟景洲，你还有脸指点别人？你让你妈妈等了那么久，这笔烂账，又该怎么算？他多么羡慕夏沫，一切的一切，尚未变成遗憾，还有千百次机会去弥补。

钟景洲忌妒地看了夏沫一眼，抬起手臂，抓了一把辣椒面，使劲地撒在了烤串上……

第十四章　所谓奇迹

代驾开着钟景洲的车子，先把夏沫送到了家，又把钟景洲送了回去。分开时，钟景洲窝在副驾驶座位上呼呼大睡，夏沫喊了几声都没喊醒。夏沫就很担心，钟景洲会不会在路上遭遇什么危险。但这个大胡子，根本不通人情，到家后连一条平安短信都懒得发。

夏沫鼓起勇气，给他打了个电话，他也没有接听，也不知道是睡着了，还是没看见。就这样，夏沫握着手机，迷迷糊糊地睡着了。等到醒来时，她赶紧点开屏幕去看。微信、短信、电话……全空空如也，钟景洲根本没打算联络她。

"还以为，他跟我讲和了呢！"夏沫嘟囔了一句，但早晨的时间比较宝贵，她还有很多上班前的准备工作要做，也没心思再考虑钟景洲的事。

而另一边，钟景洲一到医院，就被张副院长给请进了办公室。办公室内巨大的液晶电视正播放着节目，白一峰和几个外科大主任都在。见钟景洲到了，有人立即给他搬了把椅子过来，摆放在办公室最里边。

"你就坐这里。"张副院长吩咐。

钟景洲双目无神，明显还没睡醒。他望了望椅子，看了看领导，接着又在几个熟悉的面孔上搜了一圈。

"你们要开会？"

"是啊，一个很重要的闭门小会，时间有点长，你赶紧坐好，我们要开始了。"

张副院长按下遥控器，电视画面里出现的是医院的手术室。画面很单调，也没有过多的拍摄技巧，不过就是将摄像机架在了固定的位置，对准手术台而已。一位患者已平躺在那里，一动不动，只有微弱的呼吸。各种医疗仪器全都用上了，明显是重症，具体的检查结果不清楚，从画面里只能看到一条腿是断了的。而断掉的那条腿也在画面之中出现，就放在一旁的架子上，白一峰和两个医生一起，在进行断肢重接之前的处理工作。另外两个外科大主任来到了手术台边，他们全副武装，做好了准备。

这台手术要求相当高的技术水准，普通的医生只能围观，根本帮不上忙。而各个科室的大主任们要给其他大夫做讲解，因此，有机会参与其中，目睹手术的全过程。

"等等！"钟景洲高高举起了手。

白一峰按下了暂停键，张副院长等人的目光全集中在钟景洲的身上。

"什么事？"

钟景洲想站起来，不过他面前还摆着一把椅子，体型最大的于医生坐在那儿，还把腿给横了出去，以至于连一个站起来的空间都没留给他。于是，大胡子惨兮兮地又跌回自己的位子。

"这个会，我不应该参加吧？"

张副院长冷着一张脸："来都来了，好好坐下认真听。"

钟景洲又把手给举了起来："我听这个做什么？那是医生的事儿，我就是个司机，现在这个时间，我得去车队开车，等会儿总控那边安排活儿下来，如果不能及时出发，是要算我旷工的。"

紧接着，他还不忘嘀咕了一句："我这个月的满勤奖还几百块钱呢，如果因为你们的这件事儿给弄丢了，谁来赔我？"

全场鸦雀无声，大家都在听大胡子絮絮叨叨。

白一峰捏着下巴忍不住想笑。然而他发现，想笑的人，并不只是他一个，其他医生包括张副院长在内，也全都在笑。

办公室的门紧紧关闭着，这个会，普通医生根本没资格参加。可以说，这间屋子里坐着的人，足以代表杭市人民医院最高医疗水平，人人以到此为荣，但钟景洲除外。他完全是被困在这里的，很想跑掉，但又被太多人堵住了去路，只能言语交涉。

"放心吧，你的满勤奖丢不了，我等会儿给你写个条子过去说明情况。"张副院长直接拍板做了决定，而后吩咐白一峰继续放视频。

白一峰的手指还没按下去，就再次被钟景洲给打断了："领导，谢谢您的好意，但大可不必这么麻烦。我很清楚，你们肯定是发生了小小的失误，所以才通知错了人，又不好意思告诉我实情。我跟您讲句心里话，大可不必如此，来来来，老于、老任，还有老周，你们仨都站起来，让一让路，我现在就出去。"

他这么喊，可惜没人听他的话，个个稳坐钓鱼台，一动不动。

钟景洲就有点不高兴："同志们，屁股就那么沉？挪个窝都不肯？"

"挪什么挪，不准挪。钟景洲，我让你听，你就听，你再废话一句试试。"张副院长阴沉着脸，显然是不高兴了。这位主管业务的副院长，本身也是外科手术方面的专家，脾气不大好。对待钟景洲的不配合，他可以破例容忍一次，但绝不会纵容第二次。

"领导，您说这话，我就得问问了。我一个司机，听这些有什么用？再说了，跟我有什么关系啊？纯粹是浪费时间。"

张副院长心里头有气，跟他也就不客气了："跟你有什么关系？人是你接回来的吧？在接回来之前，是你亲手处理的吧？上手术台之前的所有基础处置也是你完成的吧？钟景洲，你说说看，跟你有没有关系？"

要这么一说，钟景洲倒也是哑口无言了。他摸了摸鼻子："我是见义勇为，纯粹做好事帮忙。怎么，这年头做好事也不行了？非得看着那个人因为抢救不及时，断了一条腿或者丢了一条命，这才是对的？"

"我不是那个意思！"张副院长见他故意曲解自己的说法，气得又瞪了他一眼。

对于张副院长，钟景洲打心眼里是尊重的，因为他既是领导，又是长辈。他见表达得差不多了，也就选择了点到为止："我就知道领导不是这个意思，我……"

这一次，张副院长没留给他机会狡辩，直接打断道："钟景洲，你的先期医疗处置行为，对整台手术的成功起到了至关重要的作用，而现在我把大家召集到这里，是要总结这台手术的相关经验，除了在本院学习推广，还要放到全国去交流经验。钟景洲，这件事的意义有多大，不用我再给你解释了吧？方方面面，一丝一毫，任何细节都不能出错。"

张副院长抓起手边的一本书，狠狠地往桌上一摔："我才不管你心里边是怎么想的，你既然是这台手术的一部分，就有责任有义务帮助其他同事，将后续的总结处理妥当。再跟我说废话，我就对你不客气！"

于是，在张副院长大发雷霆之后，救护车队那个谁的面子都不肯给的大胡子，摸着自己的鼻子，再没开口说离开的话。

不用吩咐，白一峰将暂停键取消，电视画面继续，一些与本台手术无关的部分，已做了前期的处理，因此，十几个小时的手术，展示出来的只是最关键的部分。

钟景洲的注意力很快被吸引过去。

大家专心致志地看着视频，白一峰利用空当，悄悄地冲着张副院长竖起了大拇指：领导，服了，姜还是老的辣，还得您亲自出马。

张副院长得意地笑了笑，拿过保温杯，喝了口水：这点事，只是小事，看着吧，早晚让他剃了胡子，滚回急诊科！

钟景洲的午餐是在离医院较远的一家饭店的包间里吃的"特殊工作餐"。所谓"特殊工作餐",其实就是大领导掏腰包请客,随意点,随意吃,除了不能喝酒,想吃什么都没关系。这可是今年第一次有机会宰张副院长一餐,大家的兴致都很高。

钟景洲本来是打算开完会后立即离开,可白一峰带着几个医生,前后左右拦住去路,硬是把他给拽了过来。大胡子的状态基本上是处于炸毛的边缘。谁在这时候再稍微刺激一句,或者多提些他不想听的建议,就算是张副院长在场,他大概也是要发飙的。

偏偏以白一峰为首的这些老同事,每一个都精明得不得了。故意给钟景洲安排了包间最内的位置,之后就没人过去找不自在了。吃吃喝喝,纯粹地享受午餐,就连那台重要的手术,都没人再提了。

吃完饭,每个人都还有一堆事,就迅速散场了。分别之前,白一峰拍了下钟景洲的肩膀:"喂,周末出来打球吧。"

"我不……"

白一峰直接就走,任医生又凑过来,把钟景洲给搂了过去:"大钟,我新买了个羽毛球拍,联名限量款,真正的好东西,改天约一约,试试手感?"

钟景洲准备炸毛,结果任医生也是说一句就走,完全不给他留机会。

周医生过来把大胡子搂到一边说:"哥们儿,说真的,我也喜欢留胡子。你都留这么长了,有时间去做个造型,我跟你说,就是熟男的美,简直酷极了。哎,看你这样,我都想跟着去救护车队好好休养一年了。"

钟景洲不高兴地想反驳,他不是去休养,他是去工作,认认真真地对待,这是一份值得他全力以赴的职业!可惜,周医生根本不听他的反驳,道了个别,立即追上任医生一起走了。

钟景洲实在烦透了,几次抽身想走,又被其他医生拦住了。钟景洲简直被这些人弄得头昏脑涨,到最后,他连气都懒得生了,只是麻木地等着这些无聊的家伙玩够了一个个离开。

张副院长背着手跟在他身后，等其他人都走远了，他走到了跟前，与钟景洲并肩而行。

"领导，这些人都是您安排的？多谢您，费心了！"

"跟我没关系。"张副院长挺了挺脊背，"我是最专业的医生，严谨认真是我的基本素养，我可不会去做那么无聊的事儿。"

钟景洲摸出一包烟，抽出一根递过去给张副院长，自己也塞进嘴里一根。

"我戒了，要养生。"

"那您夹在手上。"

等钟景洲的打火机一点火，张副院长立即凑过来，深深地吸了一大口，舒展地吐出来。

"也就是陪着你小子，若是换了别人，我是绝对不会吸的。"张副院长的话让两个人之间的疏离感又淡了几分。

"过几天，我打算去给你爸妈扫一扫墓，你陪我去吧。"见其他医生已经走远了，张副院长才开口提了要求。

钟景洲揪着下巴上最长的几根胡子，绕在手指上若有所思："又不是清明，也不是鬼节，您怎么突然间想起来去扫墓了？"

张副院长叹气："人老了，会经常怀旧。过去也不敢去，就怕被老朋友看见，我没照顾好她儿子，肯定要生我气。"

钟景洲一听话题又绕回来了，正打算找借口开溜，张副院长却话锋一转："你是不知道，你妈的脾气有多大。"

钟景洲乐了："领导，您可别趁着我妈先走一步，就背地里说老太太的坏话。我家老太太，从来是自诩温柔如水，号称是杭市人民医院妇产科最温柔的老专家，您说她脾气大，她晚上非得来梦里跟您掰扯不可。"

张副院长眯着眼睛，又吸了一口香烟，之后就捻灭扔垃圾桶了。过了瘾，多吸无益。他这把老骨头，还可以发光发热，要想多给患者做点事呢，就得好好爱惜身体。

"孩子，我可没瞎说，你妈的脾气就是特别大。当年她们科室，有一台仪器出了故障，喊了几次维修，都不管用，她气得直接去院长办公室了，哪怕对方是大领导，她也不管，催着必须给解决。那勇气，任谁都得竖起大拇指，没的说呀，没的说！"

张副院长摇了摇头："就是个倔强脾气，认准了的理儿，不听劝的，多难多麻烦，那都阻挡不了她，必须取得胜利。而你呢，长得像你爸，可是这性子，跟你妈一模一样，继承了个十成。"

"您这是夸我？"钟景洲琢磨了一会儿，摇头说，"听起来可不像是在夸。"

"行了，我还有事儿，就先走了。那件事……我是说，你从车祸现场把患者的命救回来，把他的腿也给保住了，你等于救了一家人的命啊！那个患者，真是上有八十岁的父母，下有生活不能自理的脑瘫儿子，妻子靠着给人做保洁，供养一儿一女读书，还要照顾脑瘫的大儿子。全家上下，指望的就是这个男人，他如果不在了，或者彻底残了，这一家都不知该怎么过。不过，运气不好出了车祸的男人，恰巧遇到了整个杭市人民医院，不，应该说整个中国最厉害的救护车司机，这腿啊，奇迹般地就保住了。"张副院长摇摇头，感慨万千地说，"绝对是奇迹！"

"这句，应该是夸我了。"钟景洲说完，抿住嘴，一股说不出的情绪，在身体内来回乱闯。他有点难受，确确实实不想再继续这个话题了。

两个人走到停车场，张副院长把车钥匙递给了钟景洲："我载你一程，一起回医院。"

"您载我，为什么车钥匙给我？"钟景洲非常不理解这种逻辑。

"听说，你这几年练了一手飞车绝技，把救护车都当成飞机来用了，碰巧有机会，我来亲自感受一下。"

钟景洲嘟囔道："得，这肯定是又有人在您面前说闲话了。"

"不想让别人说闲话，你就得把事情做扎实，让人挑不出毛病来。既然能挑出来，说明你身上还有破绽，这怨不得别人，以后还是要多多反思自己。"

钟景洲翻了个白眼。是的，从上了大学，开始学医，他的性格深受这一学科的影响，愈发沉稳。像是这种既幼稚又无奈的表情，影响颜值不说，若是被人看到了，气质上也得掉分，所以他是不会做的。但今天还是控制不住自己，狠狠地翻了一个，可见他是多么无奈！

"领导，人岁数大了，就都会变得差不多吗？您现在这样子，真是让我想起来我跟廖医生相处的那些时光。"他家老太太，时间是以分钟来计算，轻易不会出口念叨。但那只是跟别人，在面对他这个亲生的儿子，该念还是要念，没时间的时候，挤出来时间仍是要念。钟景洲已经很久没有体会过那种感觉了。

"我跟你妈是同事，而且我们都是厉害的医生，说出口的话，天然带着几分哲理，你若是聪明，就得好好听，好好琢磨，好好学。"

钟景洲如果不是在开车，这会儿绝对是要举起双手来求饶了。

"得，我听您的总成了吧？别说了，太烦了。"

张副院长的心情已变得很不错了。钟景洲的手机连上了车子里的蓝牙，他放着自己喜欢的歌来打发时间，张副院长也很喜欢。

听了好几首歌，张副院长突然问："不是说好了要让我感受你的车技嘛，就这？"

钟景洲眯了眯眼："领导，您这是私家车，车上也没有着急送医的病人，遵守交通规则还是十分有必要的。"

"那下次，我安排一下，去救护车队做个调研好了。"

"您说了算。"钟景洲又想翻白眼了，但还是忍住了。

总算是到了医院，车子也安稳地开进了地下车停车场。在下车之前，张副院长强调："还是那句话，你不想听，我也得重复说一次。"

钟景洲被言语折磨了一路，此时基本上是举起白旗投降了。

"国家培养一个好医生不容易，从决定学医，到有资格学医，再到学成离校，站到患者面前，最终成为深受信赖的好医生，这是一个极其漫长的过程。你如果浪费了天赋和努力,一直躲在救护车队内,就算是你将本职工作完成得比其他任何人都好,你也没有什么可骄傲的。正相反,钟景洲,你的行为,不亚于是在犯罪。"

钟景洲控制着想要挖耳朵的冲动,不知从什么时候开始,他听见别人跟自己说这种话,耳朵里便是奇痒无比。从他离开急诊室到救护车队上班以来,来劝他的人,几乎说的全都是这一套,还有些讲的比张副院长还要深刻生动,听着特别有道理,钟景洲几乎都要动摇了。可这人间,道理人人都会讲,真的过日子,又是另一番状况。并不是说懂得很多道理,理所当然便能过好自己的人生。至少,他钟景洲不行。

"领导,您说得非常对。"

张副院长面露喜色,还以为终于说动了这个倔小子,今天总算是有点收获了。钟景洲却是话锋一转,指了指自己的脑袋说:"可是您清楚的,出问题的地方是这里,我也没办法。如果还能做医生,但凡有一点可能,我都不会放弃。但是,我真的已经努力尝试过了,不行就是不行。不瞒您说,一靠近急诊室的那两扇玻璃门,我的手指就发抖,我的小腿自然发软,呼吸会变得非常急促或者干脆长久地憋着气忘记呼吸,那个环境让我异常紧张。这对于一位医生来说,对自己日常工作环境产生严重不适应的症状,本身便是职业生涯的终止。正是因为秉承着对患者、医院和领导负责任的态度,我才提出了辞职的请求,请您一定理解。"

"什么辞职不辞职的,进了人民医院,你就是这个医院的一部分,谁允许你轻易放弃,张嘴就要辞职的?是你妈还是你爸这么教你的?臭小子,要是你妈还在,以她的臭脾气,非得当场脱下鞋子抽你的脸不可!"

张副院长总是这样,说不过的时候,或者没道理可讲的时候,准会搬出他家老头、老太太来说事儿。钟景洲便如同往常一样,不再多说什么。

"钟景洲,你应该清楚吧,在你妈心里边,你是她的骄傲,比她取得那么多医学上的成绩还要耀眼。还记得你大学刚毕业的时候,你妈来找我,说你要来做医生,那时候我还以为,你妈是想凭借医院老资历的身份来求个关系，走个后门什么的。我还批评她，我说廖医生，医生这个职业非常特殊，并不是随随便便谁的家属，上过几年医学院，走走人情就能进入医院的，我们必须严肃对待，替患者把关，挑选最优秀的人才。因为只有最优秀的人才，才能挽救更多人的生命，这是件非常严肃的事。"

这种事，钟景洲还真是第一次听说，非常惊讶地问："你说谁？我妈？她跑去找您求情，让我进医院？开什么玩笑？我妈才不会做那种事。"钟景洲从骨子里透着自信，他对他家老太太也充满着自信。

张副院长瞪了他一眼："你急什么急？听我说完！我一开始的确是以为廖医生是抱着这种打算嘛，你将来如果坐到了我这个位置，你就明白了。为了子女的前途，放下脸面去求个人情，并不新鲜。每逢毕业季，这种事就很多，我分管着这个事儿，真是不胜其烦。廖医生来了，我自然是那么理解的，没想到啊没想到，我还是草率了。"

钟景洲来了兴趣，认认真真地竖起耳朵听着。张副院长看他那个表情，不自觉地也流露出了笑容。

"你妈听完我的批评，顿时就火了，将手里的保温杯啪地就砸在桌上。然后，你妈把下巴抬得高高的，我都看见她的鼻孔了。"张副院长说完，还很不顾及形象地学了一下，你别说，还挺像。

"你妈就跷着兰花指，指着我说：'我儿子，北大医学部最优秀的医学硕士，去北上广求职，哪家医院不是抢着要呀！来咱们医院纯粹是看在我和他爸都在这里，顾念着这点家传的情分。张院，您居然觉得我来是为了说情？我跟您说，您错了，大错特错，我今天过来其实是恭喜您的，您即将拥有我们医院未来最优秀的医生，等您见到人就知道了，可不是我自夸，我儿子，那就一个大写的优秀！'"

张副院长将竖起来的大拇指，在钟景洲的面前晃了几晃，强调着说："看见没，你妈当时就冲我比这个手势，她要是有尾巴，那尾巴肯定是要高高地竖到天上去的！"

钟景洲想笑，但根本笑不出来，哽咽着说："嘿，这老太太，居然会这样子做事？我可真是没见到过，您……您别是蒙我的吧？"

"这点事儿，我还用蒙你？当然，也是因为你妈来我这儿耀武扬威了一把，你的整个实习医生阶段，考核标准都是最严格的，并且，所有资料全都是由主管的大主任直接负责，我来把第二道关，打分标准，任何人都插不上手，因为我绝对不允许。"张副院长瞪了他一眼，抱着手臂，面露坚毅之色，"廖医生把牛皮吹得震天响，但凡有一点点作假，都是自己打脸。作为最信任的同事，我是坚决要替她把好关，不能让一个妈妈心目中的所谓好儿子，坏了我们廖医生的一世英明。"

换句话说，其实没人真的愿意让钟景洲入职杭市人民医院。他去别的医院，做好做坏，是他自己的本事。倘若做得不好，也不会因此指责廖医生教子无方。但在杭市人民医院却不一样！那么多双眼睛看着呢！这种母子关系，又不可能瞒得住。钟景洲的身上，自然贴上了标签，他是廖医生的脸面。

"怪不得整个实习期，我的老师从来都没给过我好脸色看，稍微有一点儿不达标，他都能直接指着我的鼻子把口水喷我一脸。"原以为杭市人民医院就是这个风格，秉承着严师出高徒的好传统，业务方面看得重。他还真没想到，之所以享受到了这个"好"待遇，是因为他家老太太在他递交了求职简历之前，就先迫不及待地去分管院长那里替他拉了一波仇恨。

钟景洲想笑，可是更加想哭。遭了，他可能是中了张副院长的计策了。鼻子越是酸楚难受，他心里边对妈妈的思念，便又增加了几分。

张副院长目视着正前方，仿佛没有注意到他表情里的异样，接着说："小子，你要你妈在天上之灵都不得安宁吗？她要是知道你一天天地颓废着、逃避着，荒废掉了那么多年的努力，她非得跟你玩命不可！"

"医院快到了。"钟景洲轻声说。

"嗯，你把车子直接开到停车场去，把我放在门诊前就行，我在那边还有个会。"张副院长不客气地命令。

"全听您的，愿意为您效劳，对了，您的车钥匙……"

张副院长白了他一眼："你送我办公室去。"

"好。"钟景洲把车停稳，等着张副院长下了车。他正要离开，却见张副院长本来都快走进门诊楼了，好像想起来什么似的，又朝着他快步走回来。从后视镜内，钟景洲看到了放在后座的公文包和白大褂。

"岁数大了，就是丢三落四，全世界的老头、老太太都一个毛病。不对啊，张院不是才五十岁出头嘛，怎么脑子也不好使了。"嘴上不饶人，钟景洲却还是极其迅速地拿了东西，下车给他送了过去。

送完了东西，钟景洲转身回来，恰好看到张冬和夏沫站在附近聊天。显然，钟景洲此刻的一举一动都被二人看在眼里。

张冬的心紧张地跳动着，他带着哭腔地问夏沫："这个大胡子不会真是钟院长的儿子吧？"

夏沫已经知道了部分内情，但她并不准备告诉给张冬。对于张冬对钟景洲的敌意，她明里暗里说过他几次，可张冬根本没有意识到自己的问题，反而四处造谣，跟别的同事暗示她对钟景洲有特别的情愫，要不然也不会处处维护着那个邋里邋遢的大胡子。不管在哪里，类似这种绯闻，哪怕再不靠谱，也总会有人津津乐道。夏沫不堪其扰，还因此警告过张冬要管住自己的嘴巴，如果再胡说八道，她一定会对他不客气。张冬有没有管住那张惹祸的嘴巴，这一点夏沫并不清楚。

可此刻，看着张冬前倨后恭的样子，一直在苦恼于钟景洲有着不凡的来历和深厚的背景，而时时刻刻琢磨着该怎么去跟钟景洲修复关系，甚至还担心会被大胡子报复。

这种永远只活在自己世界的人，已经不能用精致的利己主义来形容。夏沫觉得除了工作上的交接之外，再跟张冬多说一句，都觉得很不舒服。

"好了，该说的我都已经说过了，你以后不要再来门诊这边找我，有公事直接在微信上留言即可，我看见了会给你回复的。"夏沫说了句自己还有事儿，扭头走了。

张冬的心揪着，似乎完全没听到她说什么，一直朝着钟景洲的方向张望。当他清楚地看到钟景洲开着张副院长的车时，震惊得几乎说不出话来："他他他……他连张院的车都开上了，不对啊，张院是有自己的司机的，他怎么会把车子交给大胡子？夏医生，你怎么一点儿都不好奇呀？"他想顺手轻拽一下夏沫的衣袖，让她将注意力放到那边去。他一伸手，竟然扯了个空，再抬眼去找她时，看到的就只是夏沫远离的背影。

"你自己不也看不上大胡子嘛，别以为我不知道，你还去跟院领导反映过大胡子违规的问题呢，装什么无辜！"张冬气愤地跺了下脚，本想去追大胡子开的车子，可惜车速太快，他只好拿出手机拍了一张照片，并将照片发送给了廖队长。还附了一条信息：廖队长，您还没确定大胡子在医院里的关系是哪个吗？我刚刚看着钟景洲开着张副院长的车子在医院内乱转悠，而且看起来俩人关系似乎很不错。

停顿了一会儿，不见回复，张冬双手齐动，迅速发出另一条消息：廖队长，您之前不是说，曾经也跟张副院长提起，必须要彻查大胡子对患者私自行医的那件事吗？张副院长跟大胡子的关系真的很不一般啊，怪不得一点儿音讯都没有，这不是有意包庇他吗？

廖队长那头安安静静，也不知道是看见了不想回复，还是根本没看见。这把张冬气得都岔气了。只见他一边揉着岔气的位置，一边挪着步子往救援中心走去。

恰好此时总控那边开始调配任务，说距离医院八公里外的一个小区，有人一脚踩翻井盖，摔进了下水道里。公安和消防人员已经到场，正在实施营救。希望120应急指挥中心这边也派人过去等候。0703号救护车整装出发，除了随车医生、护士，这次还加派了两名担架员。

钟景洲开着车，如往常一般，警灯一亮，便将车速开到最快，一路闯红灯，穿小路，避行人，所有的动作如行云流水般一气呵成。

张冬盯着钟景洲的背影发愣：再这样下去绝对是不成的，他必须把钟景洲的一切搞清楚。

第十五章　平安祥和

张冬的梦想是成为一名医生。是的，尽管他上了卫校，考到了护士证，如今已经是杭市人民医院的一名即将转正的男护士了。他的梦想依然是穿上白大褂，成为像白一峰、夏沫那样的医生，被人信任，也受人尊敬。只可惜，当意识到这是个非常值得去为之奋斗、拼命的人生目标时，他已错过了一个人的最佳学习期。

"喂，张冬，你怎么又在这儿发呆？"廖队长用一本书轻轻地敲了下张冬的肩膀。

张冬吓了一跳："廖队长，您可算回来了，我都等您一个小时了。"

"你不跟着车出去接病人，在这儿等我做什么？"廖队长奇怪地问。

"廖队长，我转正的事，领导那边还没给盖章吗？这都超过了多长时间了，最起码要给个说法吧！"张冬直截了当地问。

"领导有领导的考虑，这么大的医院，事情总得一件一件地做吧？你急什么？又不少你工资，又不影响你工作，早一天晚一天，差别大吗？"

张冬笑了笑："怎么不大呢？实习护士和有正式的编制，工资和待遇上差着不少呢！再说，不办好转正手续，我心里边总不踏实。"

"行了，这事儿我知道了，回头我去找张副院长汇报工作，当面再给你问问。这一批要转正的护士有二十几位，大家都是一起办手续，别人也不急，就你催得紧。"

张冬已经听出了廖队长话语里的不满之意，若是放在平时，他也懂得适可而止。可现在这事关乎着自己的命运和前途，哪怕听出来廖队长在撵人，他还是厚着脸皮留在那里，看着廖队长忙来忙去，终于忙完了，这才赶紧凑了过去。

"廖队长，你有没有打听出来，钟景洲和钟院长究竟是什么关系？"

廖队长一脸不可思议地瞪着他："你怎么就掉进这件事里出不来了呢？稍微好奇一下也不是不可以，但你也不能整天总想这些，做好本职工作比什么都强！"

"我不是那个意思啊！"张冬一见廖队长发火了，顿时有点怵，到嘴边的话都不敢再多说。

"什么意思无所谓，反正以后不要再去揣测。你说说你，平时也是挺精明的一个人，怎么在这件事上就是拎不清呢？你又想转正，又一直在揣测钟院长的事，万一被谁捅到领导那里去，你还想转正？做白日梦去吧！"

廖队长的话准确地戳中了张冬的痛处，于是张冬担心地问："不会真是因为这个，我的转正手续才办不下来吧？"

廖队长彻底急了，一点面子都不想给他留，气恼地吼了起来："说了这么多，你的脑子就是转不过来，行了行了，赶紧回车队去做事吧！"

张冬被撵了出来，一路憋屈地往车队走。他突然想起了很多人和事：猝死的妈妈、脑梗倒下去的爸爸，还有卫校班中只有他一个男生且时常被人当成笑话来看的压抑感、歧视感……他突然想到了放弃。社会上，学的专业与实际做的工作不符合的人太多太多，只要肯做事，能挣钱，做什么工作不可以呢？他是抱着这种想法，在0703号救护车上安下心来的。

几个月过去，他忽然间发觉，虽然与大胡子钟景洲处不好关系，也看不上许多随车医生冷漠的态度，可他竟然也真心爱上了这份工作。每天跟随着救护车辆行驶在路上，见到了不同的风景，遇到了形形色色的人，也经历了不少惊心动魄的场面。这份工作，远比待在办公室里一成不变的生活要精彩得多。他真的很喜欢这份工作。如果可以的话，他真的希望自己能够继续进行下去。

晚上，张冬的初中同学约他吃饭，一见面，可是把他给恭维上了天。说起来那一届毕业的同学里，最有出息的就数张冬了。要知道，杭市人民医院可是这座城市里最大、医疗资源最丰富的综合性医院，张冬只要在里面上班，便牢牢掌握了医院这条线上的人脉资源。在杭市人民医院里有个同学，这在将来的几十年，看病、住院得是多么方便的一件事呀！

这位初中同学一时兴起，又喊了好几个同学过来。一桌人吃饭，张冬第一次被让到了主位，不管以前的关系好不好，老同学们全都过来给他敬酒。你夸我夸大家夸，张冬的心里乐开了花。

更奇怪的是，这一晚的酒好像不醉人，张冬不论喝下去多少，都只是觉得微微的头晕罢了。他一杯接一杯地往下喝，越来越开心，越来越清醒。气氛欢乐无比，张冬已记不起来上一次像现在这么开心是什么时候了。可惜他最后还是醉倒了。这世界上怎么可能真的有不醉人的酒呢？张冬最后还是被人背上了出租车，然后被送回到他独居的住处。

父母去世后，那间房子并没有多大的改变，到处堆着不用的物品，落满了一层厚厚的灰尘。张冬蜷缩在床上，像一只不小心掉进油锅里炸熟的虾米，胃里难受得很。

早上九点，钟景洲已经出了一趟车，张冬竟然还没出现，这已经是非常严重的失职行为。钟景洲给他打了好几个电话，一开始他没接，接了后他迷迷糊糊地说自己身体不舒服，直接挂了电话。等钟景洲忙完，正打算去值班室给张冬请个假,再申请另派一名随车护士过来的时候,张冬突然把电话打了过来,紧张兮兮地求钟景洲放他一马。恰好总控中心那边又有任务安排过来,临时再换随车护士,又得耽搁好一会儿。于是,钟景洲跟张冬约好了见面地点,准备开着救护车先过去接病人,回来时在约定地点接他上车,并再三提醒张冬千万不要迟到。

钟景洲这次接的病人是位不小心摔倒的老太太。因老人上了年纪,钙质流失,骨质疏松严重,也就特别禁不住磕磕碰碰。事发时,老太太的家人都在,她的降压药吃完了,平时储备的药物就存放在高处的一个柜子里。这么点小事儿,老太太也没想找家人来帮忙,自己搬了个木凳子,就爬了上去。没想到,踩的位置有点不对,身体摇摇晃晃,怎么都踩不稳。拿到了药物之后,她正准备下来时,木凳子一下子就翻了。老太太结结实实地摔在了地板上,家人赶过去看时,她已经爬不起来了。家人见此情景,不敢乱碰她,赶紧打120电话喊来了救护车。

夏沫到达现场,做了初步的检查,老太太的右腿、右胳膊和右手腕都可能骨折了,必须立即送往医院做进一步的处理。

给夏沫搭手帮忙的人是钟景洲,他的动作极快,也非常清楚夏沫需要什么,不需要她吩咐,便不声不响地把夏沫要用的东西递了过来。两人默契配合,很快将病人处理妥当,接下来只等担架员抬人到救护车上即可。

两个担架员早已做好了移动病人的准备。

因病人年纪大,她的一双儿女都要求随车陪护,考虑情况特殊,钟景洲也就同意了家属的要求。

车子开到了半路,张冬打电话过来,告知自己所在的位置,非要钟景洲顺路带上他。钟景洲不同意,车子里已经多带了一名家属,再来个张冬,这得塞进来多少人!他让张冬自己想办法直接回医院,可张冬就是不乐意,一遍又一遍地打电话,而且口气是越来越强硬。

救护车行至与张冬约定好的路段时,果然在路口显眼的位置,看到了张冬站在那儿,踮起脚朝着救护车开来的方向张望。在看到0703号车之后，他明显松了口气，往路中间又走了几步，使劲地挥手。这是非要上车不可了。钟景洲最后还是一脚踩下刹车，停在了路边。

张冬迅速上了车，发现所有人都在看他，他笑着自我介绍："我是张冬，是这辆救护车的随车护士，我刚才有点事，去处理了一下。"

钟景洲在驾驶室并没有注意到张冬有什么异样。夏沫却发觉了端倪，紧紧皱起了眉头。张冬的身上怎么有那么大的酒味呢？他一上车，满身的酒气扑面而来，味道有点呛。不过车里还有病人及其家属呢，夏沫心里边再不满意，也只能暂不作声，但病人家属有点不高兴。

老太太的女儿质问道："你们上班时间，还让喝酒吗？"

张冬摆摆手："昨晚上喝了些，今天没有喝，只是酒气没散呢。"

老太太的儿子注意到母亲脸上露出的不舒服的表情，没好气地说："麻烦你就在车尾找个地方坐一下，不要靠过来，我母亲快被你身上的味道熏晕车了。"

张冬被你一言我一语说得有点尴尬。他还想反驳，发现夏沫在瞪着自己，不由得有点悻悻然。

"不过去就不过去呗，有什么了不起的，一点容人之心都没有，尖酸又刻薄的，没一点素质，什么东西！"张冬嘟囔着，离得远也不担心患者和家属听见。

老太太的儿子虽然没有具体听到他在嘟囔什么，但感觉到那肯定不是什么好话，顿时恼了："你说什么呢？身为护士，一身酒气，谁放心让你这种人接近病人？你还有理啦？"

老太太的女儿也是怒目而视。

"我接近病人了吗？根本没有吧？你这人怎么这样？上来就针对我！"张冬的脾气也上来了。

"你叫张冬是吧？0703号救护车上的随车护士，行，我记住你了！"老太太的儿子脸色铁青。

钟景洲听到车厢里的对话，有些奇怪地从后视镜里望了过来。夏沫跟跄着凑近钟景洲，小声解释情况："是张冬，一身酒味上的车，病人的家属怀疑他上班饮酒，非常不满，他顶了几句，家属情绪有点激动。"

"他是怎么回事儿？"钟景洲也有点蒙。

"说是昨天晚上饮酒了，今天只是酒气还没散罢了，应该不是说假话。"夏沫也是实事求是。结果，他们的举动就又被张冬给误会了。他在救护车的最后的位置坐着呢，同样也听不清楚钟景洲和夏沫在讲些什么，只是凭直觉认为，这两位平时就看不起自己的人，肯定是在借题发挥。

"你们少在那儿说我，我没喝酒就是没喝酒，等会儿见了队长，我也敢拍着胸脯说。"张冬扯着脖子咆哮。

一名担架员试图安抚他。病人家属压根不搭理他，但这件事显然不会那么容易过去，只是目前这种情况，最重要的是先安顿好老太太，平平安安地将人送到医院才是第一位的。

张冬觉得自己有理，没有在别人冤枉自己的时候隐忍，而是在受到污蔑和不合理对待时勇敢地站出来为自己争辩。

瞧，这些人，一个一个全都不说话了吧。他的心里边得意着，担架员越是劝他，他越是来劲。最后干脆大骂钟景洲："就是你这个大胡子看我不顺眼，你肯定以为抓到了我的把柄，想狠狠地弄我一下了吧！我警告你，我也提醒你，想都别想，你是打算专挑软柿子，可我不是，我是个带刺的仙人掌，你敢来拿捏我，我就竖起我的刺，扎你一手血。"

夏沫无语，钟景洲也无声地叹了口气。

老太太的女儿，看似在玩手机，实际上手机视频一直开着，她已经将张冬的所作所为完完整整地录了下来。她心中默默地想着，到医院必须讨要一个说法，而这段视频就是证据。

0703号救护车在吵闹声中驶入了杭市人民医院。车子一停稳，两名担架员就把失控的张冬给拽下了车。

夏沫绷着脸，情绪极差，在担架床边小心翼翼地陪着病人。

往常把车子开到了就会离开的钟景洲，这一次罕见的没有立即走，他下了车，耐心地等待着病人家属下车。

看到老太太的女儿下车，钟景洲满脸堆笑，一脸歉意上前打招呼："郭小凡女士是吧，我是0703号救护车的司机，我姓钟，能不能到那边聊几句？"

"你想要做什么？"郭小凡神情警惕。

经过这一路短短的十几分钟时间，她对这辆救护车上所有人员，不止是张冬，全都产生了深深的不信任感，之所以没有跟他们当场翻脸，那是因为母亲还在救护车上。

"我要为我同事的不当行为向您表示歉意。今天的事，我们会按照规定上报给车组领导，等到处理完毕以后，会给您一个满意的答复。出了这种事，我们也非常震惊，还请您一定给我们一个内部处理的时间，先以老人的病情为重。我们杭市人民医院的医疗水平完全值得您信赖，祝老人早日康复。"

郭小凡倒是没想到，自己听到的是一番真诚的歉意，刚刚还紧绷的脸瞬间舒展了许多。

"行，我就等着你们自己先处理，希望你们医院不要包庇自己的员工，做出让患者寒心的决定来。"

钟景洲举手保证，那样子倒像自己做错了事。

"我知道，您在车上拍了一些视频，我也知道这段视频如果放到网络上，整个杭市人民医院可能都会被推到风口浪尖之上。当然，这是您的权利，您有权拍，也有权放，更有权去维护自己的合法权益，可我还是恳求您三思呀！目前，医患关系紧张，但有一些矛盾并不是不可调和、无法处理，医护人员和患者及其家属根本利益是一致的，大家都是为了战胜病魔、消除伤痛而共同努力。请您先给我们一点时间去改正错误，拜托啦！"

钟景洲真诚的歉意最终打动了郭小凡，她答应暂不传播那段视频，但保留追诉的权利，希望院方能给她一个满意的处理结果。

钟景洲回到车队之后,没有再见到张冬。听一名担架员说,张冬觉得身体不适,请了一天的假,已经离开了。廖队长有事去了另一个院区,并不在办公室,张冬留了一张请假条,据说还给廖队长发了信息。

这就是典型的惹了祸先想着躲起来。钟景洲对张冬的最后一点期待也完全消失了。

第二天,张冬彻底酒醒了,大约也知道自己做了什么。他来上班时,竟然罕见地小心翼翼,比平时低调了许多。见了钟景洲,张冬也是比较客气:"钟师傅,我来上班了,昨天的事,我做得不对,对不起!"

钟景洲表情平淡,并没有发火:"你并不需要给我道歉。这句'对不起',你用错了地方。"

他抬步要走,却被张冬着急拦了下来:"钟师傅,先别走啊,咱们聊几句。我昨天真的没喝酒,是前天晚上跟几个朋友聚了聚,喝得有点多,第二天早起还有些昏头昏脑,我真的不是故意的。"

"关我什么事?"钟景洲没兴趣看着他表演。

"怎么不关你事呢?当然有关的!你跟我说说,廖队长有没有来调查昨天的事?我担心那个老太太的儿子和女儿会去投诉。唉,咱们的救护车不是规定一次只能一位患者家属同行吗?怎么昨天会拉了两位呢?"说着说着,张冬又习惯性地去找别人的原因了。

钟景洲这次毫不客气地将他给推到一边,张冬委屈地跟在他身后:"钟师傅,当时发生了什么,你是在场的,你的话,对于院方如何处理我,会起到至关重要的作用。咱们在一起工作这么久了,经历过了那么多次医疗救援,都已经有很深的感情了,对不对?你肯定不忍心看着我栽在这么小的一件事上吧?更别提,我也没造成什么严重的后果。"

钟景洲越走越快,他腿长,又在有意甩开张冬,一转眼就没了踪影。

张冬气得不行,但也没有办法。于是他又去找夏沫,提出了相似的请求,希望夏沫能在适当的时候施以援手,最好是能给廖队长发送一条短信之类，以见证人的身份简短说明当时所发生的情况。饮酒后上班，这在哪个单位都是零容忍的底线，在医院更是绝对不可触碰的红线。

可夏沫连那些忏悔懊恼的话都没听完，就把他给推到了一边："张护士，你的事肯定会有医院的其他同事来负责，等他们找到我的时候，我会如实汇报，当时是什么情况就是什么情况，我不可能为了你去撒谎。好了，我现在还有很多工作要忙，请你不要干扰我，谢谢！"

张冬盯着夏沫的背影，难受得想哭。都是同事，低头不见抬头见，怎么就不能多帮助他一些呢？非要看着他被树为典型，让院方处罚，然后再被开除掉，前途、人生毁于一旦，他们才觉得高兴吗？

"不行，绝对不行，我不能让你们如愿！"

张冬去找了当晚陪他吃饭的同学，没说具体是什么事，只是表示心情不好。同学一拍胸脯，十分义气地说："走吧，找个地方，我请你吃饭。这个时候，哥们儿陪着你，保证让你很快就忘掉烦恼。"

张冬感激得不得了，跟着就去了。

等到廖队长开完会，回到车队的时候，发现自己的桌上又放了一张请假条。

"这个张冬，也太随意了，请假有请假的制度，他写个条子就走了，谁批准的？后续的工作是怎么安排的？0703号车没有随车护士，怎么正常出车？这后边一系列的事情，他全当作与自己无关吗？"

廖队长一个人在办公室里发着脾气，反复拨打张冬的电话，可电话始终处于无法接通的状态。廖队长想到了自己平时对张冬的种种袒护，深深觉得自己被打了脸。

气急败坏的廖队长给张冬留了言："既然你不愿意来上班，也不肯接听电话，那接下来所有因为你的行为而产生的后果，全由你自己来负责。"

医院里的调查组果然找到了钟景洲和夏沫，两个人虽然是分开询问，但讲得都很客观。张冬当时身上的确有酒气，但气味并不是患者家属所说的那么浓，而且当时是在上午十点左右，一般人也不会在这个时间饮酒。因此，张冬的话是比较可信的。他的确是前一天与朋友聚会喝了些酒，隔天酒味没散，引起了患者家属的反感。

当然张冬自身存在着一定问题，医院是有规定的，即使在下班时间，也要做好24小时待命的准备，绝对不可以放纵饮酒。从这一点上来说，张冬不管是什么时间喝的，他都有责任。

钟景洲还提醒调查组的同事，去调取一下当天的车载摄像，能从另一个角度还原事情的真相。

调查组一走，钟景洲心里边就有了数。张冬一定会得到相应处理，但也不会太严重。如果张冬更懂事一些，知道去找一下患者和家属，做出诚挚道歉，得到对方的理解和原谅，医院这边也会酌情减轻处罚的。

在所有人不停拨打张冬的电话的时候，张冬却待在一家KTV的包间里，对着电视屏幕声嘶力竭地唱歌。同学又邀请了几个好朋友，又有三个漂亮女孩作陪，顿时气氛就活跃起来。一听说张冬在杭市人民医院工作，女孩子们也都很感兴趣，将他围在中间，这个恭维他年轻有为、工作体面，那个羡慕他长得帅、前途无量，总之，大家认识他真是三生有幸，相见恨晚呢！

张冬的虚荣心得到了前所未有的满足，左一杯，又一杯，来者不拒。他，又醉了。这一晚，正是0703号车排到夜班的日子。

钟景洲正在跟临时调来的随车护士周小乾交流情况，在救援中心这边，男护士虽然是凤毛麟角，少得可怜，但派来临时顶替张冬的，居然还是位男护士。

周小乾在杭市人民医院已经工作了整整十年，以前在急诊室那边上班，一年前才调来做随车护士。依照医院惯例，调过来做最基层工作的护士、医生，往往接下来会有更好的职业发展。周小乾早已适应了任何岗位的工作节奏，他脾气好，又有耐心，总是笑眯眯的。跟这样一位优秀护士做搭档，钟景洲非常省心。虽然是临时调来救场的，周小乾却非常认真负责。0703号救护车在夜间的工作没有白天那么忙碌,趁着这个闲暇时间,周小乾开始协助钟景洲做车辆的检查、评估工作,他们打算把车子里的医疗用品和后备箱里的检修工具什么的,全盘点一遍。

同一时刻,张冬晃晃悠悠地从KTV走了出来。手机信号变强,之前拥堵着没有接收到的信息,便一股脑地冲了进来。微信、短信提示音频繁作响,张冬的手机甚至出现了卡顿的现象。

"遭了。"张冬的酒醒了一半。

俗话讲:"福无双至,祸不单行。"果然,人一旦惹上麻烦,麻烦便会接二连三。翻出手机里存着的排班表,张冬忽然发现,今晚上他还要值班——这旷工脱岗可不是闹着玩的!

张冬这会儿真的跟上了油锅似的,各种焦灼感一起拥来。于是,他便做了一个彻底将他的职业生涯给葬送掉的决定:他要立即赶到医院去上班。不是不知道自己喝了酒,再次违反了医院的相关规定,张冬还是存在着更多的侥幸心理。

一般来说,除非是整个城市出现了大规模的群体性事件或者造成大规模人员伤亡的天灾,其他的时间,救护车队那边夜间的工作量并不大。同时五辆救护车在值班呢,不一定会分配到他这边工作。好歹得去打个卡吧,不然的话,明天上班的时候,该怎么跟廖队长交代呢?微信里的廖队长那一句"那接下来所有因为你的行为而产生的后果,全由你自己来负责",简直像是一张催命符,张冬预感到不太好,他就是按照以往的习惯,写了请假条,又在微信上留了言。廖队长也跟以往一样,没有回他的信息。这在张冬眼中,就算是一种默许了。他就搞不懂了,以往都是如此,今天廖队长怎么突然就急了呢?

张冬到达医院的时候,天已经黑透了。身体在不受控制地摇晃,张冬抓了几下头发,强迫自己必须保持清醒。但几天的过度饮酒,原本就不怎么喝酒的张冬,体内酒精的含量一直在累加。晚上的风有点大,奔着脑门就直冲了过来,他一个没忍住,单手扶着一旁的柱子,不受控制地狂吐起来，仿佛一口气要把胃里的东西全吐干净，张冬难受地抹了抹嘴巴。

正前方的转弯处，是救护车的临时停靠点，一般来说，有任务发布时，救护车会来这里接随车医生、护士和担架员一同出发。挂着0703号车牌的救护车，从停车场的方向快速地行驶过来。张冬一眼就瞧见了驾驶室里的钟景洲。

"有任务也不通知我！"张冬兴冲冲地小跑着过去。

喝酒的人记忆力变差，脑筋也会转为迟钝，此刻张冬脑子里只剩下唯一的念头：他必须登上0703号救护车，这样子，明天才能跟领导交代，至少出勤记录是在的，他没旷工不来……

周小乾和卢医生，以及两名担架员各自拿着需要的物品，车子一停下来，就打算上车了。可就在这时，一旁有个人冲了出来，浑身酒气，一把就推开了周小乾，嘴里还嚷嚷："周护士，你搞错了，这是我的车。"

"张冬？"周小乾惊讶的一瞬间，张冬已经爬上了救护车。他推人的那股劲儿，估计是把全部力气都用上了，如果不是卢医生和另一个担架员同时扶了他一下，周小乾非得四仰八叉地摔地上不可。

"你这人有病吧？"周小乾恼了。

可几个人一上车，另一幅令人感到诧异的画面出现在了面前。只见张冬已经占据了最前排的位置，坐好以后，迅速系好安全带，大喊了一声："出发，我们去救人。"喊完之后，他整个人才放松下来。

等周小乾和卢医生去跟他理论的时候，张冬已经歪着头睡着了，呼噜打得震天响。

这是在整个杭市人民医院历史上都不曾出现过的画面，实在是把所有人都给难倒了。

张冬身上酒气冲天，也不知道喝了多少。这会儿睡着，怎么叫都叫不醒。而且失去意识的人，身体极沉，想要把他给挪下车，必须耗费相当大的力气。现在，0703号救护车承载着医疗救援任务，根本没时间去处理张冬的事儿。

卢医生急了:"钟景洲,你看看,你的随车护士现在就是这么一幅德行,接下来该怎么办?他是真的不嫌事儿大啊!"

周小乾也有点蒙:"要不,咱们先给人抬下车,通知其他同事过来处理?"

"哪还有其他同事能处理?值班的救护车今天全派出去了,咱们这是最后一辆,也马上要出发。再说了,你瞧瞧张冬那个丢人的样子,抬回去之后,放哪儿都丢人,回头廖队长要知道了这事儿,准得骂人。"卢医生直捏眉心,再好的脾气也架不住这样子折腾。

张冬分明就是在挑衅所有人的忍耐底线。

"放车上带着也不合适,他才把一位患者家属惹毛,处理决定还没下来呢,现在又来了一场更大的!怎么?这是破罐子破摔,豁出去了吗?"担架员正是老穆,连续两次经历了张冬犯浑,他都不知道该说什么好了。

最终,大家不约而同把目光落在钟景洲的身上。他是0703号车的主心骨,平时0703号救护车的一切,由他全权处置。张冬的事,他最有发言权。

"病人要紧。"钟景洲神情冷峻,"先让他在那儿睡着,老穆你找件衣服给他盖脑袋上,如果病人家属问起,别说他是随车护士,就当这是咱们日行一善在路边捡到的醉鬼。"

这虽然也不算是什么靠谱的法子,但总比没有法子强。当下,也只能先这样了,救护车继续出发。车内很快弥漫了一股浓浓的酒味。

"这个张冬,究竟喝了多少酒,他简直都成了行走的污染源了。这味儿,也太呛了,等会儿病人和家属上车,肯定又得提意见。"再加上张冬的呼噜声震天响,老穆闹心地给他调整了好几次睡姿,可是根本没有用。坐着睡觉始终得不到彻底放松,过不了一会儿,张冬的呼噜声就又响起,断断续续的,甭提有多闹心啦!

"要不,老穆和老冯你们两个等会儿在小区门口下车,把张冬给带走吧,送他回家或者找个宾馆开间房安顿好;我和卢医生、周小乾进去接病人,搬搬抬抬的我们三个人也就够了。"钟景洲也发现之前的办法不太妥当,便迅速调整了解决方案。

张冬喝得实在是太多了,为了以防万一,临走前,钟景洲让周小乾给张冬打一针解酒针。

张冬被两名担架员给架走了。

钟景洲将救护车调整到最适宜接送病人的状态,打开车窗,让风把酒味吹散。一切处理妥当之后,他就下车去帮卢医生和周小乾接运病人。

一切顺利,救护车回到医院,接回来的病人被妥善安置。两名担架员返回了单位,提起张冬,两人直摇头,一脸的嫌弃。

原来,张冬这一路都没醒,一头拱在出租车里,拉都拉不起来。放平躺了一会儿之后,连续过了两个颠簸路段,张冬捂着嘴抽搐了一会儿,突然哇地吐了。后排座上,到处都是呕吐物,那场景甭提多恶心啦!

出租车司机恼了,车子停在路边,直嚷嚷着让他们赔。其实也能理解,酒后乘车,把人家车子给吐成这样,后边都没法拉活了,洗车、道歉、赔偿损失那是跑不掉的。可张冬呢,根本不知道自己做了什么,正一脸幸福地睡在他吐的那堆污物上,把善后的工作全都扔给了两名担架员。

"人呢?"钟景洲问。

担架员老穆回答:"在纬六路和未来路交叉口的幸福旅馆睡着呢,房费一晚上四百四,洗车费三百,赔偿人家损失五百,发票给你。"

"明天让张冬赔给你们。"钟景洲道了一声辛苦。

老穆俩人跟着苦笑:"辛苦点也不算什么,今晚上这事儿能顺利解决就好。对了,患者和家属后来没抱怨救护车上有酒味吧?"

钟景洲摇头:"我把车门开着散了好一会儿味儿呢,患者上车的时候味道已经没那么冲了。另外,接回来的那个病人是刀伤,菜刀掉地上,他没躲开,在腿上划了挺长一个口子,满身是血,夫妻俩只顾紧张,没注意到车上有酒味。"

"瞧瞧,多悬!"老穆这话讲的是一语双关,也不知道,他说的是被菜刀割破的患者，还是说张冬酒后上岗的事。

夜晚回归了安宁，而这种安宁，是救护车队最希望见到的状况。

没人打120，说明平安祥和，岁月静好。

清晨，钟景洲值完夜班，准备下班回家。开着车一出医院大门，他一眼就瞧见了夏沫站在公交站前，手上还拎着两个挺大的行李箱，看样子是要出远门。钟景洲笑了，越野车停在她附近，他摇下了车窗，关心地问："夏医生，你这是要出去旅行吗？去机场还是去高铁站？要不要我送你一程？"

"早呀，钟师傅。"夏沫抬眸，看到是他，非常惊喜。

她也不知道客气，带着行李箱直接穿过车阵就走了过来，熟练地敲了敲后备箱："帮我打开呀！"

"我只是在跟你客气，你还真来呀？"钟景洲笑了。

"都那么熟了，就不客气了，马上就是早高峰了，我正愁着怎么出城呢，你带我一段，出来西三环，在那边的公交车站点给我放下。"

钟景洲挑了下眼眉，但手指还是按下了后备箱开启键。

夏沫一打开后备箱，立即心中暗暗称赞："钟师傅，您一定是处女座吧？收拾得也太干净啦！"

后备箱内有钓具、球拍、矿泉水等物品，每一样都分门别类地摆放，用整理箱收拾得妥妥当当，还有固定的小卡子，以防止箱子在移动的过程中来回乱跑。后备箱收拾得这么干净整洁有秩序，让人一看就觉得舒心。

钟景洲从驾驶座下来，帮夏沫把那两只大得出奇的行李箱放进后备箱。

钟景洲拎着沉甸甸的箱子打趣道："夏医生，你这是塞了几十块板砖在里边吗？实在是有些分量。"

夏沫不服气地笑道："就不能是塞几十块黄金吗？那个可比板砖值钱吧！"

钟景洲笑了："如果真是黄金，你也搭我的车？就不担心我会把持不住，半路找个地方，把你给劫了？这么多黄金，也够出手干一票的啦！"

夏沫被他逗得咯咯笑，坐到副驾驶座的时候还在打趣："要是我真的有那么多黄金，不用你费心打劫，我一定分一半给你。"

"姑娘，您真慷慨。"

钟景洲夸赞完，夏沫立即将下巴一扬，满脸骄傲的小表情："那是当然了，慷慨是因为我是真没有，要是有了我还用天天待在医院里做个无怨无悔、无私奉献的小医生吗？早就'天高任鸟飞，海阔凭鱼跃'去了。"

钟景洲只是微微一笑，她却是抱着肚子放声大笑。

没过一会儿，自己先忍不住了："好了好了，里边不是板砖也不是黄金，就是普普通通的两箱行李啦，被你这么一说，我都紧张起来了，万一真的有人信以为真，心生歹念，我也太冤枉了。"

当然，这话同样是在开玩笑。夏沫只是不想说一些事，干脆靠开玩笑的方式来混过去。其实这根本瞒不住钟景洲，他专注地开着车，然后问："你去柳杨县？"

"你怎么知道？"夏沫大吃一惊。

"今天周六，你下夜班后一整天都可以休息，明天你公休，刚好凑出两整天，回村里助人为乐刚刚好，来回也不会太赶。"上一次，她跟家里说的那些话，他在一旁听得清清楚楚。他知道，夏沫是个极其守信的女孩子，既然答应了，总是会想办法完成。

"我妈催得紧，她希望我能给村里多做点事，不要觉得自己进了城，做了城里的医生，就忘了本。"夏沫的眼神，有一瞬间的落寞，但很快她又强打起了精神，"我小时候，生过一场大病，都快要死掉了，那时候从村里到柳杨县有八十多公里，搭大巴车也得先去省道的候车点才行，有一段山路是村里的亲邻用架子车硬把我推过去的；到了县医院后，医生说看不了，得转去市里的大医院，我爸妈没钱，都打算放弃了，也是村支书挨家挨户借钱送了过来，才把我救下来。我欠了全村人的恩情，这个我永远都不会忘。"

"你就是传说中的全村人的希望吧?"钟景洲给了一个非常恰当的比喻。

夏沫认真地点头:"我不能做一个忘恩负义的人,在能力范围之内,要尽力回报家乡。"

"身怀感恩之心,这个也不错。"钟景洲又一次点了点头。

"是啊,我不是说了,能力范围之内我很愿意为村民们多做一些事嘛,但我妈总是高估了我的能力,在她的认知世界里,好像整个杭市人民医院都是我开的,只要我大手一挥,就能安排好一切。"夏沫无奈地一摊手。

"在你妈妈心里边,你是全村最优秀的孩子。"

钟景洲的夸赞,夏沫一点也不领情:"拜托,我可不只是全村最优秀的孩子,高考的时候,我可是柳杨县的第一名。"

"好好好,你是全县最优秀的孩子。"钟景洲觉得好笑,赶紧改口。

"读大学的时候,我的成绩也是全校最好的!"夏沫还不满意,掰着手指头跟他算,"读研的时候,我们导师说我非常有灵性,还有,来到咱们医院以后,我……"

"你是全宇宙第一。"钟景洲又换了个词来夸她。

这次,夏沫满意了,忙摆摆手:"全省第一即可,也不用说得那么夸张。"

夏沫脸颊粉中透红,看着煞是可爱。在那一瞬间,钟景洲竟然有些失神。

越野车从西三环的公交站点驶过,并没有减速。夏沫连安全带都解开了,可是钟景洲并没有要放她下车的意思,她有些诧异地望了望钟景洲,发现他正目视前方,一路飞奔,根本没有停下来的意思。

夏沫刚想示意他靠边停车,钟景洲却先她一步说:"我很久没去柳杨了。"

"然后呢?"

钟景洲一副无所谓的样子:"柳杨有一家小店,卖的卤肉很好吃,夹在火烧里,多加点葱花和青椒,味道简直没的说。"

夏沫的脑子里突然就闪过一个画面,就听钟景洲继续说:"我妈以前拿回来过一兜,都是用油纸包着,看样子有点油腻。我不想吃,我妈非逼着我吃,嗯,卤得黑漆漆的,但吃了一口才发现,真香。那个味道,偶尔想起来,还是挺让人怀念的。这样吧,我就去柳杨碰碰运气,看能不能找到这家店,顺便送你一段。"钟景洲刻意强调去柳杨的真正目的。

夏沫听了,却是嘴角轻轻一挑,她的记忆一下子被拉回到很久以前。如果没错的话,那一袋来自柳杨县的卤肉,应该是她送去给廖妈妈的。那时候,她就一直很想给廖妈妈找一些特色的礼物带过去。她没有什么钱,买不了贵重的东西,而且廖妈妈也不会收贵重的礼物,于是她就挖空心思,留意寻找。

柳杨县的这家卤肉店在当地很有名,藏在很深的居民楼里,一天就卖两锅,通常是两小时左右就卖得连肉渣都不剩了。

夏沫还记得当时自己为了能买到卤肉,特意在柳杨县的三十元小旅馆内住了一晚,然后从早晨六点去排队等着,一直等到上午十点,她一口气把店里所有招牌卤肉全点了个遍,又去对面摊位上将定好的火烧一并拎着,兴冲冲地往杭市人民医院赶。

到了医院,廖妈妈在忙,排队看病的人一个接一个,夏沫就等啊,等啊,从中午等到了晚上,天都黑透了,廖妈妈才疲惫地走出诊疗室,她才急匆匆地把那一袋子已经错过了最佳口感的卤肉和火烧送了过去。

那时候的廖妈妈是什么表情来着?时间久远,夏沫已记不很清楚了。大约就是在埋怨她,不该大老远地带东西过来,她什么都不缺,而夏沫一个娇滴滴的姑娘家,拎着那么沉的东西,不停地倒车、换车,一路赶到了这里,她既感动又心疼。

那一晚,廖妈妈拎着那一袋子卤肉和火烧,带她去吃了好吃的烤肉,又把她安置在医院的一处公寓居住。夏沫甚至想,或许廖妈妈并不喜欢她送的那些吃的，只是碍于情面不忍心当面熄灭一个不懂事农村女孩的热情罢了。

万万没想到，多年以后，宛若穿越了时空，钟景洲突然提起了来自柳杨县的卤肉和火烧。夏沫此刻的心情，既激动又感慨，既想念又难受……

"怎么啦？晕车了吗？"钟景洲注意到了她的不对劲，还以为是自己起步太猛，加速太快，引起了夏沫的不适。

"如果你有呕吐的感觉，可以提前说，或是打个手势，我可以随时停车。夏医生，你可千万别吐我车上。"

夏沫被逗得哭笑不得："谁说我晕车啦？"

"不是晕车，你干吗露出那种难受的神情？"

夏沫无奈："我这不是难受。"

"那你是想去……"

"什么都不是，什么都没有，你别乱猜，专心开车！"

钟景洲只好随她去了。过了一会儿，他突然拿了自己的保温杯，递过来给她："快喝点热水，里面放了点枸杞和红枣，女孩子喝了也很好。"

要知道，这个大保温杯，可是钟景洲的私人物品，平时只是他自己在使用。现在，他却突然亲昵地交给她，还催促着她快喝。

大胡子这是在想什么？难道是……

第十六章　全村希望

夏沫的脑海里幻想出好多个奇奇怪怪的画面，她明知是不可能，偏偏又无法控制自己。那个杯子真的特别干净，看得出那是主人的心爱之物。

见她始终在犹豫，钟景洲又理解错了，便提醒说："我平时喝水，喜欢倒在另一个杯子里，没有直接用嘴喝的习惯，你就把它理解成一个小型的暖水壶，干干净净的，可以使用，不必担心交叉感染。"

两个人突然没了话题。夏沫依偎在副驾驶座内，一动不动，自然放松，好像是睡着了。事实上，也的确如此。一开始夏沫在装睡，但昨晚上值班，睡眠断断续续，再加上车身在行驶的过程中微微摇晃，总有一些助眠的作用。等夏沫一激灵，醒过来时，正前方的高速公路口，写着大大的几个字：柳杨县。

"到了？"她坐直。

"是。"钟景洲应了声。

"等会儿你把我放到路边，我自己去公交站点就好了。"夏沫一脸谢意。

"你要带着两个大箱子坐公交车过去？" 钟景洲一脸的不赞同。

"这里我经常来来回回的，比在杭市还熟呢，你不用担心，我不会走丢。"至于那两个大箱子，重是重了点儿，可箱子底下有滚动的轮子，应该不费太多劲儿。

这件事的重点是，她觉得跟钟景洲待在一起，气氛有点尴尬。搞不懂尴尬从何而来，但这时候暂时分开，肯定是缓解尴尬的最佳方式。夏沫迫不及待地想要逃离。既然是夏沫打算自虐，钟景洲也没打算拦她。

公交站就在前方了，钟景洲开着车打算靠近。夏沫突然想起了什么："对了，那家卤肉店，就是你说的那一家，过了前边那条路向右转，然后有个挺大的电线杆，那里有一条小路，直接把车子开进去，有个老小区，你得把车子停下来，自己走进去。在小区对面有一家商铺就是。如果你到了那边，还找不到，你就循着香味去找，一找一个准。"

车子停了下来，夏沫与他道别，倒是真的拎着那两只大行李箱，费劲地推着向前走。钟景洲摇了摇头，并没有上前去帮忙。

本来已经下班了，不赶紧回家休息，又开车跑到柳杨县，要浪费整整一个上午的时间呢。做出了这么莫名其妙的事，钟景洲已经够想不明白的了，再让他主动过去帮忙，这也不是他的风格。

就这样吧！

夏沫独立的样子，他很欣赏。但现在，他得调转车头，直接回杭市了。开了一小段路，脑子里突然又冒出一个念头，既然都到了柳杨县，机会难得，下一次再来也不知道是什么时候，顺路去寻一寻那家卤肉店，也是挺不错的主意。

这几年，他总是有点沉迷于那种与过去相关的事，某一段文字、某一个念头、某一种味道……口舌里泛起的一丝湿润让钟景洲又一次想起了那些装在油腻腻的纸袋里的卤肉，当年可是他家廖医生亲手拎回来的呢，他还清楚地记得那一天所发生的每一个细节。

廖医生自己就是个有超级洁癖的人，还很看不惯他。多次劝说后，他依然连尝一尝都不肯。廖医生说出了这些卤肉的来历，好像是她的一个患者特意去排了很久的队才买来，然后坐了很久的车送到医院，只为让她尝尝。

钟景洲记得自己还顺口表达了一下怀疑："放了那么久，会不会都馊了？"

廖医生回手拍了他一巴掌，显然很不高兴。

火烧被放进烤箱里去复烤，他家廖医生眼巴巴地在一旁守着。当香味散出来的时候，她连连感叹："要是有机会去吃一次刚出炉的火烧，味道肯定好得不得了，可惜啊，工作太忙了，也只能吃这种二进烤炉的了。"

于是，钟景洲便拍着胸膛跟廖医生保证，等到下次她想吃，而刚好他们又在休假，他一定开车陪她去一趟，非得满足廖医生这个小小的心愿不可。

廖医生笑得好满足。从小到大，钟景洲与廖医生并没有太多时间相处。可是被爷爷、奶奶和爸爸带大的钟景洲，却最亲近妈妈，也最崇拜妈妈。年龄越大，这种情感就越强烈。那一刻，他仿佛也明白了爸爸的心境，只要能让妈妈开心，这个家便充满了浓浓幸福感。

一晃神的工夫，钟景洲就到了那个大电线杆。旁边有一条小路，因为路太窄，行人又多，他得注意安全，随时注意躲闪窜来窜去的电动车、自行车、老年代步车、婴儿的小推车……

到了夏沫所说的那个老小区，把车子停到了小区之外的一处空地，钟景洲下了车，顿时被里里外外的热闹给惊住了。这里大概是人间最具有烟火气的所在，随处能看到七八十岁的老头老太太们坐在路旁等待着主顾上门挑选货物。空气里弥漫着一股淡淡的肉香。钟景洲闻了闻，循着香味找了过去。其实卤肉店并不难找，它和火烧店隔街相望，离得很近，面香和肉香巧妙地混杂在一起，让人垂涎欲滴。

已近中午，卤肉店的生意也宣告结束，排队的客人早已散去。

"看来是没口福了。"嘴上是这么说，但钟景洲仍是走到了卤肉店前，探头看了看。他以为没人，没想到从柜台后面突然就站起来一个人，也是个大胡子，不仅满脸乱糟糟的，而且满身也油腻腻的。

那人乍一看到钟景洲，顿时笑了："兄弟，你这胡子比我的长。"

钟景洲也觉得好笑，习惯性地揪了揪胡子。胡子对上胡子，没什么事是不好办的。听说钟景洲慕名而来，胡子老板就朝对面喊了几嗓子，让他给送俩火烧过来。结果，火烧店老板跑过来，竟然也是留着胡子。就这样，在卤肉店和火烧店都已经结束营业的情况下，钟景洲竟然凭着大胡子，拿到了两个夹满了卤肉的火烧。

据说，这一块卤肉可是老板特意留下来，准备送给自己的丈母娘吃的，如果不是因为看到了钟景洲的大胡子，老板无论如何是不会拿出来的。但就算是钟景洲有大胡子，也只能得到两个火烧夹肉尝尝鲜而已。下次还想吃，就得老老实实来排队了。

钟景洲拎着一个，另一个直接拆开了。

火烧是新打出来的，一碰直掉渣，配上浇了汁的卤肉，再切一点青椒拌在里边，绝对是美味佳肴，任何人都抗拒不了。

钟景洲开了很久的车，肚子里的那点早饭，早就消化没了。他不慌不忙，一边走，一边往嘴里边送火烧，只咬了一口，他就原地站在了那里。他眼睛里充满了疑惑，简直不敢相信，这个平平无奇的火烧夹肉竟然是他多年想念的味道。一个大男人，大庭广众之下竟然放声痛哭起来。

他忽然想起来，那天廖医生烤完了火烧，从冰箱里翻出来一根青椒，还念叨着："听那女孩说了，吃的时候要把卤肉剁碎一些，加点青椒进去，这样味道更好。"于是，廖医生很认真地履行每一个步骤，加了青椒。从小就不太爱吃青椒的钟景洲，这是他唯一一种能接受的方式。

"这味道，还真是……"他控制不住泪水，其实他很少哭的，尤其是像今天这样子突然间情绪崩溃，更是少之又少。

钟景洲又吃了几口，胡子上、手上、身上掉得到处都是馍渣。

"居然还真是这家！"他随手抹了一把眼睛，觉得自己这样子哭实在太难看了，毕竟是个大男人，怎么可以这样子呢？可事实上，他真的无法控制自己。

"廖医生，你真是个没福气的老太太啊，柳杨县那么大，我真的把这家卤肉店给找出来了，若是你还在，我肯定要带你来的，因为新出炉的火烧夹上卤肉，真的比二进烤箱的要好吃很多啊！"

……

夏沫此刻正在公交站点东张西望着。今天回村的公交车来得迟了些，她在阳光下暴晒了很久，还是没有等到。就在这时，夏沫突然瞧见了一辆小巴车朝着站点驶来，乘客一拥而上。她带着两个大旅行箱，想挤上车还真是不容易。

这种往返于农村和县城之间的小巴车，完全没有超载的概念，只要车里有空间，就可以往上挤。夏沫要是不带着行李箱，还是可以挤上去的，毕竟从小到大，她也习惯了这种挤车的状况。不过今天，她郁闷极了。低头看看两个大行李箱，再看看装得满满当当的小巴车，手里没拿东西的人还没挤上去，她又怎么能挤得上？

"早知道这样，我就不下大胡子的车了。"

夏沫后悔地想着，手机突然响了起来，"大胡子"三个字在屏幕上跳跃着。电话一接通，钟景洲问："你在哪儿？"

夏沫报了位置，之后喃喃念叨着城乡的公交车上太多人，她挤不上……话没说完，电话就挂断了。挤不上公交车，她只能乖乖地站在那里，眼巴巴地盼望着下一辆。

这时，一辆越野车突然停在了她身边。夏沫感觉所有人的目光立时全聚集到了她这里。钟景洲绷着脸，从车上走了下来，大长腿几步就来到了她的身边，一手一个直接拎起了她的行李箱。

"你怎么回来了？"夏沫都惊住了。

"上车。"钟景洲的声音里有很多情绪，连看都不看她一眼。好像是生气了？但是，她又没惹他，这股怒火是从何而来呢？此时此刻，夏沫很想有骨气地拒绝上车。当然，这点骨气也就是坚持了半秒，敌不过烈日炎炎下的炙烤和对车内空调的向往，她打开了副驾驶的门，乖乖地钻了进去。车内好舒服啊！夏沫整个人放松下来。她猛灌了几口矿泉水，突然闻到了卤肉的香味，她的目光立即不自觉地循着那香味去寻找，很快在某个位置看到了用油纸袋包裹着的火烧夹卤肉。

"居然真的去买了？"

钟景洲放好了箱子，打开车门坐了上来。他一边扣安全带，一边目视着前方问："你的村子叫什么？"

"春天里……"

"什么？"钟景洲扭过头，拿大眼睛瞪着她。

"春天里就是我们村的名字啦，春天里村，非常有诗意对不对？"

"柳杨县的第一贫困村，山区，耕地面积少，交通不便，也没有特别的农副业产品，年年都有人过去帮扶，年年不见成色，出了名的老大难。"钟景洲显然是非常了解的，几句话就把村子的特点说了出来。

"你知道啊！你都知道了，还问什么问？"真好气！大胡子一点都不招人喜欢，廖妈妈的和蔼可亲他是一点都没遗传到。

"电视里看到过，以前……"

"你去春天里村接过病人吗？"夏沫抢着问。

钟景洲本来要开车，听到这话，他突然望向了夏沫，眼睛红红的，像是哭过了，眼球上布满了血丝，眼眶也有点红。夏沫见到钟景洲这个样子，疑惑地问："你怎么啦？"

"我妈妈以前去春天里村做过义诊。"

夏沫顿时也有点恍惚，关于这件事，她是知道的。那还是上高中的时候，她已经在市里边读书了。每个月的休息时间，廖妈妈和钟叔都会接她出去改善生活。有个周末，廖妈妈告诉她，自己参与了一个公益医疗援助的计划，定点救助几个贫困村，其中就有春天里村。

夏沫当时还不太懂"公益医疗援助"的意义，但她很开心。还记得那时候她很天真地问廖妈妈："为什么要去春天里村？"当时村里通往外边的路还没修，进出一趟得几个小时，特别不方便，像廖妈妈这样子的大忙人，怎么会把时间花费在路上呢？廖妈妈的解释是，因为小夏沫的家人都在春天里村呀，所以她一定要重点关照一下的。直到现在，夏沫想起廖妈妈慈爱地看着自己，笑着说出这句话的样子，她依然有种鼻子发酸的感觉——廖妈妈不仅给了她偏爱，还要爱屋及乌，去爱她的家人和她的乡亲。这就是她的廖妈妈，世界上最好最好的廖妈妈！

"你妈妈……医者仁心，是最棒最棒的好医生。"她词穷，说不出漂亮话，但这是发自内心最真实的评价。

"你认识我妈妈，是吗？"钟景洲突然问出了这句话。

夏沫的心里边，陡然一紧。

越野车堵在了公交车停靠点，后边的车要进来，见它迟迟不开走，已经在疯狂地按喇叭了。但钟景洲好像没听到似的，眼睛一直盯着夏沫，他是在等她的回答。

夏沫的眼睛渐渐地红了，一团泪水在眼眶里转来转去。

"廖小娟就是你妈妈，对吗？"

"是。"

听到了他的回答，夏沫就觉得眼泪真的忍不住了。她抬起手背，使劲地抹了一把，可根本就抹不干净，还有更多的眼泪一起往外涌。

"十几年前，我生了一场大病，镇上的医院不肯收，县里的医生治不好，我快要死了。这时候，是钟叔开着救护车和廖妈妈从杭市赶了过来，他们把我带回了人民医院，给了我第二次生命。后来……"

提起那一段往事，哪怕是记忆没那么清晰，夏沫依然是控制不了自己的情绪，她几度中断，不停地抹眼泪。等到呼吸顺畅了些，才继续说："后来，廖妈妈还给我联系学校，我去杭市读了高中，直到大学毕业，都是廖妈妈一直在资助我。"

"原来你就是小夏天啊！"钟景洲一下子就明白过来了。虽然，他没有见过夏沫本人，但在他家廖医生的口里，小夏天是出现频率最高的一个名字。

廖医生和他爸其实资助了不少贫困的学生，别的孩子接受了资助之后，只是逢年过节问候一句，一年半载写一封感谢信过来，保持着简单的资助与被资助的关系。就只有小夏天，她是真真切切地走进了廖医生的生活，被廖医生当成干女儿一样疼爱着。

一直以来，廖医生都说要找个机会，让钟景洲见一见小夏天。在廖医生的口中，小夏天那是了不得的小天才，脑子灵活智商高，还特别刻苦用功，中考成绩更是柳杨县的第一名，超出了第二名足足十多分。为了让她接受最好的教育，廖医生千挑万选，找了个市内一流的寄宿学校把小夏天送了过去。

高中三年，小夏天没有辜负廖医生的殷切希望，努力学习没有丝毫懈怠。而那时候钟景洲在读大学，他给自己列好了清晰的人生规划，并且将大计划分解成无数个小计划，每时每刻都有事情要做。他太忙了，忙到没有寒暑假，忙到一年只回家几天，哪里有闲工夫去见小夏天呢？

廖医生最后一次提起小夏天，是说她快要毕业了，学的也是医学，并且很希望回到杭市来生活。当时钟景洲还问，小夏天是不是也要进杭市人民医院，廖医生点头说是。于是，钟景洲还笑着调侃，说廖医生的老公、儿子以及干女儿都进了同一家医院，这是要办家族企业的节奏呀！

后来，没等到小夏天来上班，廖医生夫妻俩就出了事。钟景洲直接去了救护车队，从此之后，他再没过问这些事，每天只是专注而执着地做好他的救护车司机，除此之外，他不再关心这世上的一切。

小夏天后来有没有来到杭市人民医院，以及小夏天毕业后做出了怎样的安排，他就真的不清楚了。

廖医生总是喊夏沫为女儿、宝贝儿、小夏天，于是钟景洲就以为那个女孩子就叫夏天，或者名字里带有"夏天"两个字。他怎么都没想到，小夏天就是夏沫。

夏沫哭得不行，一边抽泣一边提醒："你还是快开车吧，别……别停在这里，交通都给堵了。"

钟景洲的情绪这会儿反倒是好了一点，他抬起手，揉了揉夏沫的头发。夏沫明显被吓到了，一脸诧异地抬头看着他。

"我妈说，小夏天的头发可软了，摸着比kitty舒服。"然后他就收了手，有点满意地笑着说，"果然是这样。"

钟景洲发动了汽车，在导航里已经找出了春天里村的位置，按照导航提示开了过去。

"kitty是谁？"夏沫疑惑地问。

钟景洲递过来一样东西，她下意识地接了过来，接到手上才发现竟然是那份火烧夹卤肉，还热着呢，一看就知道是刚买来没多久。

"kitty是楼下的流浪猫，是只橘猫，全小区的宠儿。它毛色金黄，十八斤重，阳光一照，浑身锃亮，看着特别威风，像只小老虎。它是流浪猫界的成功猫，以前廖医生最喜欢的就是买了猫罐头去喂它。"

听到前半段，夏沫还想发火呢，后来一听到是廖妈妈喜欢的猫，立即放松下来。

"那只橘猫，名字叫虎子吗？"她隐约有印象。

钟景洲微微有些诧异："这你也知道？"

夏沫抽了纸巾出来，先擦了擦眼泪，然后才小心翼翼地打开了油纸袋，小口小口地吃了起来。

"我读大学的时候时间比较多，经常跟廖妈妈通视频电话的，聊的内容比较杂，也聊起过那只猫。虎子，它现在还好吗？廖妈妈不在了，还有人经常去喂它吗？"

既然是小区的团宠，生活上应该是不成问题。钟景洲沉默了好一会儿，才开了口："虎子在廖医生去世后没多久，也死掉了。听人说，虎子已经是老猫了，要不是这些年小区的居民轮流喂它，它根本活不了那么久。"

"原来虎子是去陪廖妈妈了。"夏沫点了点头，懂事地中止了这个话题，她不想勾起钟景洲难过的情绪。

吃完了火烧，感觉力气恢复了很多。夏沫将车内的垃圾全都收拾好，连不小心掉下来的碎渣渣都捡起来了，捡的时候还很心虚地偷瞄钟景洲一眼，生怕他会不高兴发脾气，毕竟，这人对于自己的生活空间有着非常高的要求。但令她诧异的是，钟景洲一点儿反应都没有，偶尔看着她时，眼神比从前柔和了许多。

夏沫和小夏天两个身份的区别是那么的大吗？早知道会是这样，她应该早早就说出来的。

"那些卤肉和火烧，是你送过去给廖医生的吧？"钟景洲一反往日的沉默，主动问了起来。

夏沫点了点头："那时候，我还在市里读高中呢，真的没有什么钱，但又特别想报答一下廖妈妈。我们村里的人都说柳杨县有一家卤肉店，味道很好，去晚了就吃不着了。我就想着一定要去一次，买到了送去给廖妈妈尝一尝。"

"但那时我根本不知道，自己认为的好东西，在廖妈妈的眼中可能并不是很健康，而且后来也有一个高中同学提醒我，说市里的人都不怎么喜欢吃太油的食物，我送过去了，廖妈妈也不会真的吃，能尝一口就不错了，肯定最后还是要扔垃圾桶的。从那之后，廖妈妈的确没提过那些卤肉和火烧，并提醒我，心思要放在学业上，不要想着报恩那一套。如果不是你刚刚说起柳杨县的卤肉，我还一直以为廖妈妈根本没吃呢！"

"她很喜欢，你钟叔也很喜欢，还分了一些给爷爷奶奶吃，两位老人都喜欢。"钟景洲自己也喜欢，但他没有明说。

"真的呀，真是想不到呀！"夏沫笑得眼睛都弯起来了，没有什么比自己的心意被人领受、喜欢更为快乐的啦！她的心里犹如一块大石落了地，心情也莫名地飞扬起来。

"对了，咱们现在去哪里？"夏沫再次确认行程，于是问。

"春天里村。"

"你要送我回家吗？哇，钟景洲，你真是太好啦！"

钟景洲伸手揉了几下她的头发："直呼名字没礼貌，叫哥！"

"哥？"夏沫疑惑极了。

"你是小夏天，那我就是你哥，有什么疑问吗？"钟景洲亲昵地看了夏沫一眼。

夏沫羞涩而又娇嗔地喊了声"哥——"，然后咯咯咯笑了起来。

听到夏沫甜美的叫声，钟景洲的心情从来没有这样好过。

车子从国道转下去，开始走上了乡间的公路。

近几年，国家加大扶贫力度，乡村之间都修了水泥路。从前一下雨就泥泞不堪的路，早已铺设平整，汽车行驶在上边，平稳顺畅。路两边种的全都是水稻，迎风一吹，稻穗就随风摇晃，马上就要迎来一场大大的丰收。这种景象，即使只是看着，也会让人发自内心感到畅快。

钟景洲开着车快速行驶了一个小时，距离春天里村总算近了。夏沫远远地看到村子的轮廓，村子依山而建，稀稀拉拉的房子四周都是用石头砌成的围墙。车子穿过一小片菜园，就进入到村子中央。夏沫的家在整个村落最深处，而且有些高度，只能靠步行沿着石阶往上爬。

从看到春天里村，到夏沫的家，以钟景洲开车的技术和速度，用了将近四十分钟。也就是他的越野车，车型比较大，底盘又高，才能稍微适应这一段崎岖颠簸的路况。

"每次坐那种小巴车回家，需要多久？"钟景洲问。

"从柳杨县到春天里一般需要三个小时，下雨的时候还要更久些，因为有几段路会变得很泥泞。如果是下大雨的话交通会中断，外边的人进不来，里边的人出不去。"提起这个，夏沫也感到很无奈。但很多年来，就是这样子，村民们似乎早已习惯了。

"就是偶尔谁家有人生了急病，碰巧又遇到了恶劣天气，那才是叫天天不应叫地地不灵呢！"夏沫想起了小时候的事儿，低下头去。

钟景洲把车停在了村子中一条小路的路口，有好几个身上耍得脏兮兮的孩子围了过来，好奇地张望着。

"牛牛，你等会儿要帮忙看着点车子哟，谁家三轮车过来，提醒他们不要刮蹭到了。"夏沫不放心地吩咐，从随身包里掏出一袋棒棒糖分给孩子们。看样子这几个孩子跟她都很熟悉，围过来伸着小手索要糖果。

"看好车子，明天再给你们一人一袋牛肉干，你们上次吃过的。"夏沫许诺。这对孩子们来说可是相当大的诱惑，只见他们脸上写满了期待。

"咱们走吧。"夏沫把箱子拿下来，与钟景洲一人一个，缓慢地朝着村子的深处走去。

村子里房子虽然有些老旧，但家家户户都收拾得很干净。这里到处都是树，一眼望去，郁郁葱葱，再配上如黛的远山，就像是一幅晕染开来的水墨画，会让人联想起陶渊明笔下的桃花源，远离尘世，恬静而祥和。

从前，这里的村民过着简简单单、自给自足的生活，与世无争。村外的路修好之后，村内通了电和自来水，还安装了移动电话和网络。当新世界的大门开启之后，便有一大批年轻人走出去。如今，与中国大部分偏远农村一样，春天里村居住的人，大多都是老年人，以及不能随父母去打工而留守在家里，交给爷爷奶奶去照顾的孩子们。

"前后几个村子基本全都是这么个状况，春天里这边还稍微好一些，因为村口那里有一家小超市，卖的货品比较齐全，渐渐地就成为了村子里的商业中心，经常会有村民过来买点东西。小超市的旁边还开了个小吃店，卖一点米皮、面皮、米粉之类的简单食品，夏天的时候也卖烧烤之类的，啤酒放在井水里一冰，村里人就觉得很喜欢。"夏沫边走边介绍，"比起从前，现在的生活已经好了很多，至少吃穿是不愁的。唯一麻烦的就是看病，去镇上都已经很远了，更别提去县里和市里。这里的村民，小病靠忍，严重一点就到村医务室抓点药，只有严重到要命的时候，才会想办法去外边看，但往往到这个时候，小病都已经转为大病，甚至是绝症，所以……"

"所以你妈妈才会催着你，想办法帮村民们看病。"钟景洲接过话茬。

夏沫轻轻点头说："十里八村就出了我这么一个在杭市上班的医生，那可是出了名的香饽饽哟！"

她骄傲地抬起了下巴，得意了一会儿，发现钟景洲正在用那种似笑非笑的眼神看着自己，有点无奈地说："上一次爱心医疗团队来的时候还是七八年前吧，就是廖妈妈和钟叔那一支，他们一共有十七位医生和六位护士，一个村子一个村子地走下去，为期五天，治疗了不少患者。村民们都很感激他们，也知道他们都是从杭市人民医院过来的，利用宝贵的休息时间免费出来做义诊的。你知道吗，杭市人民医院在村民心里，那可是什么病都能治好的厉害医院。就因为我在这个医院上班，乡亲们天然就有种信任感，觉得我也是无所不能、非常厉害的。"

她停顿了一下，又补充道："不过，我时常会为自己无法承受这样的信任而感到不安。"

钟景洲静静地听着，跟在夏沫身后，缓慢前行。

"我家就在前边了。"夏沫指着高处的一座院子说。只见红漆的大门，石块垒成的院墙，门口还放着两个平时可以坐在那里乘凉的木墩。

"妈，妈——"到了院门口，夏沫大声喊着。

院门打开了，一个打扮得干净利落的中年妇女迎了出来，这应该就是夏沫的妈妈。她看起来五六十岁的模样，头发已是黑白参半，穿的也是很朴素，脸上挂满了惊喜："小妹啊，你回来啦！"

"是的啊，妈。今天没有跟着公交车走，速度比往常要快一些，天还没黑就到了。"

夏沫笑呵呵地过去想要抱一抱妈妈，可是，夏沫妈妈却明显不太习惯这样的亲密，但还是僵硬着身体，让夏沫抱了一会儿。

"没跟着公交车，那你是怎么回来的？"夏沫妈妈才问出口，却望见钟景洲拎着一只旅行箱站在夏沫身后。

"这位是？"望着钟景洲一脸的胡子，夏沫妈妈皱了下眉头。

"他是……"夏沫还没说完，已被妈妈给拉到了一边去。

"你找男朋友了？"

夏沫才要否认，又被妈妈拉远了一些："小妹啊，你怎么找了一个搞艺术的？"

夏沫妈妈说着，还夸张地比画了一下，显然对钟景洲那一脸的大胡子接受不了。

在中国人的传统观念里，对于男人的审美还停留在干净整洁、高大帅气这些条条框框上边，其中身高、五官轮廓这些全都是父母给的，出生后基本无法改变，但蓬头垢面、胡子拉碴的就是个人的修养了。

夏沫妈妈虽然生活在农村，但那也是个极会操持家务的能干女人。她只瞧了钟景洲一眼，便担忧起来。

"妈，你说什么呢？别胡乱猜好吗？"夏沫哭笑不得，"他叫钟景洲，是我的同事，不是我的男朋友。"

停顿了一下，她瞄了一眼钟景洲，见他并没怎么关注自己这边，才压低了声音快速地说："他是廖妈妈的儿子。"

夏沫妈妈瞬间捂住了嘴巴，眼睛瞪得老大："他是廖医生的孩子？跟你钟叔生的那个？"

"就是那个。"

"他不是考上了一所好大学吗？怎么去搞艺术了？"夏沫妈妈又朝着自己的脸颊比画了一下，依然没办法对那一脸的大胡子释然。

"都说了他是我的同事，不是搞艺术的啦！他脾气不怎么好，等会儿你可千万别去人家跟前问东问西的。"夏沫忘不了提醒一下。

村里人热情好客，免不了多问问。夏沫知道钟景洲的性格，她宁可多叮嘱妈妈几句，也不想等会儿两个人闹不愉快。

"好啦好啦，我不会乱问的，他可是廖医生的儿子，我能不知道分寸？"嘴上是这么说，夏沫妈妈的目光仍是在钟景洲的脸上打转，心想这孩子高高大大，腰背挺直，怎么看怎么好，只除了那一脸的胡子，乱糟糟的多显老啊！现在年轻人的审美实在是叫人想不通。难不成，城里人就流行这个？不过，夏沫妈妈还是热情地把钟景洲给迎了进来。

夏沫家的房子不大，目前就只有夏沫妈妈、爸爸和夏沫哥哥家里的两个孩子在这里住，屋里屋外有不少杂物，堆放得整整齐齐。在院子的正中央搭起了葡萄架，如今正赶上葡萄成熟的季节，一串串葡萄挂在那儿，瞅着特别诱人。

葡萄架在院子里形成了一大片阴凉的遮挡空间，家里的饭桌和小椅子就理所当然地全被搬到了院里。只要不下雨，一家人吃饭、聊天、休息什么的，都会待在这里。

"我最晚后天中午就得回去，如果医院那边有事，可能还得提前，所以，您还是抓紧时间通知一下，咱们直接就开始。"夏沫不愿意浪费时间，连休息都免了，直接催促起来。

"这么急？"夏沫妈妈有点意外。

"妈，医院那边的工作一直都是这样子的呀，我只是提前做好准备而已。"

夏沫妈妈嘀咕了几句，还是决定抓紧去把人都喊过来。

她路过钟景洲身边时，突然停住，抬头冲着大胡子开怀地笑了笑："孩子，我是你妈妈的好朋友咧！"

钟景洲有点愣神儿，忙说："阿姨，您好！"

"你的眼睛好像廖医生呢，身高随了老钟，很好很好，孩子，你先待在家里，自己去摘点葡萄，后边还有一棵杏树，也可以打杏吃。你就把这里当成是自己家，不要客气啦！你爸爸来村里的时候，就很懂得自己寻开心，自己摘了很多水果，分给医生、护士们来吃。孩子，你也要跟你爸爸学，放松点，别拘束。"

夏沫妈妈拍了拍钟景洲的手臂，表示亲近。其实她是想拍他肩膀的，问题是钟景洲太高了,她才一米五几,抬手也只能够到钟景洲的手臂。

"好的。"钟景洲下意识地冲着她笑了一下。

等到妈妈走远了,夏沫才有点不好意思地说:"我妈妈,人比较热情,哪里说话不太得当,你多包涵了。"

钟景洲眨了眨眼睛:"小夏天,你妈妈刚才说,她是我家廖医生的好朋友。"

提起这个,夏沫说:"廖妈妈来村里的时候,本来是打算住在村东头的大队部,那边有两间房改成的临时住所,挤一挤可以住十几个人,但是住宿条件非常简陋,而且是男人们住一间,女人们住一间,比较拥挤。我去杭市人民医院看病的时候,都是爸爸陪着,妈妈没有跟着去过,也是那一次义诊,我妈才第一次见到廖妈妈。她早就认定了廖妈妈是我家的大恩人,而且那次廖妈妈来村里,还是义诊,我妈说什么都不愿意让她和钟叔跟其他人去挤着睡。哪怕他们一直拒绝,仍是被我妈给拉回到了家里来。村里没什么好吃的,我妈就做了最拿手的菜馍和菌子汤。菜馍里的菜全都是野菜,菌子也是在山里采的,还有什么玉米面饼、炸野生鱼段这些,都是村子里到了季节会吃的,可是廖妈妈吃得很香,据说当天还吃撑了。我妈和廖妈妈俩人凑一起,聊了半宿呢!从那以后,我妈就自称是廖妈妈最好的朋友了。"

钟景洲认真地听着,专注地盯着夏沫看,那双闪闪发亮的黑眸,都让夏沫有点不好意思讲下去了。

"那一次的义诊,我外婆也是受益者,她经常咳嗽,天一凉,晚上就咳得厉害,根本睡不踏实。刚好廖妈妈的医疗队里有一位儿科专家,他给小孩子看病很厉害,给大人治咳嗽也不在话下,用了几服药,教了外婆一些热敷的办法,又提醒她注意日常的生活习惯。医疗队在的时候,还连续给她做了几次雾化,打了消炎针,外婆竟然止了咳,后边按照医嘱,保养得比较细心,咳嗽就渐渐消了。虽然老人家去年过世了,但在过世之前的那一段日子里,没有了恼人的咳嗽,生活质量提高了不少。我妈妈一直记得这些事，她非常感谢医疗队。"

钟景洲点了点头，抬起手摘了一串葡萄，简单冲洗了一下，分一半给了夏沫。

葡萄酸酸甜甜的，与超市里卖的那些相比，又多了几分天然的感觉。

钟景洲吃完，称赞道："好吃。"

夏沫心里一阵欢喜，这可是自家的葡萄。因为当年医疗队也夸她家的葡萄好吃，所以她爸妈就好好伺候着，说不定哪天，医疗队就又来了，到时候还要招待他们吃葡萄的。

钟景洲却是左右看了看，开口问："等会儿在哪儿看诊？"

"就在这里。"夏沫拍了拍葡萄架下的木桌，这张已经用了很多年了，漆面都已经斑驳了。

见钟景洲有迟疑，夏沫笑着说："村里的条件有限，能有个地方就可以了。你可别小瞧这张桌子，以前廖妈妈来的时候，也是坐在这张桌子前看诊的。"

"小夏天，你就糊弄我，你怎么知道廖医生用的是哪张桌子？你当时已经出去读书了，人又不在村子里。"钟景洲根本不信。

"要不要打个赌？"夏沫眼底闪动着狡黠的光芒。

"赌什么？"

"我要是能给你证明，廖妈妈的确是坐在这张桌子前看诊，等会儿村民们来了，你就在旁边一起帮忙吧。"夏沫已经预料到稍后会很忙的，钟景洲都已经站在这里了，若是不拉他一起，那实在是太可惜了！

"你要怎么证明？"钟景洲多了几分兴趣。

"你只需要说赌还是不赌，我自然有办法证明，或者……也可能只是诓你，其实什么都没有。"夏沫存心想要逗他，话不说尽，故意留半截。

也不知道是不是错觉，总觉得钟景洲从杭市到达柳杨县以后，整个人都有了变化。来到春天里村之后，他身上以往的桀骜和刺人的棱角，不知什么时候消散不见了。他的神情里多了些乐观和阳光。哪怕夏沫故意逗他，他也不生气。从前的钟景洲，根本不是这样。

"嗯，如果你诓我，你输什么？"他不慌不忙地问。

"你想要什么我就输什么，随便你说喽。"她就那么背着手，一副无所畏惧的姿态。

钟景洲一眼就瞧出了她眼底里抑制不住的得意，心里有了数。

当得知这张普通的桌子曾与他的挚亲有所交集时，在他的眼中，这张桌子就马上变得非同寻常了。

"小夏天，等会儿我陪你一起给村民义诊。"他许诺。

夏沫还有点诧异呢，这就答应了？

"真的？"

他点头："真的！我是你哥，哥哥不会骗妹妹。"

他郑重其事地以兄长自居，这是第二次。夏沫想起来以前廖妈妈总是你哥长你哥短地在她面前说起钟景洲，不觉鼻子有点发酸。

全是因为廖妈妈的缘故，他才对她另眼相待，兄妹相称。

两人一起将桌子整个翻了过来。桌子的底部，果然另有乾坤。钟景洲一眼就看到，有许多刻字在上边。那是一个个人名：廖小娟、邵敏敏、蒋小艾、钟建国……医疗志愿者的名字，居然全都在桌子的底部刻着。

"这是全体村民，恳请志愿者留下来的特殊签名。本来是打算集资买一块石碑，把名字全都刻上去的。每一位曾经来帮助过村民的好心人，村民都要好好地记在心里。可是廖妈妈他们不愿意，只说是小事情而已，都是应该做的，没有必要搞这些形式。在乡亲们的多次恳求下，大家便想了个折中的办法——将医疗队所有人员的名字刻在了当时治疗病人的桌子下面，虽然不易被外人看到，但乡亲们却永远记在心间。"

钟景洲蹲了下去，手指依次在他父母的名字上边划过："这些签名是本人刻上去的呀！我认得我爸妈的字体。"糟糕！声音哽咽，钟景洲的情绪怎么都抑制不住了。

"是完成了所有医疗援助任务后，医疗队的车子路过了春天里村，村支书拦在路口，一定要留着大家吃一顿饭，不是什么稀罕的东西，就是一碗简简单单的打卤面。大家吃完饭，合了影，就用各种尖锐物在桌子下边刻了名。这是我家的饭桌，从那以后就被当成了宝贝留在了家里。我妈还说，等以后有机会廖妈妈和钟叔来的时候，一看到这个肯定会感慨万千，没想到……没想到，多年后翻过桌子来看的，是他们的儿子！"

"你们村子里，玩得可真别致，但真的好暖心！"钟景洲突然觉得，开了那么久的车，一路颠簸，在突然见到爸妈留下来的名字时，心底里被冰封多年的情感，清晰地传来好像冰层碎裂的声音。

"我从小到大，对于未来的职业规划都很清晰，我就是要做一名医生，在能力范围之内，做到专业内最好。然后，等我可以独当一面的时候，我要像廖妈妈那样去帮助更多的人。哥，你看这人间，多值得！"

夏沫口中的人间，便是那闻讯赶过来的村民们，男男女女，老老少少。他们穿过了如水墨画卷一般的山间小路，朝着夏沫家的方向而来。他们身上的穿着虽然不很光鲜，但脸上都洋溢着快乐。

"工作喽。"夏沫示意钟景洲帮忙，把桌子给重新翻转过来。

夏沫把旅行箱打开，把里边的消毒水、听诊器，以及一些从科室内临时借出来的小型诊疗设备，全拿了出来。

"屋子里有椅子，你去搬一把出来，我来看病，你根据处方给配药。"夏沫戴上了口罩，指挥着钟景洲。

钟景洲很配合地搬了一把椅子出来，但并不是放在旅行箱那边，而是坐到了桌子的另一边，说："这么多人，你一个人要看多久？我来帮你！"

夏沫疑惑极了："你？"

钟景洲拿了一只口罩戴在了脸上，坚定地应了一声："我！"

"可……"夏沫微微紧张起来，她想起了钟景洲的身份。

杭市人民医院的一名救护车司机，他可以将一辆医疗救援用的救护车在城市、郊区、乡间的道路上开得平稳飞快。他也有过参与医疗救援的经历,曾经甚至完美地处理过一次严重的现场事故,为伤者做出紧急处理,为后续的手术成功做出了极大的贡献。他更是北京某所名牌大学本硕连读的医学专业高材生,最基本的医学素养他不仅具备,理论水平还要比一般的医生高一些。但是,他并不是一位医生。不是医生,就不能为患者做出诊断;不是医生,便无法对患者的身体健康负责;不是医生,他没有资格开出处方……

理智在时时提醒着夏沫,就在不久之前,她还曾经因为这件事而据理力争过。难道只因为知道了他和廖妈妈的关系,便要把原则放下了吗?

"我……我一个人可以的,你给我做助手就可以了。"夏沫干巴巴地说,她得努力不要伤到了钟景洲的自尊心。

"我开出来的方子,都给你过目,你觉得可以再去用。这样,就还算是你在看病人,我依然算是你的助手。"钟景洲像是知道她脑子里的想法似的,拢了拢他的口罩,感觉不能完全把胡子给塞进去,就又拿起一只,以叠戴的方式将自己包了个严严实实。

"不太好吧。"夏沫声音弱弱的,她觉得自己好像要被说服了。

一位大娘领着孙子,已经坐了下来。寒暄了几句,大娘说:"夏沫啊,我这一阵晚上总是睡不好,后脑勺这一片都在痛,这脑子里也不知道是不是长了什么了,已经好久没睡好觉了,经常是好不容易睡着,突然就像是有人在脑子里扎了一下似的,直接给疼醒了。"

大娘的孙子,鼻子上挂着两道清鼻涕,脏兮兮的,眼神还有点呆滞,并不像同龄人那样活泼好动。

夏沫已经开始在检查大娘的头痛了。钟景洲跟那个孩子对视着,他皱着眉,孩子也皱着眉;他不开口,孩子也不开口;他不掉转视线,孩子就那么直勾勾地看着他,眼睛一眨不眨的。这个孩子有问题。

钟景洲拿了一根棒棒糖,还有一张湿纸巾,递到孩子面前说:"你自己把鼻子擦干净,棒棒糖送给你。"

孩子伸出手,想要抓握棒棒糖,但钟景洲发现,这孩子的双手用力时不协调，简简单单的一个动作，对于他来说，做起来并不容易。

大娘见钟景洲在逗孩子，叹了口气说："这孩子从生下来就是这样，我想等他爸妈回来的时候，让他们带他去县里的医院看一下。可是，从年头盼到了年尾，他们还是没回来，总是说工厂里忙，请一天假要扣掉好几十块，的确是不少钱，可那些钱能有孩子重要吗？"

"我来给他检查一下吧。"钟景洲说。

对于陌生人的碰触，孩子没有任何抵触，任由钟景洲摸来摸去。

夏沫在给大娘做检查的同时，还要分心去关注钟景洲那边。就见他一边询问着孩子的一些基础情况，一边熟练地在纸上做着记录。

钟景洲的操作，让夏沫有点震惊。钟景洲的专业是她想象不到的，与她这个杭市人民医院的实习医生比起来，还要专业。

钟景洲耐心地引导着孩子，做出各种动作，用来测试他的听觉、嗅觉、触觉等。孩子大多时候就那么呆若木鸡般窝在他的怀里，眼神茫然地看着钟景洲。过了好一会儿，他忽然捏紧了那根棒棒糖，在钟景洲的帮助下，放入口中吮了起来。

"好像是……"夏沫的话还没出口。

钟景洲便打断了她："的确是要去医院做进一步的检查。"

他在处方单上写下了杭市人民医院的地址，以及需要去挂号的科室，甚至还写上他推荐的儿科专家的名字，最后撕下了那张纸，交到了大娘手上。

"孩子的问题比较复杂，需要借用先进的医疗仪器才能确诊，这不是在村里边吃几服药就能治好的病。大娘，你要抓紧联系孩子的爸爸和妈妈，告诉他们，越早去医院，医学干预之下才能取得更好的疗效，千万不能拖，孩子及时送医，是能够治好的。"他把处方单交给了大娘，告诉她这个上边写的有医院地址和医生的姓名，都是能够帮到孩子的，大娘只需要转交给孩子的父母即可。

"夏沫啊，我是来看自己的头疼病，其实孩子就是最近有点着凉，所以一直在流鼻涕，他很乖的，平时很好带，从来不……"

大娘仿佛意识到了什么，开始变得语无伦次起来。她很害怕，把孩子接过来，抱在了怀里，搂得紧紧的。

"大娘，您听我说，这件事您其实要……"

钟景洲再次打断夏沫，他的表情变得极为严肃，盯着孩子的奶奶，一字一字地强调："如果不早点送过去，这个孩子或许一辈子都是这个样子。大娘，您看看他，即使再乖的孩子，又怎么会乖成这样一点反应都没有？您一定要相信医生的话，去医院，立刻去，现在的医学干预手段非常多，早点治疗，孩子一定能看好，懂吗？他能治好的。"

大娘整个人一激灵："我懂，我懂……"

钟景洲再次强调："您再看一下这张纸，我告诉您什么来的？"

大娘回答："回去给儿子打电话，让他快点回来。等回来以后，就把这个交给他，让他去治我孙子的病。"

钟景洲不吝惜地竖起了大拇指："大娘，您是个明白人，有您这样的奶奶，您的孙子很有福气。别慌，咱们有事情就解决事情，有病就治病，人吃五谷杂粮没有不生病的，但是生病就得治呀！"

听钟景洲这么一说，大娘这会儿有点激动，对孙子的病自然有了信心。她抱着孩子，连自己的头痛都顾不得了，抬步就想要走。

夏沫连忙把人给拦住了："大娘，您的头疼病还没看完呢。"

大娘摇头："我的是老毛病，很久了，每天都疼，倒也不那么急。夏沫啊，我得赶紧回家去才行，这孩子……这孩子……"

即便是被钟景洲安抚过了，大娘的心里边还是慌乱着。她总觉得孩子们在外，背井离乡，不能回家，一直在厂里打工那么辛苦，不过是把孙子留给她来照顾，结果这么点事都没做好。她慌啊！她难受得想哭。

夏沫却不放人："大娘，您别急，我已经找出您头痛的原因了，咱们先把这种难受缓解一下，好不好？"

夏沫判断，大娘的不舒服，极有可能是颈椎压迫神经引起的。她刚才问诊的时候得知，今年大娘的儿子给她寄来了一部大屏幕的智能手机，还给家里装了一条宽带，方便平时视频联系。大娘学会了打视频电话，也学会了发语音。时间久了，她就喜欢上了浏览各种小视频，十几秒一条，讲什么的都有，特别有趣。别看十几秒一条的视频时间很短，看上去并不会浪费时间，看完就算了，比追电视剧要快得多。但实际上却是，一旦打开那个界面，就怎么都无法控制住了，往往一个不注意，几个小时就过去了。长期低着头，看着手机，最先出问题的地方，一是受手机蓝光刺激的眼睛，第二个便是颈椎。长时间维持一个姿势不动，专心致志地盯着手机屏幕看个不停，长此下来，偏头痛就开始了。尤其是在已经有了头痛症状之后，大娘一边侧躺在床上休息，一边为了打发时间还继续玩手机。这就在无形之中加重了病症，再稍微熬个夜，晚睡一下，痛的地方就更痛。这就是一个恶性循环。

夏沫除了给大娘开了一些膏药之外，还教了她一些缓解头痛的办法，比如说晚上睡觉，要选择硬一点的床，睡的时候去掉枕头，再找一个与颈椎弧度差不多的粗管，垫在颈椎之下，每天坚持十五分钟以上。当然，控制看手机的时间也是十分有必要了，人上了年纪，身体各个部位都开始渐渐地没那么灵活，这个时候尤其要注意锻炼身体，不要沉迷到网络世界中去。

夏沫学过一些按摩的手法，拉着大娘坐下来，给她按了很久。等她把手挪开时，大娘站起来晃了晃头部说："我已经有很久没有像现在这样子身体轻便、浑身舒服了。"如果不是还挂念着孙子的病，她今晚上一定会高兴地去跳广场舞。

"孩子的病，就按照这位……钟医生说的那样子，去专业的医院，找专业的医生看看，相信孩子一定可以好的。"

夏沫说的话，大娘能听得进去。临走时，她留下了一小包自家种的花生，村里人就是这么淳朴，夏沫不肯收也不行。

接下来的患者所困扰的问题就比较普遍了。感冒咳嗽的，身体无力的，老人、妇女还伴随着睡眠不好……这人间，各有各的疾苦。但当这疾苦有一个纾解的渠道时，笑容便重新出现在了每个人的脸上。

"比起西医，其实中医更加适合来到这样的环境里，他们能应对的场面，比我们更多一些。"夏沫在休息的时候，忍不住感叹。

"你这话是从廖医生那里听来的吧？以前，廖医生就总把这话放在嘴边，并且还自学了一段时间。她总说能够用得上，原来，她真正想用得上的地方，是在这样的地方呀！"

不亲自去走一遍他家老太太曾经走过的路，真没有办法做到感同身受。如今，站在母亲曾经走过的土地，手臂搭在了她曾经使用的桌子上，面对的是她曾经不辞辛苦倾尽全力救治过的人，钟景洲的心里无比舒畅。

山间空气新鲜，他深吸一大口，再慢慢地吐出去……

夕阳西下，夏沫妈妈左手拿着一只山中跑地鸡，右手拎着一条鱼，笑呵呵地走了进来："今晚上给你们做好吃的呀！"

钟景洲忙站了起来："姨，不用那么麻烦，简单地煮一碗面就好。"

"那怎么行！你可是远道而来的大医生咧，还是廖医生的儿子，我必须把你给招待好喽！夏沫，你去村口的超市拎点啤酒回来，再让老板烤一把羊肉串拿回来。"

夏沫笑了笑，早就习惯了妈妈的行事作风，于是应了一声，拉着钟景洲就走。

"她想做什么，全由着她去做就好，如果不好好招待你，她会内疚一整年，并且还会时不时地打电话给我抱怨呢！"

钟景洲失笑："你妈总是这样吗？"

夏沫继续解释："准确地说，是这里的乡亲们很多人都是这个脾气，属于地域共性吧。虽然物质上没有城里边那么丰富，但他们却有着山里人的淳朴和感恩之心。走吧，我带你去村里走一走，等会儿天黑了，你会在这里看到全世界最明亮、最漂亮的星星，而且距离我们特别近，像你这种个子高的，一踮脚就能摘下来了。我妈说，当年哪，廖妈妈可是看过一眼就迷恋上了。她说，等到退休的时候，也在春天里找一间房子住下来。"

钟景洲忽地不走了。夏沫回头才发现，他就站在那儿，整个人渐渐融入了夜色深处。

"如果一提起廖妈妈，会让你感觉到很难过，那我就不说了。"

钟景洲还没回答，就听见夏沫又说："不过，我要是你的话，我一定很愿意多听一听呢。你的妈妈是个让人值得骄傲的大英雄，她做了一辈子的医生，帮助了多少人连她自己都数不清楚。她退休之后还在自己喜欢的岗位上发光发热，这一辈子啊，廖妈妈可以骄傲地说，她从未浪费过半寸光阴，回忆起来，那真是无怨无悔的。哥，有这样厉害的妈妈，你的压力一定很大吧？"

"你就那么崇拜她？"钟景洲的心底里，有说不出的感觉。

"崇拜？这两个字用得也太准确了。廖妈妈，那就是我心目中的明星。初中、高中、大学，我为了追星，从不浪费一分钟的时间，就想着好好学习，把自己变得优秀，只有这样子才能让我崇拜的偶像高看我一眼。廖妈妈救治过那么多的患者，几乎每天都在做这件事，想要让她牢牢地记住我这小粉丝，我还能有别的办法吗？"

"你这个……傻丫头。"钟景洲不得不说，这是他听过的最燃、最励志的追星宣言了。

因为后边发生的事，他从廖医生口中听说过了，夏沫一点都没夸张，她出色地完成了每一阶段的学习，真的不曾浪费过廖医生为她争取回来的第二次生命。

此时，钟景洲似乎有所醒悟……

第十七章　大山深处

"好啦,你一定要放轻松一点,让我陪着你走一走,散散心,想不明白的事就放下不要去想,难得来到春天里。钟先生,你要好好享受这不富足却绝对美好的时光哟!"夏末安慰道。

钟景洲听了,不客气地揉了揉她的头发:"小夏天,喊哥,别乱叫。"

夏沫护住了自己已经变得乱糟糟的头发,不满地嚷嚷:"喂,你为什么那么执着地当我哥啊?"

"我妈说的,等她有空带你回家让我见一见,给我一个妹妹的。"他家廖医生说的,他务必会执行到底。

"没想到你居然这么听妈妈的话!那你在读大学的时候为什么不听她的话,找个女朋友带回家呢?"

"连这个你也知道?"钟景洲简直无奈了。

夏沫得意地扬起头:"我和廖妈妈无话不谈。"

钟景洲双手插在裤兜里,跟着夏沫的脚步,悠闲地往村头走。

夜深了,星空果然愈发耀眼夺目起来。远离城市的春天里村,头顶上的天空干净极了。那一闪一闪的星星,比钻石还要明亮,而且近在眼前。

他们安静地散着步。这个时间村口小超市门口已经热闹非常,烧烤摊的老板摆了五张桌子在外边,此刻已经全都坐满了。

烤羊肉串的刘大叔看见是夏沫来了,连忙笑脸相迎:"夏沫啊,听说你这周回来,在给村里人诊病呢?"

"只能看一看简单的小问题,头疼脑热的还可以,严重不舒服的还是推荐去县里的医院做更进一步的检查,这些事可不是闹着玩的。"

夏沫顺便要了三十个羊肉串。这种烧烤摊,只是村民自己在做,有一天没一天地开着,也没有太多的菜品,但羊肉串却是真材实料,炭火一烤,撒点盐和辣椒面,味道美极了。

刘大叔好奇地瞄了一眼钟景洲:"这是你的男朋友吧?见过你爸妈了?什么时候结婚啊?"

夏沫目瞪口呆:"叔,可不敢胡乱说,这是我医院里的同事,是陪着我来做义诊的。"

刘大叔嘿嘿笑了几声,顺手开了一瓶冰啤酒,直接递过去给钟景洲。钟景洲下意识地接了过来,啤酒瓶握在掌心里冰冰凉,在闷热的早秋,这种感觉也太舒服了。钟景洲直接喝了一大口,满足极了。

"结婚了没?"见钟景洲喝了酒,刘大叔便觉得这爷们儿是个爽快人。

村里的人淳朴、直率,在他们心里,拉家常问问私事,那是亲近的表现。

钟景洲摇了摇头:"没有。"

"定亲了?有女朋友了?"刘大叔接着问。

"也没有。"

刘大叔笑了起来:"还是单身,那就是有希望的嘛,虽然你这留着胡子，有点显老，但咱们春天里村还比较流行男的年长一点的，这样子的男人才知道疼媳妇。一定要考虑追我们的夏沫啊！这丫头聪明得紧，十里八村都有名呀！当年高考的时候，那可是全县第一，县上还给发了奖状和奖金呢！"

夏沫默默地捂住了脸："别说了，快别说了。"

虽然这些年，因为考试成绩很厉害这件事，她没少被人夸，听了那么多次，耳朵都要长老茧了，但今天当着钟景洲的面，这样被夸，却让她脸颊发烧，浑身不适。

钟景洲举起啤酒瓶，刘大叔也拿起酒瓶，两个之前根本一点不熟悉的男人，竟然碰了个瓶。

钟景洲说："听你的。"

刘大叔一高兴，直接从烤好的羊肉串里分出来一把，非要请钟景洲来吃。

"什么啊？！钟景洲，你跟着起什么哄？！"夏沫哭笑不得。

好在刘大叔并没有在他俩个人的私事上纠缠，他突然话锋一转，提起了另一件他比较关心的事："你俩是从市里来的医生，也就是市里的领导，我这儿有个请求，希望你们能考虑一下，看看能不能帮帮忙。"

夏沫一听，刘大叔这是要提出她根本就完不成的请求了，立即有点紧张，脑子里想的是怎样委婉而不失体面地加以拒绝。

谁知，钟景洲撸了一大口羊肉串，正就着啤酒往下咽，便顺口说："您说吧，什么忙？"

"是这么个事，"刘大叔拿毛巾抹了一把脑门，油腻的手指头一指远处的山，"咱春天里，你看，前后左右，四面都有山。俗话说，靠山吃山，靠水吃水。既然是挨着山来住，那不论男女老少，到季节的时候去山里边采个蘑菇，挖个山野菜，摘个山核桃什么的，这就是村民们的生活习惯。"

钟景洲跟着点头，夏沫一听不是自己猜想的那些事，便放松了下来，认真地听了起来。

"山里头虫子多，蛇也多，我要说的就是蛇的问题。山里边有十几种蛇呢，有些没有毒，有些有毒。我就打个比方吧，有一种身上翠绿翠绿的蛇，也就是这啤酒瓶子的长度吧，别看个头小，咬人一口毒得很，不死也得没了半条命。"

刘大叔停顿了一下，又跟钟景洲碰了个瓶，继续说下去："还有一种蛇，背上花花绿绿的，就跟花蝴蝶似的，也很毒，攻击性也很强，喜欢追着人咬，给它咬一口，咬到哪里哪里就得切除，不然的话，命也保不住。附近的山村经常有被这种蛇咬死咬伤的事情发生。"

钟景洲又喝了一大口酒，很认真地在听着，不住地点头。周围几桌村民，听刘大叔提起蛇，也跟着七嘴八舌地加以补充：哪个村的谁谁谁，什么时间进山里让咬的，怎么怎么处理的，最后的结果是怎样怎样……

刘大叔连连叹气，这才把真正想要说的事给讲了出来。

"被蛇咬了之后，每个村里都有简单的救治措施，可以暂时遏制住，可真正的救命办法，还是要及时打上血清。我们镇上的医院里，抗蛇毒的血清常年是断货、缺货的状态，有好多次了，把人送过去，镇医院救不了，就得往县医院或者市医院送，距离村子最近的县医院，开车也得将近两个小时，这还是在天气很好，路上不堵，一切都顺利的情况下；但这要是遇到了下雨天，路上耽搁多久就不知道了，你想想看，本来就是着急救人，一分一秒都关系着人命，耽搁的这一段，被蛇咬到的人八成也就晾凉了。"

旁边有个人接着道："这事儿每年都要发生几次，可不是稀罕事。"

钟景洲的神情渐渐严肃起来。夏沫是本地人，对于这些事更加熟悉了，每年回来的时候，她爸妈都会感叹一番，十里八村，这家那家，只要摊上了，就得赌一下运气。

刘大叔已经在烤夏沫定的那三十个羊肉串了，红色的炭火隐秘地燃烧着，把肉串烤得滋滋冒油，散发着诱人的香味。

"叔，关于蛇毒血清的事，我回去会跟市医院反映一下，看看能不能从医院的层面，通过一对一的定点帮扶来解决这个问题。但我也只能是汇报工作，尽力而为，时间可能没那么快，也不一定会有结果。"对于这种事，夏沫还是很愿意贡献自己力所能及的力量。

刘大叔笑呵呵地没再多说什么。

在回来的路上，钟景洲一直沉默不语。

夏沫看了他一眼，问："怎么了？其实刘大叔他们也只是说说罢了，不只是跟你跟我在说，凡是来到春天里村的领导，找到机会，他们都是要说一说的，万一就把这个棘手的问题给解决了呢！那都是人命关天的事，大家都在这边住，谁知道将来哪一天，会轮到了自己被咬到呢！"

"必须想想办法。"钟景洲简单地回答了一句，脑子里已经在自动过滤对于这件事能帮上忙的领导们的名单。

得想个办法把张副院长拐过来一次，让他喝一喝春天里村的山泉水，尝一尝这里的野菜烙馍，看一看这里没被污染的纯净星空，顺便帮助解决一下这些小小的实际问题。当然，这些想法只是在自己的脑海里一闪，他没有拿出来跟夏沫分享。

这一夜凉风习习，钟景洲睡在屋顶，好像还有蚊子在嗡嗡作响，只是有一层轻纱阻挡着，蚊子也是有心无力。钟景洲醒过来的时候，天已经亮了。他身上盖着薄被，应该是夏沫半夜的时候抱过来的。

钟景洲懒洋洋地伸展了身体，抬起手轻轻地抓了几下他的大胡子，觉得留着这些乱糟糟的胡子有点碍事，他一流汗，就觉得下巴有点痒。

就在这时，他听见有人心急火燎地喊他的名字："钟医生！钟医生！"

那是夏沫妈妈的声音，这么急，是出了什么事了？钟景洲笔直地坐了起来。

"夏大旺今早被蛇给咬了，夏沫已经去了，她让我回来喊你，钟医生你快着点。"夏沫妈妈急得声音都变了调。

此时，钟景洲完全清醒了，三步并作两步，直接从房顶爬下来。他先回屋里拿上夏沫的医药箱，接着又一把扶起了夏沫的妈妈，她刚才脚底下一软，在自家院子里跌倒了。

"姨，你别慌，告诉我人在哪里，咱们立即去。"

夏沫妈妈慌乱地把事情发生的经过说了一遍。

原来，附近的几个村子，村民大多是四个姓氏：夏、刘、穆、王。而春天里村的村民则主要是夏和刘两个姓氏。夏大旺五十多岁了，是春天里村的村主任。他有个多年养成的习惯，每天早晨起来，都要沿着村子里的大路小路走上几圈，一来是能够锻炼身体，二来是检查村子里的角角落落，排除一下不必要的隐患，对整个村子的状况做到心中有数。

谁想到，今天就出了问题。夏大旺是看见村后一户人家的草垛堆在了院子的右侧，风一吹，草给刮得到处都是，又脏又乱，而且万一失了火，草垛连着房子，这是个大问题。

他就想过去，跟这户村民做一个沟通，趁着草垛还没堆起来太高，赶紧挪个位置，放到离房子远一点的地方去。谁知道，草垛里竟然藏着一条小蛇。他走过的时候，或许是惊到了它，小蛇直接发动攻击，一口就咬在了夏大旺的小腿上。他的腿当时就麻了，凭经验来判断，这八成是一条毒蛇。夏大旺住在村里边几十年了，对于蛇的问题，他是心中有数的。他也不敢乱动，直接倒在地上，给家里人打了电话求救。

夏沫早起跑步，就在夏大旺的家附近，他家人冲出来时，恰好与夏沫遇到了。于是，夏沫就第一时间赶到了夏大旺的身边。没去立即检查夏大旺的状况，她先吩咐一旁围着的村民："想办法把那条蛇打了，蛇尸拿过来。你们打蛇的时候一定注意安全，别再被咬到。"

村民立即行动了起来。被蛇咬，大多是因为蛇突然发动攻击，人没有防备。在人打算主动去打蛇的时候，村里人自有村里人的一套办法，并不担心被蛇攻击。

夏沫安排完毕，来到夏大旺的身边，发现伤口是两个针尖样大牙痕，且有明显的红肿和瘀斑。她判断，夏大旺大概率是被一条毒蛇咬中了。

她出来晨练，身上没带急救的东西，但毒血扩散不等人，只能就地取材，于是，解下了运动鞋的两条鞋带，在伤口的近心端扎紧。她取出笔在夏大旺的腿部皮肤一侧标注好时间。

"感觉怎么样？有没有头晕眼花、四肢乏力、胸闷和呼吸困难？"

夏大旺虚弱地说："我觉得我随时会晕过去，眼前好黑……"

夏沫立即让人把夏大旺抬到了院子里自来水龙头旁边，用清水持续不断地冲洗着伤口。然后给钟景洲打电话，电话却没有接通，她突然想着可能是昨晚钟景洲爬房顶睡觉身上没带手机，于是就给她妈妈打电话，让她妈赶紧带着钟景洲过来。

"是不是得用嘴把蛇毒吸出来啊？电视上就是这么演的，毒血及时吸出来，吸到血液变红就没事了。"有个村民在一旁嘀咕。

夏沫瞪了他一眼："用嘴？蛇毒吸出来再毒翻另一个？这不是瞎胡搞嘛，害人害己。"

不过，有一点操作夏沫是认可的，那就是及时将蛇毒吸出来，的确是非常有必要。

夏沫冲着人群里喊："谁家里有产妇用的吸奶器，或者是那种小号火罐，快去给我拿来。"

夏大旺浑身紧绷，紧张得不行："我还经常提醒村民一定得小心，这个季节，蛇容易受惊，不小心游进了村子，蛇很喜欢往杂物堆和草垛里钻，唉，光知道喊别人当心，自己倒是忘了……"

夏沫安慰道："大旺叔，我在市里边经常跟着救护车做医疗急救，是非常专业的医生，你相信我吗？我一定能救你。"

"丫头，我信你。"夏大旺叹了口气。

"既然信我，从现在开始你得听我的指挥，首先你要尽量放松，因为情绪紧张，也会引起血液循环加速，不利于处理毒血。"夏沫让夏大旺换了个姿势，又吩咐赶来的村民去找木板，等会转移病人时需要。

去找吸奶器和火罐的村民很快返回来，急得一脑门汗，却两手空空。

"夏沫，没人家里有那些东西啊！"村里本来就没居住多少年轻人，老人们也没那么多讲究，这两样在城里很常见的物品，到了农村就不那么好找了。

夏沫思考了一下，回答说："普通玻璃罐也可以，稍微小一点的。"

换成是普通的玻璃罐、罐头瓶，这一次倒是很快找到并送了过来。夏沫接过玻璃罐，在里边烧了一片纸，等纸片燃尽后，迅速倒出纸灰，将玻璃罐紧紧按在夏大旺的伤口处。玻璃罐内有了压力，将皮肤吸了起来，局部皮肤转红变紫，一些极其细微的液体正从肉眼看不见的伤口处渗出。

夏沫惊喜道："管用了。"

她一边安抚夏大旺，一边盼望着钟景洲把她的医药箱快点带过来。

"怎么还不来？"夏沫很着急，心里琢磨着要不要让人去再催一下。

就在这时，她突然看到，远处有个高大的男人，大胡子随风飞扬，冲着她的方向狂奔而来。

在救护车队待得久了，许多事哪怕不去提醒，钟景洲也绝对不会忘记。夏沫平时用惯了的手拎式小型急救箱里，还装着不少钟景洲临时放进来的止血带、固定夹板、手术刀和抗生素之类的东西。谁也搞不懂，在十几秒的时间里，他怎么就能准确地反应过来，没有漏掉任何一样现场可能要用上的东西。

所谓专业素养便是在任何时间、任何情况下，收到命令，整装出发，永远都处于最佳的救援状态。

夏沫的心突然安定了下来。几分钟内，鞋带回到了夏沫的鞋上，标准医用止血带取代了它的位置。

钟景洲说："你去打电话给张副院长，请他出面向柳杨县的医院提出帮助请求，我们会在一小时后将人直接送到，请柳杨县医院做好收治病人的准备。"

"是！"夏沫此刻已经完全忘记了钟景洲的职业只是一名救护车司机，更没有考虑一小时的时间是否能够有效地将人护送到柳杨县医院。

在她心里，此刻没有谁会比钟景洲更加值得信任。既然钟景洲说可以，那就一定可以。

此刻的夏大旺虽然经过了一番初步的紧急处理，却仍是头晕目眩，听到的声音仿佛距离自己很远很远。

钟景洲问："咬到了村主任的那条蛇呢？有没有人知道叫什么名字？长什么模样？"

一个年轻人拎着一条已经死掉的绿色小蛇走过来："在这儿呢，夏沫来了之后第一件事就是让我们去打蛇。这小家伙真灵巧，差点让它给跑了！"

钟景洲一见蛇还在，心里微微松了口气。既然知道是什么品种，那就可以提前去找对应的血清，省去了试错的过程，大大节省了救援的时间。

"找个袋子装上这条蛇，准备出发。谁家有担架，或者是厚一点的床板，我们要把村主任抬起来，他不能移动。"

话音刚落，就见有人抬着厚木板跑了过来，上边还铺了床薄被。

"来了来了，木板在这里。"

钟景洲一见，便猜出来是夏沫第一时间做出来的安排。他冲着她竖起了大拇指：不愧是经常跟着救护车出诊的好大夫，临场应变能力就是强。夏沫的脸颊泛起了浅浅的红晕，年轻的面庞在晨光下，耀眼而美丽。

钟景洲的越野车，临时变成了救护车。他将后排座放倒，把夏大旺平放在上边。前排副驾驶的座位向前推，空出来的位置，夏沫刚好能蜷坐在那儿，随时观察夏大旺的状况，以便做出恰当的处置。

"出发了。"钟景洲的声音虽然很轻，夏沫却感受到了一股杀伐果断的气息扑面而来。

她忍不住提醒了一句："注意安全。"

越野车，车内空间大，轮胎也大，非常适合复杂颠簸的路况，但只用一小时就要将人给送到柳杨县，实在是不太可能完成。

"小夏天，夏沫……"

钟景洲的呼喊让夏沫回过了神："什么？"

"你的电话在响，快点接，也许是医院那边找你。"

夏沫心里懊恼极了，搞不懂今天自己是怎么了，频频失神，一点儿都不专业。夏沫接起电话，果然是杭市人民医院的同事打来的，说由张副院长出面交涉，第一时间与柳杨县中心医院取得了联系，对方已做好了收治病人的准备，还提供了联系方式。

夏沫又给柳杨县中心医院联系人打了个电话，沟通之后，她又翻出了那条装着蛇尸的袋子，多角度拍了几张照片，给对方发了过去。接下来的事，只能是等待。

"也不知道中心医院的医生认不认识这种蛇，他们那边应该会有解毒的血清吧。"夏沫心里边烦躁得很，瞅了瞅从小到大看着自己长大的村主任，她抬起手，抹掉了眼泪。

夏沫背对着钟景洲轻轻地说："我小时候，突然间大出血，村子里没有治疗的条件，当时大伯还不是村主任，我爸喊他帮忙，他二话不说就来了，不只自己来，还带来了好多同村的亲戚、朋友。那么多叔叔伯伯，就是用那种木板，抬着我，冒着大雨，蹚着水，一直把我送去了镇医院。镇医院救不了，又送去了县医院……他是我的救命恩人，我也欠着他一条命，我不想他死，我不想……"

当救护车上乘坐的人是不认识的陌生人时，哪怕再惨再急再难处理的情况，夏沫都可以顺利处置，控制好自己的情绪，完成医疗救援。可当面对的是自己的亲人、自己在乎的人时，夏沫才发现，她其实与任何普通人一样，会心慌意乱，会不知所措，会胡思乱想。

钟景洲的声音传了过来："你的处置及时而正确，蛇毒被吸出了大半，止血带捆住血管减缓毒血流动。夏主任半昏迷的状态，也不会因为移动和情绪激动而造成血流加速。小夏天，在我们能力范围之内，一切都已做到最好，所以你要多一点信心，既然夏主任被蛇咬的时候，老天安排你和我就在他身边，那他就一定有救。"

"一定吗？"她泪眼婆娑。

"一定！"钟景洲不厌其烦，"不要哭，把眼泪擦干，计算时间，不要让止血带勒坏了他的腿，你的医药箱里有小型的氧气罐，也给他用上，所有处置，你都可以做得很好，其他的交给我好了。我们一起加油！"

钟景洲把手机导航放大，边开车边研究着路线：从春天里村出来，首先要从村间公路上省道，然后才能全力加速前进，而这一段路，恰好是最拖延时间的。很快钟景洲便发现，地图上的确显示没有路。在附近几个必经的村落之间，有一小块耕田阻隔，这才让村间公路变得绕来绕去。如果直接从农田之中穿过，无疑能大大节省时间。

生命至上！他别无选择！

越野车猛然一转，直接冲进了田地，一路向前奔去。车轮在耕田里留下了两道深深的痕迹，就这样绵延到远方。

有些地方还有村民在耕地，见此情景，不知发生了什么，还以为他是在故意搞破坏，便指着越野车破口大骂起来。

不得不说，钟景洲在情急之下研究出来的路线，相当节省时间。当顺利地驶入省道后，他看了一眼时间，心里边就更加有数了。他将油门踩到底，加速、加速再加速。他仗着车子性能好，凭借着高超的驾驶技能，在省道上飞驰。

钟景洲完全没有注意到，一辆警车拉着警笛跟在车身后。夏沫发现了警车正是冲他们飞奔而来。

"钟景洲，警察！有警察！"

"嗯。"他应了声，车速并没有降低。

警车的车况比起钟景洲的越野车还是差了一些。一辆车在后边猛追，一辆车在前边狂奔，那场景堪比警匪片。眼看着距离越拉越远，根本追不上，钟景洲也没有要停下来的意思。

"你这样子不行，还是要跟他们说明一下情况。不然的话，人家要把你当成坏人了，后边的警车追不上你，前边也会有他的同事设卡拦你，警匪片里全是这么演的。"夏沫满是焦急。

钟景洲听完，觉得这个担心也是有道理的。考虑了一下，他将车子往右靠了下，同时放慢车速，但并没有停下来。警车很快靠了过来。

钟景洲拉下了车窗，没等说话，警察已是恼怒地咆哮："靠边停下！你已经严重超速！"

"我车上有一位被毒蛇咬伤的患者，急需送到柳杨县中心医院，请警察同志帮忙，我们三十分钟内必须赶到，患者有生命危险。"

警察明显愣了一下，夏沫也将车窗按了下来，让警察能看到后排车座的状况。夏大旺的脸色乌青，嘴唇暗紫，一瞧就是状况不太好了。

警察的反应也是相当快，冲着钟景洲一挥手："你跟在我后边走，我给你开路。"

"谢谢了！"

虽然钟景洲跟在警车后面速度放慢了一些，但他也感觉到路况明显变得通畅起来，心里也踏实了许多。

"让开让开，前边的车快点让开。"

……

十几分钟之后，钟景洲已经跟随着警车进入到了柳杨县城，路上开始有了红绿灯。但他们所经过的每一个路口，竟然都有交警出现在那里，将左右两边的汽车拦在了红绿灯处，电动车和行人也都被劝阻在路口等候。若不是亲身经历，绝对难以相信，路况畅通到了全程不需要减速的程度。

警察对柳杨县的路况很熟悉，钟景洲开车跟在警车后面，便很顺利到达县中心医院。这确实节省了不少时间，也给了挽救生命的希望。

"夏沫，中心医院的人准备好接病人了吗？还有，那条蛇是什么蛇？需要的血清准备好了吗？"

夏沫回道："已经安排妥当了，蛇的品种也确定过了，但是蛇毒血清他们医院也没有，需要去一附院调取。不过，中心医院那边都已经安排了，我们把村主任送过去，他们去取血清的人也差不多该回来了。"

一切就刚刚好，差一点点都要付出惨重的代价。

"你把村主任目前的各项体征、药物禁忌状况，以及你所了解的一切全都编辑成短信，给那边的医生发过去，这样会节省时间！"

夏沫点头照办。她刚给夏大旺看过一些身体上的小问题，对于他的基本状况还是心里边有数的，甚至连询问他的亲属都不需要。

夏大旺被两个男医生给抬上了移动床，接诊大夫早已就位，边走边开始进行检查。

从夏沫编辑的短信，以及夏大旺的皮肤上记录的各种时间和数据，接诊大夫不需要多费唇舌，便可做出应对处置。

时间！时间！在任何一个环节，他们都做到完美，没有丝毫浪费！

夏大旺的家属还在赶来医院的路上，夏沫必须全程跟随在他的身边。

钟景洲目送着夏沫远走的背影，紧张的心情才放松下来。他从车子的抽屉里拿出来一盒烟，拆开后，给两位警察一人一根递了过去。

这个时候，三个人围蹲在一起抽烟的画面，看起来有点可笑。可只有他们自己知道，这个时候，一根烟，长出一口气，得有多么重要！

负责开车的那位警察猛吸了几口烟，随即将烟掐灭。他站起来给钟景洲敬了个礼："同志，车子开得不错啊！行车证、驾驶证拿出来看看。"

钟景洲叹了口气，也没辩解。越野车里不仅放着行车证、驾驶证，还有他的工作证，全部一起递了过去。

警察一看就乐了："你居然还是杭市人民医院的救护车司机！怪不得超速、闯红灯那么顺溜呢，平时肯定是没少干啊！"

"那也是工作需要！"钟景洲并不善于应付这种调侃，他认真地道谢，"刚才要不是遇到二位，可能路上还要多耽误些时间呢！现在患者已经平安送到了医院，我等会儿跟你们回去协助调查。"

警察点了点头:"的确是要去一下交警队。你算算,你这一路闯了多少红灯,又有多少次违章驾驶,全被电子眼抓拍得清清楚楚呢!你得跟我们去交警队,写一个情况说明。要不然,你的驾照怕是要被直接吊销了。"

钟景洲咧了咧嘴,哭笑不得。

警察狐疑地看着他:"你真是救护车司机?在医院上班?"

"没见过留胡子的救护车司机吧?我接送的病人和家属也都没见过,但是被我接了一次之后,立即弥补了他们认知上的空白。"钟景洲讲这番话的时候,表情是一本正经的。板着脸讲的冷笑话,就连不苟言笑的警察也会控制不住发笑。

"哥们儿,你们领导能愿意?"

着急的事儿全解决完了,警察们关注的焦点,立即转移到钟景洲的胡子上,看得出,他们非常感兴趣。

钟景洲习惯性地捋了捋脸上乱糟糟的胡子:"大概,不愿意吧!"

他耸了耸肩:"不过,我们领导是爱惜人才的,像我这种车技很不错的靠谱司机,留一点胡子不会影响我的工作。再加上,我们救护车队一直得在停车场那边待命,领导轻易也不会来,大家也就睁一只眼闭一只眼,随我去了。"

他还双手合十,认认真真地说:"感谢我们领导。"

两个警察被逗得直发笑,如果不是还有别的事,时间上不允许,他们很愿意再跟钟景洲多聊几句。

临走时,他们与钟景洲交换了联系方式,另外约好了时间去交警队处理违章,便离开了。

钟景洲目送他们远走,紧跟着一个趔趄,便顺着墙壁滑下,直接坐在了地上。不知道过去了多久,有人将一杯珍珠奶茶递到了他面前。

"喂,你没事吧?虚脱了吗?要不要吃点甜食。"原来是夏沫,她手上捧着两杯饮料,将其中的一杯递了过来。

钟景洲接过饮料，却一动不动。夏沫叹了口气，把饮料又拿了回来，帮他插好了吸管。

"哪里不舒服？"她看着钟景洲反常的样子，很是担心。

钟景洲喝了一口奶茶，入口香香甜甜的感觉，让他恢复了常态。

"村主任，怎么样啦？"

夏沫挨着他，也靠墙坐在了地上："还在急救呢，但血清已经送到了，里边有医生在处理，接下来就要看天意了。"

"你出来做什么？不守着能放心吗？"钟景洲哑着嗓子问。

"守了一会儿，总是会胡思乱想，实在是闷得透不过气，干脆出来看看你。"夏沫抱着双膝，蜷成了一团儿。

"你乱想什么？"钟景洲问。

"我就是在想，从发现村主任被蛇咬到中心医院的医生接手，这一段时间，我所做出的每一个判断是否正确，我所完成的每一项医学处置是否标准；还有，我是不是遗漏、遗忘了什么重要事项，或者我能不能做得更好些……我也知道现在去想这些已无任何意义，可就是控制不住自己！想了一次又一次，一遍又一遍，每个细节，每个时间，我头都痛了。"

钟景洲一听，就明白夏沫这也是紧张过度了。他探出手揉了揉她的头发："他不会有事的。"

夏沫摸了一把脸："我高兴得想哭。"

看似简单的护送过程，实际上却是反应迅速、多部门联动、多人配合的结果。

生命高于一切！是所有人全力以赴，才让夏大旺有了生的希望！

第十八章　无知无畏

回程的路上，两个人之间的关系明显亲近了不少。不约而同地，他们都将这一段经历，埋藏在了心底，不打算再提起。倒是隔天上班时，张副院长把夏沫给喊到了办公室，问起了夏大旺的状况。

"昨晚上通过电话，暂时已经脱离生命危险，目前还在中心医院做后期的治疗，需要花费一些时间。"

夏沫心里边还在犹豫着该怎么提起镇医院血清紧缺的问题，其实不只是她家所属的那个镇上缺血清，环绕着整座山，附近的一些地方，应该都有这样的困扰。

杭市人民医院是省级的大医院，张副院长不仅领导力强，方方面面的协调能力也很厉害，若是他肯答应帮一把，或许……夏沫的心里说不出的紧张，因为她一直在琢磨着，怎样恳请张副院长关注到他们家的小村镇。

"春天里村属于幸福镇，归柳杨县管辖吧？昨天你给我打电话的时候，我一直在想，我怎么对这几个地名这么熟悉？等挂了电话才想起来，以前妇科的廖小娟医生曾经牵头组织了一个志愿者援助医疗队，去义诊帮扶的路线里，就有幸福镇周边的十几个村子。而这个春天里村，名字好听也好记，廖医生经常挂在嘴边，我当时印象很深，这几年没人提了，我竟然一时想不起来了。"张副院长感慨地摇摇头。

他的话似乎什么都没有提，但又好像把往事全道尽了。

夏沫一听，鼻子便跟着发酸。她知道，那是因为她家在那儿，廖妈妈心里总是会记挂着，连张副院长都听她提起过，可见廖妈妈在世的时候，真的是没少操心。

"关于当地缺少蛇毒血清的问题，我昨晚已经写了一份书面材料，准备向钟院长汇报。夏沫，你是当地人，对周边情况比较了解。来，你先看一看这份材料，看看哪里不足，是不是还有需要补充的地方？"这才是张副院长今天喊她来的真正用意。

不必她绞尽脑汁去恳求，也不必她费尽心思倡议，张副院长竟然连夜做了这么多的努力，而且准备落实了。

好听的话，夏沫一句也说不出来。坐在张副院长的桌子前，拿笔修改材料的时候，夏沫有种想哭的冲动——那是感动的泪水！

对于钟景洲来说，春天里村的这一趟，不过是他生活里的小插曲。上班之前，他特意去查了一下自己的违章记录，确定柳杨县那边没有把他闯红灯和超速的违章都上传系统，这才长长舒了一口气。

而就在这时，廖队长背着手，急匆匆地走了过来，也不知道大清早是谁招惹了他，脸上全是怒火。钟景洲扭头要走，他可不愿意自己送上门去碰一鼻子灰回来，不值当。谁知，才有了转身的动作，就听到廖队长喊他："大钟，你等会儿，我找你有事。"

得，躲不开了，竟然是冲他来的。钟景洲脑子里迅速在想，究竟是哪里惹到这一位了？没有啊，最近大家都是相安无事，廖队长自己也忙，他已经很久都想不起来挑钟景洲身上的小问题了。

钟景洲在原地站定，静静地等待。

廖队长几步跨到了他面前，责问道："你们的车究竟是怎么回事儿？能不能少给我添点麻烦？过去闹腾我也不说什么了，可是饮酒出车，这事儿是不是太离谱啦？"

钟景洲一脸问号，想了一会儿，才反应过来，他说的是张冬的事儿。

廖队长这通脾气发得十分没有道理，毕竟喝酒的人是张冬，并不是他。

钟景洲可从来不是那种能容忍别人往自己身上强压罪名的人，心有不满必须表露出来："队长，我也很生气，他饮酒后身上的味儿太大了，我开着车门散了半小时都没散干净。"

"谁跟你说这个啦？我是想说，你为什么不管管他？"

一听这话，钟景洲可是不高兴了："我又不是他领导，也不是他父母，更不是他朋友，我凭什么管他？难道管了他就会听吗？张冬是什么性子，您不是比我更清楚？"

廖队长被他一问，好半天都没能回过神。

"你说的这叫什么话？每一辆救护车，那就是一个小集体，一支小团队，平时一起出车，一起协作，一起救人，当团队里的某位成员出了问题，其他人难道就没有责任吗？钟景洲，真是没想到，你竟然也是个喜欢推卸责任的家伙！"

这些话让钟景洲听了，等同于道德绑架。他怎么可能去接受这样无端的指责呢？

"队长，我能有什么责任？您说说吧！0703号救护车上有明确的职权划分吗？在级别上，我是张冬的领导吗？我对于张冬，有明确的管理义务吗？我是张冬的监护人吗？"

钟景洲一连串的问题，成功地把廖队长的脸色，从红转到了青。

"你……"

"我不认为我需要对张冬的事负责，他是个成年人，大量饮酒，大闹医院，而且还是连续两次，这会是什么样的后果，他心里不会没有数。酒精只会刺激人兴奋，但并不能完全麻痹人的头脑，他敢做，就是已经做好了承担后果的心理准备，这件事还有什么疑问呢？"

廖队长被一口气噎在那儿："你就一点责任都没有？"

钟景洲肯定地摇摇头："绝对没有！你是他领导，我不是，我们是平等的同事关系，他的私生活与我无关。"钟景洲说完，给了廖队长一个充满同情的眼神，顺便拍了拍他的肩，以示安慰。

"有任务来了，我要出车了。对了，既然张冬今天不能跟车，有没有给0703号车另行安排随车护士？"

廖队长这会儿郁闷得已经没办法呼吸了："安排了周小乾。"

"周小乾很不错，专业又靠谱，多谢！"钟景洲说完，立即上车走了。

廖队长站在原地，气得瞪着救护车离去的方向，半天没有回过神来。而钟景洲并没有受到任何影响，他将车子停在了上车点，车门打开，走上来的是周小乾和夏沫，都是熟悉的人，合作起来较为顺畅。

"夏医生，这是个头部受到重击的病人，你立即打电话给伤者家属，看能不能在电话里进行急救指导。"

钟景洲的话，现在夏沫是言听计从。她立即把电话拨了过去，但过了一会儿，她皱着眉回答："占线。"

"家属应该是在打电话通知亲戚朋友呢，你继续打，不要停。"

夏沫连拨了十几次，有些气馁地说："还是占线啊！"

"继续。"钟景洲的声音冷冷的，带着不容置疑的语气。

在拨打到了第三十次的时候，电话终于接通了："请问是您拨打了120医疗救援电话吗？我是救护车的跟车医生，现在请向我描述一下伤者的状况……"

周小乾将笔记本摊开，放在夏沫的腿上，并递上一支笔。夏沫感激地点了点头，边说边记："伤者是被锤子击中了头部右侧，没有看见明显的伤口，却一直在流血；目前伤者意识清楚，也没有晕倒……对了，你们让伤者平躺下，不要动，也不要说话，我们很快就到……"

在挂电话前，夏沫一口气讲了很多注意要点，脑门上已出了不少汗。

到达了现场，他们才发现，原来这是一场交通擦碰事故所引发的伤人事件。

正是交通高峰期，路况拥堵，黑、白两辆车靠近行驶，白色的那一辆不停地变道，只要有个空隙，就想插进去，试图通过这样的方式加速行驶。但是整条路在堵，再换来换去，速度还是不会提高多少，反而会让与白车离得比较近的几部车的驾驶人员都很紧张。因为在白车变道的时候，他们也得万分小心，配合着让出路来，以免发生剐蹭。

一次、两次还可以容忍，不停地变来变去，黑色那部车的车主就有点烦了。他干脆用自己的车别住了白色那一辆，每当白车准备变道，他一定是轻踩油门，向前顶一下，就是不肯让出来空间。白色车车主变道不成，有几次还差点直接撞到黑车上边，也是窝火得不行。

这段长长的路，两部车较上了劲，开出几百米之后，一个控制不住，咚的一声，两部车就撞上了。双方一下车，当然不可避免地大吵起来。

你有你的理，我有我的理，谁也不肯让步。

白色车车主是个急脾气，火气上来的时候，直接从后备箱里拿了一把锤子出来，朝着黑色车车主的脑袋锤了几下。顿时，交通事故转为了故意伤害案。白色车车主被围观群众制服，报警等着警察来处理，黑色车车主倒在了地上，脑袋上汩汩地往外冒血。

好在，经过了夏沫的检查，确定黑色车车主的伤不算特别严重，但为了以防万一，还得将他抬上救护车，送回急诊室做进一步的检查。

黑色车车主的妻子也跟着上了救护车，一路都在哭，边哭边叨叨："明明是他在路上没有道德地不停变道，怎么还敢下车逞凶伤人呢？这件事绝对不能就这么算了，让警察把他抓走，我们坚决不接受调解，就要让他去坐牢！判他死刑！"

周小乾将脸扭到一边，伤者和家属情绪激动，要是他没绷住笑了，那不是在刺激人吗？反倒是一贯脾气温和的夏沫，今天比较严肃："家属，请你尽量克制情绪，你一直激动地哭个不停，会让伤者也跟着情绪波动，不利于急救工作的进行。"

听了夏沫的话，车主的妻子这才捂住了嘴。但这就是个爱说的人，让她闭嘴不吭声，比杀了她还难受，没过几分钟，她就又忍不住叨叨起来："老张啊，为了以防万一，你要不要做点交代？家里的存款都是你在管着，放在哪里？有多少钱？密码是多少？你得提前说一下，万一……"

心电监护仪上，伤者的心率和血压，嗖地就上去了。

夏沫忍无可忍："家属，你要是再影响我们急救，就要请你下车了。"

车主的妻子快快不乐，嘴里嘟嘟囔囔："你要做什么就做，我怎么影响你了？我也没拦着你不是。"

"他的伤不至于有生命危险，现在交代后事有点早，请你坐到车尾去，伤者身边需要空气流通。"夏沫冷着脸，半点儿情面也不给。

周小乾打起圆场，好说歹说，总算把车主的妻子给请到救护车后部的空座上了。

夏沫严肃地对伤者说："闭上眼睛，好好休息，医院很快就到，你不会有事，但一定要配合我们才能尽快脱离危险，知道吗？"

黑色车车主轻轻地应了声。接下来还算是顺利，到达医院时，有人把伤者抬了下去。夏沫也跟过去了，她还得跟急救医生做一个交接。

等车内只有钟景洲和周小乾两个人的时候，周小乾才说："夏医生今天好严肃啊，好像是心情不太好。"

其实钟景洲也看出来夏沫的情绪不太对，不过，他现在是她哥，当然得不动声色地为她解释几句："做医生的，冷静沉着是最起码的专业素养，她及时制止了伤者家属说那些话，也是为了挽救病人。"

"我的意思可不是说夏医生做错了，我只是想要表达，夏医生好像是心情不好啊！平时她总是笑吟吟的，是个温柔的好女孩，可今天情绪有点反常。"

钟景洲回答道："谁家还没点糟心事呢？偶尔心情差，很正常的。"

周小乾觉得也对，便点了点头，不再提这些事了。

钟景洲心里也疑惑，想着等会儿没那么忙了，给夏沫打个电话问问，是不是夏大旺的病情又反复了？还是家里有什么事儿？可这一上午相当忙，钟景洲有这个想法，却没能抽出时间打电话问问。

他又连续出了三次车，等第三次返回医院时，就见张冬一脸气急败坏朝着救护车的方向跑了过来。到了车前，见钟景洲没有下车，他竟然抡起了拳头，使劲砸驾驶室的车窗。

"钟景洲！你下来，你快点给我滚下来！"

钟景洲看了他一眼，不慌不忙，顺手把保温杯的盖子给拧上了。然后才推开了车门，跳下了车。

"救护车招你惹你了，用那么大劲儿做什么？砸坏了，你来赔偿吗？"

这部车，就是钟景洲最忠诚的战友，看着它被张冬这么粗暴地对待，钟景洲真的心疼。

张冬冲了上来，对钟景洲怒目而视："是你举报了我吧？"

"什么？"

"你是个人吗？同事出了点小问题，你居然就跑去举报！钟景洲，你做出这种行为，不就是个卑鄙无耻的小人吗？"不容分说，张冬破口大骂起来。

其实不用说，大家都知道，他讲的是关于自己醉酒出车的那件事。

"我没有举报你。"

钟景洲冷冰冰地说着，脑子里一闪念，他好像意识到了什么，便问："你是不是也质问夏医生啦？"

"我去找她了又怎么样？她也是嫌疑人之一，我必须当面问清楚。当然，还有你——周小乾，以及那天上班的两个担架员，肯定是你们其中的某个人做的这件事。但是，最大的嫌疑人是你钟景洲。我知道，你看不上我也不是一天两天了，以前抓不到我把柄，所以没办法，现在好了，总算是逮住了我犯了个小错，你们用得着这样子吗？把我工作弄丢了，对你们有什么好处？这根本就是损人不利己！"

钟景洲立马明白为什么夏沫的情绪不太好了。瞧着张冬咆哮发疯的模样，还真不想搭理他。可是，牵扯到了夏沫，钟景洲觉得自己不能坐视不理。他一米八七的身高，揪住一米七不到的张冬的衣领子时，很像是一个大人在制服一个不听话的熊孩子。

"你醉酒上车，连续两次，工作时间喝得醉醺醺的，还在救护车上撒酒疯，跟患者家属吵闹……这些事，在你眼里还都算是小事了？"

"你放开我。"张冬听了，心里不自然发虚。他使劲挣扎，想摆脱钟景洲的控制。

"张冬，我想问问你，如果这些是小事，全都是你的同事在陷害你、报复你，那在你心里边，什么才是大事？非要造成严重不可挽回的后果才算是吗？"钟景洲的质问让张冬哑口无言。他不知道如何回答，自知理亏，一下子没有了刚刚的嚣张气焰。

"我最后重复一遍，没有人报复你、举报你，医院内有严格的规章制度，每天晚上还有那么多人同时在值班工作，发生过的事就是发生了，没人刻意针对你，但大家也绝对不会为你这种严重违规的行为做出隐瞒，你所信奉的人际关系那一套并不是时时都管用。这件事，你怨不得任何人！"

钟景洲轻轻一用力，就把张冬给推开了老远。见他还发了疯似的想要往上冲，钟景洲给了他一个警告的眼神：再这样，就对你不客气了。

"你真的应该去照照镜子，看看你现在是什么样子！你入行时，应该背诵了南丁格尔誓言了吧？扪心自问，你配得上身上的这身护士服吗？"

张冬此刻感觉自己已经有点灰溜溜了。他想大声呵斥钟景洲住口，可钟景洲的话，准确地击中了他的要害，再胡搅蛮缠、强词夺理下去，也不会占到什么便宜。

这时，周小乾催促地喊了一声："钟师傅，又有任务了，我们要马上出发。"

接着,他也有些不耐烦地对张冬说:"你这儿差不多就行了,自己的事自己去想办法,耽误了这边正常的工作,我可真的要去投诉你。"

钟景洲和周小乾两个人一前一后上了车。当救护车顶端的彩灯旋转亮起时,整辆救护车竟有了一种极其庄严的感觉。张冬忽地想到,自己曾经也是这个团队的一部分。是的,也只是曾经罢了,一切都成了过去。

现在,廖队长是张冬所能抓住的最后一根救命稻草,他将所有的希望全都寄托在他的身上。于是,张冬走进廖队长的办公室,一个大男人,进门坐下,没开口说话,倒是先哭了起来。

廖队长正在接电话,做了个手势,意思是让他先出去,不要进来打扰自己。张冬揣着明白装糊涂,把纸巾袋抱在腿上,哭一会儿,抽一张,擦擦眼睛拧拧鼻子,直把廖队长给哭得心烦意乱,匆匆地挂断了电话。他抓起了一本书,使劲地往桌子上一砸,那一声巨响把张冬惊得一激灵。

"你哭什么哭?有什么好哭的?敢做就敢承担,敢喝就要知道后果,这不是很正常吗?张冬,你现在来办公室整这一出,有什么意思?"

廖队长满是厌烦,瞪了他一眼:"你真是太让我失望了!"

"您听我解释,好不好?"

"有什么好解释的?医院内,到处都是24小时的实时监控,救护车队这边也是,救护车上也有车载录像设备,想要知道真实的情况,直接调取一下监控,什么都有了。"

廖队长之所以直接把这话给点出来,意思就是在提醒张冬,放弃吧,不要再表演了,真的没什么用。

张冬擦了擦眼泪:"别人不相信我,我心里边明白是怎么一回事。队长,您不能也跟那些人一样,就想着一竿子直接拍死我吧?您是救护车队的领导,您要给我申辩的机会,我是无辜的!"

"无辜?哈哈,你无辜,那我真的要听听,你是怎么无辜的?"

廖队长直接被气乐了。他冲张冬做了个手势:"开始解释吧。"

张冬清了清嗓子，把这两天琢磨好的辩解内容，慢慢地讲出来。

院里的调查人员所关注的焦点问题，无非是他连续两次饮酒，造成了极其不好的影响，也违反了医院里的相关规定。那么，他的辩解，当然是要从这两次饮酒说起。

第一次饮酒是在下班后，私人时间，他难得与老同学欢聚，喝的确实是多了一点，也确实对隔天上班产生了影响。可那天早晨，他也是请了事假的，在家里稍作休整后，觉得身体没有问题，足以完成日常工作，所以才着急去上班。没想到，自己对工作一腔热忱，能休息而不休息地积极工作，反倒是被有些人利用起来，作为刁难的借口。

正因为觉得受了不公平的对待，心里边窝火又委屈，他才找朋友出来陪他散散心，缓解一下不好的心情。当天下午离开，他也是请了假的。请假在外的时间里，他所做的一切事情，算得上是私事，医院这边没权过问。

至于醉酒后晚上返回到救护车队，强行上车想要工作的事，张冬解释，这就是喝多了，一时冲动。但他并没有真的跟着救护车出任务啊，钟景洲他们不允许，他就下车离开了。全程都没接触到患者和家属，更没给医院的声誉造成损失，最多也只是个误会，无伤大雅的那种。

当然，他给同事们带来了困扰，他是很乐意去做出补救，当面挨个道歉也好，在廖队长这儿写一份检讨书、保证书也行，给他个处分他也认，但这些惩罚措施必须和他所犯的错程度相当。

"队长，这么久以来，我是什么样的人，您心里边也是有数的。我张冬真不是个拎不清的混蛋，我……我不想失去这份工作……"说着说着，张冬的眼泪就又流了出来。

见廖队长始终绷着脸，既不搭茬，也不评价，张冬的情绪彻底失控了："我是举报过钟景洲，但那是因为他非法行医，做了不该做的事，不把患者的生命放在第一位，这有错吗？我又不是出于私人恩怨去找他麻烦，怎么，遵守医院的相关规定，维护正义，对患者负责，也替医院避免了不必要的隐患，这也有错了？"

廖队长有话想说，但话还没出口，就又被张冬噼里啪啦地给堵了回去："现在摆明了就是钟景洲领着一群人在不依不饶地找我麻烦，队长，您得替我做主吧？您是最清楚内情的人了。"

廖队长想起自己去找钟景洲了解情况的时候，大胡子简直是在拿鼻孔瞧人，态度也是不太友好，心里边也有点生气。

办公室外，不知什么时候来了两个人。

男的四五十岁的样子，头发斑白，两眼之间有很深的纹路，一看就知道是经常在外边跑的人，脸上是晒得非常均匀健康的古铜色。他是救护车队的前任队长刘宋，在廖队长接任之前，一直都是这位大老刘在主持救护车队的工作。后来，他身体不太好，生了一场重病，才从这边调离，去了比较轻松的管理仓库的岗位。大老刘的个人能力是相当强，身体不适的那几年，他还给自己所在的仓库编写了整套的操作流程，成果拿出去评比，在全国都获了奖呢！他身体一好转，就立即被院领导调回到关键岗位，如今，人生低潮期已过，他依然还是那般意气风发的样子。

而陪在他旁边的女孩，竟然是夏沫。夏沫跟大老刘是碰巧遇上的。她来医院那年，作为新人和助手，经常要替老师去仓库那边找一些新药、医疗器具。与大老刘见面的次数多了，慢慢也就熟悉了。

今天突然在救护车队遇上，夏沫还觉得奇怪，就顺口问问大老刘来这干吗了。没想到，大老刘竟然告诉她，自己以前就是这里的队长，从他进医院到现在，工作时间最长的岗位便是这里了。

大老刘也问了一下夏沫为什么会在这儿。这个时间，夏沫应该是在病房或者急诊那边忙着呢。

夏沫回答："我是来找廖队长投诉的。"

要投诉的人，当然是张冬了。这人自己喝酒喝多了，做了错事，居然还不知悔改，想把责任推给别人。一大早，他竟然跑去病房那边，当着许多同事的面儿，口口声声地污蔑她。要不是惊动了白主任，出面把他给赶走，这出闹剧还不知道要进行多久呢!

"这个张冬，根本是无理取闹，胡搅蛮缠。他喝酒来医院闹腾那天，根本不是我值夜班，我也没看见他闹成了什么样，没想到，他竟然臆想是我在故意整他，还跑到我这边指着我骂。这事儿不能就那么算了，当着廖队长的面儿，我得要个说法。"

夏沫苦忍了一整天，这次一定要讨个说法。没想到，跟大老刘来到了办公室的门前，恰好遇到了张冬也在跟廖队长诉苦。

大老刘平时是个和气的老好人，见谁都会笑吟吟，几乎没有谁见过他跟谁发火不高兴。但就在刚刚，大老刘嘴角的笑容消失了。夏沫还没打算往里闯呢，大老刘倒是先推开门，直接走了进来。

"啊，刘主任，您怎么有空过来?"廖队长一下子站了起来。

张冬眼眶红红地看了一眼大老刘，面儿很生，又有点熟悉，他在职工大会上应该偶尔见到过，但叫不出来名字。不过，瞧着廖队长那么尊敬的样子，张冬也跟着老老实实地站起来。很快，他又看到了跟在大老刘身后的夏沫，表情顿时有些尴尬，心里猛然间闪过了不妙的感觉。

果然，大老刘一张口，那是满满的怒火："谁跟你说钟景洲是非法行医的?"

这话是直接冲着张冬去的，声音中还带着点咆哮，一瞬间震慑住了全场。

"他……他不就是吗?他只不过是个救护车司机……"

"谁跟你说钟景洲只是个救护车司机的?"

又是一声极其不满的低吼，张冬的思路都被打断了。他有点茫然，有点紧张。

张冬看了看大老刘，之后迅速地望向廖队长求救。廖队长一样茫然，大老刘是他的老领导，他退伍转业来到医院救护车队时，队长正是大老刘。在大老刘手底下做事的年头不少，他是个什么脾气，廖队长心中有数。

一瞧大老刘动了真火了，他忙赔着笑脸："刘主任，您别生气，张护士是新来的，还在实习期呢……"

"一个实习护士就有这么大的胆子议论前辈了？廖队长，你就是这么带队伍的？救护车队的纪律呢？你是军人出身，不是最注重这方面的要求吗？"

整个房间，除了大老刘的声音，其他人没一个敢讲话。

夏沫在一旁听得这个解气，廖队长耗费了不少力气，才把大老刘给安抚下来。他拿出办公室内最好的茶叶，给大老刘沏茶。张冬头皮发麻，默默寻找机会溜走。大老刘的情绪全都是因为张冬而生，他怎么可能会容许张冬溜走？

大老刘指着张冬的鼻子说："你别跑，话还没说清楚呢，跑什么跑？"

张冬这会儿尴尬得不行，他咧了咧嘴："刘主任，我也没说什么啊，您有火气别冲着我来，我又没招惹您。"

大老刘没好气地瞪他："我在门口就听见你在满口胡扯。你真是够厉害的了，居然还去举报钟景洲！罪名是什么来的？非法行医？你跟谁举报了？上边哪个领导啊？人家没搭理你吧？"

张冬和廖队长的心脏同时咯噔一下子，而夏沫则好奇地望向了大老刘，等着他接着说话。

"说话啊！你不是去举报了吗？领导怎么回你的？当着大家的面儿说一说啊，敢做就敢承担，你尿什么？"大老刘不依不饶，就是不肯放过张冬。他挡住张冬离开的去路，非得让他把话说清楚不可。

张冬气急败坏，冲着大老刘嚷嚷起来："我就是去找张副院长反映情况了，这有什么大不了的？医院的规定里，是允许职工在遭遇到不公平的对待时，及时与主管领导沟通，我这全都是按照医院的规章制度在办事。他钟景洲不就是有个当院长的爸爸吗？有什么了不起的？他自己犯了那么大的错，就因为他爸是钟院长，他就什么责任都不需要承担？还有你们这些不敢得罪钟院长、想要讨好钟院长的人，惹不起钟景洲家里庞大的家族势力，就拿我一个小护士来开刀问罪。呸！别惹急了我，不然的话，鱼死网破！"

大老刘愣住了，廖队长和夏沫也愣住了。一时间，办公室内鸦雀无声。所有人都怔怔地看着眼眶通红、表情狰狞的张冬。

而自己觉得拆穿了真相，掌握了关键话语权的张冬，则不依不饶地继续说下去："这年头，仗着爸妈社会地位高就出来嘚瑟的官二代子弟那是多了去了，哪个有好下场？呵呵，你们再逼我，我就去找个媒体曝光了他，谁也别想好过！"

"张冬，你别再胡说八道！"听他越讲越出格，廖队长低吼一声，打断了他。

张冬的眼泪直接喷出来了："廖队长，我是受到了不公平的对待的。这个世界上，永远容不下敢说真话的好人。我也知道，自己可能是没办法再留在医院了，但我不能为了别人的过错买单，不明不白被排挤离开，我……"

"谁跟你说钟景洲是钟院长的儿子了？这不是扯淡吗？"大老刘嗤之以鼻。

"谁说不是，你少骗我。"张冬才不会相信这些，扯着喉咙大喊了起来，"钟景洲整天违反医院的纪律，留着大胡子，个人形象极差，却还是能做医疗救护人员，那么多人看着，还有不少患者和家属提意见，可就是从上到下包庇他，谁都不敢多管一句，这里边要是没有猫腻，可能吗？"

大老刘感慨地叹了口气："他的胡子，其实是有原因的。"

"还能有什么原因？不就是他爸是医院里的老大，连张副院长都不敢得罪，于是所有人一起纵容着嘛！"张冬气急败坏，"你也不用替他辩解了，我还知道更多的事呢。"

"你知道什么了？"大老刘好奇地问。

"咱们医院的地下停车场全都是流动的停车位，先来先停，后来的自己找空位，如果没有空位了就得停到外边去，只有达到一定级别，才会提供固定停车位。我们救护车队，连廖队长都没有固定停车位，他钟景洲有什么本事，竟然让医院分给了他一个车位？地下二层的0703号车位，就是属于他一个人的！你别否认，我一直盯着呢，他天天把车停在那里，这事儿错不了！"张冬晃了晃手机，意思是他已经保留了证据。

"那个车位，的确是钟景洲的。"大老刘的话一出口，倒是让廖队长也诧异地望向了他。

原以为张冬说的那些话有一定的臆测成分，或者是其他什么原因在，廖队长知道后，始终是冷处理，假装不清楚，也没有刻意跑去调查这种事。但信息一经过大老刘的肯定，廖队长也忍不住了："院里怎么会给他指定一个专属车位呢？他的级别……"

"车位是院里专门配给钟景洲使用的，连位置都是按照他的喜好特别划定的，并不是因为他是谁的儿子，而是因为他值得这种待遇。"

张冬气得笑出声来："他值得？哈哈，一个救护车司机，他值得配给专属车位？咱们院对于人才的标准什么时候降到这么低了？整个救护车队，不是，整个医疗救援中心，除了几位大主任之外，还有谁有这样子的待遇？你说啊！咱们车队还有个被评为省级劳模的周师傅呢，他都没什么优待，他钟景洲凭什么？凭他姓钟？钟院长的那个"钟"？"

看着张冬疯狂的眼神，大老刘本来不想多讲什么，但现在又改变了主意："因为钟景洲根本不是救护车司机。"

这种回答，算什么答案？所有人都没听懂。但夏沫的脑子里一下子闪过了曾经看过的钟景洲的简历，一瞬间，好似明白了什么。她攥紧了拳，屏住呼吸，认真地听大老刘接着往下说。

"钟景洲的人事档案，你没见过吧？"大老刘望着廖队长问。

廖队长点了点头："是，他那边档案材料不全，我催了档案科的人几次，对方都说暂时提供不了，但是他的其他人事手续都已办理妥当，我想可能是因为什么特殊的原因，也就没一直追问下去。"

"你没见过是因为钟景洲的档案跟其他人不一样，所以张副院长亲自下的指示,让档案科那边暂时封存,不能透出去。三年多了,时间一晃就过去了,大家全都以为,他只是一时想不开,才来这边待一阵子,等到心里的结过去了,也就会回到他该去的地方。谁想到,他也是个拧筋头,还真的放下了一切,在救护车队重新开始了。我听说,他做救护车司机,工作做得也非常不错。这孩子,真是放到哪里都让人放心啊!"大老刘说着说着,掩不住眼底的欣赏之色,又不住口地夸赞了起来。

"什么啊?"廖队长也听不懂了。

张冬眼中的妒忌再也掩不住了。一肚子不满若是再不发泄出来,他都要像一只充满了氢气的气球,当场炸掉了。

可大老刘并没有给他机会发泄出来,便继续说了下去:"钟景洲,在杭市人民医院内还有个外号叫'冷刀子'……"

"冷刀子?!"夏沫和廖队长同时发出了极其惊讶的呼喊声。

夏沫惊讶是因为,她记起一次出车的时候,钟景洲曾经给她讲了三个故事,其中一个故事的主角,外号就叫"冷刀子"。而廖队长惊讶,则是因为他是听说过这个"冷刀子"的。事实上,在这里的医护人员,几乎没有人不知道这位杭市人民医院有名的传奇人物。

听说,"冷刀子"是名校毕业,天赋异禀。当年一来到医院,就被有名的心脑外科大主任给收了徒,那是手把手带出来的关门弟子,被视为接班人来培养的。于是,他从进入医院时起,年纪轻轻就参与了许多项目,大主任带了几年,"冷刀子"已能独立完成复杂手术,而后在学术上,也有了较大的进步,还拿了好几个国内外的大奖,风光极了。

听说,不管多复杂的手术,"冷刀子"都有办法完美地完成。

听说,院内对于"冷刀子"极其重视,几次出国交流学习,他都能参与其中。什么是天才横扫一片?"冷刀子"就是。

后来,一旦有了紧急状况,所有人都习惯性地给"冷刀子"打电话,他真的是一种信心,一种希望。

再后来,"冷刀子"好像一下子就从医院内消失了。可能是被别的医院给挖走了，也可能是跑到别处去进修了，再没回来。

但医疗救援中心这边，每次遭遇到危机状况时，总会有人不经意地说一句，如果当年的那个"冷刀子"还在，这种情况，他肯定能处理……

"冷刀子"姓什么来的？是的，他姓钟。

可谁能想得到，救护车队里的那个神情颓废、满脸胡子、嘴巴贼毒、谁都不理的钟景洲，竟然就是"冷刀子"！

假的吧！这怎么可能？

张冬来救护车队才三个月，对于"冷刀子"的传说只是听到过，但感受远没有其他人那么深刻。于是，他疑惑地问："什么'冷刀子'，很厉害？"

廖队长立即瞪着他："你少说两句，不然别人会说你无知者无畏。"

张冬理直气壮地嚷嚷："不懂才要问，而且，我怎么知道你们在说什么，什么冷刀子热棒槌，又不是拍武侠电影。"

大老刘冷笑："你这话，最好别去外科和急诊科说，要是让那些外科大夫听到你这样子诋毁他们心里的偶像，你肯定要挨揍。"

"什么外科和急诊科？你能不能说明白点？"张冬还是不懂。

大老刘叹了口气："你不是一直在怀疑钟景洲有特殊来历吗？我可以负责任地告诉你，他完全是凭借自己的实力得到这一切，那个车位的确是他的专属车位，院里之所以分配给他使用，是因为他是外科一把刀，是挽救了无数危重病人的钟医生。他也不是钟院长的儿子，他爸只是救护车队的一名普通司机，名叫钟建国。你不信，可以去查，直接找个救护车队的老人问一问，钟建国参加过非典救援、洪水救援，被评过英雄司机，上过电视，接受过采访，他可是跟他儿子一样耀眼的好司机呢！"

张冬瞠目结舌："骗人的吧，钟景洲是外科医生？你绝对是骗人的，我不信……"他的脑子轰隆隆作响，整个人都不知所措起来。

大老刘冷笑："你去举报的时候，为什么领导不搭理你？现在你明白了吧？还去告钟景洲非法行医？天底下可再没有人比他更有资格行医了。

你这种行为，在别人眼里就是个笑话，只不过领导不好意思说你罢了。"

张冬继续摇头："你肯定是骗人的，如果他是医生，他为什么要来救护车队做司机？体验生活还是下放锻炼？哈，还说他是什么被重点对待的天才医生呢，谁家医生好好的门诊、急诊不待，非得跑来救护车队这种地方？"

大老刘没有回答。张冬仿佛抓住了什么，不依不饶地说："就算他曾经是医生，也肯定是发生重大医疗事故，做不了医生，才被下放到这儿的吧！"

大老刘瞪着他，凶巴巴的，像是要打人："你再信口开河，我就抽你的嘴。"看样子，他一点都不像是在开玩笑。

张冬憋着气不再吱声，既纠结，又愤然。

"总而言之，这件事到此为止，能透的底，我都已经给你们说了。以后最好不要让我再听见有什么谣言传出来，不然，到时候找你们算账的，可能就是院领导了。什么都不懂，净是添乱，你们都不知道，为了留下人才，领导费了多大的劲儿……"

大老刘转身就走，这里真是一刻也不想待下去了。

张冬想说什么，但是说不出来。夏沫突然跑过去，把大老刘给拦了下来："刘主任，钟景洲为什么会去救护车队做司机，这个，您一定知道吧？"

大老刘点了点头："我知道，但不方便说。"

夏沫换了一种问法："那么调换工作是永久性的，还是临时的？这个您总是知道了吧？"

大老刘还是摇头："得看他自己。"

"他自己？您是说，得看钟景洲自己，是这样子吗？"

"是。"大老刘感慨地回应了一声。

夏沫好奇，大老刘越是不想讲，她反而控制不住地想知道。以她对钟景洲的了解，跑去问他，那是绝对得不到答案的。因为钟景洲对自己的过去，从来都是缄口不言。

夏沫清楚地知道，这是她能够触摸到钟景洲过去最近的一次机会。大老刘是个很好的突破口，她真的不想放弃。

"廖队长，给刘主任倒茶呀！刘主任都来好半天了，得请他坐下来好好地聊一聊啊！"说完，夏沫就直接把大老刘给请到了沙发上坐。

"刘主任，我们都是钟景洲的同事，平常低头不见抬头见，总是存着误会也不太好，既然您那么了解他，就给我们讲一讲他的事呗！大家有所了解后，误会少了，纠纷就少，才能更好地工作，您说是这个理吧？"夏沫说完，还很无奈地叹了口气，"钟景洲的那个脾气，您心里是有数的，不愿意说的事，一个字都不提，别人爱怎么讲就怎么讲，他完全能做到听而不闻。说真的，他在救护车队工作这么久，人际关系真的不怎么样，他不搭理别人，别的同事也不搭理他，明明是个非常靠谱且优秀的男人，就因为太低调了，这日子也不太好过。"

她说着，目光还若有若无地从张冬身上滑过："有些人啊，总是看不惯钟景洲的做派，喜欢以貌取人，不说别的，就说他那一脸的大胡子，可就让不少人拿来做起了文章。"

大老刘撇嘴："有本事的人，脾气都暴，废话也少，这在哪里都是一样的。因为有本事，要做的事也多，哪有时间管闲事说废话？遇到一些不聪明的，说一遍不懂，说两遍不会，第三遍自然就不耐烦了。"

"所以说，您就说说呗！为什么钟景洲要留胡子不刮，是发生了什么事儿？"顿了顿，夏沫犹豫着问，"是不是……因为他的父母？"

大老刘的表情顿时转为严肃："你知道？"

夏沫咬着嘴唇："他的母亲是咱们妇科的一把刀廖小娟廖医生，我是廖医生的弟子，也是廖医生资助长大的，我们的关系非常好。"

"廖医生资助长大的？那你不就是小夏天？春天里村走出来的小夏天？"大老刘瞬时态度改变了许多。

夏沫怔怔地问："您怎么知道？"

"廖医生跟我是老朋友啦，我老婆十年前得了重病，也是廖医生给救回来的，经历的是九死一生，但最后还是痊愈了。后来，有了这么一层关系在，而且是一个医院的同事，平时里交往便多了一些。"大老刘亲热地拍了拍夏沫的手臂，"你这孩子，怎么不早说自己是小夏天呢？你看看，在医院里待了这么久，都不知道小夏天也进了医院工作了。你啊，好样的，你把廖医生当年的希望给完成了，她是真的很期望你能够成为一名优秀的医生呢！"

"是吗？"夏沫鼻子一酸，差点掉眼泪。

"你都不知道，廖医生挂在嘴边的人只有两个：一个是脑壳极聪明的天才儿子，一个是她从生死线上救回来的干女儿。我们平时凑一起吃餐饭，她都要提个十次八次的，虽然没见过你，但是关于你的很多事，我们都听说过的。"大老刘一激动，就又拍了拍夏沫的手臂，"好啊，真的好，如果廖医生还在，看到今天的你这么优秀，她肯定非常高兴。"

廖队长和张冬站在一旁听得一头雾水，他们并不是很了解情况。但看见大老刘激动得眼泪在眼眶里打转，便知道大老刘这是动了感情。

"刘主任，我也是最近才知道钟景洲是廖医生的儿子，之前我问过他为什么要做救护车司机，但他不接话茬。现在，我真的很想知道，他为什么会变成今天这个样子的？"夏沫双手合十，"拜托拜托！"

大老刘深呼吸，而后长叹了一口气："倒也没什么不能说的，只不过，全院上下知道这件事的职工，都有一种默契，那就是不要多加议论，再给钟景洲造成压力。再加上，这几年他就待在救护车队，几乎不进医院的大楼，大家碰不到面，慢慢地也就忽略了他还待在医院内的这件事。"

"他的确是这样，平时出车回来，也不喜欢去跟其他司机师傅扎堆聊天，连午睡都窝在救护车上边，孤僻得很。"夏沫一想起来钟景洲从前的那副样子，也很无奈。最开始的时候，她对钟景洲的评价也非常低。大胡子，乱糟糟，话不多，睡不醒，找到空就一定是去车上窝着，懒得像只在阳光下打盹儿的大猫，除了晒太阳之外，真的对什么都不关心。

钟景洲，他其实是很孤独吧？夏沫的心脏，跟着微微一痛。彻底了解钟景洲的念头，愈发强烈起来。她眼神恳切地望着大老刘："如果他的过去真的如您所说那般优秀，一名优秀的外科大夫却来做救护车司机，这是一种极大的浪费，他一定是承受着外人无法想象的压力……"

大老刘长久地端着茶杯，完全忘记了往嘴里送。

"刘主任，您跟廖医生是好友，您也知道廖医生对我有多么重要！我的整个人生完全是因为廖医生而改写，于我而言，喊她一声恩人都不为过。廖医生去世得早，钟景洲是她在世间最大的牵挂，我希望能够帮到他。"

大老刘点了头："说起来这个，廖医生也是我老婆的救命恩人，帮钟景洲，我也是责无旁贷。"

张冬没有开口，他本来是想要离开的，但脚底下像是生了根，一动不动，他不想错过有关钟景洲的任何消息。

"钟景洲之所以会变成今天的样子，其实是跟他父母的离世有关。小夏天啊，你是知道的，廖医生和老钟，两个人是同一天去世的。"

夏沫点了点头，神色黯然。

"我是在廖医生去世很久以后，才知道了这件事，当时，我正在准备毕业，每天都很忙，虽然中间给廖医生打电话，没有接通，但我也没多想。因为那时候，廖医生和钟叔正在忙于一个医疗志愿者无偿援助计划，他们一直在路上，所到的地方，很多都是信号不好的山区，联系不上是经常的事，一般我会发一条短信过去，等到他们有时间了，就一定会回复我。正是因为有这份默契在啊，哪怕一个月都没得到回复，我还是不慌不忙，继续做着自己的事。直到，我想要投简历来杭市人民医院的时候，才发现了挂在网页上的讣告……当时我……我……"夏沫说不下去了。

大老刘叹了口气："当时的事，发生得太过突然，所有人都不相信是真的，但的确就是发生了。廖医生和老钟到一个贫困山区做医疗援助，那天是突发的极端天气，引发了山体滑坡，泥石流从山上冲了下来，恰好就将廖医生和老钟所乘坐的车子给掀翻到了山崖下。当地组织了救援，但毕竟条件有限，虽然把人救了上来，可是两人还是逃不过重伤。他们被安排在当地的一个小卫生院内进行临时救治，但条件有限，只能做简单的急救处理，想要进一步治疗，就得转院。于是，当地临时调了一辆小货车来运送病人，没有车载的医疗仪器，也没有相应的药物、氧气等，再加上路上又遭遇了堵车……那一天，好像所有的状况全凑到了一起，两个人被送过来的时候，老钟已经去世，廖医生还有呼吸，急诊那边立即安排她上了手术台，但耽搁得实在是太久了，尽管大家已经尽力，结果却还是……"

夏沫已是泪流满面，这是她第一次如此直观地在面对离别的画面——从来都没有人告知她的画面。

大老刘又一次叹气："钟景洲当时是在做手术吧，他赶到时，廖医生已经离世，他错过了见父母的最后一面……"

他摇了摇头："更具体的事，我就不清楚了，总之是从那天起，钟景洲就离开了外科，听说是要辞职，但后来不知道发生了什么，他就来到了救护车队，跟他爸一样，做起了救护车司机。"大老刘将所知的情况全都说完，又连连地摇头。

廖队长给大老刘的茶杯添了热水："刚才您说的时候，我也查了一下记录，那辆0703号救护车，的确曾经有一位司机也姓钟，是我院最早的一批救护车司机之一，名字叫钟建国，钟景洲的父亲，就是他吗？"

大老刘点头："是他。还有个有趣的地方，你不妨再去查一查钟建国的个人档案，看能不能找到其中的亮点。"

廖队长立即去翻看档案，不一会儿，他惊讶地说："钟建国的生日是1954年7月3日，这不是跟车牌号的尾数一样吗？"

大老刘竖起了大拇指，为廖队长的敏锐点了个赞。

张冬对这个数字更加敏感，他猛然抬起了头："钟景洲在地下停车场的停车位编号也是0703。"

"钟建国从部队转业之后，就直接分到杭市人民医院了，当年医院的条件与现在是完全比不了。他是参与组建最早期的医疗救援小队的人之一，更是最早工作在救援一线的功臣，0703是他的生日，也是他的幸运数字，所以他看到车牌里有这个数字后，就毫不犹豫地选了。这份工作，一做便是三十多年，救护车几次升级，院里领导都要求换车不换牌，就是为了感谢和纪念这些在最艰难的时期，为医院做出了巨大贡献的奉献者。"

夏沫好像明白了什么，喃喃地说："钟景洲一直待在他父亲奋斗过的地方，所以，他其实是想爸爸了。"

"他和他父母的感情很好，廖医生和老钟非常疼爱他，并且尊重和支持他的所有决定，钟景洲从小就非常有主见，也懂得热爱和珍惜。或许正是因为如此，他才没有办法接受父母的突然离世吧！"大老刘把茶杯放下，他看着夏沫，认真地说，"为了把他的生活导回正轨，医院的领导、他父母的朋友，还有他自己的朋友、同事，家里的亲戚、长辈，可是没少努力，只是，他一直抗拒，拒绝接受任何人的帮助。钟景洲这辈子所有的叛逆，全用在这几年了，像个竖起尖刺的刺猬，谁凑近了就扎谁。小夏天，你跟廖医生的关系不一样，廖医生对你从来是高看一眼的，或许有这么一层关系，钟景洲也会对你稍微宽容些，希望你能帮到他，那孩子，他心里苦呀！"

夏沫给大老刘续上的茶水，他没喝，放下就走了。

夏沫望着张冬，嘲讽地勾起嘴角："闹来闹去，闹出这么个结局，你感觉怎么样？"

张冬抿住了嘴唇，明显是被问愣了，他现在的心情也是五味杂陈。钟景洲，那个大胡子，他居然是外科的明星大夫！

"张冬，你也是成年人了，要为自己的所作所为负责。做错了事，先别想着推卸责任，多反思一下自己的不当之处，这才是做人的道理。"夏沫顿了一下，接着说。言尽于此，多说一个字都是浪费口舌。

夏沫又去跟廖队长聊了几句，便也追着大老刘的脚步走了。

张冬的声音里带着颤抖："廖队长……"

廖队长面无表情："你的事，回去好好地考虑一下，写个书面材料给我，然后等院里的处理决定吧！"

"您帮帮我吧。"张冬终于感受到了害怕。

"回去吧。"廖队长摆摆手。

完了！张冬的心，咕咚一声，好似从极高的地方，一下子跌落下来。

他完全记不清自己是怎么从廖队长的办公室内走出来的，心情太过低落，整个人摇摇晃晃，随时都可能栽倒下去。他想，或许过几天，他就不能再来医院上班了吧！

出了医院的大门，一辆停在路边的面包车唰地打开了车门。里边有个人，探出身子跟张冬招手。看那人的面貌，张冬有点熟悉。他还在思考呢，身边竟然来了两个流里流气的男人，一左一右，抓着他的胳膊，硬是给他拖了过去。

张冬看见车上坐着的那个让他觉得很眼熟的人，一条腿上还打着石膏呢。一辆折叠的轮椅，就放在车的座位上。他顿时想起来这人是谁了。

"李子军？怎么是你？你不是被警察抓进去了吗？"

可不就是那个因为碰瓷而轧断了腿，后来在医院内玩各种自残，就为了拖延时间不进监狱的狠人李子军吗！

李子军哼了声："张护士，我是来找你们车上的那个大胡子算账的，按理说，这事儿与你无关，但谁让你跟大胡子是一辆车上工作的同事呢，找不到他，找你也是一样的。"

张冬的声音都哆嗦了："你想干什么？我警告你，你现在的行为就是违法犯罪，你已经做错了很多事了，不要错上加错，不然，你……"

有人抬腿就是一脚，张冬的小腿剧痛，一个趔趄，差点摔了下去。

李子军揪着他的头发说："你是不是警匪片看多了，居然还教育上我来了？张护士，我刚才不是说了，我是来找大胡子算账的，你要是配合我，我就放过你；你要是不配合我，我就找你发泄一下怒火。你看着办吧！"

旁边那两个男的身上都带着砍刀呢！他们还故意露出来让张冬看。

张冬顿时害怕起来："你……你让我怎么配合你？"

李子军指了指后门："你去把大胡子给带到西门后边的断头路，只要把人给带到，就没你什么事了。"

"你们想对他做什么？"张冬咬着牙根问。

啪……脑袋上边立即又挨了一下子，直接给他揍得晕头转向，脑子嗡嗡作响。

"你听话做事就行，问那么多干什么？张护士，你不是跟这个大胡子关系很差吗？我们教训他一顿，也是给你出气了，何乐而不为呢？"

李子军冷冷地说："你动动脑子，把人带到，我们以后就不找你麻烦。可如果，你要什么花样，接下来被报复的人里，一定有你张护士一个。对了，你别想跑，我们知道你就住在隆海路的破小区里，你家住的是三楼，没错吧？"

张冬只觉得后脊背直冒凉气。

"现在是下午四点三十八分，给你半个小时把人带来！警告你，别耍花样！不然……后果你知道。"李子军攥起了拳头，凶狠地摇了摇，"不用想着报警，报警也没用；如果有用，我现在也不会出现在这里。"

张冬不自觉地点了点头，他就被大力推开了。整个人向后倒下的一瞬间，两个男人跳上了面包车，跟李子军一起扬长而去，只剩下张冬一人坐在路边的花坛里，一脸的惊恐之色。

这可怎么办呢？

第十九章　何谓敬业

午后阳光正好，总台那边也一直没派任务过来。钟景洲干脆把0703号救护车开到停车场的室外水龙头附近，车子后备箱的一角里放着全套的清洗工具，单单是车身洗涤剂就有三种，通常洗完车以后，钟景洲还会给救护车打蜡。是的，你没听错，钟景洲就是这么做的。对待这辆车，比伺候他自己的越野车还要精心一些。

夏沫来到时，看到的救护车焕然一新，在阳光之下闪闪发光。

"夏村主任怎么样了？"钟景洲忙里偷闲地问。

"噢，大叔他今天出院，身体已经恢复得差不多了，余毒也都清了。家里人去柳杨县中心医院接的他，这会儿应该快到春天里村了。"夏沫心里越是有事，便越是习惯性地滔滔不绝，以此来掩饰她的紧张，"另外，张副院长出面协调，调配了一批蛇毒血清送去了柳杨县，周边的十几个乡镇都能分到一些；至于后续的供应，还需要进一步协调，最终形成一个常备供药机制，争取让当地的村民需要时都能够及时用上。"

一切已朝着好的方向在发展了。突然间，夏沫脸上的笑容消失了："真烦，张冬怎么又来了？"

"他最近，一头包。"钟景洲并不感兴趣。

"脚下的泡都是自己走出来的，脑袋顶上的包也是自己磕的，活该！"夏沫想起来张冬之前的所作所为，心里边真是没有一丁点儿同情。

"钟景洲，原来你在这儿。"他发现了夏沫也在，顿时表情一僵，"我来找钟师傅的，有点儿事。"

夏沫才不信那一套："你找他能有什么好事，还不是为了你喝酒上车的那件事？张冬，我就不明白了，事情都发展到了这一步田地，你怎么还那么理直气壮呢？你真的不懂得反省一下自己？而且，事情已经上报到医院去了，自然是有专门的人员来调查，钟师傅什么都做不了，你缠着他，一点用都没有。"

钟景洲的心里已经够苦的了，夏沫不愿意再让别人刺激到他。她就像是个永不言败的小斗士，往前迈了一步，挡在了钟景洲的面前，娇小消瘦的身体，将钟景洲完全保护在自己的身后。

"我不是想要缠着他，我真的是有事找他。"张冬扯出一抹苦涩的笑容来。

他越过夏沫，看了一眼钟景洲，才跟钟景洲眼神有接触，便立即转过脸去，一副心虚的模样。

夏沫不耐烦地说："行了，真的没什么好说的，大家也没那份交情在。你赶紧走吧，我们这儿还有事呢！"

张冬欲哭无泪，恳求地拖长了声音："钟师傅，你就跟我说几句话，求你了。"

"你说吧，我听着呢。"钟景洲摘下了手套，随手扔在一旁。

"这……"张冬反而是讲不出话来，只见他眼睛乱转，脑子里还在思考着怎样才能把钟景洲给带到西门后边的断头路那儿去。

"不让你说，你苦求不止；让你说了，你又讲不出话来。张冬，你真是奇怪。"夏沫一脸的不耐烦。

就在这时,钟景洲的耳机里传来了总控小姐姐甜美的声音。他严肃地看了看夏沫:"有任务了。"

夏沫也看了一眼手机:"任务也分配给我了,走吧,去接周小乾,然后直接出发。"

钟景洲点头,迅速将地面的杂物收拾妥当。

人命大过天。任务一旦下达,便要用最快的速度出发,半点儿都不能耽搁。

"喂,你们等会儿,我这儿还有事呢!"张冬心里边着急,不管不顾地拦住路。

夏沫火了:"你再不让开,我就报警处理!张冬,你这是阻碍我们执行公务,因为你的行为而导致任务出了差错,你要负全责!"

"夏医生,走了。"钟景洲放好了东西,直接坐到了驾驶位,并且催促着夏沫快点上车。

夏沫没好气地瞪了一眼张冬,也没有耽搁时间,快速地从另一边上了车。

张冬跟了过来,也想一起上车:"你们不能走啊!"

他脚已经踏上来了,但又被夏沫给赶了下去:"你现在已经是停职阶段,按照规定,你不能一起出任务。"

当着张冬的面,她把救护车的门给关上,而后坐在座椅上生起了闷气。

"真是搞不懂,怎么会有这样子的人呢?一天到晚,死皮赖脸的,想做什么事就做什么事,完全不去管别人的看法。"

钟景洲开车经过时,看到了张冬气急败坏的脸,他甚至还追着救护车跑了几米,又是挥手又是跺脚,脸上的表情特别丰富。因此,大胡子判断:"他好像真的有事。"

"还能有什么事?不就是为了保住这份工作,希望你能去替他求求情嘛。哥，有些人是可以帮的，人人都有犯错的时候，只要知错能改，以后尽心尽力，过去了也就过去了；但有些人绝对不可以帮，像张冬这种，一次两次地饮酒，耽误了正常的工作，不严肃处理，那会是对生命的不尊重，对患者的不负责，绝对是零容忍。"

钟景洲挑了下眉："你说得对。"

这一趟的任务比较简单，任务地点距离医院只有六公里，一位突然晕倒的女士有家人在身旁，她家是新建成的小区，上下有电梯。救护车一到，接了人便走，几乎没耽搁任何时间。不到四十分钟，钟景洲已将患者送到了急诊楼的正门前，夏沫跟着患者一起进了医院。而钟景洲则是按照往常的习惯，将救护车停回到车位上。

张冬竟然还蹲在那儿，见钟景洲回来了，立即凑过来："钟师傅，你总算是回来了。"

"什么事？说吧。"钟景洲拧开保温杯，喝了一大口水。

张冬一脸讨好："钟师傅，这里说话不方便，要不，咱们换个地方聊聊？"

"换个地方？"钟景洲玩味地琢磨着这句话的意思。

张冬赶紧点头："是啊，这边总是有同事来来往往的，还是找个安静的地儿。"

"医院里还有安静的地方吗？"钟景洲不解地问。

"对，往西边走，没多远，你跟我来吧。"张冬说完，边走边指着路，他也不敢看钟景洲，生怕脑门上不断涌出来的汗水会被他看出破绽来。走出好几米，一回头才发现，钟景洲根本没有跟上来。不仅没跟，他还走向了相反的方向，看样子是打算去接热水。

"喂，你怎么不跟着我啊？"张冬气急败坏地跑了回去，冲着钟景洲大声嚷嚷。

可钟景洲一盯着他看时，张冬顿时心虚起来，自觉地降低了声音。没办法，像钟景洲这种上过手术台，用手术刀切割过人体的外科大夫，身上总有股子说不出来的气势。当他情绪不好的时候，站在周围的人就会不自觉地受到了压制，会下意识地内心惶恐。

"我为什么要跟着你？"钟景洲不耐烦地反问，"现在是上班时间，随时可能有任务布置下来，我必须时刻待在救护车附近，这就叫敬业，你懂吗？"

张冬总觉得钟景洲的反问是一种讽刺，讽刺他不敬业，讽刺他没做好分内的工作。偏偏钟景洲说完，就又无视了他，该干吗干吗去了。

张冬还想继续哀求。已经超过李子军留给他的时间了，李子军和那几个流氓都知道他家在哪儿，今天晚上要是找不到钟景洲，他们肯定要把火气发泄在他身上。张冬越想越害怕。

钟景洲这时已接好了热水，返回到张冬面前，他上下打量了张冬一番，清楚地发现张冬脑门上涌出来的汗水。

"你是做了什么坏事了吗？"这话只是一种带有玩笑性质的猜测罢了。

谁想到，钟景洲一说出口，张冬竟然直接小腿一软，眼睛瞪圆，嘴巴张大，吃惊地望着他。

"看来，我猜中了。"

钟景洲来了兴趣，把保温杯往旁边的台子上一放，直接问："说吧，你打算怎么报复我？"

"谁……谁要报复你，你别胡说八道，我才没有，根本不是我……"简单的一句话，张冬说的时候咬到两次舌头，疼得他龇牙咧嘴，眼睛里含着泪。

钟景洲低头看了一眼张冬的裤子。张冬今天穿的是黑色休闲裤，搭配了一件运动T恤，脚上踩着一双黑白相间的运动鞋。

张冬向来很注意自己的外在形象，总是要把自己打扮得干净又利索，若是哪天穿了一双白鞋，肯定要弄一块小橡皮放在口袋里，只要一有时间，就弯身下去，不停地擦啊擦，从早到晚都要努力地保持鞋子的干净。

就是这样子的个性，他今天竟然能容忍在他黑色的裤子上留着两个清晰的鞋印。

"不是你，那是谁？"钟景洲问完，张冬沉默了下来。

虽然平日里话多又讨厌，但张冬毕竟没真的做过什么坏事。他本来就心虚，突然之间好像被钟景洲点破了真相，整个人都焦虑了起来。自然是不敢再看钟景洲的眼睛，双腿不自觉地往后退。

"这……"

"说啊！你犹豫什么？"钟景洲突然抬高了声音，"张冬，这是你最后的机会，你要是不讲实话，就别指望我来管你。"

钟景洲手指着旁边的路吼道："你可以立刻就走。"

张冬一想到晚上李子军可能会去找自己，他哪里敢赌气走。自己住的是个老小区，连个物业都没有，进进出出的谁也不管，晚上他在家里出了事，别人都不知道。他转念一想，自己跟钟景洲虽然关系不太好，但好歹是同事。自己要是真的帮着李子军来报复钟景洲，回头真的出了什么事，警察找上门来，他不就成了李子军的共犯了？自己的未来，八成就因此而全毁了。直到此刻，张冬才算是彻底地想明白了，知道自己该怎么做了。他不再害怕，来到了钟景洲的身边，压低了声音，讲起了今天下午离开医院后发生的一切。

钟景洲认真地听着，张冬磕磕巴巴地把事情讲完，强调道："钟师傅，我跟你的确有点误会，但这是工作上的一些小矛盾，不至于上升到联合外人来坑害你的地步。那个李子军也说了，要是我不把你领过去，他晚上就带流氓来我家报复我。所以，就算是你不喜欢我，我也要硬着头皮，来寻求你的帮助，拜托了！"

钟景洲神色平静，思考了一下，突然冲着几个救护车司机挥了挥手："哥几个，帮帮忙。"

张冬一直认为钟景洲在救护车队人缘特别差，差到他连个聊天闲扯的朋友都没有。但这一刻，他惊讶地发现，几个救护车司机竟然一起冲着钟景洲走了过来，面露惊喜，有说有笑。

钟景洲把李子军来堵门准备报复的事言简意赅地讲了一遍。然后手指西门的方向："他们就在那儿等着打埋伏呢，听张护士说，对方是纠集了几个小流氓一起过来的，我一个人去大约是不成，哥几个出手帮帮忙吧！"

"还有人敢来救护车队找麻烦，哈哈，真是瞎了他们的狗眼，也不看看这儿是什么地方！"

"得，正好这会儿没啥任务，去瞧瞧热闹也挺好。"

"好久没遇到这么有意思的事了，我也要去！"

"我也去！我也去！"

……

张冬目瞪口呆，完全不知道是什么情况。钟景洲忙着控制局面："我先报个警。"

有人嚷嚷："你那么着急报警做什么？警察来了，还有什么好玩的？"

"不用麻烦警察了，他们一天天的多忙啊！这点小事儿，哥几个直接扭送就行了。"

张冬差点一口血吐出来。

"对表。"4555号救护车的章师傅一声令下。所有救护车司机，动作整齐划一，全都看了下自己的手表，并做出校对的动作。

"诸位，现在是下午的4点45分，总控那边随时可能会安排救援任务下来，我们只能忙里偷闲，不能耽误了正事，知道吗？"

"知道！"

问的人，中气十足，铿锵有力；答的人，意志坚定，信心满满。

张冬忽然想起了一个传闻。听说，杭市人民医院这边有个传统，招收司机、安保员、运输员、担架员，都是退伍军人优先。退伍军人给的待遇高，安置条件也很不错。尤其是救护车队这边，几乎全都是退伍军人。平时，张冬觉得这件事也没有什么特别。今天，他突然意识到，退伍军人的强大和重要性。

对完表，章师傅迅速将十二名司机分成了三组：一组去断头路的左侧包抄；一组去断头路的右侧围堵；而章师傅则是跟着钟景洲和张冬一起，大大方方地从西门走过去。

"最晚17点完成任务。"章师傅给了最后的时间，又把一旁走过来的周小乾给喊过来，叮嘱他就待在救护车队，若是临时有任务，就立即由他联系派遣出去的司机归岗，反正从西门的断头路到救护车队这里，跑步前进最多只需要五分钟，绝对耽误不了大事。

"要不要带点武器？他们身上都有刀子，是切西瓜的大砍刀，可长了。"张冬紧张地比画了一下。

"咱们是去扭送坏蛋去派出所归案自首的，带武器不成了打群架了吗？不用不用。"章师傅没好气地摆了摆手。

"章叔，咱们去了这么多兄弟，不会……"钟景洲哭笑不得。

章师傅看懂了钟景洲的心事，安慰道："放心吧，最多教训他们一下，不会闹出人命的。"

"也不能见血啊，咱们别给医院惹麻烦，你们可都是医院的优秀职工，年底的评优奖金有好几千呢，要是因为这事儿被医院处分，那也太不值得了。"

"大钟说的有道理！全都小心着点！不要见血！"

"咱们是见义勇为的！出手别太重！教育教育就得了。"

退伍军人一旦为了共同的目标聚集在一起，他们所能爆发的力量，超乎想象。李子军还想来救护车队这边搞事，那是自找苦吃！

16点58分，一切尘埃落定。

李子军和十几个流氓，神色颓废地跪在了地上。他们面前放着一些砍刀、匕首和木棍。不用问，这是被那帮司机兄弟收拾得服服帖帖，缴械投降了。

一群人前来寻衅滋事，结果全都进了派出所。在十几个流氓里，还藏着两个逃犯，一个身上背着人命，另一个也被通缉。这下好了，全都缉拿归案，司机们立了大功，派出所所长笑容满面，一再对钟景洲和章师傅表示感谢。

处理完事情，从派出所出来，已经到了钟景洲下班的时间。张冬垂头丧气，庆幸自己没有做出错误的选择，没有在错误的道路上越走越远。他对自己的行为表示后悔，向钟景洲鞠躬赔礼："钟师傅，我错了，我真的错了。"

张冬说着说着，眼泪开始往下流："以前我总是针对你，遇上大小问题，不去思考解决办法，总是不停地抱怨，把你作为假想敌，从不在自己身上找原因。"

钟景洲的眼睛里露出了惊奇之色，有点意外地看着张冬，眼神比以往任何时候都显得温和。他不说话，却也能感受到张冬的那份发自内心的愧疚。

张冬继续哭着说："我并不是不愿意反思自己的错误，钟师傅，我犯的错太多，真的不敢去想，我真的好失败，每天都很焦虑，很在乎转正的事，做了很多错事，还不愿承认问题的存在。"

钟景洲轻声说："我要去取车，走吧，边走边说。"

张冬像个小朋友似的，跟在了钟景洲的身后。

"你家在哪儿？我送你回去。"来到车前，钟景洲打开车门，让张冬坐了上去。

"你今天，本来是想把我引出去吧？"钟景洲突然说出了这句话。张冬大惊失色，嘴上连连否认，眼睛却心虚地不敢看大胡子。

"不用否认，是不是你心里最清楚，骗得了别人，但蒙不住自己。"虽然钟景洲看不出有发怒的迹象，但也让张冬瑟瑟发抖。

"我真的……我没有那么做。"张冬的声音在颤抖。

"嗯，幸好还有点脑子，没有一错再错。"

"对不起！"张冬小声道歉。

钟景洲还以为自己听错了，他诧异地望过去。

张冬缓缓地抬起哭得通红的双眼："钟师傅，我郑重地跟您道歉，为了从前的事，也为了今天的事，我……我错了！请您原谅！"

"嗯，我接受你的道歉。"钟景洲回答得非常干脆。

一切都释然了，一切都化解了，张冬的心情也变得轻松起来。

"钟师傅，你知道吗？其实我并不想做护士，而是想要做医生，我妈妈在世的时候，身体一直不太好，她老生病，生病了又不舍得去医院，就跑去小诊所随便开点药，病全都积压在了身体内，忽然有一天，她倒下去了，之后就再没站起来。我妈妈就这样没了。"

张冬抽出两张纸，搓了搓鼻子，接着说："从那时候起，我就很想做医生了。如果我是医生，至少在我妈妈不舒服的时候，我可以帮她看病，她一定可以多活很多年，我也不会那么早就没了妈妈。"

张冬谈起自己的妈妈，不经意间，触动到了钟景洲的内心深处。但他依然没有说话，只是静静地听着张冬继续哭诉他的悲惨人生。

"我妈没了以后，我爸就跟疯了一样，白天去摆摊，晚上喝大酒，明明自己一天到晚醉醺醺的，可他竟然还嫌弃我在家里待着碍眼。我本来想找个医药公司做销售，或者自己做点小生意，可是我爸不同意，非得要我做护士。他的理由是，我上了卫校，学了好几年，毕业以后再改行去做别的就是浪费他的钱。所以，我必须做护士，不想做也得做，这就是我的命。"

张冬说出了自己多年的苦衷，释放了心情，感觉轻松了许多。

张冬万万想不到，有一天，能让他将心底最隐秘的沉重过往讲出来的，竟然是钟景洲——一个以往他最讨厌的人。这天底下的事，总是带着几分让人不可理解。

一旦打开心扉，张冬的话也多起来，他接着说："我平生最大的愿望还是当医生的。虽然高中考学时错过了机会，但还有很多渠道可以完成我的梦想。只要肯努力，总会有出头的那一天。我跟我爸谈自己的理想，我爸根本不认可，他觉得我就是在找借口拖延着不去工作。后来，突然有那么一天，他就倒下去了，是突发性的脑梗死，发现的时候，人都硬了。"说到伤心处，张冬使劲地抹了一把眼泪。

"为了实现爸爸的遗愿，我努力来医院应聘。我学历不够，勉强入选，但没有被安排到门诊和病房那边，而是进了救护车队做随车护士。我一直对这个安排非常不满，觉得医院就是挑三拣四，故意针对我。而上班第一天，当我发现跟我搭班的司机是你的时候，我的不满情绪到达了顶点。这就是处处看你不顺眼的原因吧！"

"虽然以后见不了面，但我还是要跟您真诚地道个歉，为我的不当言行，也为我的狭隘心胸，虽然认识错误已经比较晚了，但我会吸取教训，不会再做这种蠢事了。"

说话间，越野车已经到达了张冬的家门口。天已经黑透了。破旧的居民楼里，有不少人家亮起了灯，有人在炒菜，满楼道飘着饭菜的香味；有人在昏暗的楼道里走来走去，大声说着话……一派浓郁的市井气息。

"钟师傅，谢谢你送我回来。"

钟景洲摆了摆手，越野车极快地离开了。张冬看着远去的越野车，心里边有种莫名的感伤：若是自己早点醒悟，或许还能够跟钟景洲做个不错的朋友吧！

可惜，一切都太迟了。

三天后，一大早，救护车队这边，由廖队长主持，开了个简单的内部会议，全体人员包括张冬在内都参加了。

会议的主要内容有三项：

第一，宣布几位实习护士正式转正，稍后院里还会举办一个隆重的仪式。

第二，宣布对于救护车队十几名司机见义勇为的表彰函。对于李子军等社会闲散人员前来医院寻衅滋事的行为，救护车队的十几名职工展现了非凡的应对能力，不仅平息了事端，还协助公安机关抓获两名在逃嫌犯，院内决定予以表彰。

第三，关于张冬违反医院规章制度，饮酒后出车的处理决定。张冬的实习转正申请被驳回，并做出开除处理。

虽然早就料定是这个结果，张冬的心里还是极其难受。他懊恼，他羞愧，恨不得找个地缝钻进去。

没人过来安慰他，没人愿意和他多说一句话。

张冬神情恍惚地去休息室收拾自己的东西，手上一个没拿稳，整个袋子直接掉落了下去，稀里哗啦地一阵乱响，物品撒落一地。他蹲在地上，垂头丧气地去捡。就在这时，休息室的门响了。

张冬扭头望过去，那人逆光而来，满脸的胡子，竟然是钟景洲。

钟景洲从来不使用休息室，他的私人物品全放在自己的救护车上。

"那他今天过来是看我笑话的吧！"张冬脑海里生出来一股怨念。

只见钟景洲走到张冬身边，捡起地上散落的物品，将它放到张冬的袋子里。大胡子这架势，明明是过来帮他收拾东西的。

张冬在心里边暗骂了自己一句："老毛病怎么又犯了呢？"

"其实，我一个人能行的，也没多少东西，等会儿打个车，我就能回去了。"张冬强忍着颓废的情绪，努力不让自己的声音颤抖。

"噢。"钟景洲好像是听到了，又好像什么都没听到。他应了一声，继续帮张冬捡东西。两个人一起收拾出了两个袋子，一只行李箱，还有一个折叠床。

张冬的脸颊发烫，很不好意思地说："真没想到，乱七八糟的东西，竟然会这么多！"

钟景洲忽然递了一张名片过来，张冬接过来看了一眼，上边印着一个人的名字：廖中华。除了联络地址和电话之外，廖氏中医四个大字，极其醒目。

他静默了一会儿,轻声问:"钟师傅,我没有身体不舒服,你介绍中医给我……"

"西医的门槛高,学习周期长,不是一两年的努力便能达到目标的。你从现在开始着手努力,学有所成时已快到四十岁,一个西医的黄金执业阶段已过去了大半,一般医院在聘请一位医生时,都会做出综合的考虑,坦白说,你若是真的按照这个计划来走,到那时,你的竞争力并不大。"

"你若是天才,当然另当别论;但你已经经历了一次高考,成绩平平,说明你是隐藏天才的概率并不大。那么,你唯一能做的,是选择一条合适自己的路,通过勤奋和努力去弥补。"钟景洲指了指他手上的名片说,"这个廖医生,很厉害的,你要不要去试试拜他为师,我可以帮你推荐一下。从中医这边入手,看看能不能圆你的医生梦。"

在中国,有名气的中医是多么吃香,张冬自然非常清楚。若廖中华真如钟景洲所说,是非常厉害的中医,那他身边肯定不缺弟子和学徒。贸然找上门去,对方肯定不会搭理他。有了钟景洲的推荐,事情也就成功了一半。

钟景洲没有告诉张冬,那个廖中华其实是自己的亲舅舅,也没有跟张冬说,他已跟舅舅取得联系,只要张冬主动打电话过去,他便可以得到一个难得学习的机会。

"好的,我一定会好好考虑的。"张冬认真地道了谢。

第二天,张冬登门拜访了廖中华,并成为了他的一名弟子,踏踏实实学起了中医,终有所成。这是后话,暂不细说。

很多年以后,张冬每次想起来这个彻底改变了自己的命运的上午,都觉得命运好像是在跟自己开一个巨大的玩笑,它派了自己曾经最讨厌的大胡子过来,将人生之中最关键的机会送到了自己面前,若是他当时对大胡子存在着哪怕一丁点负面情绪,他都将与这个机会失之交臂,进而踏上完全不一样的人生。

第二十章　华丽回归

0703号救护车的随车护士，换成了之前合作过几次的周小乾。张冬走了，周小乾接替，一天工作都没耽误。

这几天，人们都在议论着最近的古怪天气：前一天裹着羊绒大衣穿得厚墩墩的却仍是瑟瑟发抖，第二天却突然热得需要换上单衣挽起袖子来。

清晨，0703号救护车接到急救任务，需要去接一位摔伤的老太太。出发后没多久，钟景洲就感觉到天空中有什么东西飘落下来，轻轻地砸在了挡风玻璃上。他有些不敢相信，盯着看了好一会儿。

这是雪吗？

"下雪了。"周小乾也颇为激动，趴在窗边，认真观看。

杭市是个偏南的城市，下雨的时候多，下雪的时候却是非常少。每年偶尔会象征性地下一两次雪，可雪未落地，便化成了水。而今天的这一场雪，却与以往有所不同，铺天盖地，来势汹汹——杭市遭遇百年不遇的暴雪，也难怪周小乾等人看到这种情景如此激动！

世界很快被白白的一层厚雪覆盖。路上车辆来回穿梭，雪被碾压成了半冰半水的状态，一片泥泞。很多车辆因不适应这种路面而在打滑。一路上，救护车所过之处，就看到七八起交通事故。好在城市道路本就有限速的规定，又是雨雪天，车辆普遍开得慢，即使发生事故，也多是车辆追尾、剐蹭之类，人员损伤不大。

钟景洲放慢车速，提醒道："极端天气，还是要多注意些。"正说着，就见一辆车从旁边快速驶过，快到了红灯时，司机急忙刹车减速，车速放慢，车子却没有停下来，仍然向前惯性滑行，惊得大家一片呼喊。

车子好不容易停下来，却已经停在路口中央。司机惊恐未定，就听到"砰"的一声巨响，自己的车子被撞出好几米远，不用下车也知道，追尾了。还没等司机下车一看究竟，紧接着又听到了接连"砰、砰"两声响——"四连撞"！

虽然车辆损伤不大，可像这样子一连串的追尾，也够闹心的。而钟景洲，因为及时调整了车道，及早地降低了车速，已经准确地避开了危险。

"今天的活儿，绝对不会少。"周小乾心惊肉跳地嘀咕。

钟景洲瞥了他一眼："你回到座椅上，把安全带系好。"

"好。"周小乾听话地点了点头。

这一趟接回来的病人是摔伤，六十六岁的一位老太太，独居在家，想起来柜子最上面有一只新枕头，突发奇想地要拿下来用一用。于是，她踩着一把旧椅子不幸失足摔倒再也没有起来。幸好物业的人上门来排查，久敲不应，才用备用钥匙开了门，并及时拨打120急救电话。

虽然0703号救护车在路上没有紧急加速，但是到达的时间并不晚。随车医生先做了紧急处置，两名担架员才小心翼翼地将老太太抬上了车。老太太已经没有家人了，物业经理跟随上了车，忙前忙后。

0703号救护车在返回的路上，雪下得更大了。道路两旁堆积出了厚厚的白雪，清扫车在紧急作业，却进度缓慢。在这座城市里根本找不到铲雪车，面对如此紧急的状况，只能依靠人力解决。

就这样，杭市的大街小巷出现了极其难得一见的场景：工人停工，学生停课。到处能看到组织有序的人群，拿着各式各样的工具与这场突如其来的暴雪奋战的场面。

雪越下越大，路上行驶的车子越来越少，车速也越来越慢。0703号救护车好不容易才把老太太送进了急诊室，却接到下一个急救任务，于是，马不停蹄，车不熄火，继续奋战在一线。

整个上午，呼叫120求救的人越来越多，面对恶劣的天气，0703号救护车出色而圆满地完成了一件又一件紧急救援任务。

中午过后，气温升高，积雪消融。傍晚气温骤降，道路结冰。更大的困难和考验还在后面。面对困难，杭市各行各业紧急行动。

气象部门加强极端天气预警，劝告市民尽量不要开车出门，以免发生意外。

各大新闻媒体通过各种渠道实时报道天气变化、道路交通状况、市民出行情况以及各种因大雪而导致的事故进展情况。

城市救援中心全员出动，奔赴在各个救援现场。

120急救中心所有救护车驾驶员全部取消休假，返岗待命。急救门诊全天候开放，其他科室的医生紧急加班，赶过来援助。

周小乾从来没有经历过如此紧张且高频率的工作节奏，虽然医院这个地方从来都不清闲，可忙到连口水都喝不上的时候还是比较少见。一天下来，他居然会累到险些跌倒。幸好有一双大手从身后扶住了他，是钟景洲。他的目光里带着无比的关切："怎么啦？"

周小乾苦笑了下："好像是有点虚脱，休息下应该就没事了。"

"车后方的物品柜内有巧克力、牛奶和面包，吃一点补充能量，然后去休息一下。另外，不要在救护车上吃东西。"钟景洲拍了拍他的肩膀。

看着他忙碌不止的身影，周小乾歉意地点了点头。

钟景洲这一整天的工作状态，可以用"马不停蹄"来形容。他不仅要做驾驶员，还要做担架员。医生短缺时，他又要做随车医生，偶尔也担负起了随车护士的职责。紧急情况下,个人分工突然变得没那么明确了。无论做什么工作,钟景洲都尽量做到极致,他的表现堪称完美。

"钟哥,你简直是我的偶像。"周小乾一边吃巧克力,一边含糊不清地表达敬意。

"今天晚上才是重头戏。"

"什么?"周小乾愣了愣,正在琢磨这句话的意思。

钟景洲忽然说道:"雪停了,路况依然很差,我现在比较担心的地方是高速公路。"

"高速公路怎么啦?"

"高速公路那边,才是最危险的。车速快,车流量大,各种车型都有,而以杭市为中心,辐射出去的其他路段的工作人员,有应对大雨、大风的经验,但对于大雪的处理经验并不多。换句话说,杭市就不是个会下大雪的地方。人员、物资、装备、经验……要什么没什么,这大雪最终会演变成什么样子,真的不好判断。"

"目前为止,咱们还没接到去高速公路进行救援的任务,或许……"

周小乾的乐观猜测还没讲完,耳机里突然传来了总控小姐姐沙哑的声音:"0703号救护车请立即前往高速公路北环入口,朝柳杨县方向七公里处,有重大连环追尾事故。这一次,将有四位随车医生、三位随车护士一同出发,原0703号救护车随车护士周小乾一同执行任务,不安排担架员,各位,拜托了!"

周小乾简直不敢相信自己的耳朵,质问道:"再增加三位随车医生和三位随车护士?这是什么意思?咱这个车都没有八个位置,回头接了病人,怎么安排这些人啊?这不是胡闹吗?总控小姐姐是不是累晕了,居然会犯这种口误!"

他掏出对讲机,正想回拨问问情况,钟景洲及时制止了他。

"车上放四位医生和四位护士,明显是要组成四组紧急医疗救援的团队。我们接到伤员后,会带着一位医生和一位护士返回,其他的三组团队是要留在现场进行处置,这样子才能有时间支撑到其他救护车赶到现场。"

钟景洲招招手,催促着他快点上车。

"天哪,那得有多严重呀!"

"去了就知道了。"

几名医生和护士陆续上了车子。周小乾坐到了副驾驶位置上,他系好了安全带,小声跟钟景洲说:"钟哥,我怎么有点紧张呢!奇怪,总控那边也没有进一步的现场情况报告,这跟平时的做法不一样呀!"

"只能说明现场的情况非常糟糕。"钟景洲叹了口气。

周小乾等人的耳机目前切到的是医护频道,而钟景洲的耳机里是驾驶员频道。驾驶员频道里司机们正你一语我一言聊着自己的所见所闻,这给钟景洲提供了一个大概的情况。他最担心的情况还是出现了。

高速公路上,人们对于冰雪的处置能力较弱。一旦发生事故,便会是一连串的车辆相撞,那惨状难以用言语来形容。

先一步到达现场的医护人员,有的在处理五连撞,有的在处理八连撞……每个人都是在紧张的救援之中……

此时,钟景洲的耳机里传来提示:"正在赶往高速公路的车辆要注意,速度千万别太快,路面太滑,临时调配来的防滑轮胎有限,若是赶上了就直接在高速公路口的临时修车点更换一下;如果没时间换,一定多加注意,尽量挑已清理出来的路面慢行,不可贪快!一定控制好速度!冰雪路面需要比较特殊的驾驶技巧!"

对于此,作为一名老司机,钟景洲显然早有准备。

"周护士,你想办法跟高速公路入口的修车点联系一下,看看有没有防滑轮胎,我们半小时内到达,若是有的话就让他们做好更换准备,速度越快越好。"

没等周小乾回答,钟景洲又对其他几位医生和护士吩咐道:"秦护士现在打电话联系现场,设法确定现场情况,记录下需要救援的人数,并且向医生汇报情况，以便及时拿出几个可以实施的急救方案，争取时间；王护士负责记录人数，及时向120总控中心进行汇报；刘护士联系一下高速公路管理处，问一下路况，并及时提醒我。"

一时间，救护车内几位护士全都忙碌起来。他们将收集的信息记录之后，又按照钟景洲的吩咐，与自己搭档的医生一起在救护车上开始了医疗救援前的准备工作。

大路两边，有很多市民参与到了扫雪、除雪的工作之中。而对于大多数人来说，不过是下了一场超大的雪而已。雪停以后，大家更多感受到的是兴奋和快乐，不方便出行没关系，可以在家附近玩一玩：堆雪人，打雪仗，溜冰……花样繁多，大人小孩齐上阵，玩得不亦乐乎。

而与此同时，钟景洲他们正在紧张地赶往事故现场。

"钟哥，我联系到了防滑轮胎，咱们到更换点就能换上了。"这四个轮胎来之不易，周小乾颇费了一番周折。

"干得不错。"钟景洲不吝惜地竖起了大拇指。

此时此刻，时间就是生命。钟景洲开着0703号救护车，一路提心吊胆，终于在规定时间内到达了临时汽车修理点。

车子停下准备更换轮胎，周小乾抢先下车去处理。钟景洲得闲看了一下手机，有三个夏沫打来的未接电话。夏沫因为脚部扭伤在家休息，此时打电话一定是关心钟景洲。钟景洲连忙拨了回去，电话一接通，夏沫急切地问："今天肯定很忙吧？那么大的雪，情况怎么样？"

夏沫的关心犹如一股暖流，灌注全身，让钟景洲感受到那久违的温暖。他还没来得及说话，就听到周小乾大声嚷嚷的声音，好像发生了什么状况，着急催着他去处理。

"回头再联系，不要担心我这边，你要保重身体。"钟景洲本想问问夏沫的伤情，可他没有过多的时间去关心她，于是连忙挂断了电话。

这一场没有硝烟的战争，早已拉开了帷幕，他除了全力以赴地向前冲，毫无退路！

"怎么回事儿？"钟景洲急切地问。

"我们的防滑轮胎被人抢先一步拿走了。"周小乾一脸气愤，"对方是城市救援队的，说什么正在执行紧急任务。真是的，他们急，难道咱们医疗救援这边就不急吗？都是人命关天的事儿。想要防滑轮胎，自己不会去找吗？我找到那几只，也是靠着三寸不烂之舌，一家一家地问过来的。他们想要坐享其成，没那么容易！"

"带我去看看。"钟景洲拍了拍周小乾的肩膀，安抚他不要急躁。

周小乾引着钟景洲来到一位英姿飒爽的短发女孩面前，指着她说："就是她！抢人东西，还理直气壮，跟强盗一样！"

那女孩听到了声音，立即转过身来，见是钟景洲，赶紧打招呼："咦，开救护车的大胡子，是你啊！"

钟景洲一看这个女孩，自己认识，原来是城市救援队的向薇队长。于是苦笑道："向队长，又见面了。"

"你的防滑轮胎，先借我用一用，有个急活，路程比较远，没这玩意儿不行。"

钟景洲还没开口，周小乾已经不服气地嚷嚷："原来还认识！既然都认识，总要有个先来后到吧。况且，我们开的是救护车，来来回回运的全是患者。"

向薇看着钟景洲，等他说话。

钟景洲摆摆手说："你拿去用吧！"

周小乾又急了："钟哥，咱们也需要啊！真的不能给她！"

"相信我的技术，能平安把医护人员送过来，就能平安把患者接回去。周护士，他们有更加紧急的任务，的确比我们更加需要这几个防滑轮胎。"钟景洲说完，拉着周小乾就往回走。

"钟哥，你……唉，你也太好说话了。"

"好了，相信我。"

钟景洲把周小乾推上车，发动车辆，救护车从高速公路进口驶入，一路鸣笛前行。

"钟哥,刚才那位女士是你的朋友?很熟很要好的那种朋友吗?"周小乾憋了老半天,终于还是问出了口。

"哪个?"钟景洲一边认真地开车,一边问。

"就是那个抢咱们防滑轮胎的向队长啊!她还管你叫大胡子,看起来熟得很呢!"

没想到钟景洲直接摇了摇头说:"只是认识,不算是朋友,更谈不上相当不错。"

说话间,救护车碾压在一块冰上,向高速路护栏的方向滑过去。如果不是钟景洲早有准备,及时做出处置,没准就当场撞上了。

周小乾吓出了一身冷汗,心有余悸地说:"连朋友都算不上,为什么……"

"因为她那边更需要。"钟景洲笃定地回答,"都是在救人,我们理所应当要支持。"

好吧,再说下去,连周小乾自己都要怀疑自己心胸不够宽广,做事只想自己,而不去考虑其他车辆的需求。

"那是什么?"有人在车厢内惊呼了一声。

顺着车窗望过去,就见前方高速路上停满了车辆。那些车辆横七竖八地撞在一起,惨不忍睹。有后备箱掀翻的,也有车头撞扁的;有小车钻在大车尾部下面出不来的,也有小车直接被两辆大车挤压在一起的……

"路上混乱不堪,到处是血。受伤的人员哭爹喊娘,叫声一片。人们自发施救,先把轻伤人员从车里拖出来,被卡在车里的重伤员只能等待专业的救援……"曾有记者详细地用文字记录了当天的凄惨场景。

钟景洲吩咐一声:"各位,开始工作吧!先区分一下被困人员,重伤的千万不要移动,以免造成二次伤害;轻伤的进行简单包扎,撤离现场;没受伤的要把他们组织起来,等待有关部门接应。"

钟景洲俨然一位指挥官一样发号施令,指挥若定。大家分工明确,有效配合。

"周小乾,你去找几个没受伤的人,问问他们愿不愿意做志愿者,如果愿意,把他们组织好,带到我这里来。"钟景洲吩咐。

"是。"周小乾没费多大力气,很快就带了六名男性志愿者过来。

"时间有限,我长话短说。"钟景洲的身上,天生就有一种领导者魅力,"感谢各位的无私,愿意在这种时候站出来,携手共渡难关。你们六位分为三组,每组两人。第一组请跟着那边的徐医生,将能够行走的伤员集中在一起,带到徐医生面前,他跟护士一起会为大家治疗。"

"第二组的两位,负责跟着那边的周医生,一起寻找困在车里动弹不得的重伤员,找到后做好标记。注意,救人前先要确保自身安全,若遇危险,先行远离,等待专业人士前来救援。"

"剩下的两位,则要负责在路上引导未受伤但受到惊吓的普通群众,迅速转移到安全地点。"

钟景洲安排完毕,大家分头行动,一切都在按照事先的安排有序进行。

钟景洲又回到了救护车上,他要把这边的状况如实地反馈给急救中心,以便急救中心能做出更为妥善的安排。

0703号救护车上,除了能够护送一位重伤患者,还能在角落里挤下几位轻伤患者。特殊时期,特殊对待。能够最大程度地挽救生命,减少伤亡才是上策!指望别人来支援,不如自己想办法多跑几趟。

"钟哥,已经有人开着大巴车去高速公路那边接没有受伤的人员了。"周小乾兴奋极了。

"好像还有军车。"随车的秦医生也满怀激动。

"带伤的患者还是要依赖医疗救援。"钟景洲只说了这么一句,便沉默了下来。他必须专注开车,全力以赴。

一趟一趟又一趟,一次一次再一次……体力透支,钟景洲觉得自己随时就要倒下去,他很想停下来休息一会儿。身体上的疲惫,反而让他的头脑更加清醒。脑子里有个声音一遍遍地告诉自己：你做得很好，还可以做得更好。

0703号救护车停在了那一处临时的修理点，有人过来给车子加油、检修。

周小乾软软地贴靠在了座椅上，有气无力地说："钟哥，你说说看，120总控中心那边是不是把杭市所有的救护车全给调过来了？咱们杭市有这么多辆救护车吗？平时分散各地，也看不出来，忽然集中起来，还是非常壮观的。"

说话间，不时有救护车鸣笛呼啸而过，那叫声像冲锋的号角，急切而充满力量。犹如滔滔洪水中的一叶扁舟，又如万里荒漠里一串驼铃之声，此时此刻，救护车承载着的是一车鲜活的生命和人们对它的殷切希望。

生命至上，使命所在，责任担当，大爱无边！为了挽救生命，有多少个像钟景洲、周小乾一样的普通人，竭尽所能、尽心尽力地奋战在救援一线！他们放弃休息，不顾疲倦，克服困难，不惧危险！他们舍生忘死，兢兢业业！他们平凡而又伟大，可爱而又可敬！他们是时代的骄子，是当今世上最可爱的人！我们的生活因为这些人的存在而变得更加美好，一切困难因为这些人的努力而变得微不足道！

"事故车辆没剩多少了，那些伤者也都被送走了吧？"趁着修车的间隙，钟景洲抓紧补充能量，他往嘴里塞了几片面包，又猛喝了几口牛奶。

"那真是太好了，终于要下班了！回去我要洗个热水澡痛痛快快地睡上一觉。"周小乾忍不住伸伸懒腰，"真是漫长而有意义的一天哪！"

周小乾正在那儿发着感慨，两部城市救援车辆在结冰的路面上飘逸着停在了0703号救护车旁。几个身穿制服、身材高大的城市救援队员，陆续跳下车，为首的正是他们的队长向薇。

见到周小乾，她还挥了挥手说："多谢你让出了防滑轮胎，帮了我们大忙了。真的太谢谢你了！"想起当初的争吵，周小乾不好意思地挠挠头。

"向队长，又见面了。"钟景洲朝向薇摆摆手。

"大胡子司机，你还没下班呢？"向队长快步走到了钟景洲跟前。

周小乾还以为这位向队长是打算亲自跟钟景洲道谢，没想到她话锋一转："你还在就最好了，也省得我再去费劲找救护车，你们跟领导汇报一声，就说杭市城市救援大队有紧急任务，需要救护车和医护人员的协助，你们必须跟我们一起出发！"

这个女人的字典里，根本没有"客气"两个字，周小乾的脑子里冒出了这样的念头。

"这件事可不能随便答应你，我们得跟上级领导请示。"周小乾一副公事公办的样子。

钟景洲却皱了皱眉头，问："什么情况？"

"钟哥，不可以随便答应，我们有我们的纪律，救护车去哪里需要由总控中心那边来全权负责调度。"周小乾生怕钟景洲一时冲动，而做出什么傻事来。只见他身体一闪，挡在钟景洲和向队长中间，大声提醒着。

"你先去跟总控中心进行汇报。"钟景洲拍了拍他的肩膀，将他轻轻地推到一旁。

向队长上前一步说："我们接到了求救电话，柳杨路段三十五公里处有道深沟，有三辆货车打滑，冲出护栏侧翻在沟里。目前车祸现场还有生还者，我们受命救援，即刻出发。我觉得，如果把救护车带上，救到人后，再直接由你们送回，会大大节约时间，对救治伤员更加有利。大胡子，事不宜迟，你跟不跟我走？"

"走！马上走！"钟景洲毫不迟疑，重新振作精神。

"我……我也去！"不等人问，周小乾连忙表态。

向队长满意地竖起大拇指："那行，你们先做准备，咱们十分钟后出发。"

钟景洲赶紧跟廖队长汇报这件事，得到了他的同意。

0703号救护车再次上路。

城市救援队的越野车装有防滑轮胎，在前方开路，负责寻找更为适宜的路段，引领后方车辆安全前行。紧跟着是抢险维修车辆，车上装有不少专用设备，以便应对突发状况。0703号救护车被安排在了第三位。它的后面还有一辆车子坐满了救援队员。

高速公路上大部分的事故都已处理完毕，路面的积雪和冰层也在被清理。路政人员全员上岗，同时作业，确保在最短的时间内恢复高速公路的顺畅通行。

这注定是许多人的不眠之夜。

周小乾太累了，坐在救护车上竟然睡着了，还打起了呼噜。

车队缓慢行驶了三十分钟。前方引路车突然打开双闪，做出了指示。钟景洲随之减缓了车速，慢慢在路边的应急车道停了下来。他才一打开车门，就听见向队长拿着扩音器在大声提醒："护栏已经损坏，晚上视线不好，请非专业紧急救援人员不要靠近，以免发生意外。"

巨大的探照灯从高处照下，可以清晰地看到三辆大货车歪斜着、扭曲着躺在沟底，货物散落得到处都是，却看不到受伤人员，现场一片死寂。

城市救援人员马上投入到抢险救援当中，一切紧张而有序。

"大胡子，大胡子……"一个救援队员跑了过来，边跑边招手。

钟景洲还没有说什么，周小乾先一步表达了不满："什么嘛，我钟哥有名有姓，乱叫什么大胡子！"

哪怕大胡子是钟景洲的一个显著标志，那也不能这样子称呼，太不尊重人了。

"叫名字记不住，这个时候名字就是一个符号，没关系的。"钟景洲安抚着周小乾，迎了过去，"什么事儿？"

"侧翻的卡车下边有一个伤员，男性，四十岁左右，还活着。我们头儿说，需要你们这儿派一位医生一起下去。我们操作，你们救人，怎么样？"

说完，他还往钟景洲身后看了看，发现救护车内没有人，他忙问：

"你们的医生呢？"

"来的时候，你们说要把病人直接给送到医院，没说需要医生啊！"周小乾也莫名其妙。

"你们救护车上不是带着一位随车医生的吗？"对方同样是莫名其妙。

"正常执行医疗救援任务的时候当然是配有随车医生，但问题是，你们找过来的时候，我们是在休整，准备返回医院交车。说白了，我们交完车后就下班了。车上的医生早就跟随着上一波送走的患者返回市内，现在已经是午夜，你们觉得救护车上可能会带着一位医生吗？今天一整天都在下雪，到处需要救援，无论是救护车司机还是医护人员，大家的体力都已经透支到了极限。哥们儿，我们能跟你来，也是……"周小乾越说越激动。

"周护士，"钟景洲拍了拍他的肩说，"我去吧。"

"你去？"周小乾和那位城市救援队员同时发出了疑问。

"嗯，我去。"钟景洲去车里找了医药箱，又戴上一双厚手套。

城市救援队员哭笑不得："我们需要的是医生。"

"我就是。"

"我是说，专业的医生，有执业证件，有能力救人的那种。"

钟景洲坚定地说："我可以的！"

"等等我，我也去。"周小乾马上想起了自己的职责。

几个人一前一后向前走，钟景洲速度最快，几分钟不到，就来到了向队长跟前。

"给我一条绳索，我跟下去救人吧！"

向队长本来是想把预备好的绳套装备丢过去的，发现来的是钟景洲，立刻收回来说："大胡子，我们要的是医生。"

钟景洲不容分说，伸手夺过绳索。他爱好攀岩，这种沟坡对于他来说根本不在话下。

"现在，唯一能胜任医生职能的人就只有我。"钟景洲准备就绪，又用锁扣将医药箱挂在了腰间，这才问向队长，"你是带着我立即下去救人呢，还是等你认可的专业医生一个小时赶过来后再讨论营救计划呢？"

一个小时的时间，可能会发生太多太多的事儿。时不我待，伤员更是耽误不起！

向队长一咬牙，下了决心："喂，大胡子，从这儿到下边有五米左右，等会儿我先走，你跟在我身后，一定要小心，不要松开安全绳，并且你要听从指挥，不得擅自行动。"

"好。"

向队长带着三名城市救援队员走在最前面，钟景洲跟在后面。沟坡比较陡，加上冰雪打滑，稍有不慎就会滑倒、滚落，大家都异常谨慎。

"大胡子，你怎么样？"向队长对自己的队员十分有信心，她更关注的是钟景洲这个"新手"。

"向队长，请放心，我可以的！"钟景洲信誓旦旦地回答。

"大胡子，你的气质真不像是个普通的救护车驾驶员，但你的胡子很像。"虽然精神高度紧张，但向队长还是忙里偷闲调侃几句。

"你对整个救护车驾驶员的职业有着不正确的认知。准确来说，我气质不像，胡子也不像，除了我之外，你见过哪个医疗行业从业者留胡子的？"

"你也知道自己这样子不太对啊！"向队长失声笑道。她一放松，脚底下跟着打起了滑，整个人向下坠滑下去。

钟景洲与一位救援队员，两个人同时出手，一左一右，拉住了向队长。

"队长，您小心。"

"女士，别激动。"

向队长深呼一口气："真陡。"

大货车经过翻滚，此刻正静静地倒在下边，透着一股冷寂不祥的气息。

"咱们动作得快一点了，或许下边的人还有希望。"

很快，一行人来到了大货车旁边。救援队员两人一组，配合着检查车辆。他们的手上，有一种能够反光的标识，可以贴在车子上。若是车内有人需要帮助，标识上的反射光是金色的，只需要一点点光源，离老远都能看得很清楚；而若是车内的人已经没了生命体征，则标识上反射的光是红色的。这样，搜救人员就不会再浪费时间重复检查，而能给后续来运输尸体的工作人员准确定位。

十几分钟过去，没有什么收获。大家默默寻查，希望有所发现。

突然，向队长扯着嗓子大声喊："大胡子，过来这里救人啦！"

钟景洲快速来到向薇跟前，只听她说："打求救电话的人就在里边，他的腿卡在了车子里，还活着。"

向队长叫了两个队员过来，拿出了小型切割机，比画着方位，准备救人。

钟景洲拎着小型氧气瓶，灵敏地爬到了车子上方，观察着病人的情况："兄弟，能听到我讲话吗？你叫什么名字？"

"陈……陈铁军。"男人费力地抬起头，有气无力地说，"我好冷。"

"被困在这儿多久了？"

"三个多小时了吧，或者更久，车子翻下来后，我晕了过去……不能完全确定时间。"

钟景洲从口袋里掏出了一块巧克力，拆了包装，送到男人嘴边："先吃一块甜食，补充一点能量，缓解一下焦虑情绪。"

陈铁军被困几个小时，饥寒交迫，疼痛难忍。"好吃，真的好好吃。"见有吃的送过来，他不由自主地吞咽起来，冰冷、麻木的身体竟然奇迹般地恢复了几分热度。

"救援人员在下边准备工具，我现在先给你卡住的腿做一下检查。如果有点疼，反而是好事，说明神经没问题。"钟景洲翻身从破损的车窗钻进了已经被挤压变形的驾驶室。身后传来向队长的阻止声，此时钟景洲早已钻到了车子内部，他剪开了陈铁军的裤子，寻找着他腿上的伤口。

"疼吗？"他戳了一下陈铁军的大腿问。

陈铁军毫无防备，猛然惨叫了起来。

"还行。"钟景洲点了点头，将麻药小心地注射在伤口周围，他要为接下来的救援做准备，尽可能减少伤者的痛苦。

陈铁军根本不知道钟景洲在做什么，他清楚地感觉到被压着的那条腿疼痛正在消失。

"怎么回事儿？我的腿是不是被压坏了？它一点都不疼。"陈铁军手足无措，眼泪奔涌而出。

钟景洲收拾好了小医药箱，从底部爬起来，顺手递给陈铁军一瓶水："我在里边加了盐，你喝一点，补充一下水分，然后等待营救。"

"我的腿……"

"你的腿问题不大，你不用太担心。是我给你打了麻药，怕你等会儿忍不住剧痛。先喝水吧，等把你从这里弄出去，我再给你做进一步的处理。"

陈铁军用期盼的眼神看着钟景洲，本能地点着头。钟景洲挤着身体从刚才那个破窗中钻了出来。向队长正站在车下，生气地瞪着他说："不经允许，私自进入，万一里边存在危险怎么办？这不是胡闹吗？"

"伤者的腿部卡在车体之间，肌腱断了，失血过多，必须及时处理。但那个位置太过狭窄，我看不到腿部下方的情况。"顿了顿，钟景洲提醒道，"你们在切割车体的时候，一定要确定好位置，避免二次伤害。另外，伤者卡住的腿上我已经打了麻药，无痛时间能持续半小时左右，接下来就交给你们啦！"

对于一个专业的救援队来说，切割车体救出伤员算是极其普通的救援操作。尽管如此，救援陈铁军还是花费了四十多分钟。

趁着救援队救人的间隙，钟景洲打电话给周小乾，将陈铁军的状态详细地说了一下。周小乾记录之后，与急诊室取得联系。这样，陈铁军在被送回医院后，就可以第一时间得到最妥善的处理，从而赢得施救时间。

打完电话，钟景洲将三辆车又逐个排查一遍，确定再也没有生还者后才返回救援陈铁军的现场。

"大胡子，我还活着。"被救出来的陈铁军再次看到钟景洲，像是见到了救命恩人一样号啕大哭，"我还以为我肯定是活不下去了。在里边压着不能动的时候，我把这辈子最放不下的人和事统统想了一遍，还在手机上给我老婆写了一封遗书。"

"你真幸运，未来还有很多的时间，好好对待你放不下的人，好好完成你放不下的事。"钟景洲先给他打了一针，然后帮他做了固定，又将一床被子盖在他身上。

"大胡子，你刚才给我吃的那块巧克力，是我这辈子吃过最好吃的东西，谢谢你救了我！"

从坡底将陈铁军抬上来虽然颇费了一些周折，好在人多，大家齐心协力，还算顺利。

陈铁军被抬上了救护车时，迷惑地看了看周围。周小乾安慰道："等会儿就送你去医院，你放心休息，哪里不舒服就告诉我。"

"谢谢！"陈铁军死里逃生，如同梦里。

一切准备就绪，钟景洲准备出发回医院了。向队长拦住了他："喂，大胡子，干得不错，你不仅在救援方面很专业，在医疗救治方面也很专业，你们杭市人民医院的驾驶员素质都这么高吗？连驾驶员都能当医生和护士来使！"

"我亦无他，惟手熟尔。"钟景洲轻描淡写地说。

"我要出发了。"他指了指陈铁军说，"他伤得不轻，得及早送到医院。"

"对了，还有件事……"向队长欲言又止。

"什么?"钟景洲皱了皱眉。

"以前,有个地方地震,我们奉命去营救,有个小伙子被压在废墟里超过了四十八小时,求生欲望极强。但就在我们将他救出来后的短短几个小时内,不知道什么原因,他却突然离世了。你不知道,为了救他,我的一名队员都牺牲了。他的命是我同事的命换回来的,我多希望他能好好地活着。"向队长内心感伤,情绪激动,"小伙子是我亲手从废墟里抬出来的,当时他的意识清醒,能够叙述整个地震的经过。他身上没有明显的伤痕,血压稳定,呼吸正常,不知为什么,好不容易把人救出来了,却……那是两条人命哪!"

钟景洲本不想在这种事上耽搁时间,可向队长神情感伤,他只好简明扼要地解释说:"小伙子被埋四十八小时后获救,他的身体始终处于一种被挤压的状态,因过度挤压有些组织会逐渐坏死,血液不能完成循环,这个时候,肾脏的排毒压力变小,所以他当时能支撑到获救。不过,当他被抬出来后,身体承受的巨大压力得到缓解,而血液瞬间会朝着受挤压处流过去,这时身体会出现一系列的病理生理改变。临床上主要表现为以肢体肿胀、肌红蛋白尿、高血钾为特点的急性肾功能衰竭。如不及时处理,后果较为严重,甚至导致患者死亡。这种医学上叫挤压综合征。好了,我要出发了。"

钟景洲发动救护车准备离开,却发现向队长还站在原地,继续发呆,便叹了口气道:"在那种情况下,挽救办法就是用透析机,把人和机器连在一起,让血液经过机器过滤再回到身体中。但在极端灾害发生的情况下,可能并不具备这种良好的医疗条件来及时处理,这也是没办法的事儿。世事无常,我们尽力而为,却不能要求事事都如意,更不要因某些事情不尽如人意而耿耿于怀。"

钟景洲对向队长说的那些话,自然是一种很好的开解。有没有开解到她,他也不清楚。但就是这么简单的道理,却困扰了自己很多年。

人的一生,往往度人易,度己难!

父母离世，给他造成了巨大的心理打击，而他始终不愿意接受这个事实，也未能从这个困境中及时走出来。千百种道理，他都能懂，但心却执拗地不予接受。他可以真诚地开解别人不要耿耿于怀，自己却画地为牢，耿耿于怀，自怨自艾，愤愤难平。他用拼命工作来折磨自己，用奇异的外表来孤立自己，用冷漠的眼神来麻痹自己……

他活着，却机械地重复着每一天的工作。小夏天的回归，让他的生活多了一些亮光和温暖。在夏沫的身上，他找到了妈妈的身影，他心底的坚冰开始一点点融化。

而现在，真正将他从阴霾中拯救回来的，居然是他自己！与向薇的一次简简单单的对话，竟击碎了他心底的坚冰。

那份释然，赶走了钟景洲一整天的疲惫，让他浑身轻松起来。他突然想给夏沫打一个电话，这个时候，就只想听听她熟悉的声音……

"钟哥！钟哥！不好了！患者他不好了！"周小乾的声音突然变得焦急起来。

没有随车医生，面对患者的突发情况，理所当然要找钟景洲来处理。

"别急，慢慢说。"

"患者心率、心跳都在急速降低，很不正常，需要医生来处置。"

话音一落，钟景洲踩了一脚刹车，将救护车停在了路边。钟景洲来到陈铁军的跟前，他看了看心电监护仪，果然发现不对劲。

"是不是挤压综合征？"周小乾脱口而出。显然他将钟景洲和向队长刚才的对话听进了耳中。

"不是。"钟景洲单手撑开了陈铁军的眼睛，用强光刺激了下，"他受困的时间只有三四个小时。"

"那现在是什么情况？"周小乾从来没有这么紧张过。好不容易才把患者从死神手里抢回来，如果在送医的路上丢了性命，那也太……

"极有可能是心脏问题。"没有更进一步的检查，钟景洲也不好给出更加确定的答案。但从一名医生的专业角度去判断，这个方向是没问题的。

他迅速说了一组药物的名字，这些药在救护车上全都有，周小乾没有犹豫，将药物推入了陈铁军的血管中。

"你不担心吗？"钟景洲忽然问。

"担心什么？"

"我是驾驶员，我不是随车医生。由我来开处方……"

"钟哥，我相信你！没有人比你更加可靠，你拥有救人的能力，不论你是驾驶员还是医生，最本质的东西从没有变过！"

陈铁军的状况稳定下来了，他的呼吸没有之前那么急促了，看来药物有效！

这一夜格外漫长，一路上，救护车跑得比平时都要慢。

杭市人民医院即便是到了凌晨，门诊楼、急诊楼、病房楼都灯火通明。0703号救护车如往常一般，停在了急诊室门前。陈铁军被顺利送到医院，钟景洲圆满完成任务的同时，也卸掉了内心的枷锁，完成了自我救赎，他要以崭新的姿态去迎接新生活。

第二天，一位身材高大、面容俊朗的年轻人，精神焕发地走进医院。他就是钟景洲。他理了发，剃掉了满脸的大胡子，标致的五官、深邃的眼神、高挺的鼻峰，帅气而稳重。

夏沫抱着白大褂，从远处一瘸一拐地迎了上来。

两张熟悉的、朝气蓬勃的面孔越来越近，越来越近……

时隔三年十一个月二十七天，钟医生，他回来啦！

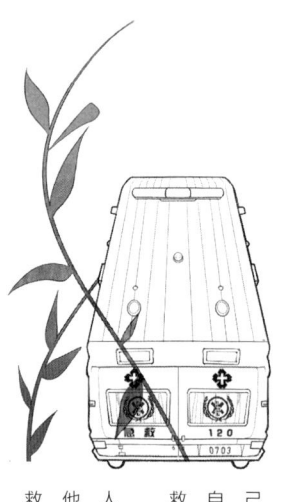

救他人 救自己